차 례

| CONTENTS |

제목 : **안녕하세요. 스윗 네스트 호텔 예식부입니다.**

From : 스윗 네스트 예식부 〈sweetwedding@swnesth.com〉
To : 한세경 고객님 〈ohmysekyoung@tm.com〉

where are you?

기쁨과 행복을 드리고 싶은 스윗 네스트 호텔 예식 담당 매니저 최소연입니다.

금일 예식과 관련하여 삼삼한 위로의 말씀을 드립니다.

그럼에도 꽃장식 일체와 예약하신 피로연 대금을 정확히 결제해주신 점 깊이 감사드립니다.

한 번 고객은 영원한 고객이라 생각하고 고객님들을 섬기는 저희들은 한세경 고객님께서 보내주신 무한한 신뢰에 감사드리오며 몇 가지 혜택을 드리고자 합니다.

고객님께서 앞으로 저희 예식부를 재이용하여 예식을 하실 시 모든 이용 금액의 30%를 할인해 드리겠습니다. 그리고 저희 호텔의 스카이 라운지 레스토랑 및 바와 룸, 클럽 이용 시 골든 회원으로 등록하여 모시겠으며 레스토랑 이용 시에는 최고급 와인을 무료로 이용하실 수 있는 무료 와인 교환권을 별첨 메일로 발송해 드리겠습니다.

그리고 전국에 분산되어 운영하고 있는 계열 호텔 이용 시 40%의 할인 특전을 드리고자 합니다.

언제나 고객님의 기쁨과 행복의 순간에 저희 호텔이 함께하길 기원하며 고객님 앞날에 큰 영광이 있기를 바라겠습니다. 감사합니다.

잡지에 나온 영화배우 최유란이 국가기밀처럼 알려준 돼지 기름 팩은 도저히 취향에 맞지 않는다. 하지만 이미 시작한 일. 꿈쩍 않고 네일아트를 하고, 또 마르기를 기다리는 건 주리를 트는 고문과 같다.

그럼에도 세경은 돼지 날 냄새가 파고드는 콧구멍을 휴지로 막고, 얼굴에 돼지기름이 흘러넘치도록 처바르고, 초현실적이고 과하게 블링블링한 정신세계의 표현을, 인간의 콧구멍 사이즈에 딱 맞게 기획·창조된 손톱 10개와 발 사이즈를 결정하는 발톱 2개(나머지 발톱 8개는 그 이상적 표현을 하기에 적합하지 않은 사이즈다)에 쏟아붓고 소파에 드러누웠다.

세경의 눈앞에, 오전에 잠깐 입었던 웨딩드레스가 다소곳하게 걸려 있었다. 주문한 건 저런 겹겹이 드레스가 아니었는데, 어떻게 된 건지 알 수 없다. 하지만, 알고 싶지도 않다. 어차피 식장으로 입고 들어가지도 않았으니 아무렴 어때.

발가락 사이에 낀 토우 세퍼레이터(toe separator)가 이물감으로 느껴져 자꾸 발가락이 꼬물거려졌다.

그렇게 돼지기름에 맞아 죽은 송장처럼 소파에 누워 있던 세경은 팔을 뻗어 리모컨으로 오디오를 켰다. 마침 〈All by myself〉의 전주가 거실 바닥에 자욱하게 깔렸다.

"우웩!"

막 집으로 들어서던 세지가 헛구역질을 했다.

"즘슴 므 묵웃글래 그냐(점심 뭐 먹었길래 그러냐)?"

돼지기름의 무게감으로, 또 입을 크게 벌렸다간 공포스런 돼지기름이 입안으로 급습할 것 같아, 세경은 입술을 맞붙인 채 달싹였다.

"점심 같은 소리 하네. 폭탄 맞은 식장 정리하고 어르신들 배웅하느라 밥도 못 먹었다."

"드들 즙으르 그슷즈(다들 집으로 가셨지)?"

"언니는 이제 죽었어. 앞으로 축의금 꿈도 꾸지 마. 근데, 이 냄새 도대체 뭐야? 또 그 얼굴은. 박피했어? 아님, 얼굴에서 기름 새?"

세지는 두 손가락을 두 콧구멍에 찔러 넣고 인상을 있는 대로 구겼다.

"드즈그름."

"뭐? 돼지거름?"

"드즈그름(돼지기름)!"

세경은 눈썹에 힘을 주고 외쳤다. 그 바람에 콧구멍을 틀어막았던 휴지 뭉치 한 개가 슝— 하고 고공 발사됐다.

"윽! 토 쏠려!"

세지는 돼지기름 바른 세경의 얼굴에 그대로 오바이트할 것처럼 목구멍을 너울거렸다. 휴지가 빠지고 나니 돼지 '스멜'이 세경의 콧구멍을 습격했다.

"즈붕에 혼 늠브 늠었으(주방에 한 냄비 남았어). 느드 해브(너도 해봐)."

세경은 손을 이리저리 더듬거려 발사된 휴지 포탄을 주워 다시 콧구멍을 틀어막았다.

"됐어. 나중에 언니나 밥 비벼 드삼!"

세지는 베란다 문을 있는 대로 열어젖혔다.

"츠으~."

세경이 몸을 움츠리며 말했다.

"뭐?"

세지가 눈을 찌푸리며 세경을 돌아보았다.

"츱드그(춥다구)."

세경은 엉성하게 두 발을 벌려 발꿈치로 무릎 담요를 끌어당겼다. 발꿈치로 쉽게 담요가 당겨지지 않아 세경은 낑낑거리며 헛발질을 해댔다.

"엄마 아빠가 이 꼴을 안 보기에 망정이지. 이러고 있으려고 식장에서 그렇게 튀었냐? 혼자서 이러고 늙어 죽으려고? 미치겠다, 자매님 때매."

세지는 투덜대며 무릎 담요를 끌어다 세경 몸에 널어주었다.

"뜽큐."

세경은 세지를 향해 산뜻한 눈웃음을 지었다.

"이게 뭐니? 이 노래 부르던 브리짓 존스보다 지금 언니가 백배 추해!"

"근들지 므르(건들지 마라). 느드 브트는 중이으(나도 버티는 중이야)."

"어휴. 저게 업무 스트레스냐, 파혼 스트레스냐."

세지는 도리질하며 핸드폰을 꺼냈다. 그리고는 세경의 얼굴에 바짝 핸드폰을 들이댔다.

"므 흐(뭐 해)?"

세경은 눈을 동그랗게 떴다.

"웃어봐. 치즈~ 할래? 아니, 돼지~ 해야 하나? 느끼하니까 김치~ 할까? 김치~."

찰칵, 찰칵!

세지는 키득거리며 눈이 돼지 눈처럼 떠진 세경의 얼굴을 마구 찍어댔다.

"즈글르(죽을래)?"

세경은 두 다리를 번쩍 들어 세지의 어깨와 등짝을 찍어내렸다.

"아흑!"

세지가 고통스러워하며 등과 어깨를 움켜쥐고 세경 앞에 무릎을 꿇었다. 그때 핸드폰이 울렸다.

"쯤 잇드 는 즈그쓰(쯤 이따 넌 죽었어)!"

세경은 눈을 부라리며 핸드폰을 집어들었다.

"유브세으(여보세요)? 웃!"

젠장. 세지 때문에 깜빡하고 얼굴에 그냥 핸드폰을 갖다 붙여버렸다. 얼굴에 핸드폰이 '찰싹' 소리를 내며 들러붙었다.

"으~."

세경은 돼지기름이 범벅된 핸드폰과, 핸드폰 쥔 손을 내려다보았다. 갓 마른 손톱에도 돼지기름이 범벅이었다.

"쌤통~."

세지는 혀를 날름 내밀고 욕실로 줄행랑쳤다. 세지의 뒤통수를 무섭게 야린 세경은 신경질적으로 휴지를 뽑아 핸드폰과 손을 닦았지만 핸드폰은 자꾸 손 안에서 미끄러졌다.

"넌 누구냐?"

전화기 너머의 목소리는 엄마였다.

"스긍."

세경은 휴지로 핸드폰을 말아줘었다.

"말투가 왜 그래?"

"픅 중(팩 중)."

"팩?"

"응."

"결혼식장에서 도망친 년이 얼굴에 팩질 할 여유는 있냐?"

엄마는 혀를 끌끌 찼다.

"등혼 긋도 으느드, 물(당한 것도 아닌데, 뭘)."

세경은 일어나 소파에 털썩 몸을 기댔다. 오디오에서는 〈All by myself〉의 절정 부분이 흐르고 있었다.

세경은 발가락을 움직이며 토우 세퍼레이터를 쪼물딱거렸다.

"뭐래는 거야, 이년이? 휴~. 난 드라마에서만 봤지, 내 딸년이 그렇게 결혼식장 탈출을 감행할 줄은 상상도 못했다. 누가 시켜서 억지로 하는 결혼이었냐? 내가 당장 너 잡으러 가려고 했는데, 혈압 오를 것 같아서 참았다. 당장 김 서방한테 전화해서 다시 결혼식 한다고 해!"

"싫어!"

세경은 오만상을 쓰며 소리쳤다.

"뭐가 싫어. 네가 파혼한 거라고 유세 떨고 싶냐? 그래 봤자, 사람들은 네가 파혼당한 줄로 알 거다. 벌써 슈퍼 집 새댁이 집에 오자마자 너 파혼당한 거라고 동네방네 떠들고 다녔단다. 우짤라. 이제, 어떻게 시집갈 거야!"

"그렇다고, 이미 아니라고 결정 내린 남자 바짓가랑이 붙잡고, 다시 결혼식 하자고 하라고?"

순간 콧구멍에서 휴지 포탄 두 개가 튀어 나가며 세경은 소리치고 말았다. 오디오에서 휘둘러 치는 드럼 소리가 울려 퍼졌다.

흥분해 소리치는 바람에 돼지기름이 입 가장자리를 타고 입안으로 흘러들어왔다.

"퉤퉤퉤!"

세경은 서둘러 티슈를 뽑아 입을 닦았다.

"너 지금 엄마한테 침 뱉는 거야?"

엄마는 발끈했다.

"엄마 때문에 입안에 팩 들어갔잖아!"

세경은 짜증이 났다. 뭐가 짜증이 나게 하는지 정확히 형체를 알 수 없게, 이 상황을 모두 통틀어서 짜증이 났다.

"넌 스물여덟에 시집가는 게 딱 맞대니까 잔말 말고 다시 원위치나 시켜봐. 안 그럼 네 어미 눈에 흙 들어가는 꼴을 네 두 눈으로 보게 될 것이다."

뚝ㅡ.

"엄마!"

세경은 자리에서 벌떡 일어났다. 그러다 바닥에 닿은 토우 세퍼레이터 때문에 뒤로 휘청했다. 세경은 인상을 구기며 발을 마구 부벼 발가락 사이의 토우 세퍼레이터를 패대기쳤다.

결혼식을 앞둔 어느 날, 문득 결혼이란 어쩐지 잔뜩 기대하고 시킨 피자의 토핑에서 뭔가 빠졌음을 다 먹은 후에 아는 것과 같다는 생각이 들었다. 기대한 만큼 설레고, 대낮에도 별이 총총하게 빛나고 있다고 생각할 정도로 좋긴 하지만, 뭔가 허전했다. 그 허전한 10%를 확인하는 데는 사람마다 다른 것 같다. 그걸 세경은 결혼식을 보름 앞두고 나타난 강후를 보고 알았다.

지강후. 사랑을 믿지 못하게 만든 남자.

5년 전, 그가 던진 이별통보. 그건 뜻밖이었다.

캄캄한 밤, 비가 이쑤시개처럼 내리꽂고 있었다. 세경은 그 비를 온몸으로 맞고 서 있었다. 몸에 이쑤시개 굵기의 비가 꽂히고 있는데 피부는 하나도 아프지 않았다. 대신, 가슴 언저리가 무지막지하게 갈기갈기 찢어지고 있었다. 어쩌면 자존심이랄 수도 있었겠다. 시내 한복판에서 남자에게 차이는 심정이 어떤 것인지, 최소한 그건 알 수 있던 날이다.

그는 검은 골프 우산을 쓰고, 그의 세단 옆에 서서 담배를 피우고 있었다. 비 맞는 그녀 따위, 별로 신경 쓰고 싶지 않은 눈치였다. 그리고 이별선언 역시 별로 심사숙고하지 않고 바로 결론을 내린 말투였다.

"유학 가."

그리고 덧붙였다.

"오해할까 봐 말해두는 건데, 같이 가자는 거 아니야. 이번에 잘만 하면 피아니스트로 데뷔할 수 있을 거 같아. 다른 데 신경 쓸 여유가 없어."

깔끔한 정리였다. 세경은 비를 맞으며 그가 내뱉은 차가운 말을 음미해야만 했다. 다른 응수는 생각나지 않았다. '왜?'라던가, '어쩜 그럴 수 있어?'라고 물을 용기도 나지 않았다. 한쪽이 끝나면 그냥 끝나버리는 게 사랑이라고 생각했다. 땡땡이 친 녀석을 자리에 묶어놓고 넌 학생이라고 세뇌시켜봤자 되지 않을 공부처럼, 사랑도 마찬가지라고 생각했다. 마음이 떠나면 그걸로 끝나기에 충분한 것이 그 빌어먹을 사랑이라고 생각했다.

그리고 솔직히 자신은 그런 날이 있으리라고 생각하지 못했었다. 연애에, 만남이 있으면 헤어짐도 당연히 있는 건데, 그녀는, 그녀의 연애는 그렇지 않을 거라고 생각했었던 것 같다. 그의 배신을 전혀 가늠하지도 않았던 때였다.

그때야 비로소 그녀는 그와 자신의 '베이스' 차이를 실감했다. 그가 얼마나 기대 충만, 전도유망한 피아니스트인지를. 기획사에서 내줬다는 고급 승용차에, 비싼 슈트. 자신은 도저히 그에게 어울릴 만한 선물을 해줄 수 없음을, 자신은 그에게 전혀 어울리지 않는 여자라는 걸 비를 맞으면서, 그의 차가운 얼음 같은 말을 들으면서 자각했다.

그녀가 아무 대꾸도 하지 않자 깔끔하게 관계가 정리되었다고 생각한 걸까. 두말없이 차에 오르려던 그가 물었다.

"우산, 줄까?"

"필요 없어."

세경은 입술을 깨물었다. 서늘함 때문인지 몸이 바들바들 떨렸지만 그에게 동정 따위, 받고 싶지 않았다.

"비 맞잖아."

걱정이라도 해주는 걸 감지덕지하라는 건가? 그의 말투는 무미건조했다.

"됐다고 했잖아."

그녀는 울먹이면서도 앙칼지게 말했다. 옷자락에서 흘러 땅바닥으로 떨어지는 빗물이 처량했다. 세상 모든 것이 그녀의 몸을 거치는 순간, 가장 보잘것없는 존재가 되는 것 같아 슬펐다. 눈에서 흐르는 눈물까지도.

"그래? 그럼 마음대로 해. 어차피 버릴 거니까."

그는 들고 있던 우산을 바닥에 툭 내려놓고 고급 차에 올라 그대로 사라졌다. 세경은 버린 우산과 동급의 신세가 되어 날카로운 비를 맞으며 그 길에 한참 동안 서 있었다.

그게 마지막이었다.

세경은 그를 잊기 위해 노력했다. 인생은 돈이라고. 결국, 그도 돈 때문에 성공을 좇은 거라는 걸 이해했다. 사랑을 믿지 않는 방법이 그리 간단한 건지 몰랐다.

그리고 한참 마음의 정리가 되었을 때, 대학 모교의 이사장 아들, 효인을 만나게 되었다.

"PT가 되게 마음에 들어요. 좀 더 자세히 듣고 싶은데요."

말을 걸어오는 모습부터가 점잖았다. 나중에, 마음에 들었던 건 PT가 아니라 그녀였다고, 자세히 듣고 싶었던 것 역시 PT가 아니라 그녀에 대해서라고 수줍게 고백한 그는 사학의 정신으로 태어난 듯 언제나 깔끔하고 정돈된 남자였다. 평생 여자 속은 썩일 일이 없을 것 같은 남자. 게다가 이탈리아에 있는 명망 높은 디자이너에게 수공예로 웨딩드레스를 주문해줄 정도로 집안이며 재력이 빵빵한 남자였으니, 그러면 기댈 수 있을 것 같아 결혼을 결심했다. 그런데, 하필 그때 강후가 다시 나타난 것이다.

공연 기획사인 세경의 회사에 '지 대니얼'이란 신인 피아니스트가 한국에 있다는 정보가 입수되었을 때, 그가 강후인지 꿈에도 생각지 못했다. 경쟁하는 기획사가 많으니 서둘러 섭외해오라는 사장의 명을 받은 세경은 그를 섭외하기 위해 그가 묵는 호텔로 찾아갔다.

"기획사 '틈'에서 나왔습니다."

"만나고 싶지 않아요. 돌아가세요."

차가운 말투에 싸가지 없는 피아니스트라고 생각했다.

"그래도 문 좀 열고 말씀해주시죠. 이렇게 찾아왔는데."

세경은 속으로 갖은 욕을 퍼부으면서도 미소를 머금고 주절댔다.

"참 귀찮게 구네요."

목소리가 가까워지고 귀찮은 듯 문이 열렸다. 그리고 잔뜩 인상을 찌푸린 낯익은 얼굴이 눈앞에 나타났다.

"너……!"

먼저 당황한 건 강후였다. 그의 말에 세경도 그제야 비로소, 이 신인 피아니스트가 자신을 차버렸던 강후임을 깨달았다.

세경은 놀란 그를 보자마자 그대로 돌아서버렸다. 자신을 버린 남자를 섭외하기 위해 굽실대야 하는 더러운 기분이라니, 차라리 죽는 게 낫다 싶었다.

"세경이니? 나 섭외하러 온 거야?"

당황하는 빛이 역력했다. 하지만 더 당황한 건 그녀였기에 사정 따위 봐주고 싶지 않았다. 세경은 그가 잡은 팔을 세차게 뿌리쳤다. 하지만 강후는 그런 그녀를 강하게 벽으로 붙여 세웠다.

"날 어떻게 알아? 난 당신을 모르겠는데."

세경은 그의 팔을 밀쳐냈다.

"한세경!"

그가 소리쳤다. 세경의 발걸음이 멈칫했다.

"공연기획학과 졸업생, 혈액형은 독한 A형, 호텔 레스토랑보다 분식집이 친한, 5센티미터 이상 높은 구두는 멀미 나서 못 신는 촌스러운 여자. 흐리멍덩한 하늘색을 좋아하고, 촌발 날리는 원피스를 입고 음대 정기연주회에서 성질 더러운 남자를 만난, 그 자식에게서 비 오는 날

길바닥에 버려진, 운 더럽게 없는 여자. 너 맞지?"

물건 검수 절차처럼 냉정하기 그지없는 목소리였다.

"그렇게 대차게 차였는데, 그런 몹쓸 기억을 만들어준 놈을 보고 그냥 그렇게 돌아가? 그게 말이 돼?"

여동생에게 충고하는 말투다. 그럼 진짜 아쉬운 대로 난간이라도 뽑아 머리에 찍어줘? 여기서 그냥 내려가면 그에게 두 번 지는 것이다. 하지만, 원망할 것도 없었다. 왜 버렸냐고 묻는 것도 우스울 만큼 시간이 흘렀다.

잊었다고 생각했는데, 그게 아니었나 보다. 가슴이 다시 아프고 뭉클해지는 걸 보면.

그대로 그를 뿌리치고 회사로 돌아왔었다. 그런데, 그가 그녀의 기획사에 찾아왔다. 조건 좋은 다른 기획사는 모두 거절하고 제 발로 찾아와 세경의 기획사와 연주회를 하겠다는 것이었다. 세경을 수행비서로 하는 조건을 붙여서.

"굴러들어온 호박이야. 자네를 찍지만 않았으면 내가 모든 수발을 다 들어주고 싶다고."

기획사 사장은 강후를 보고 군침을 질질 흘렸다. 하지만 세경은 그를 차갑게 외면했다. 그러나 강후는 그녀를 버리고 갔던 사람이라고 믿을 수 없게 세경 앞에 지치도록 나타났다. 추억이란 이름이 그런 걸까. 그 추억에는 그가 자신을 대차게 차버린 그 부분이 가장 크고 아프게 자리하고 있지만, 분명히 사랑을 나눈 시간이 있었다. 그런 시간들이 믿을 수 없을 만치 되살아나서 당황스러웠다. 그러면서 세경은 그제야 자신을 돌아보게 되었다. 그러다 곧 결혼할 효인까지 돌아보게 되었다. 사랑하고 있는 거 맞나?

그리고 마음이 말했다. 이건 사랑이 아니라고. 머리가 말했다. 돈에 이성을 잃은 거라고. 늦게 깨달았다. 결혼이란 걸 냅다 지르면서, 반짝이는 것에 잠깐 사리판단이 흐려지고, 감성적여졌다는 걸. 놀랍게도.

효인과의 결혼 생활을 상상하니, 딱 집 크기만큼을 청소하는 데 물 세 바가지면 될지, 10톤짜리 물탱크 세 개가 필요한지 전혀 알 수 없는 상황으로 묘사됐다. 그러다 집을 청소하는 것이 아니라 집 자체를 물속에 넣었다가 꺼내는 상황이 될 수도 있다는 걸 깨달았다. 세경은 그 집을, 아니 자신의 인생을 그렇게 물속에 처넣을 뻔했다고 생각했다. 신부 대기실에 앉아 거울을 보면서.

세경은 그대로 결혼식장을 뛰쳐나와 버렸다.

세경은 벽에 걸린 웨딩드레스를 올려다보았다. 웨딩드레스 인생 중 최악일 것이다. 그래도 장인한테서 태어난 세상에서 단 하나뿐인 웨딩드레스인데 식장에도 못 들어가보고 땀에 젖어 달리다 벽에 걸렸으니. 그런데, 이것도 징조의 일부였을까? 주문과 다른 웨딩드레스가 결혼식 전날 도착했다. 이탈리아로 전화해서 확인해봐야 하는데 다른 고민을 하느라 경황이 없었다. 더욱이 연락처도 효인에게 있어서 물을 수가 없다. 그러니 이젠, 될 대로 되라.

너무 감정적이었을까? 자신을 차버린 남자에 대한 감정 정리를 끝내지 못하고 효인 같은 남자를 버리다니. 먼 미래의 어느 날 효인을 버린 걸 후회할지도 모르지만, 아닌 건 아닌데 어쩌란 말인가. 금이 나올 거라고 생각하고 파보았는데 노란색 돌덩이만 나온다면, 파던 삽이랑 같이 묻어버리고 싶은 건 당연한 것 아닌가.

세경은 손바닥으로 얼굴을 비볐다. 그리고 진짜 우라질! 핸드폰에 이어, 손바닥이고 뭐고 온몸이 돼지기름 진창이다. 이런 걸 왜 하나 몰라.

"으아악!"

세경은 두 다리를 마구 휘저으며 짜증 섞인 비명을 질렀다.

오디오에서는 〈All by myself〉가 절정을 마구 두드리다 사그라졌다.

뉴욕 법원에서 판결을 받고, 소속된 〈Robert & July〉 로펌, 자신의 사무실로 돌아온 해윤은 가방을 소파에 던지자마자 책장 오디오에 걸린 헤드셋을 귀에 꽂고 전원 버튼을 켰다. 이어 심혈을 기울여 얼굴 근육을 일그러뜨리고 기타를 치듯 몸을 이리저리 휘며 다리를 흔들어댔다. 마치 기타 솔로라도 연주하듯 그는 연체동물처럼 손가락을 제각기 마구 움직이며 몸을 흔들어댔다. 그때였다.

"Breaking the law! Breaking the law!"

해윤의 귀를 울리던 소리가 멀어지고 대신 그의 사무실이 쩌렁쩌렁 울려댔다.

"아, 깜짝이야!"

갑작스런 비명에 돌아보니 로펌 동기 알렉스가 이어폰에 연결된 선을 빼들고는 혼비백산하고 있었다. 해윤은 헛기침을 하며 오디오의 전원을 껐다.

알렉스가 해윤의 책상에 엉덩이를 걸치며 뭐라고 떠드는데 하나도 들리지 않았다.

"뭐?"

얼굴을 찡그린 해윤은 손등으로 그의 엉덩이를 툭툭 쳐내며 물었다.

그러자 살짝 옆으로 비껴 앉은 알렉스는 자신의 귀를 가리켜 보였다. 그제야 해윤은 자신의 귀에 헤드셋이 끼어 있음을 알고 겸연쩍게 벗었다.

"Breaking the law라니. 재판에서 지기라도 했냐?"

알렉스가 되물었다.

"내가 질 놈으로 보여?"

해윤은 그를 짧게 흘겼다.

"변호사가 Breaking the law라니. 반항하는 것도 아니고."

알렉스는 어불성설이라는 듯 웃었다. 이런 저차원적인 놈과 대화를 한다는 것 자체가 무리다. 헤비메탈 마니아로서, 헤비메탈의 신적인 존재인 '주다스 프리스트'의 노래로 재판에서 이긴 축하 세리머니를 했을 뿐이다.

"할 말이 뭔데. 짧게 하고 사라져."

해윤은 소파로 가서 던져놓았던 가방을 집어들었다.

"지금 우리 로펌에서 내기가 하나 진행 중인데 말이야."

"그거 불법 아니야?"

해윤이 눈을 사납게 떴다.

"됐고. 그게 널 두고 하는 거라서 말이지. 배팅하기 전에 정보 좀 얻으려고."

알렉스는 재미있는 표정이었다. 그것으로 봐서 해윤에게는 아주 빈정 상하는 것일 게 뻔했다.

"뭔데."

해윤은 팔짱을 끼며 벼르듯 그를 바라보았다. 여차하면 뻗을 수도 있다 이거다. 그 낌새를 알았는지 빙긋 웃는 알렉스는 손바닥을 내보인 채 한 발짝 뒤로 물러섰다.

"너 올해 결혼하는 거 맞지?"

"뭐?"

해윤의 얼굴이 순식간에 일그러졌다.

"확실히 말해봐. 그렇게 금방, 그렇게 쉽게. 가능해? 특히 너처럼 여자들을 종류별로 두루 섭렵해본 녀석이?"

순간 해윤은 두 팔을 늘어뜨렸다.

"옛날 얘긴 집어치워. 대학교 이후로 여자 냄새는 처음이니까. 그리고 누가 쉽게래? 넌 쉽게 결혼 결정했어?"

"진정해. 다 널 생각해서 그런 거야. 결혼이란 늪에 빠질까 봐. 우린 결혼 선배들이잖아."

상대방이 화를 내더라도 할 말은 다 해야 수명 연장에 도움이 되는 알렉스는 대화 내내 웃는 낯으로 빈정댔다.

"그래. 너네 같은 겁쟁이들이 유일하게 할 수 있는 모험이 바로 결혼이었지. 난 다른 용감한 일에 좀 더 많이 바빴던 '안 겁쟁이'고."

"뭐야, 결혼을 하겠다는 말이야, 안 하겠다는 말이야?"

"그건 두 달 후에나 보자고. 자, 이제 나갈까?"

그를 향해 눈을 부라린 해윤은 아니꼬운 미소를 띠며 문을 열었다.

"조언이 필요하면 지금이라도 얘기해. 그 내기는 내가 없애줄 수도 있어."

알렉스는 해윤의 팔에 등 떠밀려 나가며 말했다.

"내가 올해 결혼한다는 데, 내가 만 달러 걸지. 됐냐?"

쾅!

해윤은 알렉스에게 가운데 손가락을 쳐들어 보이고 즉시 문을 닫았다.

"만 달러다!"

알렉스가 해윤의 방문을 쿵쿵 때리며 소리치고 사라졌다.

젠장. 어쩌다 자신의 결혼에 내기가 붙었는지 알 수가 없다. 그렇게 가벼운 결혼이 아니건만, 남들에게 가볍게 취급을 받자니 배팅한 놈들의 리스트를 뽑아 개인 사생활 침해 및 사설 도박 혐의로 고소해버리고 싶은 심정이다.

물론 결혼할 생각이 있던 건 절대 아니다. 생애에 부모님이라고는 코빼기도 본 적 없는 천애 고아로서 가족의 탄생을 감동적으로 여길 수가 없었다. 우연히 마음이 맞는 상대를 만나면 적당히 같이 살다, 운 좋으면 금방 헤어질 수도, 운 나쁘면 평생 살 수도 있을 것이라 생각했다. 책임감이라는 건 상대방에게만 베풀어도 벅찬 것이다. 세상에 넘쳐나는 고아들을 보면 알 수 있다.

어디 하나 빠질 것 없는 외모와 프로필이 아깝긴 하지만 — 그로 인해 덤비던 여자들이 줄을 섰던 것을 포기하는 것도 아쉽지만 — 합법적인 결혼이란 미명하에 책임감 없이 애를 내지르는 것이 해윤은 못마땅했다. 헌법재판을 걸어서라도 결혼의 형식에 대한 조항을 지워버리고만 싶은 1인이다.

그런 사람이 결혼이라니. 하지만 그 조건을 들은 사람이라면, 유부남이라고 해도 결혼하겠다고 손을 번쩍 들 것이다.

"자네도 결혼해야지? 서른세 살이면 딱 좋을 땐데."

해윤이 고문으로 있는 뉴욕 〈본본 제지〉 회사의 오너인 오 회장이 뿌듯하게 해윤을 바라보며 물었다. 오 회장은 고아원에 있던 해윤을 어린 시절부터 후원해주고 그가 고등학교에 입학할 즈음에, 그를 미국으로 불러 대학교 공부까지 시켜준 후원자였다. 해윤은 법대를 졸업하고 오 회장의 직속 변호사가 되어 그의 제반 업무를 도와주고 있었다.

그의 제지 회사, 생산 공장의 폐수와 관련한 재판에서 승소한 축하 자리에서 해윤과 오 회장은 따로 마주 앉았다.

"그다지 결혼 욕심이 안 생겨서요."

해윤은 오 회장을 향해 썩음하게 웃어 보였다.

"사귀는 여자는 없고?"

뉘앙스가 수상한 질문이다. 하지만 감출 것도 없다. 대학교 때는 이 여자 저 여자 쉽게 만났었지만 그마저도 신물이 나 대학 졸업과 함께 여자를 딱 끊었다.

"없습니다."

"그럼 예린이는 어떤가?"

"죄송합니다만…… 예?"

해윤은 되묻지 않을 수 없었다.

오예린. 하나뿐인 오 회장의 손녀딸. 의류 디자이너로 모델 뺨치는 미모의 소유자라는 걸 몇 번 보아서 알고 있다. 그녀 또한 날리는 미모로 남자들이 끊이지 않았던 걸로 알고 있다. 최근에도 누구를 사귀고 있다고 하던데.

"아직 어리고 귀가 얇아. 뭘 몰라서 애송이랑 잠깐 연애를 했는데, 애가 워낙 외골수라 헤어나질 못하는군. 그런데, 자네라면 우리 손녀딸과 잘 맞을 것 같아서. 또 앞으로도 계속 자네와 나 사이는 끈끈하게 이어질 것 같지 않나?"

그의 말은 마치 '후원해준 대가를 이제 지불해야지?' 하고 묻는 것 같았다.

곧 해윤의 머리는 연기를 내며 돌아가기 시작했다. 그녀의 품행이 어떻건, 남자 보는 눈이 어떻건 상관이 없어야 했다. 그리고 이 결혼은 무조건 해야 하는 것이어야 했다. 애정 따윈 생각도 않는 결혼이 틀림없다. 보통 이럴 경우, 여자에게 문제가 있을 수 있지만 그녀의 문제라고는 화려한 연애 경력과 애송이에게서 벗어나지 못한다는 것뿐이다. 미국 전역으로 팔리고 있는 대형 제지 회사의 '하나뿐인' 손녀사위가 되어 고문 변호사직을 맡으면서 회사가 바라는 일을 할 경우 생기는 인센티브가 뭘지 굳이 묻지 않아도 감이 팍 왔다.

그의 머리에서 이미 회사 절반은 그의 것이었다. 여기서 오케이만 하면 반은 성공이나 마찬가지였다. 고아로 태어나 이런 큰 회사의 유일무이한 손녀사위가 되는 것도 특별한 운이 필요할 것이다.

이것이야말로 가족의 탄생을 바라는 것이 아닌, 그의 명예와 성공을 위한 결혼이 틀림없었다. 나쁘지 않은, 아니 나쁠 것이 전혀 없는 인센티브가 아주 후한 '빅딜'이다.

"딱히 내키지는 않네요. 오해는 마십시오. 손녀딸에게 문제가 있다는 게 아니라, 결혼 자체에 생각이 없어서요."

해윤은 탐탁지 않아 했다.

"제정신이라면 당연하지. 결혼도 순서가 있는 법인데. 일단 자주 만나보게. 내가 자리를 만들어줄 테니."

"죄송합니다. 언제 시간이 날지 모르겠네요. 제가 소송이 밀려 있어서."

해윤은 회장에게 너그러운 이해를 바랐다.

회장은 만족스러운 듯 보였다. 그리고, 그와 헤어질 때까지 내키지 않은 미소를 짓고 있던 해윤은 집으로 돌아와 회심의 미소를 지었다.

이로써 잡풀 사이에서 맨몸으로 태어난 천애 고아이기는 하나, 돈에 환장하지 않았다는 이미지는 확실히 심어졌다.

결국 회장의 주선으로 그의 하나뿐인 손녀딸을 사적으로 만나게 되었다. 그런데 그를 만나러 나온 그녀의 반응이 예상 외였다. 화려한 연애 경력을 자랑하기에 그녀는 지쳐 보였고, 말수도 없고, 이런 정략적인 결혼에는 신물이 난다는 표정까지, 마음에 안 드는 구석이 없었다. 적어도 결혼 후, 사랑을 갈구할 그런 지리멸렬한 스타일은 아닐 것 같았기 때문이다.

해윤은 의문이 들었다. 왜 이 여자는 정략결혼이란 걸 하고 싶어 할까.

"가난뱅이 말고, 할아버지가 인정하는 남자와 결혼을 해야만 할아버지의 유언장에 이름을 올릴 수가 있대."

어느 날 저녁, 예린은 간소하게 의문에 대답해주었다. 하나뿐인 손녀, 사랑하는 할아버지 어쩌고 해도 결국 돈이 있어야 수식어도 찬란하게 붙는 것이다.

결국 그녀는 할아버지의 유언장에 이름 석 자를 올리기 위해서 해윤과 결혼하는 데 아무 반대도 하지 않았다. '될 대로 되라', '결혼 후 분리해서 내다 팔지만 마라' 같은 아주 수동적인 모습이었다. 딱히 매력은 없었다. 하지만, 귀찮게 안 하지 않는가. 그만하면 훌륭했다.

해윤은 ―탐탁지 않지만 오 회장이 하라는 대로 딸려오는 그녀와 마찬가지로― 어쩔 수 없이 회장의 뜻에 따라 몇 번 만나고 결혼을 결정했다. 사이도 나쁘지 않았다. 친구라기보단 조금 먼, 전쟁터에서 만난 딱 둘뿐인 적군과 아군이라고 할까. 딱히, 적대시할 필요도, 어떤 면에서는 서로 이해가 아주 안 되는 것도 아닌, 쿨하면서도 무게가 있는 사이가 되었다.

그게 불과 다섯 달하고 보름 사이에 벌어진 일이니, 로펌 사람들이 당황스럽기는 할 게다.

해윤은 씁쓸한 입맛을 다시며 퇴근 후 —이제는 버릇처럼 된— 자신의 아파트가 아닌 예린의 집으로 향했다.

그녀가 사는 대저택에 발을 올려놓는 순간 예린의 비명이 사방천지로 튀어나왔다.

"오 마이 갓!"

목청 끝이 갈라지는 센 소리는 죽어 썩은 쥐를 보았을 때나, 죽어 썩은 쥐가 새로 산 명품 백 속에 들어 있는 것을 보았을 때 낼 법한 비명이었다. 해윤은 예린의 방을 향해 달려갔다.

"무슨 일이야?"

해윤은 혹시 몰라 잡히는 대로 골프채를 들고 허겁지겁 그녀의 방으로 뛰어들었다. 그녀는 보이지 않았다. 비명은 좀 더 외진 구석에서 들렸다. 해윤은 골프채를 처들고 그녀의 작업실로 다가갔다. 그러자 디자인 북과 자투리 천이 어지럽게 널브러져 있고, 당장 패션쇼를 해도 부족하지 않을 샘플 의상들이 넘쳐나는 작업실 한가운데 앉아 머리를 감싸고 있던 예린이 그를 올려다보았다.

"뭐야~."

해윤은 실망스럽게 골프채를 늘어뜨렸다. 그러자 예린은 벌떡 일어나 격정적으로 그의 두 팔을 움켜잡았다.

"큰일 났어! 내 웨딩드레스가!"

"웨딩드레스? 다섯 달 전에 이탈리아 장인, 그 이름이 에마 뭐시라던가, 암튼 직접 가서 맞춘 그거?"

해윤은 예린을 염려스럽게 바라보았다. 3년 전부터 결혼식에 입겠다고 찍어놓았단다. 그의 웨딩드레스를 본 이후로 다른 웨딩드레스는 눈에 들어오지도 않는다는, 장인정신이 눈물 나게 빛나는 웨딩드레스였다.

"마리오 에마누에레!"

그녀가 디자이너의 이름을 정정해주었다.

"근데, 그게 뭐."

그다지 이름까지 외우고 싶지 않다.

"그게 다른 데로 갔대!"

"다른 데? 왜?"

맞장구를 치면서도 이렇게 자신들이 애틋하게 비명 지르고 위로하는 사이던가, 하는 의구심이 들었다. 하지만, 이것도 나쁘지 않다. 뭐가 됐든, 이 여자는 지금 상당히 흥분해 있고, 위로가 필요한 상황이고, 앞으로 평생 이렇게 살 것이다.

"나도 몰라!"

예린은 비명을 지르다 결국 '꺽꺽' 하고 목 놓아 울기 시작했다. 그런데 그녀의 아우라는 어쩐지 산뜻하고 발랄하다.

"울지 말고 자세히 말해봐."

우는 것은 딱 질색이다. 특히 우는 여자는. 예린은 눈물이 범벅이 된 얼굴을 절레절레 흔들었다.

"배달이 잘못 왔어. 어떤 정신 나간 비서가 주소를 잘못 적었는지 몰라도 나한테 온 게 이거야!"

예린은 울먹이며 등 뒤 책상에 올려 있던 커다란 천 한 뭉치를 잡아당겨 보였다. 아까부터 그녀의 아우라가 이상하다고 여겨졌던 이유를 이제야 알았다. 그녀가 들어 보인 것은, 흰 바탕에 드문드문 분홍, 노랑, 하늘색이 레이스 잡힌 드레스였다. 그 색깔들이 그녀 등 뒤 책상 위에서 뭉게뭉게 피어올라 눈물범벅이 된 그녀를 발랄한 느낌으로 만들었던 것이다.

"이게 뭐야?"

해윤은 눈앞에 펼쳐진 드레스 자락을 뒤적거렸다. 허리 밑이 유난히 짧다. 웨딩드레스 느낌이긴 한데, 너무 짧은 거 아니야?

"방금 이탈리아에 확인해보니까 다른 여자가 주문한 거래. 중요한 건 그게 아니고! 내 드레스가 이런 드레스를 웨딩드레스로 주문 제작한 정신 나간 여자한테 가 있다는 거야!!"

예린은 두 뺨을 감싸며 비명을 질렀다. 그야말로 초현실 공포 영화를 보는 것 같다.

"진정해. 그 디자이너가 그런 싸구려는 아니잖아. 이 드레스도 꽤 멋지긴 해."

이렇게 말한 해윤은 가느다란 어깨 끈에 달차근한 후르츠 칵테일 같은 드레스를 들어보며 고개를 흔들었다.

"그래서 나더러 결혼식에 이걸 입으라고?"

울던 예린이 눈을 치켜뜨며 정색했다. 이 또한 처음 보는 그녀의 행동이다. 이런 모습에도 익숙해져야 할 텐데.

"아니, 그게 아니라, 이 드레스랑 네 웨딩드레스 디자이너가 같다는 말을 하는 거야. 존중하란 거지."

"존중? 내 결혼식이 할로윈 파티가 되게 생겼는데, 존중?"

예린의 눈 색깔이 초신성적으로 변하기 시작했다. 해윤은 급긴장했다. 눈 색깔 변한 여자치고 결말이 좋은 적이 없다.

"말이 기분 나빴군. 미안. 이탈리아로 가서 다시 주문할까? 난 비행기 공포증이 있으니까 이번에도 같이 못 가."

해윤은 딱 잘라 말하며 들고 있던 드레스를 배달해온 상자에 서둘러 구겨 넣었다. 계속 예린의 눈에 보이게 했다가는 그녀가 접신하는 광경을 생눈으로 보게 될 것만 같았다.

"이게 말이 돼?"

얼른 이 상황을 접수하고 받아들여야 하는데 예린의 목소리는 아직도 괴성에 가까웠다. 결혼식이 아니라 웨딩드레스에 목숨을 건 모양이다. 억지로 하는 결혼식의 합병증 같은 것일까? 아니, 이 여자는 이러고도 남을 여자다. 허세와 명품에 길들여질 대로 길들여진.

"아님 다른 웨딩드레스를 찾아보든지. 뉴욕에만 웨딩드레스가 만 벌 넘게 널렸어!"

해윤은 '언빌리버블한' 동네에 살고 있다는 것을 상기시키듯 두 팔을 쳐들었다. 그러나 예린은 또박또박 냉정하게 소리쳤다.

"'내' 드레스는 따로 있어. 그게 다른 여자 손에 있다고! 그게 '내' 거야! 내 들러리 드레스가 아니라 '내' 거라고! '내가' '내' 결혼식에 입으려고 삼 년 전부터 찍어놓은 '내' 란 말이야. 그런데 다른 걸 입고 내 결혼식에 가라고? 난 못해. 절대 안 돼! 네버!"

그녀의 눈의 색이 정상으로 돌아왔다. 다행이다.

"그럼 이탈리아에 전화해서, 그 여자한테 이리로 보내달라고 하면 되겠네."

해윤은 핸드폰을 꺼내 들었다.

"이미 확인했어. 연락이 안 된대."

"뭐? 그 사람들도 기다리고 있었을 거 아니야?"

믿을 수 없는 해윤은 손가락으로 상자 뚜껑을 들어 올리다 얼른 다시 닫았다. 예린이 다시 광폭해지면 이 드레스를 찢을지도 모른다. 그럼 변상 가격만 상상을 초월할 것이다. 물론 이 여자에게 그건 중요한 게 아니겠지만.

"내가 그것까지 어떻게 알아!"

예린은 신경질적으로 소리쳤다. 설마 평생 이러진 않겠지. 이런 히스테릭한 증상은 우는 것 이상으로 질색인데.

"이탈리아 디자이너한테 변상을 요구해. 그건 내가 도와줄게. 그러고 나서 뉴욕에서 제일 근사한 웨딩드레스 숍으로 가서……."

"이미 그 디자이너는 죽었어. 내 웨딩드레스를 마지막으로 운명했대. 유작이 된 드레스라고. 이쯤 말했으면 변호사로서 그 웨딩드레스의 가치가 어떻게 될지는 모르지 않겠지?"

처음으로 예린의 전투력을 보았다.

"하지만 물 건너갔어!"

"가서 찾아오면 돼!"

"완전 응석받이군."

해윤은 두 손, 두 발 다 들었다.

"그거, 나 무시하는 발언인 거 알아?"

예린이 표독스럽게 말했다. 하지만 금방 미안하다고는 도저히 못하겠다. 이런 응석받이와 평생을 사는 것에 대해 다시 생각해보아야 할 것 같다.

"사랑이란 미명으로 결혼할 사이라면 그런 말 할 수 없는 거 아니야?"

"하! 우리가 지금 사랑, 뭐 이런 말을 할 단계인가? 솔직히 너와 나는 지금, 바지도 벗지 않고 변기 위에 앉아 변비와 싸우는 것 같은데."

"할아버지 말을 듣는 게 아니었어."

예린은 주먹을 불끈 쥐었다.

"왜, 지금이라도 옛날 그놈 찾아가게?"

해윤은 빈정거렸다. 나중에 후회할지는 모르겠지만 징징거리는 애들은 고아원에서 본 애들로 충분했다.

"당신보단 낫겠지."

예린은 눈을 가늘게 뜨고 해윤을 무섭게 노려보았다.

"그럼, 지금이라도 가. 어쩌면 그게 너와 나의 구사일생이 될지도 모르겠네."

"그걸 바라는 거야?"

"지금 그렇다고 말하지 못하면 나중에 후회하겠지? 너도 마찬가지잖아."

"좋아. 고민하고 있었는데 내가 구사일생의 기회를 주지."

갑자기 그녀는 비장해졌다.

"난 그 드레스 꼭 입을 거야. 하지만 내 옆에 누가 있든지는 상관없어. 솔직히 아직도 날 잊지 못하는 그 사람이면 더 좋겠지."

"그 사람?"

애송이 말이군!

"가진 게 그림 실력이랑 물통밖에 없어서, 할아버지 눈 밖에 난 사람이지. 그래서 우리 결혼도 이뤄지지 못했고. 하지만, 내가 이혼녀가 되면 상관없을 거라고 생각해. 더욱이 당신이, 내가 정신병자더라는 소문까지 내주면 고맙겠지. 그럼, 난 그 사람이랑 다시 시작할 수 있어."

"나더러, 지금 뭘 포기하라는 거야?"

차마, '내 돈들은?'이라고 물을 수 없었다.

"결혼 계약서 써줄게. 내게 정신병적인 결함이 있을 시 이혼해주겠다는. 그 대가는 내가 가진 주식 전부야. 알지? 내가 할아버지 다음으로 주식이 많다는 거. 뭐, 할아버지에 비하면 새 발의 피지만."

다시 해윤의 머리에서 연기가 나기 시작했다.

"날 시험하는 거야?"

"변호사잖아. 내가 당장 써줄 테니까 공증을 걸어. 대신, 내 웨딩드레스 찾아와줘. 그 디자이너의 유작이야. 패션 디자이너로서 포기할 수 없어. 그리고 아무나 못 보내. 가치가 수직으로 치솟을 웨딩드레스야. 당신이 꼭 찾아와."

징징거리는 응석받이와 평생을 사느냐, 그녀의 소원을 들어주고 결혼 조건에는 미미하지만 넉넉하게 사느냐.

"좋아. 찾아다 줄게."

주소가 혼동일 테니 잘못 가봤자 뉴욕 어디쯤 처박혀 있겠지. 그리고 오 회장에게 질질 끌려 다니지 않으면서 사는 것이다. 그것도 나쁘지 않다.

"궁금하지? 내 웨딩드레스가 어디로 갔는지? 내가 주소 알려줄게."

예린은 잡혀간 웨딩드레스를 구출해올 수 있는 기사를 얻었다는, 그럼으로 해서 그 기사와 평생 '아듀' 할 수 있다는 기쁨에 들뜬 얼굴로 다급하게 전화기를 들었다. 그리고는 종이에 빠르게 주소를 받아적어 해윤에게 내밀었다.

"자."

해윤은 예린이 적어준 주소를 받아들었다. 그리고 눈으로 보고도 믿을 수 없는 상황을, 눈을 비벼 뜨며 확인하고 또 확인했다.

"이, 이게 어느 나라 주소야?"

믿을 수 없는 나머지 해윤은 말을 더듬거렸다.

"어디긴. 한국이지. 코, 리, 아."

"뭐엇?"

망할. 한국까지 헤엄쳐 가라는 거야?

"갈 거지? 언어도 문제 없으니 당신이 완전 적임자야."

"나 비행기 공포증 있다는 거 말 안 했나?"

해윤은 부글부글 끓는 속으로 그녀를 가늘게 쏘아보았다.

"잘 생각해. 난 그 웨딩드레스 없으면 결혼 안 해. 그럼 결국 당신은 나랑 결혼 못해서 쪽박 찰 거야. 쪽박을 찰래, 결혼했다 이혼하고 내 주식 챙길래?"

이젠 머리에서 김이 나다 못해 다 타고 재만 남아 댕강 떨어질 것 같다. 해윤은 미간을 꼬깃꼬깃 접었다.

"유산 받아야 한다며?"

"다른 눈먼 놈들도 많아."

이게 아주 대놓고 사람을 돈에 눈먼 병신으로 만들고 있다.

"진짜 그걸 원해?"

해윤은 재차 확인했다. 예린은 해윤과 시선을 맞부딪히며 고개를 끄덕였다. 해윤은 한숨을 쉬었다. 그러나 예린은 웨딩드레스가 돌아올 생각, 그리고 옛날 애인과 다시 엮일 생각에 기분이 날아갈 것처럼 보였다. 반대로 해윤은 갑자기 피곤이 몰려오고 세로토닌이 급격히 온몸으로 확산되어 우울증이 그를 잡아먹을 것만 같았다.

제목 : **마일리지 안내입니다.**

From : 델타 에어라인 항공〈reserv@deltaair.com〉

To : 조해윤〈winnerhy@robert&july.com〉

안녕하십니까, 조해윤 고객님.

저희 항공사를 재이용해주심에 깊은 감사를 드립니다.

18년 전 저희 항공사의 만족도 설문조사에서 최하의 점수를 주신 고객님께서 18년 만에 재이용해주신 점, 저희 항공사로서는 무척 뜻 깊은 바입니다.

고객님의 설문조사 점수로 인해 저희 항공사에서는 긴급회의를 소집하여 저희 항공사 이용에 대한 문제점을 심도 있게 논의하였고, 그 결과로 지금의 서비스 시스템이 탄생하였다고 해도 과언이 아닐 것입니다.

저희 서비스 개선에 큰 도약점이 되어주신 조해윤 님께 다시 한 번 감사드리오며, 이번 여행 시에도 불만족스러우시거나 개선의 필요성을 느끼시는 점이 있다면 저희에게 알려주시길 바랍니다(설문지는 배포되지 않습니다).

특별히 고객님께는 탑승 후 이용치 않아 소멸된 마일리지를 복원해 드리겠습니다.

고객님들과 더불어 성장하고 발전하는 항공사가 되겠습니다.

이용해주셔서 정말 감사합니다.

2. 미스터 웨딩드레스

 효인이 생각보다 '뒤끝 임팩트' 있는 놈이라는 걸 다음 날 회사에 출근해서 알았다.

"우리 회사에 무슨 일이 일어났는지 알아?"

사장이 세경을 불러놓고 삐딱하게 말했다.

"지 대니얼 연주회 기획하느라 정신없잖아요."

세경도 삐딱하게 대꾸했다.

"우리, 연주회장 못 구하게 생겼어."

"왜요?"

세경은 고개를 갸웃했다. 대한민국에 점점 느는 곳이 공연장인데.

"그건 아마, 결혼식장에서 도망친 신부님이 잘 알지 싶은데."

"그걸 제가 어떻게……."

세경은 의아했다.

"우리가 섭외하려던 대극장에서 다 불가능하단 회답을 보내왔어! 뾰족한 다른 공연을 유치한 것도 아닌데!"

"그게 저랑 왜……."

점점 불길해졌다. 가끔 종잡을 수 없이 열을 내서 그날인가, 싶게 만드는 대머리 사장이었지만, 오늘은 어쩐지 이유 없이 무식하게 화내는 것 같지 않았다.

"자네가 버리고 간 그 신랑 말이야! 엄청난 끗발인 건 알고 있었어? 아니까 결혼 결심도 했겠지. 이상해서 알아보니까, 그 재단에서 우리랑 연결된 공연장을 다 끊어놨대. 우리 공연 올렸다가는 재단에, 이사회에, 동문회까지 총출동해서 물 먹이겠다고 엄포를 놨대! 이게 말이돼?"

"자유민주주의 국가에서요? 설마요."

"그렇지? 그럼 경찰에 신고할까? 그럼 될라나?"

사장의 표정은 회의적이었다. 세경의 머리를 스쳐 간, 그 경찰도 효인의 인맥과 닿아 있을 것 같다는 불길하고 재수 없는 짐작이 사장의 머리에도 스치고 간 모양이다.

"제가 어떻게 해볼게요."

"어떻게. 다시 청첩장 박아서 돌리게?"

할 말 없게 만드시네. 세경은 한숨을 내리쉬며 고개를 숙였다. 그런 그녀가 안쓰러웠는지 사장의 목소리가 잦아들었다.

"그거 아니면 일단 생각 좀 해보자고. 협조 요청하러 다른 직원 보냈으니까 자네는 당분간 그쪽에 코빼기도 보이지 마."

"그럼 뭐 해요. 공연장 섭외하러 다니던 게 일인데."

세경은 투덜거렸다.

"오늘 뉴욕에서 팝페라 가수 오예린 도착하는 날이야. 갑자기 일정이 잡혔어. 공연 전에 사전 협의하러 온 거니까, 픽업해서 호텔에 모셔다 놔. 그게 오늘 자네가 할 일이야."

"에이, 그건 원래 담당직원 시키죠? 안면도 없어 서먹하고, 또 갑자기 제가 가면 놀랄 텐데."

"그 직원이 그나마 자네가 죄다 끊어놓은 인맥 붙이기에 선수인데 어떡해!"

사장이 미간을 촘촘하게 접었다. 결국 세경은 어깨가 축 늘어진 채 돌아설 수밖에 없었다.

"빨리 안 튀어가!"

사장이 발걸음이 늘어지는 세경의 뒤에 대고 버럭 소리쳤다. 젠장.

오예린, 뉴욕발, 도착 예정 시간 6시 40분.

공항에 도착한 세경은 시계와 도착 비행기 알림이 '촤라락' 넘어가는 스케줄 보드를 번갈아 보았다. 시간은 정확히 6시 40분이었다. 그리고 정확한 타이밍에 스케줄 보드의 낱말이 촤라락 변하더니 뉴욕발 비행기가 도착했다는 메시지가 떴다. 나이스~!

세경이 서둘러 찾아간 입국장의 문이 마침 열리고 있었다. 그리고 이방인 정취가 가득한 사람들이 우르르 문 밖으로 밀려나왔다.

오예린. 아, 그런데 어떻게 생긴 여자더라? 회의 때 재미교포라는 소개와 함께 자료 사진을 봤던 것까지는 기억나는데, 결혼 준비하느라 대충 봤다. 큰일 났다.

세경은 까치발을 하고 사람들 틈에서 팝페라 가수일 법한 여자를 찾았다. 얼굴을 모르니 감으로 때려잡는 수밖에 없다. 그런데 그 감이, 쉽게 잡히는 게 아닌 것 같다. 간혹 두리번거리는 사람이 있으면 그 여잔가 싶어 다가갔다. 그러면 호객 행위를 하는 삐끼가 가로채듯, 다른 마중 나온 사람들이 그 사람들을 데리고 사라졌다. 휴, 금방 찾을 수 있을 거라 생각한 건 착각일까. 가뜩이나 고문하듯 주기적으로 전화하는 엄마의 잔소리로 잠까지 설쳤는데.

세경은 급하게 몰려오는 피곤함으로 목이 뻣뻣해짐을 느꼈다. 이리저리 목운동을 하던 그녀는 마중 나온 사람들 틈에서 이름을 쓴 종이를 들고 있는 사람들을 발견했다. 그리고 두리번거리며 입국장에 들어선 사람들은, 마중 나온 무리가 든 팻말 중에서 자신의 이름을 발견하고 그 사람에게 다가가 뺨을 부비는 인사를 하고서 함께 사라졌다. 동서울 시외버스터미널에 시골 친척 픽업하러 온 것도 아니고, 왜 저 생각을 못했지?

세경은 서둘러 간이의자에 엉덩이를 붙이고 앉으며 가방을 뒤졌다. 그러나 자신의 가방 안에서 종이 나부랭이 따위는 보이지 않았다. 그렇다고 손수건이나 티슈에 써서 흔들 수도 없고.

이미 입국장을 빠져나온 사람들은 반으로 줄었다. 세경은 서둘러 주위를 둘러보았다. 그러다 의자 밑에 떨어진, 여백이 빈 귀퉁이에 영어로 '낭만 투어'라는 로고가 박힌 종이를 발견했다.

세경은 서둘러 종이를 주워들고 가방에서 펜을 찾았다. 젠장. 학교 때는 화장품 파우치 대신 필통을 분신처럼 달고 다녔었는데.

세경은 사람들이 눈에 띄게 줄어드는 입국장을 힐끔거리며 아이펜슬이라도 있나, 하고 화장품 파우치를 뒤적였다. 그리고 발견했다. 빨간 립스틱. 이름을 빨간색으로 써도 괜찮은 민족이겠지? 남이 써주면 장수한다잖아.

세경은 서둘러 '낭만 투어' 종이에 미국에서 올 여자의 이름을 영어로 크게 썼다. 그러다 '린' 자에서 막혔다. RIN인가, LIN인가. 그리고 보니 '오' 자도 미심쩍다. 'O'라고 해야 하나, 'OH'라고 해야 하나. 갑자기, 이름 세 글자 앞에서 수능 외국어 영역 시험 보듯 난해해졌다.

세경은 고개를 숙이고서 손톱을 씹으며 고민에 빠졌다.

"메이비 L, I, N……?"

갑작스런 남자 목소리에 깜짝 놀란 세경은 고개를 돌렸다. 그러자 그녀의 등 뒤에, 작은 캐리어 가방에 커다란 상자를 든 웬 동양 남자와 눈이 마주쳤다. 그는 세경의 뒤에 서서 그녀가 쓰고 있는 종이의 이름을 뚫어지게 내려다보고 있었다. 인상 끝내준다. 잘생겼으나, 범접하기 쉽지 않은 포스가 느껴진다. 영어를 쓰는 거 보니 방금 오예린과 한 비행기를 타고 온 사람인 듯싶다.

세경은 어색하게 웃으며 'LIN'이라고 빨갛게 썼다.

"오예린 찾습니까?"

세경이 서둘러 립스틱 뚜껑을 덮는 순간, 그가 다시 물었다. 아까는 영어로 묻더니, 한국말이 유창하다. 세경이 놀라움과 경계심이 뒤섞인, 혼란스런 표정으로 그를 다시 돌아보았다.

"그렇습니다만……."

같은 한국인 같고, 모르는 남자를 무조건 의심하는 건 나쁘지만, 갑자기 남자가 이런 친절을 베푸는 데는 이유가 있을 것이다. 의로운 사람이거나, 안방과 건넛방 불문하고 지나치게 오지랖 넓은 사람이거나, 세경에게 환심을 사고 싶은 사람. 이도저도 아니라면 공항 전문 인신매매범……?

세경은 마지막 생각에서 머리를 절레절레 흔들었다. 하지만 그가 든 상자는 여전히 미심쩍었다. 뭐가 들었을까. 공항을 빠져나가기 힘든 물건이라 자신을 이용하려는 건지도 모른다. 세경은 청원경찰이 어디에 매복해 있는지는 알아두어야겠다 싶어 그와 마주 서는 사이 주위를 획 둘러보았다. 다행히 멀지 않은 곳에 경찰 제복 입은 사람들이 보였다.

"난 조해윤이라고 합니다."

그가 손을 불쑥 내밀었다.

"미안해요. 전 오예린 씨를 기다리고 있어요."

세경은 손을 내민 그에게 손사래를 쳐 보였다. 내가 어디 가서 빠지지 않는 미모라는 건 인정하지만, 이런 식으로 대시하는 건 질색이야.

"아……."

그는 잠시 난감해하더니 이내 고개를 끄덕이며 회심의 미소를 지었다.

"난 오예린이 보내서 온 사람이에요."

공연 협의하러 온다더니, 다른 사람을 대신 보냈어?

"아, 그러세요? 죄송해요. 제가 전달받지 못해서요. 원래 담당이 제가 아닌데, 사정이 있어서 제가 나왔거든요. 한세경이라고 합니다."

"그렇군요."

그는 피곤한 표정을 지으면서도 애써 웃어 보였다. 얼른 숙소부터 정해줘야 할 것 같다. 아, 그런데 숙소 얘기를 듣지 못했다.

"아, 숙소를 정해놨을 텐데 제가 확인을 못했네요. 잠깐만 기다려 주실래요?"

세경은 그에게 눈웃음을 지으며 돌아서서 재빨리 기획사로 전화를 걸었다.

80도짜리 인화성 알코올을 마신 것처럼 해롱거린다. 위장이 다 뒤집어지고 상하가 뒤바뀐 것만 같다. 항문은 있는 대로 조여졌고, 소장과 대장이 역류운동을 시작했다. 비행기 공포증 정도가 아니라 비행기를 타면 그대로 즉사가 아닌가 싶다. 한국에서 미국으로 갈 때 느꼈던 딱 그만큼의 공포였다.

그전에는 비행기를 타본 적이 없으니 당연하겠다만, 자신에게 비행기 공포증이 있다는 걸, 오 회장의 부름으로 미국으로 가던 날 처음 알았다. 공중에서 날던 자신의 비행기가 태평양으로 '뚝!' 떨어지는 꿈을 비행기에 앉아 100번은 꾼 것 같다. 그리고 똑같이 100번 비명을 지르며 깨어났다.

날씨 탓도 있었을 것이다. 그가 한국을 떠나 미국으로 간다는 사실을 하늘이 너무 슬퍼했는지 비가 엄청 내렸고, 천둥번개까지 동반했다. 이런 날씨에는 비행을 하지 말아야 하는 것 아닌가. 기장의 정신상태가 의심되는 비행 속에서 해윤은 만일 비행기 사고로 자신이 죽을 경우에 대해 수없이 생각했다. 그리고 곧 자멸감에 화가 치밀었다. 자신이 죽는다 한들 슬퍼할 사람 하나 없고, 기억할 사람도 별로 없을 것이다. 겨우, 미국에서 자신을 마중 나와 기다리는 오 회장의 수하 정도?

눈물이 났다. 세상에 태어난 게 그렇게 억울할 수 없었다. 공중에서 날던 비행기에서 죽는 것도 억울했고, 아무도 자신이 존재했던 것을 모른다는 것이 눈물이 났다.

이놈의 인생, 가만 안 두겠어. 내가 어떻게 사는지 인생에게 보여주겠어! 해윤은 다짐하고 또 다짐했다. 그리고 비행기는 절대 다시 타지 않겠다고, 미국에다 뼈를 묻겠다고 다짐했다. 그런데 이렇게 죽기 직전인 채로 비행기에 오른 지 2시간이 흘렀다. 차라리 죽고 싶다.

"익스큐즈 미."

참다못한 해윤은 지나치는 스튜어디스에게 속삭였다.

"뭘 도와드릴까요?"

스튜어디스는 해윤을 향해 친절하게 허리를 굽혔다.

"이 비행기, 날고 있는 거 맞습니까?"

"죄송합니다만…… 뭐라구요?"

스튜어디스는 해윤을 향해 조심스레 되물었다.

"됐어요. 땡큐."

해윤은 한숨을 쉬며 손을 내저었다. 스튜어디스는 난처한 미소를 짓고서 총총히 사라졌다.

제길. 비행기가 공중에 떠 있는 건 맞는 것 같은데 앞으로 나가는 것 같지가 않다. DHL이라도 지나가서 길을 비켜주고 있는 건지. 왜 여객기들은 제트 엔진을 달지 않는지 의문이다. 그럼 티켓 값이 오를까?

해윤은 짜증스럽게 손바닥으로 얼굴을 쓸었다. 뒷골은 뻣뻣하고 머리가 멍했다. 비행기에 오른 지 두 시간 만에 해윤은 뼈를 파고드는 후회를 하기 시작했다. 그냥 쪽박 찰걸. 괜한 것에 목숨을 건 기분이다. 이 괜한 것에 목숨을 걸려고 로펌에 휴가까지 냈다. 그리고 아까부터 이상한 초음파가 두 귓구멍을 일직선으로 연결해놓고 있다.

에엥— 에엥—.

고래가 무임승차라도 했나? 해윤은 미간을 찡그리며 주위를 둘러보았다. 그러다 저쪽 구석에서 보채는 아기를 안고 쩔쩔매는 여자가 보였다. 아주, 가지가지 하는구나. 화내기에는 비인간적이고, 참기에는 파리가 윙윙거리는 것보다 큰 울음소리에, 뇌의 주파수가 아기의 울음소리에 맞춰져 버렸다.

"익스큐즈 미."

해윤이 다급히 지나가는 스튜어디스에게 손을 들어 보였다. 그리고 고개를 드니, 아까 그 스튜어디스다. 자신을 보는 스튜어디스의 눈빛이 심상치 않다. 미친놈으로 보는 걸까? 또 어떤 다른 이상한 질문을 할까, 하고 기대하고 있나?

"타이레놀 있습니까?"

해윤은 식은땀을 흘리며 말했다.

"그럼요. 곧 가져다 드리겠습니다."

스튜어디스는 미소를 지으며 접었던 허리를 폈다.

"아, 세 알요. 세 알 부탁합니다."

해윤은 손가락 세 개를 펴 보이며 다급하게 속삭였다.

"오케이~"

스튜어디스는 고개를 끄덕였다. '넌 열 알 먹어도 부족해 보인다.' 뭐 그런 표정이었다.

곧 스튜어디스가 생수와 알약을 가져다주었다. 해윤은 그것을 단숨에 삼켰다. 자, 이제 자자. 해윤은 두 손을 가슴에 포갰다. 그런데 형편은 나아지지 않았다. 좀 더 참아도 상태가 나아지지 않으면 차라리 수면제를 달라고 할 것이다. 없다면 엄청 세게 한 대만 갈겨 달라거나.

해윤은 어떻게든 잠들고만 싶어 창가 쪽으로 몸을 비틀었다. 그러자 옆에 앉은 덩치 큰 남자가 식은땀을 흘리며 시야를 어둡게 가리고 있음을 발견했다. 어쩐지 유난히 비행기에 그늘이 졌다 했다. 안색을 보아하니 그도 해윤만큼 이 비행이 마음에 들지 않는 것 같았다. 비염이 있는지 숨소리까지 색색거린다. 해윤의 콧구멍까지 바싹 마르는 기분이다. 어떻게든 이해해주고 싶었지만 부피가 큰 그가 몸을 움직이는 바람에,

움찔하고 물러앉은 해윤은 어쩌다 보니 제 의자의 삼분의 일을 그에게 할애하게 되고 말았다. 편안하게 몸을 풀었다가는 그의 식은땀 나는 몸과 찰싹 달라붙을 것만 같다.

해윤은 신음하듯 다급하게 스튜어디스를 불렀다.

"익스큐즈 미."

"네~?"

제기랄. 이 비행기에 스튜어디스는 이 여자 하나뿐인가? 지금까지 해윤에게 일대일 서비스를 펼친 그 스튜어디스가 또 친절한 미소로 해윤에게 허리를 굽혔다. 한 대 쳐달라면 진짜 아귀 날아가게 쳐줄 것만 같다.

"여기 있는 도수 최고 알코올이 뭡니까?"

지금 여기서 술 마시고 죽겠냐면 당연 오케이다. 스튜어디스 주먹보다 그게 낫겠다.

비행기가 운전 중이긴 했나 보다. 해윤은 결국 인천공항에 안착했다. 그러나 시차 적응하는 데 시간이 좀 걸리겠다.

그는 배기지 클레임(baggage claim)에서 맨 꼴찌로 짐을 찾아, 젖은 솜 같은 캐리어를 질질 끌고 입국장에 들어섰다.

빌어먹을. 욕이 안 나올 수가 없다. 깃발이나 꽃가루, 꽃목걸이는 바라지도 않는다. 최소한 누군가 나와 환하게 웃으며 맞아줄 줄 알았다. 자신이 입지도 않을 웨딩드레스를 찾으러 온 혈혈단신 원정대로서 그 정도는 해주어야 하는 거 아니야? 예린은 제 웨딩드레스를 잘 찾을 수 있게 도와줄 누군가가 나와 있을 거라고 분명히 말했다. 그러나 자신의 이름, 또는 예린의 이름을 개미 콧구멍만큼이라도 흘리며 찾는 사람을 볼 수 없었다.

미국으로 가기 전까지 15년을 한국에서 살았다. 그런 고국에 다시 돌아오니 조금은 감동적이기도 하다. 하지만 누구도 자신을 기억하거나, 기다리고 있을 거란 기대감이 전혀 없었다. 그래서 그 조금의 감동도 금방 바닥을 보이며 말라버렸다.

완전 의욕 상실한 해윤은 터덜터덜 간이의자로 걸어갔다. 그러다 거기서 '낭만 투어'라고 영어로 쓰인 종이에 '오예린'의 이름으로 추측되는 영문을, 핏물 같은 빨간 립스틱으로 쓰고 있는 여행사 직원을 발견했다. 저 여자도 대신 나온 것 같다. 대리인들끼리 불굴의 의지를 다지게 생겼다.

그래도 여행사이니 최소한 숙소는 힘들지 않게 정할 수 있겠다고 해윤은 스스로를 위안했다. 빨리 그 망할 놈의 웨딩드레스나 찾아서 한국을 떠나자.

"생각해둔 호텔 있어요?"

그녀가 물었다.

"음, 아뇨."

해윤은 고개를 저었다. 아무 호텔이나 들어가 일단 자고 싶다. 비행기에서 죽을 뻔한 고비를 넘기고 나자 급격하게 피로가 몰려왔다. 그런데 그녀는 난감한 표정을 지었다. 뭐야, 여행사 직원이면 숙소쯤 미리 정해놔야 하는 거 아닌가.

해윤은 뜨겁게 데워지는 폐의 공기를 식히기 위해 최대한의 인내심으로 인터쿨러를 가동했다.

"난감하네."

여행사 직원은 준비성 없다는 눈으로 해윤을 쓸어보았다.

"담당자한테 전화했는데 호텔 예약에 문제가 있었나 봐요. 예약 파악이 안 된다네요?"

그녀는 어깨를 으쓱해 보였다. 그래서, 지금 그걸 같이 의논해보자는 거야 뭐야.

"하는 수 없네요. 우리, 가까운 호텔부터 알아보러 갈까요?"

그녀는 심기일전하듯 어깨에 힘을 넣고는 해윤에게 따라오라는 손짓을 했다. 무슨 경우냐, 이것은. 자신의 나태함을 너무 상큼하게 패스시키잖아?

해윤은 다소 어이없는 여행사 직원의 자신감 가득한 뒤태를 기가 차쳐다보았다.

"방이 없다구요?"

잠이 덜 깬 해윤을 로비에 앉혀둔 세경은 안내데스크로 와서 방을 부탁했다. 그러자 호텔 직원이 정중하게 빈 룸이 없다고 말했다.

"한국 방문의 해잖아요."

언제는 아니었어? 그렇다고 해서 전 세계 사람들이 한국 정부가 표방한 캐치프레이즈에 따라 움직여 모두 동시에 한국에 와 있는 건 아니지 않은가. 그녀의 어깨 너머로 'Visit Korea Year'란 문구가 형형색색으로 걸려 있었다.

"봄이라 지역 곳곳에서 축제를 많이 하고 있어서 관광객이 많이 늘었어요. 게다가 세계적인 심포지엄이 서울에서 열리고 있잖아요. 요즘엔 미리 예약 안 하시면 방 잡기 힘드실 텐데요."

문득 드라마의 한 장면이 떠올랐다. 부유층의 주인공들이 지가 꼬신 여자들과 원 나잇 하려고 호텔에 오면 두말없이 방 키를 내주던데. 한국 방문의 해 어쩌구 하며 방이 없다고 떠드는 드라마를 본 적이 없다.

"그럼 근처에 다른 빈 룸은 없는지 확인해주실 수는 없나요? 한국 방문의 해답게 한국을 방문한 분이 한 분 있거든요."

세경의 간절한 말에 직원은 어딘가로 전화를 걸었다. 공연장 섭외 미스 냈다고 그 난리를 치더니, 이따위로 일을 넘겨? 기획사로 돌아가면 사장이든 담당직원이든 가만 안 두겠다.

한쪽 다리를 초조하게 떨며 데스크에 팔을 얹던 세경은 로비에서 쪽 잠을 자고 있는 해윤을 돌아보았다.

잠시 후, 전화를 걸던 직원이 슬픈 소식을 전해주었다.

"이 근처 호텔이 전부 찼다고 합니다. 모텔이라도 괜찮으세요? 그건 알아봐 드릴 순 없지만, 외국인들은 모텔 이용을 잘 안 하니까……."

세경은 직원의 브리핑을 들으며 다시 로비를 돌아보았다. 그사이 깼는지 눈이 반쯤 감긴 해윤이 팔걸이에 팔꿈치를 걸치고서는 손가락으로 이마를 문지르고 있었다. 바로 따끈한 온수가 차오르는 호텔 욕조로 공간 이동시켜줘야 할 것만 같은 모습이다. 하지만 모텔은 좀…….

입술이 푸들하고 떨리며 영겁의 한숨이 흘러나왔다. 세경은 해윤을 짐스럽게 돌아보았다. 달리 뾰족한 수가 떠오르지 않았다. 홈스테이를 시킬 수도 없고.

결국 세경은 별 소득 없이, 피곤에 쩐 양초처럼 의자에 들러붙어 있는 해윤에게 다가갔다. 세경의 기척에 해윤이 퍼뜩 놀라 고개를 들더니 주섬주섬 자리에서 일어났다.

"올라갈까요?"

그의 물음에 세경이 대꾸 없이 바라보자 해윤은 손가락으로 위를 가리켰다.

"미안해요. 지금 한국 방문의 해라 방이 없대요."

자기 입으로 한국 방문의 해를 지껄이는 게 너무 한심했다.

"방문의 해에 방이 없다구요? 이게 뭔 소리야?"

듣고 보니 그렇다. '방문은 했는데 방이 없다.'라니. 국가가 그런 캐치프레이즈를 세웠다면 없는 방도 만들어내야 하는 거 아닌가?

"갑자기 오셔서요."

세경이 미안해했다. 그러자 해윤은 눈을 동그랗게 떴다.

"미리 연락했잖아요!"

갑자기 해윤의 목소리가 커지자 지나가던 외국인들이 그들을 힐끔거렸다. 그의 고함을 들으니 세경은 오늘 아침 사장에게 깨진 것부터 해서 종일 받았던 스트레스가 겹쳐 화가 났다.

"화내지 마세요. 저도 노력하고 있어요. 어쩔 수 없다면 제 집이라도 내드릴게요!"

세경은 부아가 치밀었다. 이건 자신의 일이 아니었다.

"완전 싸구려 여행사네. 뭐야, 이 여자는. 부잣집 딸이 이런 여행사나 소개해주고."

해윤의 투덜거림에 세경은 눈을 희번득 떴다.

"뭐라구요? 여행사?"

세경은 순간 자신이 데려온 이 남자가, 기획사에서 기다리던 오예린이 보낸 사람이 아닐지도 모른다는 생각이 퍼뜩 들었다. 국제 범죄자. 어쩌면 이 남자는 숨을 곳이 필요해 어리바리하게 이름을 쓰고 있는 그녀를 희생양으로 삼아 이리저리 끌고 다닐 심산이었는지도 모른다. 하긴 오예린이란 여자와 직접 이야기를 나눠보지도 못했지 않은가. 오예린이란 스펠링을 쓰는 것을 보며 이 사람이 머리를 굴렸는지도 모르는 것이다. 오호라! 이 자식, 내가 여행사 직원인 줄 알고, 날 이용해 먹으려는 속셈이구만?

세경은 싸늘하게 팔짱을 끼며 한쪽 발을 까딱였다.

"당신, 경찰 무섭지? 혹시 불법 체류자?"

흥분한 세경은 빠르게 지껄였다.

"왓?"

그는 혼비백산했다. 당황하는 것이 불법 체류자가 맞는 것 같았다.

"됐어!"

흥분한 세경은 이리저리 둘러보다 현관 앞에 서 있는 청원경찰을 보고는 손을 뻗으며 소리쳤다.

"이봐요! 여기 사기꾼이 있어요!"

세경이 소리치자 청원경찰 둘이 눈을 동그랗게 뜨고 그들에게 달려왔다.

"뭐 하는 거야?"

해윤은 황당하게 세경을 쏘아보았다. 그리고는 자기에게 다가온 청원경찰에게 강하게 말했다.

"좋아! 이 여자 근무태만이야. 여행사에 전화해서 해고시켜요!"

목에 선을 그어대는 해윤의 행동에 어리둥절해진 경찰은 세경을 돌아보았다. 세경은 초연하게 어깨를 으쓱했다.

"사기꾼이에요. 내가 공항에 방문객을 픽업하러 갔었는데 이 사람이 내가 찾던 사람으로 사칭해서 날 여기까지 데려왔어요. 빨리 신원조사 해봐요. 한국 방문의 해라면서요? 이 사람이 우리나라의 국가적 사업을 그르칠지도 모르는 범죄자일 수도 있다구요."

세경은 빨리 잡아가라는 손짓을 하며 경찰들을 채근했다. 그러자 세경과 경찰들을 번갈아 보던 해윤이 손가락을 감정적으로 쳐들었다.

"국제법에 의하면, 이건 명확한 인격 모함이야. 명예훼손이라고!"

해윤은 정신이 가다듬어지지 않는지 잔뜩 구겨진 표정으로 소리쳤다.

"국제법? 봐요. 그런 것도 알아요. 국제적인 범죄자가 틀림없어요. 난 그럼 날 기다리는 사람 찾아서 다시 공항에 가야겠어요!"

세경은 해윤을 무섭게 쏘아보고는 가방을 고쳐 메고 몸을 돌렸다.

"이것 봐! 이렇게 하고 어딜 도망치려는 거야?"

해윤이 돌아서 가려는 세경을 잡아 세우고 눈을 똑바로 맞대며 경고했다. 경찰은 어딘가로 무전을 하고 있었다.

우습게 보인 것에 대한 분노에 사로잡힌 세경은 그를 씹어먹을 듯이 노려보며 소리쳤다.

"당신 국제 범죄자 맞지?"

"뭐? 미쳤어?"

해윤이 실신할 것처럼 휘청거렸다. 사람들이 몰려들었다. 그러자 두 경찰이 한 사람씩 팔을 꿰었다.

"일단 서로 가서 얘기하죠. 여기서 시끄럽게 하면 안 됩니다. 곧 차가 올 겁니다."

이에 해윤과 세경이 동시에 외쳤다.

"뭐라구요?"

"왓?"

그러자 한 경찰이 눈썹을 으쓱이며 부드럽게 말했다.

"패, 트, 롤, 카. 아시겠죠?"

"이것 봐요! 내 신분은 확실하다고요! 난 변호사예요!"

경찰에게 팔을 잡힌 해윤은 흥분하여 한국어와 영어를 섞어 소리쳤다.

"변호사? 흥! 네가 변호사면 나는 제우스다!"

역시 경찰에게 한쪽 팔이 잡힌 채 딸려가는 세경은 혀를 찼다.

그가 변호사 자격증이 있는, 그것도 국제 변호사 자격증이 있는 변호사라니. 믿을 수가 없다.

조서를 쓰던 세경은 경찰서 지구대에서 그를 심문한 결과에 당황하지 않을 수가 없었다. 팝페라 가수가 공연 협의하는 데 변호사를 보냈어? 공연 무대 만드는 데 법적인 계약 조항이라도 만들려고 했나? 세경은 도통 이해를 할 수가 없었다.

세경이 이런 생각을 하고 있을 때 그는 간헐적으로 검지를 쳐들어 세경을 포크처럼 찍으며 단호하게 자신의 의견을 피력했다. 아주 저질적인 여자라느니, 도대체 이 나라의 인정은 어디까지여서 저런 정신병자 같은 여자를 왜 길거리에 풀어두냐느니, 아주 노골적으로 세경을 폄하해대고 있었다. 말이면 단 줄 알아? 말하는 그의 입을 붙잡고 스테이플러로 박아주고 싶은 욕구를 세경은 겨우 참았다.

열변을 토한 해윤의 요구대로 그의 신원을 조회한 경찰은 조용히 세경을 불렀다. 잔뜩 쫄았지만, 쫄지 않았다고 자신을 세뇌시키며, 분명히 그는 국제 범죄자라는 미련을 버리지 못한 ─당연히 그는 범죄자여야만 했다─ 세경은 자신을 갈갈이 찢을 듯이 노려보는 해윤을 흘깃거리며 경찰에게 다가갔다.

"이 사람 변호사 맞아요. 미국에 영주권이 있대요. 그리고 오예린인가 하는 여자와도 통화를 했습니다. 그 여자분은 뉴욕에 있으시대요. 이 사람이 말한 모든 게 사실입니다. 저분은 당신이 벌 받기를 바라고 있어요. 명예훼손으로 고소하고 싶대요."

"예?"

세경은 펄쩍 뛰었다.

"하지만 정황이 그랬어요. 나를 여행사 직원으로 알고 서슴없이 날 따라……."

말을 하다 보니 그가 아주 허무맹랑하게 군 것도 아닌 것 같다는 생각이 그제야 들었다. 그가 말한 것이 모두 사실이라면 충분히 자신을 여행사 직원으로 믿을 만도 했다. 자신은 아니었지만, 어쨌든 '낭만 투어' 여행사 종이를 가지고 있었지 않은가.

그 상황에서 너무 그를 편협하게 음모론적으로 본 것일까? 왜 이런 깨달음은 항상 개망신 뒤에 오는 걸까.

"이런 시빌라이제이션(civilization : 문명이라 들리고 욕으로 말하다. ─ 작가 주)!"

세경이 이 말을 토하듯 뱉자 거기 모인 사람들 모두 '얘 뭐래?' 하며 세경을 보았다. 해윤은 또 콧방귀를 뀌며 세경을 거들떠보았다.

"미안합니다. 숙소를 알아봤는데 모텔 말고는 오늘 도저히 방을 구할 수가 없겠는데요?"

어딘가로 바쁘게 전화해대던 경찰이 해윤에게 말해주자, 해윤은 고향이 사무치게 그리운, 암울한 표정을 지었다. '당장 쉬고 싶은데, 어디서 거지 같은 상상력 넘치는 여자를 만나 이런 개고생을 하고 있나?' 하는 탄식의 얼굴이었다.

"사정해봐요. 이건 이해 문제 같은데, 게다가 저분은 변호사시니까 자초지종을 설명하면 이해할 겁니다."

명예를 심각하게 훼손한 죗값을 받을지도 모르는 세경에게 경찰이 금쪽같이 조언해주었다.

뭘 어떻게 설명해야 하나. 요즘 한국 여자들은 원래 생각이 편협하다고? 그리고 너 같은 방문객을 만나면 이상한 상상쯤 별거 아니게 해서 공권력을 행사한다고? 차라리 그냥 미친 여자라고 할까? 이 자리에서 바로 침 흘리고 히죽히죽 웃는 얼굴로 덩실덩실 춤추며 밖으로 나가면 미친년으로 보고 그대로 풀어주지 않을까? 그럼 그대로 이 상황에서 아웃할 수 있는데. 뭐, 미친년 취급이야 몇 분이면 끝이 나겠지만 말이다. 아, 정신병원으로 친절하게 이송해주려나?

세경은 한숨을 내쉬었다. 하지만 다른 방법이 없었다.

"미안해요."

세경은 꽉 막혀 삐걱거리는 목을 이리저리 비틀며 그에게 툭 던졌다.

"왓?"

그가 앙칼지게 세경을 쏘아보았다.

"크흠! 미, 안, 하, 다, 구, 요!"

세경은 정중한 자세로 목소리에 힘을 주었다.

"하지만 나도 피해자예요! 내 일이 아니었는데 갑자기 부랴부랴 나온 거라구요. 나는 그쪽이 오예린 씨 대신 온 사람인 줄로만 알았다가, 날 여행사 직원 취급해서 이용하려는 나쁜 사람인 줄로 오해했어요. 그럴 수 있잖아요. 제가 원래 상상력이 특별하거든요. 공연 기획하는 사람들이 그래요. 그렇다고 그런 사람들이 다 이상하다는 건 아니고."

세경은 말하는 동안 쭈뼛거리며 해윤의 안색을 살폈다. 뜻밖에도 그는 피식 웃었다. 그러나 세경을 쏘아볼 때는 레이저가 발사될 정도로 퉁명스러웠다.

"그 여자 친구들은 다 놀고먹던데, 웬 공연 쪽 사람? 대신 나온 건가?"

해윤이 못마땅하게 중얼거렸다.

"무슨 말씀이세요. 그 일 하러 나온 건데."

세경은 우물쭈물 말했다.

"일? 내가 공연할 일이 뭐가 있어서?"

"네?"

이건 또 무슨 병아리 방귀 뀌는 소리야?

"당신, 팝페라 가수 오예린 씨 대신 공연 협의하러 온 거 아니에요?"

"팝페라 가수? 내 약혼자가 노래하는 걸 들어본 적이 없는데? 가수였나?"

그는 제 약혼자의 비밀을 이제야 안 사람처럼 곰곰이 생각했다.

"뭐야, 혹시 당신……."

세경은 손가락으로 그를 가리키며 차마 말을 잇지 못했다.

"우리가, 뭐 헷갈렸나?"

해윤이 고개를 갸웃하며 세경을 빤히 보았다.

이런! '우라질'이란 말을 평상어로 안 쓸 수 없는 상황이다! 옘병!!

세경은 그대로 몸을 돌려 기획사로 가면서 사장에게 전화를 걸었다.

"자네……! 어딘가."

터지려는 고함을 앙다물며 참는 사장의 기운이 그대로 전해져왔다.

"제가 공항에 갔었걸랑요? 근데 거기서 오예린 씨를 아는 남자를 만났걸랑요!"

세경은 빛의 속도로 달리며 전화기에 대고 소리쳤다.

"다른 말 필요 없어. 당장 튀어와!"

사장은 소리치고 전화를 끊었다. 어휴~!

세경은 결혼식장에서 내뺄 때 뛰었던 것보다 100배 더 가속도를 붙여 달렸다.

해윤은 예린에게 전화를 걸었다.

"사람이 기다리고 있을 거라더니, 어떻게 된 거야?"

해윤은 자신이 사람을 잘못 아는 체한 것이 영 찝찝했다. 삼류 여행사 직원이라고 오도했던 그녀가 다른 사람을 기다리고 있다는 것을 경찰서에서 안 순간 뻘쭘하지 않을 수 없었다.

"당신이야말로 어떻게 된 거야? 아까 그 전화는 뭐고. 기껏 사람 기다리게 했더니, 나타나지도 않았다고 그쪽에서 난리였어."

예린도 어이없어했다. 이럴 때 내뿜을 것은 한숨뿐이리라.

"됐어. 주소도 있고 하니, 직접 찾으러 가지. 내가 한국 비운 사이에, 한국 사람들, 되게 4차원적여졌나 봐. 낯선 사람, 무서워졌어."

"무슨 말이야?"

"됐어. 웨딩드레스 찾으면 전화하지."

"기다릴게."

그녀는 이렇게 말하고 전화를 끊었다. 뭘 기다려? 그 기다린다는 게 사람이야, 사물이야? 어쩐지 사물보다 못한 취급을 받는 것 같아 기분이 확 상하려고 한다.

찝찝하게 전화를 끊은 해윤은 한동안 모텔 침대 모서리에 멍하니 앉아 있었다. 뉴욕에서 여기까지 온 지금까지 정신이 하나도 없었다. 갑자기 바뀐 항공노선처럼 느닷없이 모든 것이 이루어졌다.

전두엽이 감전됐었나? 왜 웨딩드레스를 찾아다 주겠다고 말했을까. '쪽박'이란 말에 흥분했나? 그냥 이혼 없이 살 거라고 못 박았어야 했다. 징징거리는 것쯤, 이해하려고 노력해볼 수도 있었는데. 게다가 공연 어쩌구 하는, 여행사 직원 같은 그 여자는 또 뭐고.

해윤은 헛웃음이 나왔다. 그리고 피곤이 급습해왔다. 비행기 공포증을 이겨냈다는 — 이겨냈다기보다 겨우 참았다는 — 피로가 주체할 수 없이 몰려왔다. 몸을 눕히고 싶은데 어쩐지 모텔 침대에 몸이 맞지 않을 것 같았다. 그다지 불결하지도, 냄새가 나지도 않는 곳이지만, 어쩜 뉴욕에도 이 같은, 아니 이보다 못한 모텔이 더 많을지 모르지만, 호텔처럼 트인 곳이 아닌, 이런 작고 구조가 촘촘한 곳은 고아원 이후로 질색이다. 옆방에서 이상한 소리도 들리는 것 같다.

벽을 타고 넘어오는 이상야릇한 소리가 공기에 섞여 해윤의 귓구멍을 파고들었다. 해윤은 괴이한 파장의 소음이 의아했다. 그래서 옆방 쪽 벽에 귀를 대었다가 소스라치게 놀라며 자리에서 벌떡 일어났다. 엄청 피곤한 상황인데 이쯤 되고 보니 쉽게 잠자기는 글렀다.

뻘쭘하여 텔레비전을 켜니 '흡!' 눈알이 튀어나올 광경이 적나라하게 펼쳐졌다. 폭탄 같은 곳이다. 혼자 있을 만한 곳이 못 된다, 여긴. 대학교 이후로 확실히 끊었는데. 욕망이란 이름의 전차에 맨몸으로 냅다 던져진 기분이다.

해윤은 서둘러 텔레비전을 끄고 윗옷을 벗으며 욕실로 갔다. 그리고 찬물을 세게 틀어 세수를 했다. 도대체 왜 온다고 했을까! 돈에 눈이 멀면 이 꼴을 당하는 거라는 하느님 가르침의 일종인가.

돈을 좋아하지 않았다면 수도사가 되지, 변호사는 되지 않았을 것이다. 그리고 변호사만큼 합법적으로 돈이 당기는 직업이 있기나 한가. 결국은 그놈의 '겹 껍데기' 드레스 때문이다. 망할 놈의 웨딩드레스! 찾기만 해봐라!

해윤은 주먹으로 세면대 가장자리를 후려쳤다.

제목 : **종로 경찰서 광화문 지구대입니다.**

From : 김광수 〈kwangsoojjang@police.go.kr〉
To : 한세경님〈ohmysekyoung@tm.com〉

안녕하세요. 파출소로 연행되실 때 오른쪽 팔에 함께 있었던 김광수 경장입니다.

급하게 가셨는데 무사히 귀가하셨는지 궁금합니다.

연락을 드린 것은 다름이 아니오라 조서를 꾸밀 때 지장을 찍고 가지 않으셔서요.

업무보고 체계라는 게 있다 보니 부득불 이렇게 메일을 보내네요.

전화번호도 적지 않으시고, 조서에 빈 공간이 많네요, 지금 보니까.

다른 것은 괜찮지만 지장은 꼭 찍어주셨으면 해서요.

인감을 바라진 않습니다.

확인 도장 자국이 없으니 문서의 정확성을 추구하는 제 입장에서 자꾸 거슬리네요.

그렇다고 제 지장을 찍을 수도 없고…….

번거로우시겠지만 꼭 한 번 들러서 지장을 찍고 가시기 바랍니다.

주소가 저희 관할 구역은 아니시네요.

귀하 관할 구역 지구대의 치안 유지와 보호 속에서 쾌청한 하루 보내시길 바라겠습니다.

주민 모두가 편안해지는 그날까지. 행복하세요.

기획사 사무실에 도착해서야 자료 사진으로 보았던 오예린을 기억해낼 수 있었다. 까무잡잡한 피부에, 성질이 있는 대로 몰린 인중과 눈초리.

다리를 꼬고 세경을 있는 대로 노려보는 그녀에게서 저승사자의 아우라가 느껴졌다. 그리고 그녀 옆에선 주먹만 한 털 없는 강아지가, 튀어나올 것만 같은 눈을 하고서 날카로운 덧니를 내세운 채 세경을 향해 앙칼스럽게 짖어대고 있었다. 그녀가 '물어!'라고 말만 하면 당장 달려들어 한입 물 태세다.

"도대체 우리나라에 인천공항이 몇 개 돼? 비행기를 납치해오라는 것도 아니고, 곱게 내린 사람 하나 픽업 못해와서 사람을 저 지경을 만들어놔?"

'저 지경'이라 함은, 공연 협의를 공연하면서 하려고 했는지 옷 가방만 다섯 개에 애완용 개까지 끌고 왔던 팝페라 가수 오예린이 세경을 기다리다 지쳐 짐과 개집을 질질 끌고 나와 택시를 잡으려고 시도, 한 시간 동안 길가에 서 있다가 10센티미터 하이힐에 발목이 나가버려 근처를 지나던 노인 전용 봉고차를 타고 서울로 오게 된 것을 말하는 것이다. 그러면서 개의 울부짖음으로 보청기가 망가진 노인과 대판 싸웠고, 또 짖는 개와 다른 노인이 '개 대 인간'으로 대판 싸웠고, 그녀는 노인에게 보청기를 변상해주고, 목적지는커녕 겨우 버스를 탈 수 있는 서울에 입성하자마자 길바닥에 버려졌단다. 그리고 다시 2차 택시 잡기를 시도했으나 역시 한 시간 남짓 만에 미수에 그치고, 인맥을 이어붙이기하며 돌아다니던 담당직원 여진의 눈에 포착, 세경이 들어야 할 욕을 여진이 다 먹으면서 그녀를 기획사까지 인도해왔단다.

여진은 스물여덟 살 이후로 세경이 먹을 욕을 대신 먹을 사주를 가지고 태어난 모양이다. 인맥을 붙이러 다니면서 하도 욕을 먹어서 30세기까지 살아남을 것 같다고 걱정했다. 늙어서 마음대로 죽지도 못하는 거냐면서. 세경에 대한 원망이 하늘을 뚫을 기세였다.

"변명을 하자면요, 어떤 미친놈이……."

"변명하지 마!"

"넵."

세경은 고개를 떨구었다. 억울하지만 과정보다 결과가 중요한 게 사회였다. 결과적으로 잘못한 건 세경이었다. 결혼식에서 튀어 공연장 섭외까지 영향을 미친 것도, 사람 잘못 보고 말을 건 성질 더러운 국제변호사를 만난 것도 다 세경의 잘못이었다.

"저 여자가 자네 자르래. 그렇지 않으면 우리랑 공연 안 하겠대!"

미치겠네. 오늘 연타로 자신을 자르라는 협박을 들었다. 인생을 너무 오래 산 걸까? 여기서 확 창밖으로 뛰어내려 버려?

"자네가 펼친, 의도치 않은 피해상은 이걸로 끝냈으면 해. 이 정도면 시말서가 아니라, 사직의 이유가 될 수도 있다는 걸 아나?"

세경은 다시 한 번 고개를 떨구었다. 입이 열 개여도 할 말이 없다.

"이번 일이, 결혼식에서 튄 여파랑 일맥상통한 거야?"

그런 것도 같다. 기도원에 들어가 금식 기도라도 해야 할까?

세경은 제 인생이 기막혀 말도 나오지 않았다.

"휴……, 공연장 입장료를 들고 먹튀 한 것도 아니고, 자네 인생을 걸고 튄 거니까, 나름의 번민이 있을 거라고 생각하고, 오늘 공항의 픽업 오류가 그 맥락에서 생긴 일이라고, 또 갑작스럽게 일을 떠맡아서 그런 거라고 아주 너그럽게 봐줄게."

사장은 주눅 든 세경의 두 눈을 안쓰럽게 마주 보았다.

"살려……주시는 거예요?"

세경은 겨우 눈을 들어 사장을 보았다.

"결혼식에서 튄 걸 기점으로 해서 자네한테 마가 꼈나 봐. 그걸 우리 기획사가 떠안을 수는 없지. 공연장 섭외, 공연 기획, 모든 제반 업무에서 손 떼."

"예? 그럼 뭘……."

"어시스트. 자숙하면서 다른 팀장들 어시스트에 열중해. 알았어?"

"사장님, 그건 신입들이나……."

"초심으로 돌아가라고. 듣자 하니까 웨딩드레스가 수공예로 만든 몇 천짜리였다며? 그런 것들 때문에 어깨에 힘 들어갔던 건 아니야? 오늘 픽업 건도, 예전 같으면 일일이 확인하고 갔을 거 아니냐구. 안 그래?"

입이 백 개여도 할 말이 없다. 틀린 말이 아니었다. 정말 허파에 바람이 들어갔었나.

"알겠습니다."

찌그러질 대로 찌그러진 세경은 목이 쑥 들어간 채로 사장실을 나왔다.

"미안해."

세경은 인맥 붙이러 다니느라, 버려진 공연자 픽업하러 다니느라 욕 넝마주이가 된 여진에게 사그라지는 목소리로 겨우 말했다.

"말해 뭐해. 결혼식장에서 튈 때부터 일이 꼬일 운세라는 걸 알아봤어."

뭐라고 다그치려던 여진은 죽을상인 세경을 보자 어깨를 떨구며 힘없이 말했다.

"내가 튄 건데 네가 왜 꼬여."

"네 옆자리니까 그렇지. 꼬일 때 혼자 꼬이는 것 봤어? 누군가는 피해를 보게 돼 있다고."

"미안."

할 말은 이것밖에 없었다.

"결혼식이 꼬일 징조였다면, 풀릴 징조는 뭘까."

여진은 심드렁하게 말했다.

"풀려봐야 알지."

세경은 책상 의자에 털썩 주저앉았다.

"알아봐."

여진은 알 수 없는 말을 했다. 세경은 어리둥절하여 그녀를 돌아보았다. 그러자 여진이 턱 끝으로 문 쪽을 가리켰다. 세경이 그녀의 턱짓에 따라 문 앞을 보니, 강후가 바지에 두 손을 꽂고 서서 그녀를 바라보고 있었다. 여진은 강후와 세경에게 어떤 과거가 있는지 알고 있는 유일한 기획사 동료였다.

"피아노 연주자들은 아무리 양복을 대충 입어도 태가 난다니까. 바지 주머니에 숨겨져 있을 비단결 같은 손가락하며. 결혼식에서 튄 건 정말 잘한 거야."

여진은 연필 끝을 입술에 문대며 부러운 눈길로 강후를 바라보았다. 하지만 세경은 더 이상 지칠 것도 없이 지쳐버려 그를 상대하고 싶은 마음이 없었다. 사장이 사장실에서 벽을 투시해 자신을 지켜보고 있을 것만 같았다.

세경은 어쩔 수 없이 그를 비상구로 끌고 가 시큰둥하게 대했다.

"무슨 일이야."

"공연에 문제가 있다면서."

"내 일 아니야."

"무슨 소리야. 내 공연……."

"밀려났어. 정확한 이유는 모르겠지만, 내 일이 배배 꼬이기 시작했거든. 당신도 나 때문에 피해보고 싶지 않으면 물러나."

말이 끝나자 그가 한 걸음 세경 옆에 다가섰다. 세경은 흠칫 놀라 뒤로 물러섰다.

"뭐 하자는 거야? 당신 일까지 꼬였다고 내가 덤터기 쓰면 좋겠어? 좋은 말 할 때 다른 담당자 찾아서 계약해."

세경은 그를 차갑게 흘겼다.

"공연이 중요한 게 아니니까."

"그럼 뭐가 중요해?"

갑자기 그는 그녀를 세차게 끌어안았다.

"보고 싶었어."

"지랄 마!"

순간 욱하는 마음에 생각도 않던 상스러운 말이 튀어나오고 말았다.

세경은 그를 강하게 밀쳐냈다.

"아무리 정 떨어진 옛날 남자래도 너무 막말하는 거 아냐?"

강후는 어이없다는 듯이 웃었다.

"나도 모르게 나온 말이지만 취소할 마음은 없어."

세경은 차갑게 몸을 돌렸다. 그러나 강후는 그녀의 손을 확 잡아당겼다. 순간, 그녀는 그대로 그의 가슴에 안기고 말았다.

"놓으랬지? 하나도 안 떨려."

강후의 가슴팍에 입술이 묻힌 세경은 무뚝뚝하게 말했다.

"보고 싶었어. 정말이야."

그가 벅찬 목소리로 말했다.

"그건 아까도 말했어. 안 통해."

"용서해줘."

용서? 그에게 이런 말을 들으리라고 생각하지 못했는데. 이럴 땐 어떻게 해야 '엣지' 있다고 하는 거지?

"네가 용서해줬으면 좋겠어. 내가 실수했어."

"용서하면? 나더러 뭘 어쩌라고? 용서해주면 맘 편하게 살 것 같아?"

세경은 그를 밀쳐냈다.

"다시 해, 우리. 네가 용서해주면 다시……."

그의 눈은 언제나 그렇지만 진지한 눈빛이다. 게다가 촉촉하다. 하지만 '다시'란 말이 가능할까? 회사 동료와 업무적으로 엮인 거라면, 또 피를 나눈 가족이라면 어떨지 모르겠다.

하지만 한때 인생의 전부였던 사람과 틀어져버린 것이 용서란 말로 해결이 될 수 있는 걸까? 자기 때문에 사랑을 믿지 못하게 된 걸, 이 자식은 알까?

"내가 용서한다고 하면 모든 것이 원점이 돼?"

세경은 믿음이 가지 않는 눈으로 그를 쏘아보았다.

"돼."

그의 의지는 강했다. 아직 연애감정에 충만할 만큼, 어린 걸까? '요이 땅' 하면 언제나 출발선에 모여서 달리는 아이들처럼?

"그런 완전한 용서가 있을까? 비가 오는 날이면, 우산도 쓰기 싫고, 빗속에 있는 것도 싫은데. 그런 비가 오는 날, 용서한 당신과 나란히 비를 맞으면 내가 무슨 생각을 할까?"

순간 강후의 눈빛은 암울해졌다. 그런 그의 눈빛을 보자 세경은 허탈한 미소가 지어졌다.

"그런 생각도 안 해보고 용서하래? 그리고 다시 시작하재? 제정신이야? 생각이 있기나 해?"

세경은 강후에게 조소를 보냈다.

"자존심 센 당신을 생각해서 그 말은 못 들은 걸로 해줄게."

"내가 그렇게 미워?"

강후는 차갑게 몸을 돌리는 세경의 뒤통수에 대고 물었다.

"그럼 예뻐할 줄 알았어?"

아이의 투덜거림 같은 그의 말에 세경은 어이없어 도리질을 하며 문을 향해 발걸음을 옮겼다.

"그럼 미워해."

강후는 진지한 목소리로 말을 이었다.

"테러하면 받아줄게. 신고하지 않을게. 미워할 만큼 미워하고 나서, 더 미워할 수 없게 되면, 미워하다 지치면…… 그때 다시 사랑하면 안 돼?"

순간 세경의 발걸음은 멈칫하고 말았다.

"호주에 가자마자 후회했어. 보고 싶은 만큼 후회했어."

그가 말끝에 설핏 웃었다.

"시간이 흐르면 흐를수록 내가 너한테 엄청 잘못했다는 생각밖에는 안 들었어. 그걸 말하고 싶은데, 너무 멀어서 못했어. 말해봤자, 너도 나도 어쩔 수 없을 테니까. 그래서 돌아온 거야. 너는 그대로 있어도, 내가 어쩔 수 있게. 네가 도망쳐도, 내가 쫓아갈 수 있게."

세경은 입술을 꽉 깨물었다. 손끝이 가늘게 떨리는 걸 그에게 들키고 싶지 않아 주먹을 움켜쥐었다.

"그래서 어쩌라고? 그렇게 낭만적으로 말해도 나한테 위로는 못 받아. 그렇게 아쉬우면 다른 여자를 찾아보든지. 당신이 나한테 할 수 있는 건 아무 것도 없어. 그래도 굳이 하나 할 수 있는 게 있다면, 공연이나 잘해. 그리고 떠나."

세경은 문에 다가섰다. 그러자 강후가 달려와 문을 열어주었다.

"엄청 고맙네."

세경은 그와 눈도 마주치지 않고 열린 문을 지나 건물 복도로 들어섰다.

"내 수행비서, 너밖에 할 사람 없어."

그가 소리쳤다.

"계속 우기면 죽여버릴 줄 알아."

세경은 목을 접고 눈을 잔뜩 내리깔며 사무실로 돌아갔다.

자리로 돌아오니 핸드폰에 부재중 전화가 두 통 와 있었다. 하나는 동생 세지였고, 다른 하나는 모르는 번호였다.

세경은 핸드폰을 책상 위에 던져놓고 그대로 엎드렸다. 결혼식에서 뛴 게 정말 잘한 걸까? 아주 먼 미래에 후회할지도 모른다고 생각했는데, 벌써 후회가 시작된다. 효인을 다시 보고 싶어서가 아니라, 지금 심신이 너무 피곤해서 그렇다. 강후가 돌아온 후로 모든 것이 여름 콩밭의 콩 줄기처럼 배배 꼬이기 시작했다. 이걸 풀려니, 답도 없어 보인다.

용서하라구? 그게 그렇게 쉬웠으면 이렇게 고민할 것도 없었을 것이다. 그가 자신을 빗속에 버린 그날로 용서할 수 있었을 것이다. 그러면 비 오는 날, 그렇게 혼비백산하며 집에 처박혀 있지도, 우산을 쓰고도 오는 비를 옴팡 뒤집어쓴 기분으로 다니지도 않았을 것이다.

정신병자도 아니고, 비 소리만 들어도 울적해지고 히스테릭해지는 자신이 미치도록 싫었다. 버려진 우산처럼 비 내리는 도로 위에 나뒹구는 기분이 싫었다.

그런데 뻔뻔하게 아무 일도 없었던 것처럼 돌아와 다시 시작하자니. 너무 이기적인 거 아니야? 나쁜 자식. 이러니 욕을 안 먹을 수가 없는 거다. 빌어먹을 자식 같으니.

눈을 뜨자마자 해윤은 서둘러 짐을 챙겨 모텔을 나왔다. 그리고 예린에게서 받은 주소를 들고 어제 잡혀갔었던 경찰서로 다시 갔다.

"서초구면 멀진 않은데, 바로 찾아가지 말고 전화를 한번 해보지 그래요?"

아, 좋은 생각이다. 해윤은 경찰이 내어준 전화기를 들고 비상 연락처에 적힌 번호로 전화를 걸었다.

"여보세요."

한 남자가 찌뿌듯하게 전화를 받았다.

"안녕하십니까. 드레스 때문에 전화를 드렸는데요."

해윤은 비교적 일이 쉽게 끝날 것만 같아 가벼운 안도의 한숨을 내쉬었다.

"드레스……라니요?"

뭔지 모르겠다는 투다. 안심 모드였던 해윤은 갑자기 초조해졌다.

"아, 아직 모르시나요? 이탈리아 디자이너한테 드레스 주문하셨죠. 마리오 에…… 뭐라는. 아무튼 받아보셨으면 아시겠지만, 드레스가……."

"이런 젠장! 내가 아직까지 그 결혼 스트레스에서 해방이 안 되는 거야? 드레스라니! 내가 입은 것도 아닌데 왜 나한테 전화하고 지랄이야!"

헉! 얼굴도 모르는 놈한테서 아침부터 욕을 먹었다. 내 이 자식을 당장! 해윤은 핏대가 빠직 선 이마를 손끝으로 문지르며 '참을 인' 자란 한문이 어떻게 쓰던 거였는지 획순을 더듬었다. 어제 그 정신 나간 여자는 국제 범죄자라고 고래고래 소리치더니. 한국에 온 시작부터 아주 낯선 한국인들한테 별 소릴 다 듣는구나.

"이것 보세요. 진정하시구요. 드레스 연락처에 당신 번호가 쓰여 있으니까 걸지 않았겠습니까? 주문한 적이 없으신가요?"

해윤은 변호사로서의 품위를 생각하며 —그가 변호사라는 걸 이 경찰서 직원 중에 모르는 사람이 없을 것이다— 경찰들에게 옅은 미소까지 띠어주었다. 하지만 눈썹에 힘이 들어가고, 콧김이 '핫' 해지는 것은 어떻게 조절되지 않았다.

"나한테 그 빌어먹을 드레스 얘기 하지 말라고오~! 그래! 내가 주문했다. 근데 내가 그걸 가지고 있겠어? 내가 입었겠냐구? 난 남자라고! 내가 남자 새끼와 결혼하지 않는 이상, 내가 드레스를 입는 일은 없겠지! 물론 남자 새끼랑 결혼을 한다고 해도 내가 드레스 입을 일은 없을 거야! 그러니까 나한테 그 망할 놈의 드레스 얘기, 더 이상 꺼내지 말고 꺼져! ……쾅! 우당탕탕!"

그의 고래고래 고함치는 소리에 이어 뭐가 마구 부서지고 으깨지는 소리에 화들짝 놀란 해윤은 전화기를 귀에서 떼었다. 성격이 무척 난폭한 자식이다. 정신병자이거나. 한국에 유난히 정신병자가 많은 것은 아닐 텐데, 어제부터 정신에 심각한 문제가 있는 사람들만 만나는 것 같다.

해윤이 당황하다 전화기를 다시 귀에 대니 '뚜ㅡ' 하는 소리만 들렸다. 끊어버렸다. 헐.

"뭐래요?"

경찰서 직원이 궁금해하며 물었다.

"욕만 먹었는데, 전화번호로 주소 추적이 가능할까요? 이 자식을 인격모독으로 고소하고 싶은데."

해윤이 주소지에 적힌 전화번호를 손가락으로 톡톡 가리키며 그에게 정색하고 물었다. 직원은 고개를 갸웃하며 주소가 적힌 메모지를 들어 보았다.

"핸드폰 번호로 주소 추적하는 건 저희 소관이 아닌데. 그리고 법원에서 협조문을 받아오셔야 가능하구요."

"그렇겠죠."

해윤은 심각하게 고개를 끄덕였다. 나중에 연줄이 닿는 한국 로펌을 찾으면 이 자식은 죽은 목숨이다.

"혹시, 거기 적힌 주소지에 살지 않을까요?"

다른 경찰서 직원이 말을 보태었다.

"전화 통화 내용상 이 사람은 받은 사람이 아니라 구입만 한 사람 같네요."

어쨌든 경찰들에게 고맙다는 인사를 남긴 해윤은 캐리어 보관을 부탁하고 드레스 상자를 안은 채 경찰서를 나왔다. 결국 찾아가는 수밖에 없었다.

해윤이 경찰서를 나서기 전, 경찰들은 해윤이 내민 주소를 보고 대중교통을 이용해 찾아가는 방법과 가까운 역까지의 약도를 종이에 간략하게 적어주었다. 택시 탈 건데. 하지만 너무 친절해서 그만두란 말을 하지 못했다. 베풀고 싶어 미칠 친절이라면 베풀게 놔두는 것도 미덕이지.

그리고 그들이 적어준 약도는 반으로 접어 주머니에 넣고서 그대로 택시를 잡아탔다. 주위를 둘러보니 익숙하면서도 다른 풍경들이 눈에 들어왔다. 고아원이 있던 곳은 강북 중에서도 아주 끝자락에 있었다. 그래서 한강 남쪽 동네는 별로 와볼 일이 없었는데, 그때도 강남은 금칠을 한 동네 이미지였다. 십여 년이 흘렀지만 왜 사람들이 강남을 대단하게 생각했는지 알 것 같다. 강북에서 살 때와 많이 다른 조형물들이 마치 다른 나라에 온 것처럼 생각나게 만들었다.

조국인데 별 감흥은 없다. 낯선 나라에 와 있다고 해도 믿을 수 있겠다. 이렇게 미련 없이 한국을 떠날 줄이야. 해윤은 바깥으로 두었던 시선을 앞으로 고정시켰다. 곧장 주소지 찾아서 드레스를 돌려받은 후, 곧장 돌아오는 거야. 그리고 곧장, 공항으로 가는 거다.

아파트에 도착한 해윤은 주소를 다시 한 번 확인했다. 설마, 아까 전화 받은 미친놈이 정말 살고 있진 않겠지. 해윤은 망설이다 초인종에 손을 뻗었다. 그와 동시에, 문이 벌컥 열렸다.

"아얏!"

해윤은 갑자기 열린 문에 한쪽 눈언저리를 맞고 말았다.

"어머, 죄송해요!"

안에서 커다란 가방을 메고 나오던 여자가 깜짝 놀라며 해윤의 상태를 살폈다.

"그런데, 누구세요?"

"아, 그게."

맞은 자리에 피가 나진 않는지 손을 대었다 떼어보기를 몇 번 하던 해윤은 주소지가 적힌 메모지를 꺼내보았다.

"여기 김효인 씨라고 사시나요?"

"아, 그 이름은 제 전 형부인데?"

전 형부? 이제야 아까 전화 받은 놈이 누구인지 알았다. 전 형부라 하니, 파혼당한 게 분명하다. 그러니 그렇게 정신질환 발작자적인 언변을 토하며 흔히 말하는 '지랄'을 떨었겠지.

"아, 형부라 함은, 언니가 결혼을 할 뻔한……."

뒷말을 뭐라고 이어붙이기가 뭐해 해윤은 말끝을 뭉갰다.

"언니는 회사에 출근했죠."

"아, 전 그분한테 용무가……."

"죄송한데요, 제가 지금 무척 바쁘거든요? 저한테 용무 있는 거 아니시면 언니한테 물으시겠어요? 전 그럼 이만."

그녀는 허둥거리며 해윤 옆을, 커다란 가방을 비집고 스쳐 갔다.

"진짜 죄송한데 언니라는 분 회사는……."

"어휴, 진짜."

인상을 찡그리던 그녀는 무언가를 찾다가 해윤의 손에 들린 메모지를 빼앗아 들었다. 그리고 빠르게 손을 까딱였다.

"뭐요?"

"펜이요."

그녀는 미간을 접으며 해윤을 흘겨봤다. 이상하게 어제 이후로 만나는 사람들이 연이어 비호감이네.

이마에 핏줄이 빠직 선 해윤은 어쩔 수 없이 안주머니에서 아끼던 고가의 만년필을 꺼내 그녀에게 내밀었다. 펜을 받은 그녀는 메모지를 뒤집어들고 빠르게 주소와 전화번호를 적었다.

"한 팀장 찾으면 될 거예요."

주소도 쓴 둥 만 둥 이름도 대충 휘갈겨 쓴 그녀는 재빨리 메모지를 해윤에게 넘겨주고 엘리베이터 버튼을 눌렀다. 이름이 뭐라는 거야. 마지막에 갈겨쓴 건 형체를 알 수 없는, 그냥 남의 사인이었다.

"아, 잠깐!"

해윤은 엘리베이터에 올라타고 막 닫힘 버튼을 누르는 그녀를 제지하며 잽싸게 닫히는 문 사이에 손을 끼웠다.

"아, 또 뭐요!"

그녀는 이제 대놓고 짜증을 냈다.

"펜."

해윤은 그녀에게, 그녀가 아까 자신에게 했듯 손가락을 까딱여 보였다.

"아……."

그녀는 그제야 그의 만년필이 제 주머니에 있다는 걸 알아차렸다.

"저도 모르게, 쏘리."

그녀는 해윤에게 두 손으로 만년필을 건네주며 히죽 웃었다. 고의가 아니길 바란다. 손버릇이 예사롭지 않은 여자다.

인사를 한 그녀는 다시 엘리베이터 닫힘 버튼을 눌렀다. 그런데 생각 해보니 해윤이 더 이상 거기 있을 이유가 없었다.

"잠깐!"

해윤은 서둘러 닫히려는 엘리베이터 문 사이로 손을 끼워 넣었다.

"또 왜요! 이젠 가져간 것도 없는데!"

그녀는 버럭 소리쳤다.

"나도 내려가야 해서요."

해윤은 손가락으로 아래를 가리켜 보이며 서둘러 엘리베이터에 올라 탔다.

엘리베이터에 오른 해윤은 메모지에 적힌 번호로 전화를 걸었지만 저쪽에선 받지 않았다. 생각보다 꼬인다.

성질 급한 여자와 엘리베이터를 타고 내려와 어색한 인사를 한 해윤 은 서둘러 택시를 잡았다. 택시 한 대가 해윤의 앞에 와 섰다. 그러자 곁 에서 같이 택시를 잡던 그녀가 해윤이 잡은 택시에 냉큼 올라탔다.

"아니, 지금……!"

"미안해요. 저 그쪽 때문에 완전 지각이에요. 죄송해요!"

그녀는 양해의 눈짓을 하고 서둘러 택시 문을 '쾅!' 닫았다. 아, 진짜. 한국에 미련이 없었기에 망정이지 진짜 비호감 이미지 만드네. 해윤은 기가 막혀 하며 다음 택시를 잡아탔다.

좀 돌아가는 느낌이긴 한데, 어쨌든 이 속도면 오늘 안으로 드레스를 찾아 한국을 뜰 수 있을 것 같다.

메일을 확인하다 결혼식이 있었던 호텔로부터 황당한 메일을 받았다. 재예식 시 할인? 얼굴 팔려서 거기 다시 가서 결혼식 하겠느냔 말이다. 그럼에도 고객 유치를 위해 비장의 할인 카드를 내놓는 호텔의 서비스에 찬사를 아니 보낼 수 없겠다. 별로 가고 싶은 마음은 없지만 레스토랑 할인 티켓은 살짝 땡긴다. 하지만 그것도 시간이 지났을 때나 갈 수 있겠다. 거기 있는 모든 직원이, 결혼식 때 튄 신부라고 알아볼 것만 같다.

세경은 힘겹게 컴퓨터를 끄고서 입술을 댓 발 내민 채 가방을 챙겼다. 오늘 있을 〈메이크업〉이란 뮤지컬 홍보 차, 모 백화점에서 펼치고 있는 메이크업 쇼 퍼포먼스를 어시스트 하러 가야 했다. 이런 건 신입 조무래기들이 딱인데. 그냥 회사에 남아서 복사기의 따뜻한 온기를 느끼며 복사하고 오랜만에 직원들 취향 맞춰가며 커피 타는 잔재미나 느끼고 있으면 안 될까 싶다.

"요즘 신입들은 참 한가해."

사장이 지나가며 미적거리는 그녀에게 한 소리 했다. 들으라 이거다. 젠장. 그만두라는 거야 뭐야, 이 쪼임은.

"갑니다. 팀장이면서 어시스트 하러 가는 이 바람직한 모습, 감동이네요."

세경이 너스레를 떨며 챙긴 가방을 둘러멨다.

"그렇지. 팀장이 사건 사고의 중심에 있기도 참 힘든데, 퍽도 바람직하지."

사장은 이죽거리며 고개를 끄덕였다. 말을 말지.

"다녀오겠습니다아~"

세경은 사무실을 향해 크게 소리치고는 사무실 문을 벌컥 열었다.

"아얏!"

힘차게 문을 여는데, 문이 둔탁하게 맞은 느낌이 들면서 밖에서 남자의 비명이 들렸다.

"어머! 괜찮으세요?"

세경은 깜짝 놀라 허둥지둥 문 밖으로 몸을 내밀었다.

"엠병! 양쪽 눈 번갈아서, 이게 뭔……!"

커다란 상자를 안은 남자는 꽤 아픈 듯, 손바닥으로 눈 주위를 쓱쓱 비볐다.

"괜찮으세요?"

세경은 걱정스럽게 그의 안색을 살폈다. 눈을 비비던 그가 고개를 들고 한쪽 눈으로 세경을 보았다. 어디서 많이 본 한쪽 눈이다.

"어!"

그의 한쪽 눈이 맨홀뚜껑처럼 커졌다. 그러면서 다른 눈에 댔던 손이 떼어졌다.

"어!"

두 사람은 서로 동시에 서로를 손가락으로 가리키며 마주 보았다. 공항에서 유치찬란하게 말싸움하고 경찰서에서 굽실거리며 그에게서 돌아선 지 12시간 만에 다시 만나다니.

"당신이 여긴 왜?"

세경은 어리둥절한 나머지 저도 모르게 중얼거렸다.

"당신이야말로……!"

당황한 그도 말을 잇지 못했다.

그의 목소리를 듣는 순간 어제 그에게 받았던 모멸감과 수치심이 부활하듯 활활 타올랐다. 이에 금방 인상이 구겨진 세경은 그가 삿대질한 손가락을 툭 쳐냈다.

"어디다 삿대질이야?"

"이런 상황과 비슷한 속담이 있었는데."

그도 역시 어제의 상황이 되살아난 듯 불타는 눈동자로 지금이라도 당장 그녀를 갈아 마시고 싶다는 얼굴을 하고서 턱을 이죽이며 눈을 가늘게 떴다.

"뭐, 원수는 외나무다리에서 만난다?"

"아니. 갈수록 태산."

"뭐요?"

세경은 파르르 떨었다.

"어제 당신 만난 이후로 한국이 비호감 될 만한 사람들만 만나거든."

뭐, 환영빵을 거하게 해준 입장에서 딱히 반박할 말이 없다. 하지만, 이 남자를 다시 회사 건물에서 만나는 건 어쩐지 불길했다. 어쨌든 이 인간 때문에 진짜 오예린을 픽업하지 못해 요 모양 요 꼴이 되지 않았는가.

"난 뭐 당신이 비호감 아닐 것 같아요? 나보다 나이가 많아 보여서, 순전히 그 이유로 참아주는 건 줄이나 알아요. 아, 비켜요!"

세경은 그를 밀쳐냈다. 그는 어디다 손을 대냐는 표정으로 세경에게서 비켜섰다. 그러다 그녀를 잡아세웠다.

"미안한데 하나만 묻지. 여기 '틈'이란 사무실이 어디 있지?"

순간, 세경은 그를 기이한 눈으로 돌아보았다. 자신의 회사를 이 남자가 찾는 이유를 알 수가 없었다. 오예린의 변호사도 아닌 게 확실한데.

"찾는 사무실이 거기 맞아요?"

세경은 미심쩍게 물었다.

"누가 일러주더군. 내가 찾는 사람이 여기 있다고."

그는 메모를 그녀에게 보여주었다. 세경은 눈을 모아 그가 내민 메모지를 들여다보았다.

"여기서 누굴…… 찾는데요?"

세경은 의심스럽게 물었다.

"한 팀장을 찾으랬는데?"

한 팀장? '틈'에서 한씨 성을 가진 팀장은 자신뿐이었다. 불길해진 세경은 메모지를 다시금 보았다.

마구 갈긴 글씨체가 동생 세지의 글씨체 같다. 뒤에 글씨가 써 있는 것 같아 뒤집어보니 딱 그녀의 집 주소였다.

"날 왜?"

"뭐?"

시간차로 두 남녀가 경악하며 소리쳤다.

"하, 한 팀장이 당신?"

그는 놀라움에 버벅거렸다. 놀랍기는 피차 마찬가지다.

"날 왜 찾아요? 설마 어제 일에 대한 복수? 말도 안 돼! 당신이 나한테 한 짓은 별게 아니어서? 당신은 나한테 상상도 할 수 없는 실수를 하게 만들었어! 왜냐구? 당신이 먼저 말 걸었으니까!"

세경은 그동안 쌓였던 억울함을 모두 담아 빽 소리쳤다.

"완전 다혈질이네. 정신병원에서 약 같은 건 먹어? 그럼 좀 나아질 텐데."

그는 그녀를 향해 한심해하며 혀를 찼다.

"내 약은 내가 알아서 먹으니까 신경 끄세요. 그럼."

세경은 그에게 고개를 까딱여 보이고 재빨리 엘리베이터에 탔다.

"이, 이봐!"

그는 냉큼 세경이 오른 엘리베이터에 올라탔다.

"할 말 없다니까 그러시네. 어제 일은 미안하지만, 나도 엄청 피해를 입었다구요! 알아들어요?"

세경은 그를 무섭게 노려보며 엘리베이터의 버튼을 눌렀다. 그러자 그는 가당찮다는 듯 말했다.

"뭔가 착각하고 있나 본데, 물론 어제 일은 당신이 나한테 미안한 상황이긴 한데……."

"미치겠네, 이 양반. 그쪽도 나한테 미안한 게 있다구! 그걸 내가 내 입으로 살포하지 않는 건 순전히 내가 대인배라서야! 알겠어요?"

땡―.

세경이 말을 마치자마자 멈춰선 엘리베이터의 문이 열렸다. 세경은 잽싸게 엘리베이터에서 내렸다.

"그럼 일단 말해봐. 내가 미안한 게 뭔지!"

그는 잰걸음의 세경에게 달라붙었다.

"관두죠. 나 지금 바빠요. 그러니까, 이만 가시라구!"

주차장으로 들어선 세경은 빠르게 말했다.

"못 간다니까? 내가 사과를 해야만 이야기 진도가 나갈 것 같으니까 말하라구, 어서. 내가 뭘 미안하게 했는지."

그는 짐짓 여유롭게 물었다. 세경은 그런 해윤을 쌍심지 켠 눈으로 흘겼다.

"좋아!"

세경은 팔짱을 끼고 그와 마주 섰다.

"당신이 날 아는 척하는 바람에, 난 진짜 픽업해야 할 사람도 픽업 못 하는 무능력한 팀장이 되고 말았다구. 그래서! 조무래기들이나 하는 쑈 시다바리나 하게 생겼다구! 이제 이해돼?"

말을 마친 세경은 차갑게 돌아서 자신의 차 문을 열었다.

"오케이!"

해윤은 차에 오르려는 세경의 어깨를 잡고 자신을 향해 돌려세웠다.

"미안. 아임 쏘리. 이제 됐어?"

"뭐요?"

전혀 미안해하지 않는 그의 사과에 세경은 인상을 구겼다.

"자, 이제 내 다음 얘기를 들어봐. 당신이 가진 드레스 있지?"

"드레스?"

"그래. 김효인이란 남자의 신부였던 게 당신 맞지? 그럼 당신이 주문한 드레스가 있을 거야. 그게 맞는 드레스였나?"

메모지를 꺼내 효인의 이름을 다시 확인한 그가 재차 물었다.

"다른 게 오긴……."

세경은 골몰했다.

"그렇지. 그래야 말이 되지. 그 드레스 임자야, 내가."

"그 드레스, 임자라구요?"

순간 그녀는 그를 위아래로 훑어보았다. 그러자 그가 답답한 듯 한숨을 내쉬었다.

"정확히 말해 내 약혼녀 드레스라고. 자, 봐! 이게 당신 드레스야. 웨딩드레스인지 잠옷인지는 모르겠지만."

그는 상자를 세경 앞에 들어 보였다.

"그래서 지금, 드레스 바꾸러 온 거예요?"

세경은 고개를 비틀며 그를 의심스럽게 바라보았다.

"그래. 내가 이 드레스 교환하려고 빌어먹을 비행기를 타고 왔다고."

"비행기? 제주도 살아요?"

"그럼 오죽 좋겠어? 장장 16시간 비행기를 타고 왔어. 그 거리에 있는 나라가 어디인지는 알아서 생각하고. 자, 이거 받고 순순히 드레스 내놓으시지."

해윤은 세경의 품에 드레스를 팍 안겨주었다.

"난 필요 없는데?"

세경은 사뿐하게 드레스를 밀어냈다. 그러자 그는 더 세게 그녀의 품에 드레스 상자를 다시 안겨주었다.

"그래도 바꿔야지. 임자가 아닌데."

"아, 몰라요. 나 지금 바쁘니까, 나중에 얘기해요."

세경은 안겨졌던 드레스를 다시 그의 품에 떠넘기고는 서둘러 운전석에 올라 차 문을 '쾅!' 닫았다.

"이봐! 그냥 가면 안 돼! 나도 급하다고!"

해윤은 주먹으로 세경의 운전석 문을 두드렸다. 그리고 문손잡이를 잡아당기려는 순간 세경은 차 문의 잠금장치를 눌렀다.

"사람을 엿 먹게 하고선 그딴 성의 없는 사과만 하면 될 줄 알아? 절대, 안 찾아준다, 드레스!"

메롱! 세경은 그에게 썩소를 날림과 동시에 가운데 손가락을 쳐들어 보이고는 그대로 차를 출발시켰다.

"거기 안 서!"

해윤이 상자를 안은 채 차를 따라왔다. 따라올 테면 따라와 봐! 세경

은 사이드미러로, 경악하는 그를 흘겨보며 근래 들어 가장 뿌듯한 미소
를 지었다.

제목 : **결혼식장에서 튀는 널 보면서……**

From : 지강후 ⟨pianoholic@hotmail.com⟩

To : 한세경 ⟨ohmysekyoung@tm.com⟩

이런 생각을 했어.

네가 날 잊지 못해서 그런 거라고.

착각인가? 나름 기대했거든.

전화도 받지 않고, 하지도 않고…….

널 버리고 갔던 그때를 생각하면 난 영원히 용서 받지 못할 놈일지

도 몰라.

하지만 그래도 할 말이 있다면 다른 여자가 있던 건 아니니까.

호주에 있으면서, 비만 오면 ―사막 지역이라 많이 오지 않았어― 네 생각이

제일 많이 났어.

너는 나 때문에 비 오는 날이 싫어졌댔지?

나도 그랬는데.

결국 내가 비 오늘 날이 싫어진 건 나 때문이겠지?

우리, 같이 극복해보면 안 될까?

내가 네 우산이 되어줄게.

그러니까 자꾸 멀어지려고 하지 마.

널 그렇게 버려두고 간 건 내 일생일대의 실수였어.

나한테 기회를 줘, 세경아.

늦게 말해서 미안해. 사랑해.

백화점의 로비에 도착하니 이미 홍보팀의 메이크업 퍼포먼스가 시작되고 있었다. 메이크업 제품들이 바라보는 여성과 인간세상의 관계들을 성찰해보는 것이 주 내용인 뮤지컬을 홍보하기 위해, 이번 퍼포먼스 팀은 형이상학적인 메이크업을 시연함으로써 사람들에게 특이한 발상으로 다가가겠다는 계획을 세웠었다.

"늦어서 미안."

헉헉거리며 퍼포먼스 팀에게 달려간 세경은 메이크업 제품이 가득한 가방을 서둘러 내려놓았다.

"구경하는 사람은 많은데, 참여하겠다는 사람이 별로야. 큰일이네."

퍼포먼스 팀장이 기획팀에서 미리 모집한 지원자의 메이크업을 해주면서 세경의 귀에 빠르게 속삭였다. 너무 눈에 확 띄는 형이상학적인 메이크업이기 때문일 것이다.

"너무 특이하게 하지 말고 메이크업 받고도 계속 쇼핑할 수 있게 메이크업 해주면 안 돼? 기껏 화장하고 백화점 왔다가, 우리 퍼포먼스 받고서 화장 지우러 다시 집에 가게 생겼잖아."

세경은 흰 베이스를 바른 얼굴에 막 분홍색 물결무늬가 그려지고 있는 지원자의 얼굴을 뜯어보며 걱정스럽게 말했다.

"그럼 메이크업 제품 판촉행사랑 다를 게 뭐야. 적어도 뮤지컬에 나오는 배역들 생각은 나게 만들어야 퍼포먼스지."

팀장은 이마를 구겼다. 그녀의 말도 맞다. 그런데 그 배역들이, 초자연적인 정신세계를 표현하는 것이 많아 분장 자체가 광고나 꿈에 나올 법한 것들뿐이었다.

"배역들 특징이 있었잖아. 그 특징들만 딱 티 나게 하면 좋지 않겠어? 파란 물결은 전체로 하지 말고 눈 밑에 작게. 그럼 귀여울 것 같은데."

"우리가 데려온 지원자들만 제대로 해주고, 일반 참여자들은 그렇게 해줄까?"

팀장이 눈을 반짝였다.

"그래. 아무리 배역이 좋아도 아바타 분장 하고 다니는 사람은 못 봤으니까. 뭐, 해달라는 대로 변신시켜 주는 것도 재밌을 거 같고."

세경의 말에 팀장은 고개를 끄덕였다. 그때였다. 누군가 세경의 어깨를 움켜잡더니 휙 돌려세웠다.

허걱!

"도망치면 못 잡을 줄 알았지?"

땀이 흥건해져 씩씩거리는 해윤의 모습이 세경의 얼굴 앞에 나타났다.

"어, 떻게 여길……."

그의 기습에 세경은 주춤거리며 물러났다.

"중요한 건 그게 아니지. 어떻게 그렇게 '도망칠 수' 있는지가 중요하지!"

해윤은 버럭 소리쳤다. 사람들의 이목이 순식간에 세경과 해윤에게 집중되었다. 세경은 서둘러 그를 퍼포먼스 무대 뒤로 끌고 갔다.

"나 지금 일하는 거 안 보여요? 어디 와서 행패예요, 행패가!"

세경은 목소리를 낮추며 사납게 소리쳤다.

"행패? 드레스 바꿔달란 사람 두고 도망친 게 행패야, 도망친 사람 잡은 게 행패야?"

약이 오를 대로 오른 해윤은 얼굴을 쳐들고 세경을 깔아보았다.

"바빠요. 지금 얘기할 상황이 아니라구요!"

세경은 발을 동동 구르며 돌아섰다. 그때 퍼포먼스 팀장이 다가왔다.

"사람들 좀 모아줘. 개시만 하면 다들 할 것 같은데, 덤비는 사람이 없네? 사람 없으면 자기가 하게 될지도 몰라."

세경에게 속삭인 퍼포먼스 팀장은 불쑥 나타난 해윤을 슬쩍 흘겨보고는 무대 앞으로 돌아갔다. 어시스트도 서러운데, 아바타 분장까지 하라구? 진짜, 가만히 있을 수 없는 상황이다.

"들었죠?"

세경은 손가락으로 그의 어깨를 밀어내고서 몸을 돌렸다.

"기다리면, 바로 바꿔줄 건가?"

해윤은 돌아선 세경의 팔을 잡으며 재촉했다.

"솔직히, 봐서요. 난 그 드레스, 별 볼일 없어졌거든요."

세경은 해윤을 향해 상큼하게 말하고는 무대 앞으로 재빨리 뛰어갔다. 그리고 참여자들을 모으기 위해 사람들 앞을 분주히 오갔다. 그때 세경을 예의 주시하고 있는 눈빛과 마주쳤다. 해윤이었다. 그가 사람들 틈에서 세경을 레이더망 치듯 지켜보고 있었다. 세경은 콧방귀를 뀌며 그의 시선을 외면했다.

"자, 아주 특별한 퍼포먼스를 기대하시는 분은 앞으로 나와서 분장을 받아보시기 바랍니다. 색다른 하루가 되실 겁니다~!"

팀장이 사람들을 향해 톤 높은 목소리로 소리쳤다. 그러나 사람들은 아르바이트생들의 변신 모습을 흥미롭게 바라볼 뿐, 쉽사리 나서지 않았다.

"남자는 여자로, 여자는 남자로도 바꿔드릴 수 있습니다. 원하시는 콘셉트가 있으면 그대로 해드립니다. 아바타가 소원이시면 나비족으로도 변신시켜 드리죠!"

팀장의 말에 사람들이 웃었다. 그러나 그뿐이었다. 팀장은 한숨을 쉬며 세경을 돌아보았다. 세경은 초조하게 입술을 잘근잘근 씹으며 사람들을 둘러보았다. 자칫 자신이 아바타 나비족이 되게 생겼다.

세경이 전전긍긍하며 시선을 돌리는 순간, 자신을 보고 있는 해윤과 다시 눈이 마주쳤다. 그래, 저 인간이다!

세경은 CCTV 같은 눈을 하고서 자신을 보고 있는 그에게 손짓을 했다.

"헤이, 미스터 웨딩드레스!"

그러자 그는 자기를 부르는 거냐는 듯 눈썹을 으쓱해 보였다. 세경은 손가락으로 퍼포먼스 팀장을 가리켰다. 팀장은 여전히 자발적인 참가자를 기다리며 떠들고 있었다.

세경의 손짓을 알아챈 그는 놀란 눈으로 자기를 가리켜보았다. 세경은 고개를 끄덕였다. 그러자 해윤은 입술을 비틀며 코웃음을 쳐 보였다. 세경은 그가 든 상자를 가리켜 보였다. 그리고 양 검지로 빙글빙글 돌려 보였다. 체인지. 안 할 수는 없을 거다.

순간 그의 눈이 커졌다. '리얼리?' 그의 눈이 물었다. '당연하지.' 해윤과 세경의 눈빛 대화가 빠르게 오갔다. 그의 망설이는 기색이 스쳐 갔다. 그러더니 결국 안 되겠다는 신호를 보냈다. 하지만 세경은 그대로 퍼포먼스 팀장을 불렀다.

"팀장님! 여기 참가잡니다~!"

세경은 팀장에게 해윤을 가리켜 보였다. 그러자 이미 그와 안면을 튼 퍼포먼스 팀장은 잘 걸렸다는 미소를 지으며 그에게 다가오라는 손짓을 했다. 그러자 그는 당황해 주춤주춤 뒤로 물러서기 시작했다. 그러는 그를 다른 진행요원 둘이 정중하게 붙잡아왔다.

"아, 난 저기……."

해윤은 차마 말을 잇지 못하고 진행요원에게 붙잡혀 결박당하듯 의자에 앉혀졌다. 그의 품에 있던 상자는 세경에게 맡겨졌다.

"특별히 이분은 여자로 만들어볼까 하는데요."

"뭐요?"

해윤이 벌떡 일어나려 했다. 그러자 퍼포먼스 팀장이 팔꿈치로 그의 어깨를 짓눌렀다.

"이분이 여자로 변신에 성공하면 여러분도 편안하게 저희 퍼포먼스를 받으실 수 있겠죠?"

팀장이 사람들을 둘러보며 부드럽게 말했다. 그러자 사람들은 일제히 "네에~." 하고 소리쳤다. 세경은 터지려는 웃음을 참느라 식은땀이 다 났다. 어쩌다 보니 어제 일에 대한 복수를 하는 셈이 됐다.

퍼포먼스 팀장의 팔꿈치에 짓눌린 해윤은 그녀의 분칠을 받지 않으려 머리를 이리 빼고 저리 빼느라 정신이 없었다. 그러자 퍼포먼스 팀장이 말했다.

"한 번 더 얼굴 돌리면 뽀뽀합니다."

"흡!"

순간 좌중은 웃음의 도가니가 됐고, 해윤은 사색이 된 채 눈을 돌리다 세경과 눈이 마주쳤다. '끝나면 넌 죽었어!' 그의 눈빛이 강한 의지를 보이고 있었다. '흥! 그래 보라지. 네 드레스 끌어안고 묻힐 거니까!' 세경은 기세등등하게 그의 눈빛에 응수했다.

어쩔 수 없이 해윤은 전기 고문을 받은 죄수처럼 몸을 비틀며 메이크업을 받게 되었다.

세경은 그의 분장을 기다리는 동안 귀퉁이에 앉아 드레스 상자를 열어보았다. 핑크와 연노랑이 다문다문 장식된, 자신이 디자이너에게 안 되는 영어로 가열차게 주문했던 그 귀여운 드레스였다.

잠시 효인 생각에 한숨이 났다. 물에 빠질 뻔한 자신을 건져내자고 그의 발목에 태클을 걸어 그만 시궁창에 빠뜨린 꼴이 되었다. 시간이 지날수록 그에게 미안한 마음이 점점 늘어나는 것 같다. 그래서 무의식적으로 그에 대한 생각을 하지 못했던 건지도 모르겠다. 죄의식에 대한 무게감이 날로 느는 것이 두려워서. 일이 삐그러지면서도 그에게 전화할 용기를 내지 못하는 걸 보면 자신도 참 한심하다.

다음에 그를 만날 수 있을까? 그럼 뭐라고 인사를 하는 게 좋을까. 모른 척하는 게 나을까?

세경은 착잡한 입맛을 다시며 드레스 상자 뚜껑을 닫았다.

그리고 30분 후…….

"와하하하! 진짜 여자다!"

"퍼포먼스 최고다. 나도 해볼래!"

"나도 이거 받고 홍대 가야지?"

사람들이 아우성을 치며 해윤이 일어난 자리에 앞다투어 앉으려 했다.

의자에서 일어난 해윤은 극에 달한 분노로 가득 차 얼굴이 붉으락푸르락했다. 분장하느라 머리띠를 했던 해윤의 머리칼은 해바라기처럼 활짝 피었고, 창피함에 핏줄이 모두 터질 것만 같은 얼굴은 갓 황달기를 벗은, 남성 호르몬이 넘쳐나는 새색시로 변신해 있었다.

　"풉! 푸하하하!"

　세경은 드레스 상자를 안은 채 박장대소했다.

　"주~욱었어, 넌!"

　해윤이 태워 죽일 것 같은 눈으로 세경을 노려보았다.

　"에고, 에고. 푸하하하!"

　웃음을 간신히 멈추던 세경은 그의 얼굴을 보고는 다시 웃음을 터뜨렸다.

　"더 웃으면 평생 웃는 얼굴 만들어버린다!"

　해윤은 두 손가락으로 세경의 입을 찢을 태세였다.

　"하하하하! 헉!"

　갑자기 웃던 세경이 고통스러워하며 가슴을 움켜쥐었다.

　"왜 그래?"

　해윤은 깜짝 놀라 저도 모르게 가슴을 짓누르는 그녀의 팔을 잡았다.

　"웃다가 담이 와서……."

　"이런, 망할."

　해윤은 세경을 부축했던 손을 그대로 놓아버렸다.

　"아하하! 너무 웃기네."

　해윤이 손을 놓자 휘청거리던 세경은 쪼그려 앉아 눈가에 맺힌 눈물을 찍어냈다.

　"쏘리. 쏘리. 덕분에 호객 행위, 성공했네. 그쵸? 자."

세경은 안고 있던 드레스 상자를 그에게 내밀었다.

"치워. 이제 내 거 아니니까."

그는 손등으로 드레스를 툭 쳤다. 그러더니 세경의 손목을 잡았다.

"왜요?"

세경이 깜짝 놀라 소리쳤다.

"따라와!"

한 손으로 세경의 손목을 잡아끌고 걸어가던 해윤은 퍼포먼스 팀의 메이크업 상자 옆에 있는 폼 클렌징을 발견하고 그대로 낚아챘다.

"여긴 남자 화장실이잖아!"

드레스 상자를 안은 채 해윤에게 끌려가던 세경이 비명을 질렀다.

"그게 중요해? 너 때문에 난 여자가 됐는데?"

해윤은 남자 화장실로 세경을 끌고 들어갔다. 남자들이 세경을 보고 깜짝 놀라다 그녀를 끌고 들어온, 분장한 해윤을 보고 소스라치게 놀랐다. 누가 남자고, 누가 여자인지 헷갈리는 모양이다. 해윤은 그런 사람들의 시선에는 상관없이 세경의 손을 확 잡아당겨 그녀의 손에 폼 클렌징을 쭉 짰다.

"뭐 하는 짓이에요?"

세경이 버럭 소리쳤다.

"씻는 사이 또 내뺄까 봐 그래. 방법이 없잖아. 내 얼굴이나 씻어봐."

해윤은 자신의 다른 손과 폼 클렌징이 묻은 세경의 손을 싹싹 비비고는 마치 제 손 움직이듯 마구 제 얼굴에 비볐다.

"어우, 느낌 이상하다, 나."

그의 얼굴에 제 손길이 닿자 세경은 기겁을 했다. 하지만 해윤은 아랑곳하지 않고 세경의 손으로 제 얼굴을 싹싹 씻었다. 남의 손 하나를 빌어 닦는 사람치고 엄청 꼼꼼했다.

"대충하죠?"

어쩔 수 없이 한 손으로 해윤의 얼굴을 닦아주게 된 세경은 삐딱하게 서서 화장실 입구를 흘깃거리며 투덜댔다.

"시끄러."

해윤은 차갑게 말했다. 순간 불끈한 세경은 잡힌 손으로 그의 얼굴을 꽈악 움켜쥐었다.

"아악! 죽을래?"

"당신이야말로 죽기 싫으면 손 놔!"

"그래. 그냥 죽자. 이판사판이다!"

해윤은 세경의 손을 물에 꽉꽉 처박으며 얼굴을 닦았다.

"아, 짜증나!"

세경은 팔꿈치까지 젖은 옷을 보고 몸서리를 쳤다.

"근데 너, 말이 짧다?"

화장실 티슈로 얼굴을 말끔하게 닦은 해윤은 세경을 불만스럽게 바라보았다.

"그쪽이야말로 말투가 엄청 릴렉스해지셨어. 내가 우스워?"

"상황적으로 볼 때 피차일반 아닐까?"

해윤이 턱을 치켜들어 보였다. 그런 것 같긴 하다.

"자, 이제 드레스 가지러 가셔야지."

해윤은 만족스런 미소를 지었다. 클렌징을 갓 해서 그런지 얼굴에서 빛이 난다. 웃느라 말을 못해줬는데 여장을 해도 먹힐 얼굴이다. 이런 얼굴, 흔치 않은데 성깔이 다 깎아먹는다.

"아직 일 남았어요."

세경은 시계를 보며 퉁명스럽게 말했다.

"왜, 또 기다리게 해놓고 이번에 뭘 만들어놓고 싶어서? 진짜 아바타라도 만들어봐야 속이 시원하겠어?"

해윤은 세경에게 바짝 다가섰다. 그러자 세경은 흠칫 놀라 뒤로 물러났다.

"내가 힘이 없어서 봐준 줄 알아?"

해윤이 이를 바득 갈며 세경에게 한 발짝 더 다가섰다. 긴장한 세경은 벽에 찰싹 달라붙었다. 반짝이는 얼굴이 다가오니 호흡이 곤란하다. 언제부터 잘생긴 놈들에게 약해진 거지? 오늘부터?

"오, 오케이. 거기까지. 더 다가오면 신고할 거예요?"

세경이 다급하게 경고했다.

"신고? 어제는 국제 범죄자로 몰더니 이번엔 뭘로 신고할 건데? 진짜 나한테 혼나볼래?"

해윤은 주먹으로 세경의 얼굴 옆 벽을 후려쳤다.

"에헴!"

갑작스런 기침 소리에 해윤과 세경은 놀라 돌아보았다. 중년의 남자가 불편한 눈빛을 보내왔다. 아직 남자 화장실이었다.

"연애할 데가 그렇게 없나?"

중년의 남자는 못마땅하게 해윤과 세경을 바라보고는 칸막이가 있는 문을 열고 들어갔다.

해윤과 세경은 겸연쩍어하며 화장실을 나왔다.

"이미 너네 회사까지 찾아가서 네가 있을 곳 알아냈어. 두 번은 못할 것 같아? 이번엔 진짜 널 민사로 고소할 수도 있어. 배달 잘못은 있지만, 어쨌든 넌 남의 드레스 가지고 안 내놓는 절도범이나 마찬가지니까."

"절도범?"

세경은 기함을 했다.

"왜, 국제 범죄자보다 무거운 죄명 같아?"

말 한 번 잘못 했다가는 마지막 남은 국물까지 우려먹을 인간이다. 이렇게 뒤끝 있는 놈 또한 처음이다.

"알았어요. 준다고. 됐죠?"

결국 세경은 두 손을 들고 말았다.

"당연하지."

그는 싸늘한 눈빛으로 말했다.

퍼포먼스는 저녁이 다 되어서 끝이 났다. 그때까지 해윤은 세경 옆에서 한 발짝도 움직이지 않았다.

일이 끝난 후 세경은 미어캣처럼 자신만을 지켜보며 기다린 야생동물 수거하듯 그를 차 옆자리에 태우고 집으로 향했다.

"결혼식은 언제신지?"

말없이 나란히 가는 것이 답답하기도 해 세경은 그에게 가볍게 물었다.

"노코멘트."

그는 쌀쌀맞게 대꾸했다. 그다지 대화할 마음이 없어 보이는 남자다. 피차 마찬가지기는 하나 그의 냉랭함에 질 세경이 아니었다.

"흐음, 나이는?"

"너보다 무조건 많아."

"16시간 걸려서 왔으면, 어디? 호주? 미국?"

"……"

그는 대답 대신 짜증이 잔뜩 밴 이마를 손으로 문질렀다. 피곤한 모양이다. 어디서 왔는지는 모르지만 집까지 갔다가 기획사를 찍고 백화점에서 죽치고 있었으니 피곤하기도 할 것이다.

"나한테 사과받고 싶어요?"

세경이 룸미러로 그를 힐긋 보며 물었다.

"됐어. 내가 너한테 사과한 거나, 네가 나한테 사과하는 거나 같은 마음이겠지."

말하는 목소리에도 피로가 백태처럼 끼어 있다.

"성의 없다?"

"입 아프게 뭘 물어."

"이게 비행기였으면 좋겠죠? 그대로 타고 집으로 돌아가게."

"어후~."

갑자기 그가 몸을 비틀며 셔츠 단추 자락을 펄럭였다. 그녀의 말에 식은땀까지 나는 것 같았다.

"집에 가기 싫어요?"

"가능하다면 헤엄쳐서 가고 싶어서."

"수영을 그렇게 잘하시나?"

"듣고 싶은 칭찬이긴 하네."

그의 말소리가 점점 잦아들었다. 힐끗 보니 눈은 이미 반쯤 감겼다. 진짜 피곤한 모양이네.

세경은 더 이상 아무 말도 하지 않았다. 원수처럼 만나기는 했지만 누구만 잘못한 것 같진 않으니 어느 정도 봐주어도 될 것 같았다.

아파트 주차장에 차를 세우자 그는 깜빡 졸았던 듯 황급히 눈을 뜨며 주위를 둘러보았다.

"다 왔어요. 내려요."

세경은 겨우 정신을 차리는 그를 두고 먼저 차에서 내렸다. 그때 가로등 불빛을 가리는 검은 그림자가 다가서는 것을 느꼈다. 고개를 들었던 세경은 흠칫 놀랐다. 강후였다.

"이제 와?"

강후는 세경과, 조수석에서 막 드레스 상자를 안고 내리는 해윤을 못마땅하게 바라보았다.

"남의 동네에서 뭐 해?"

세경은 그를 등지고 외면하며 가방을 들고 차 문을 닫았다.

"내 동네도 되는데."

"뭐?"

세경이 날카로운 눈으로 그를 돌아보았다.

"내 메일 봤어?"

"메일? 그딴 것도 보내? 스토커 속성 강습 받았어?"

"하하하. 듣고 보니 나 진짜 스토커 다 돼가네."

강후는 키득대며 머리를 긁적거렸다. 자신이 이렇게까지 한심할 수 있나, 반문하는 것 같았다.

"너네 집, 그대로더라."

"그래서."

"앞집으로 이사했어, 오늘. 정말 완전 제대로 스토커지?"

"미쳤어?"

세경은 눈썹을 뾰족하게 세우며 소리쳤다.

"누구야?"

그는 세경의 말엔 아랑곳하지 않고 조수석에서 내린 해윤을 경계하며 물었다. 순간, 세경의 1984년산 하드웨어가 탑재된 머리가 쿨럭거리며 돌아갔다. 그리고 동시에 눈이 반짝 빛났다.

"내 남자친구야."

"뭐?"

"왓?"

강후와 해윤이 동시에 세경을 돌아보며 비명처럼 소리쳤다.

피곤이 몰려와 잠시 이성의 끈이 느슨해졌었다. 세경이 누군가를 보고 놀라는 것 같았는데 이어지는 말이 한 남자와 신경 줄다리기하는 듯한 대화였다. 그 대화를 대충 들으며 그 남자가 그녀의 남편이 될 뻔한 신경발작 증세를 가진 효인일 거라고 짐작했다. 그런데 미쳤나, 이여자가. 어디다 대고 남자친구라는 거야?

"우리 해윤 씨랑 인사할래?"

우리 해윤 씨이~?

해윤을 못 버린 쓰레기 취급하던 그녀가 갑자기 해윤 옆으로 종종걸음쳐와 달싹 달라붙었다. 해윤은 그녀를 기괴하게 내려다보았다. 다혈질인 줄만 알았는데, 다중인격까지?

"파혼…… 나 때문에 한 거 아니었어?"

그의 눈빛이 흔들렸다. 순간 해윤의 머리도 흔들렸다. 이 남자, 전화로 발광하던 그 미친놈이 아니었어? 도대체 이 여자는 남자관계가 왜 이렇게 복잡해? 생긴 건 별 볼일 없게 생겼는데. 한국에는 별 볼일 없는 여자가 대세인가?

해윤은 새로운 눈으로 세경을 다시금 관찰하듯 훑어보았다.

"아, 그래서 당신이 이렇게 스토커처럼 굴었구나? 미안해서 어쩌지? 내가 파혼한 이유는, 이 남자 때문이었는데."

세경은 새로 등장한 남자에게 안타까운 미소를 지으며 해윤의 팔에 팔짱을 끼고 다른 손으로 그의 가슴을 톡톡 두드렸다. 어디다 막 스킨십이야. 해윤은 소름이 확 끼쳐 그녀의 손길을 피했다. 그러나 그녀는 황급히 빼는 그의 팔을 잽싸게 다시 잡고 몸까지 기댔다.

"잠깐 싸우고 헤어졌었어. 솔직히 그걸로 홧김에 결혼하려고 했던 건데, 이 남자가 싹싹 빌면서 다시 시작하고 해서. 있는 정, 없는 정 쌓인 사람이라 잊혀지지가 않더라구. 최소한 누구처럼 버리고 가진 않았으니까."

그녀의 마지막 말에 쐐기가 박혀 있었다. 그제야 이 남자가 그녀를 대차게 버린 경험이 있는 남자라는 걸 알았다. 안타깝다. 한 번 버렸으면 돌아오질 말았어야지. 인생에서 다시없는 기회를 반납하고 옛날 여자한테 돌아오려 하다니. 그것도 다혈질에, 다중인격인 여자에게. 딱 보니 생긴 건 멀쩡한 게, 인생 말아먹게 생긴 상이다.

"이 여자 말이 맞습니까?"

해윤의 행동이 미심쩍었는지 남자는 눈을 가늘게 뜨고 해윤을 노려보았다. 순간, 세경의 절박한 눈빛이 해윤의 얼굴에 꽂혔다. 이 정도 베이스 깔아줬으면 알아서 하라는 협박성 가득한 눈빛이었다.

"아, 하, 하, 하하하! 아, 뭐……."

찔끔하던 해윤은 당황하며 어색하게 웃다 찝찌름하게 고개를 끄덕였다. 그러자 세경이 더 세게 나가라는 눈빛을 보냈다. 안 그럼 드레스도 끝장이라는 듯이. 이에 긴장한 해윤은 숨을 깊이 들이마신 후 그를 향해 활짝 웃었다.

"뭐, 거의 맞죠. 제가 아주 싹싹 빌었거든요."

해윤은 재빠르게 고개를 끄덕였다.

"얼마나 만난 사인데요?"

그는 의심의 끈을 늦추지 않았다. 의심 더럽게 많은 놈인가 보네.

"'얼……마나'란 기간을 묻는 건가요, 아님 얼마나 '깊이' 서로 알고 있느냐를 묻는 건가요?"

해윤은 느끼한 눈빛으로 세경을 내려다보았다. 순간 세경의 눈썹이 묘하게 일그러졌다. '너무 멀리 가는 거 아니니?' 하고 말하는 것 같았다. 그래, 멀리, 아주 멀리 보내주마. 백화점에서도 그렇고 너무 애용해 주시는데 인심 팍팍 써서 연극 한번 해드리지.

"보아하니 이 여자 옛날 애인 같으신데 그쪽은 얼마나 이 여자에 대해 아시는지 모르겠네요. 얼마나 깊길래, 이렇게 남자가 있는 여자의 앞집으로까지 이사를 오시고. 생각보다 여자를 좀 밝히시나?"

해윤의 말에 기분이 상했는지 그는 팔짱을 끼며 해윤을 언짢게 노려보았다.

"우리의 깊이를 따지자면 서로 잠버릇까지 아는 사이?"

해윤이 눈을 반짝 뜨며 세경을 내려다보자 그의 어깨에 얼굴을 기대고 있던 세경의 눈썹이 이마 위로 뛰어올랐다. 해윤은 그런 그녀를 보며 만족스런 미소를 지었다.

"코 고는 건 아시는지. 콧구멍이 엄청 커서 소리도 장난이 아니죠. 흥분해서 말할 땐 입에서 침 튀는 건 아시나요? 그건 한두 번만 같이 싸워

보면 알 테고. 남들은 그게 좀 더럽다고 하지만 전 상관없어요. 사실 처음에는 이 여자가 절 더 좋아했어요. 헤어진 남자가 있는데 잊혀지지 않는다고 도와달라면서 제 바짓가랑이를 잡고 울었죠. 그게 어이가 없었는데, 시간이 지나고 보니까 그게 이 여자 매력이더라구요. 헤어진 남자 못 잊는 게. 남들은 그런 이 여자가 '바보'다, '병신' 같다 하지만, 그게 다 순진해서 그런 거니까요. '순진'과 '순수'의 차이는 아시죠? '순수'는 다 알지만 때 묻지 않은 거고, '순진'은 아무 것도 모르는 바보천치 같은 거죠. 뭐, 중요한 건 그게 아니고. 암튼, 헤어진 남자, 그러니까 그게 당신인가요? 워낙 남자관계가 복잡해서 그게 누군지는 확인할 길이 없지만, 그렇다고 해두죠. 이미, 이 여자는 '내 여자'니까. 전 이 여자가 당신과 얼마나 깊은 사이였는지 알고 싶지 않습니다. 지금 '내 여자'라는 사실이 중요하니까. 하는 짓 봐서는 남자 여럿 농락하게 생겼지만 아까도 말씀드렸죠? 기본적으로 이 여자는 '순진'하다는 거."

그리고 '퍽' 하는 통증과 함께 별이 보인 건 순간이었다. 갑작스런 주먹이 해윤의 턱 밑에 꽂힘과 동시에 해윤의 고개가 180도로 꺾였다. 그리고 하늘에서 별들이 그의 얼굴에 우수수 쏟아지면서, 33년 동안 동고동락했던 뇌가 우주선을 타고 우주로 공간 이동했다. 머리가 텅 빈 것 같은 무소유 느낌의 해윤은 얼얼한 턱이 움직여지지 않아 말을 잇지 못했다.

"이 개놈의 자식."

말을 읊조리는 세경의 눈에 눈물이 그렁그렁했다. 그녀의 전 남친은 팔짱을 낀 채 아까 그 자리에 서 있었고, 세경이 해윤의 코앞에서 주먹을 불끈 쥔 채 그를 노려보고 있었다.

해윤은 정신을 차릴 수가 없었다. 여자의 주먹이 이렇게 매울 수 있는 거야?

"넌 끝장이야."

세경은 씩씩거리며 싸늘하게 몸을 돌려 아파트로 들어가버렸다. 가로등 밑에 서 있던 남자는 해윤을 보고 혀를 차며 고개를 흔들다 세경을 따라갔다.

방금 무슨 일이 있던 거지? 여긴 어디고, 난 누구더라? 해윤은 방금 전의 상황을 더듬어보았다. 말을 하며 이죽거리다 보니 생각보다 아주 멀리, 너무나도 멀리 간 것 같다. 어쩌지? 순진하다는 건 그렇다 치고, 여자를 너무 질 떨어지게 만든 것 같은데.

그제야 공간 이동했던 뇌가 다시 탑재된 해윤은 황급히 드레스 상자를 끌어안고 아파트로 튀어 들어갔다. 여자를 울린 기분이 아주 더러운 게 하수구에 맨몸으로 다이빙한 것 같다.

엘리베이터는 막 3층을 지나고 있었다. 그녀의 집이 몇 층이었는지 기억나지 않아, 주머니에서 주소 적은 메모지를 황급히 꺼내보았다. 주소에 '1215호'라고 적혀 있었다. 우라질.

해윤은 이를 악물고 비상구 철문을 열어젖혔다.

해윤이 터질 것 같은 심장을 부여잡고 마른입으로 헉헉거리며 12층의 비상구 철문을 확 열어젖혔을 때, 세경은 퉁퉁 부은 얼굴로 문에 달린 도어락에 번호를 누르고 있었고, 강후는 그녀를 돌려세우려고 애쓰고 있었다.

"이렇게 우는데 어떻게 나더러 가라는 거야."

말을 하던 강후는 땀이 흥건한 채로 갑자기 나타난 해윤을 못마땅하게 흘겨보았다. 세경은 해윤을 보고서 고개를 반대쪽으로 돌려버렸다.

"미안해."

해윤은 거친 숨을 몰아쉬며 그녀에게 말했다. 그러자 세경이 놀란 얼굴로 해윤을 돌아보았다. 서러웠는지 복숭아처럼 상기된 볼이 독 오른 복어처럼 빵빵하게 부어터졌다.

"내가 잘못했어."

해윤은 도어락 쪽으로 뻗은 그녀의 손목을 움켜쥐었다. 그녀는 어색해하며 손목을 잡아뺐다. 해윤은 그런 그녀의 손목을 다시 그러쥐었다. 세경이 불만스럽게 해윤을 다시 올려다보았다. 해윤은 그녀의 눈을 똑바로 내려다보았다.

"아까 한 말 다 거짓말인 거 알잖아. 갑자기 옛날 애인이 나타나서 화가 나서 그랬어. 너 같으면 화 안 났겠어?"

해윤은 계단으로 12층까지 오르면서 생각했던 말을 아주 진지하게 내뱉었다. 도와달라는 간절한 바람이 있었을 텐데 아깐 너무 성의 없었다.

말을 마친 해윤은 강후를 돌아보았다.

"아깐 내가 실수했어요. 다신 실수할 생각 없으니까 그쪽은 돌아가죠? 아, 앞집이라고 했나요?"

해윤은 그의 등 뒤 아파트 문을 힐긋 보았다.

"진짜 애인 맞아요?"

그가 확인하듯 물었다. 해윤은 대답 대신 세경을 내려다보았다. 계속할래, 그만둘까. 세경의 눈빛이 흔들렸다. 지금이라도 아니라고 하면 그대로 드레스 찾아서 사라지면 끝이다. 그다지 깊이 개입할 마음은 없다. 단지, 자신이 말실수로 여자를 울렸다는 기분이 더러워서일 뿐이다.

"그만 돌아가."

세경이 해윤에게서 시선을 놓으며 말했다. 그래, 딱 여기까지다. 해윤은 잡았던 그녀의 손목을 놓았다.

"강후 씨 말이야. 돌아가라고."

순간, 해윤과 강후의 눈빛이 흔들리며 마주쳤다.

"흠…… 좋아. 오늘은 이쯤 하지. 그럼 내일 봐."

떨떠름해하던 그는 어쩔 수 없다는 듯 착잡한 미소를 짓고는 몸을 돌려 그의 집으로 사라졌다. 그의 집과 그녀의 집 사이에 해윤과 세경만 남았다.

"이번엔 진짜 미안한 거 맞아요?"

세경은 고개를 들고 충혈된 눈으로 문 모서리를 노려보다 물었다.

"리얼 쏘리."

해윤은 나지막이 말했다.

"드레스 찢어버리려고 했어."

이로 찢으려고 했던 것처럼 세경은 앞니를 바득 갈면서 퉁명스럽게 그를 흘겼다.

"진짜 애인이 한 말이 아니니까 이쯤에서 참는 건 줄이나 알아요."

"그 말은 들어가서 하지? 앞집에 누가 있는지 잊었어? 지금 현관문에 귀 찰싹 붙이고 다 듣고 있을지도 모르는데?"

해윤은 자세를 낮추어 세경의 귓가에 속삭였다. 귀가 간지러웠는지 세경이 몸을 움츠리며 귓불을 털었다. 그리고 새치름해져 비밀번호를 누르고 문을 열었다. 해윤이 따라 들어가려 몸을 기울였다.

"들어오시게?"

세경이 흠칫 놀라 물었다.

"드레스."

"여기서 기다려요."

세경은 경고하듯 말했다.

"지금 앞집에서 뭐 하고 있을지 몰라? 그냥 가면, 우리 말을 저 남자가 믿을까? 가뜩이나 못 믿는 눈치인데?"

해윤이 유들하게 속삭이자 그의 어깨 너머로 앞집을 보던 세경의 눈빛이 흔들렸다. 그리고 가는 한숨을 내쉬었다.

"들어와요."

세경은 그대로 안으로 사라졌다. 해윤은 피식 웃으며 앞집 문을 한번 돌아보고는 안으로 들어갔다.

"잠깐만 기다려요."

세경은 가방을 소파에 내려놓고 방으로 사라졌다. 해윤은 어정쩡하게 서 있다 들고 있는 드레스 상자를 세경이 내려놓은 가방 옆에 가지런히 놓았다. 그리고, 몇 분이 흘렀을까. 세경이 방문을 열고 후다닥 뛰어나왔다. 얼굴은 당황한 기색이 역력했다.

"왜 그래?"

해윤은 빈손인 그녀를 의아하게 바라보았다. 그러자 그녀가 떨리는 입술로 말했다.

"없어……!"

"뭐?"

순간 되돌아왔던 해윤의 뇌가 다시 공간 이동 준비를 했다.

제목 : 와, 여기 와이파이 된다.

From : 빈대세지 〈imsinger@hanmail.net〉
To : 세경언니 〈ohmysekyoung@tm.com〉

where are you?

언냐! 왜 전화 안 받아? 전화 통화하고 왔으면 좋았을 텐데.

언니 드레스 잠깐 빌릴게.

같이 일하는 언니가 드레스 맞췄다고 자랑하는데 내가 가만있을 수

있어야지.

나도 맞췄다고 뻥 치고 보니, 드레스가 눈에 보이네? 곱게 입고 갔다

줄게.

이게 중요한 게 아니지. 아까 집 나오다가 언니 찾는 남자를 만났어.

생긴 것도, 입은 옷도, 가지고 있는 만년필도 완전 대박이더라.

그 남자 때문에 결혼식에서 튄 거야?

그럼 그 남자한테 말해서 그 만년필 나한테 주라고 하면 안 돼?

나중에 가수 돼서 그걸로 사인하면 완전 뽀대 나고 멋질 거 같아.

혹시 언니 남자 아니면 내가 꼬셔도 돼?

생긴 게 꼬장꼬장해 보이긴 하는데, 그 정도는 뭐 나한테 완전 밥이지.

이건 농담이고, 암튼 드레스 잘 입을게.

참, 엄마 아직도 열 받아 계시더라.

당분간 엄마한테 연락하지 마.

추신. 장거리 출장 올 줄 모르고 양상추랑 양배추 잔뜩 사서 채 썰어

놨어. 언니 다 먹어.

5. 무례한 놈, 말 안 듣는 놈

세경은 손톱을 잘근잘근 씹으며 전화기를 귀에 대고, 소파에 앉아 자신을 독 오른 셰퍼드처럼 지켜보고 있는 해윤의 눈치를 살폈다.

전세가 역전되었다. 웨딩드레스의 행방을 지금 당장 고해바치지 못하면 이 자리에서 생체 화학적으로 불타 없어지는 인체의 신비를 시연해주고, 더불어 타는 경험을 맛보여줄 것만 같은 분위기였다. 그리고 안절부절못하는 세경의 마음은 이미 탄내가 진동하는 것 같았다.

"어디다 거는 거야? 신호가 가긴 하는 건가?"

아까, 순진 어쩌구 하면서 떠들던 분위기는 어디 가고, 지금 그는 포청천 저리 가라는 포스다.

"도, 동생요. 아까 부재중 전화가 찍혔었는데……."

확실한 게 아니기에 동생이 가져간 것 같다는 말도 못하겠다. 그렇다 쳐도 동생에게 덤터기를 씌우는 기분이라 좋지 않았다.

"동생?"

"아, 아까 만났다고 했죠? 그 애가 어디로 갔는지는 혹시, 모르세요?"

동생의 행방을 낯선 남자에게 묻는 게 좀 황당하긴 하다.

"늦었다고 했는데……!"

갑자기 그의 눈이 커졌다.

"아까 무슨 가방을 들고 있었는데! 가려는 걸 두 번이나 잡았었다
고!"

비명처럼 소리친 그는, 그가 들고 온 드레스 상자를 들어보고는 짐작
하듯 허공에 두 손을 그어 보였다. 그리고 금방 자괴감에 빠져 두 손으
로 머리를 마구 헝클어뜨렸다.

"아, 그 가방이 설마!"

아무래도, 동생이 드레스를 담은 가방을 들고 나간 것을 본 모양이
다. 드레스와 그렇게 스쳤구나, 저 인간. 근데, 쌤통이다.

"으아악!"

참을 수가 없었는지 해윤은 머리를 부여잡고 비명을 질렀다. 얼굴 표
정만으로 뭉크의 〈절규〉를 이겼다.

"전화해볼게요!"

'힘이 없어 봐준 줄 알아?' 어쩌구 하던 그의 말이 새삼 떠올랐다. 말
은 싸가지 없기 이를 데 없지만 폭력적인 행동은 그녀의 손으로 그를 세
수시킨 것이 전부다. 하지만, 역시 무섭다. 지금이라도 강후더러 돌아오
라고 할까? 순전히 저 인간의 폭력성이 무서워 강후를 받아들여? 세경은
전화를 귀에 붙일 대로 붙인 채 고개를 흔들었다. 대신 세지에게 짜증이
옮겨갔다. 전화 받아, 이년아!

10번 남짓한 전화에도 불구하고 결국 세지는 전화를 받지 않았다.

해윤은 처형에 대해 심사숙고하는 판사처럼 두 팔을 무릎에 괴고 소

파에 앉았고, 세경은 포청천이 내린 개작두 앞의 죄인처럼 무릎을 꿇다시피 앉았다. 드레스 가격이 얼마인지 대충 알기에, 어제 그와 함께 펼친 일로 팀장의 업무가 소일이 되었다는 핑계도 먹힐 것 같지 않았다. 게다가 오늘 이 남자를 아주 잘 이용해 먹었지 않은가. 대가로 무지막지한 말을 들었지만 역시 드레스 가격에 댈 건 아니다.

"직업은."

그가 나지막이 물었다.

"아시다시피 공연기획팀장……."

"너 말고, 동생!"

그가 주먹으로 소파를 내리치며 버럭 소리쳤다. 차라리 염라대왕과 일대일 대면식 하는 게 속 편하겠다.

"가수 지망생!"

찔끔한 세경은 서둘러 대꾸했다.

"그 얼굴에?"

해윤은 말도 안 된다는 듯이 세경을 위아래로 뜯어보았다.

"내가 한다는 게 아닌데 왜 날 그렇게 봐요?"

세경은 저자세인 채로 투덜거렸다.

"그건 내 마음이고. 드레스 훼손 가능성은?"

완전 경찰서 취조실이다. 변호사는 확실히 맞고, 죄인은 억울한 상황이다.

"훼손? 사이즈가 나보다 작으니까 작지만 않다면 훼손할 리 없겠지만."

"없겠지만?"

그의 눈썹이 삐딱하게 올라갔다.

"뭐, 필요하면 수선을 할 수도······."

"수선? 젠장!"

해윤은 주먹으로 소파 난간을 후려쳤다.

"만년필 슬쩍할 때 손버릇 좋지 않은 여자라는 건 직감적으로 알아봤지, 내가."

무슨 말인지 모르겠지만, 폭력성이 점점 드러나기 시작하는 것 같다.

세경은 두려움에 한 발짝 물러앉았다.

"동생의 예상 경로는?"

그는 급초조하게 물었다.

"워낙 들쭉날쭉 아무 데나 행사 있으면 가는 애라······."

"그래서 예상 경로는!"

그가 버럭 소리쳤다.

"아, 진짜. 취조에 맛 들였나!"

세경은 참다못해 벌떡 일어났다.

"여긴 내 집이고, 그 계집애가 어딜 갔는지 내가 어떻게 아냐고! 애한테 위치 추적 장치를 붙인 것도 아니고, 이따위로 따질 거면 그 드레스 디자이너한테 가서 해야지, 어디다 성질이에요!"

"그래서, 잘했다는 거야? 드레스 간수를 어떻게 했으면!"

그도 벌떡 일어나 고래고래 소리쳤다.

"옷장에 간수하지 않으면, 냉장고에 넣나? 은행 금고에라도 맡겨야 하는 거였어?"

"충분히 그럴 수 있지. 그게 얼마짜린데!"

"얼마짜리긴! 그래 봤자 드레스고, 중고가격이 얼마나 하겠어!"

"그건 디자이너가 살았을 때 얘기지! 그게······!"

뭐라고 말을 하려던 그는 무슨 생각에선지 갑자기 말을 멈추고 입을 싹 다물었다.

"그 디자이너가 죽었어요?"

하긴. 드레스 주문하러 갔을 때 보니, 그야말로 그 디자이너는 장인 정신이 물씬 풍기는 덥수룩한 수염을 가진 노인이었다. 바늘에 실이나 꿸 수 있을까 걱정스러웠다. 또 노안은 그렇다 치고, 부들부들 떨리는 손이, 드레스가 울퉁불퉁하게 재단되지 않는 것이 신기할 정도였으니까. 그런 노인이 유명한 디자이너라는 사실 자체가 놀라웠다.

"그렇구나."

세경은 그래도 인생의 중요한 시점에서 만난 사람이 운명을 달리했다는 생각이 들자 기분이 가라앉았다. 그리고 잠시 그 디자이너의 명복을 빌었다.

"재수가 옴 붙었어!"

그는 철근이라도 씹어먹고 싶은 표정으로 이를 바드득 갈았다.

"그 재수가 설마, 나는 아니죠?"

"너만 아니면 돼?"

해윤이 힐난하듯 세경을 흘겨보았다.

"동생 편도 들고 싶은데, 워낙 제 앞가림이 부족한 애라 뭐, 또 오늘 한 짓도 있고……."

"저 얄팍한 자매애 좀 보게. 눈물이 나네."

그는 소파에 털썩 주저앉았다.

"내일 다시 와요. 아, 동생한테 연락되면 전화할게요. 전화번호나 주고 가요."

"어딜?"

해윤이 말도 안 된다는 눈으로 세경을 올려다보았다.

"그럼 여기서 자게요?"

세경의 눈이 휘둥그레졌다.

"오늘 네가 한 짓을 봐. 상황 설명까지 다 한 나를 두고 주차장에서 도망친 여자를 믿으라고? 이 집을 통째로 들고 도망친다 해도 믿겠는 너를?"

"드레스 준다잖아요!"

"지금 너한테 없잖아!"

아, 미치고 팔짝 뛰겠는 게 어떤 건지 자세히 알 것 같다. 고것이 드레스에 눈독 들이고 있다는 사실을 눈치챘어야 했는데. 양배추를 퍼먹으며 드레스를 노려보는 꼴이 풀을 뜯는 아기 염소를, 같은 풀을 뜯어 먹으며 근수 따지면서 재보는 늑대 같더라니.

이 상황에서 욕먹을 사람은 딱 하나뿐이다. 이년은 대체 어디서 뭔 짓을 하고 있는 거야!

그녀에게 드레스 가격을 알릴 필요가 없다. 딱 말하는 분위기가, 그 디자이너의 네임 밸류도, 그로 인해 드레스 가격이 얼마나 고공 행진을 할지도 모르는 것 같은데, 괜히 견물생심을 키울 필요는 없었다.

범죄에서도 가장 예측하기 힘든 것이 계획치 않은 도발, 견물생심에 의한 범죄였다. 이건 부추긴 자도 범죄가 될 수 있는 것이기에 신중을 기할 필요가 있다. 특히 성격이 들락날락하는 이런 다혈질 자매들한테는.

해윤은 세경이 아주 불친절하게 챙겨주는 이불을 덮고 그녀의 집 거
실 소파에 길게 누웠다.

그렇게 누워 있자니, 이러고 있는 자신이 참 한심하고, 이게 무슨 짓인
가 싶다. 비행기를 타는 것부터가 문제였다. 예린과 협상을 한 것도 잘
못이다. 차라리 오 회장과 좀 더 디테일한 협상을 하는 게 나을 뻔했다
는 생각이 든다.

이런 생각에 빠져 있던 해윤은 수치심이 들었다. 점점 더 심각한 사기
꾼이 되어가고 있는 것 같아 스스로가 혐오스러웠다. 혼자서도 잘 살
수 있는데, 괜히 오 회장의 꾐에 넘어간 것 같아 한심했다. 오 회장 끄나
풀처럼 한 여자의 집에 들이닥쳐 협박이나 하는 꼴이라니.

해윤은 이불을 박차고 일어나 앉았다. 열 받는 건 열 받는 거고, 배가
고프다. 저녁도 못 먹었다.

해윤은 좀 전에 세경이 들으라는 듯 문을 '쾅' 닫고 사라진 방 쪽을
힐끔 보았다. 방 틈에서 작은 불빛이 새어나왔다. 저 여자도 배가 고플
텐데. 여자들은 배고픈 시점이 다르나?

해윤은 살금살금 주방으로 다가가 냉장고 문을 열었다.

"뭐야, 이게."

남녀의 배고픈 시점 차이는 잘 모르겠지만 식이 섭취 기호도 자체가
다른 건 분명하다. 냉장고 문에는 웬 오미자와 블루베리 차, 그리고 두
어 개의 맥주 캔과 생수통만 가득했고, 위 칸에는 김치통과 유리그릇에
담긴 김치, 종류가 다른 김치통과 또 유리그릇에 담긴 다른 종류의 김
치, 그리고 또 김치……. 한국 아니랄까 봐 김치만 종류별로 가득했다.

그리고 그 밑 칸에는 퍼먹는 요구르트와 짜먹는 요구르트, 마시는 요
구르트 등 편의점의 요구르트 칸을 옮겨놓은 것 같은 풍경이었고, 그

밑 칸은 오이와 샐러드, 조각낸 양배추와 양상추가 담긴 플라스틱 통만 한가득이었다. 그 채소 칸을 풍만한 드레싱 소스 병이 문지기처럼 지키고 섰다. 냉장고 풍경 참 장관이다.

여자들과 살면 이렇게 먹고 사는 건 아니겠지. 점점 더 결혼에 회의가 일고, 만일의 사태를 대비해 결혼할 때 남자도 혼수로 개인용 냉장고를 가지고 가야 하는 건 아닌지 심각하게 고민하지 않을 수 없었다.

해윤은 쓴맛을 다시며 냉장고 문을 닫고 돌아서려다 혹시나 하는 마음으로 냉동실 문을 열었다.

헉! 여긴 무슨 생체 실험실 냉동실 같다. 정체불명의 검은 봉지가 여기저기 혐오스럽게 둘둘 말려 얼어 있었다. 그나마 형체가 보이는 봉투에서는 물고기 눈알이 툭 불거져 자신을 노려보고 있었다. 먹고 싶은 맛이 뚝 떨어지게 하는 호러 냉동실이다.

해윤은 실망하여 눈길을 돌렸다. 그러다 구석에 색채감 있는 포장지가 끼어 있는 게 눈에 띄었다. 슬쩍 당겨보니 아이스 바다. 냉장실, 냉동실을 통틀어 구미를 당기는 것은 이거 하나뿐이다.

해윤은 슬쩍 뒤를 살피고 아이스 바를 꺼내 들었다. 그런데, 젠장. 제일 싫어하는 팥 아이스크림이다. 이 여자들 먹는 습관을 당장 뜯어고쳐 놓고만 싶다.

뭐, 별수 없지. 해윤은 한숨을 쉬며 아이스 바의 포장을 벗기고 한입 물며 돌아섰다.

"흐어억!"

돌아서던 해윤은 자신을 가로막은 검은 형체에 기겁을 하며 뒤로 나자빠졌다.

"그거 우리 거 아닌가?"

언제인지 모르게 나타난 세경이 도끼눈을 하고 음습하게 물었다.

"어휴."

해윤은 식은땀이 주룩 흐른 심장을 움켜쥐며 냉장고에 붙었던 몸을 떼었다.

"배고픈 건 죄가 아니야."

해윤은 아이스 바를 후룩 빨았다.

"그치. 훔쳐먹는 게 죄지."

세경은 해윤의 입에 물린 아이스 바를 낚아챘다.

"내 침 묻었는데, 버릴 거야, 먹을 거야?"

해윤은 당당하게 물었다. 그러자 세경은 인중을 비틀다, 들고 있던 아이스 바를 해윤의 입에 푹 찔러넣었다.

"뭐, 먹을 거 없어? 너도 배고파서 나왔지?"

해윤은 아이스 바를 쪽쪽 빨며 식탁 의자에 걸터앉았다.

"남의 집인데 참 자기 집처럼 편안해 보이네요."

세경이 냉장고 문을 열어 채 쳐진 양배추가 담긴 통을 꺼내며 빈정댔다.

"집이 그러네. 집이라기보다 그냥 휴게실 같아."

해윤은 집을 둘러보았다. 뉴욕에 살던 아파트와 다른 느낌이라 그런 건지, 여행 중에 묵는 집이라는 느낌이라 그런 건지는 잘 모르겠다. 처음엔 뉴욕의 집들이 이국적이었는데, 이젠 한국의 집들이 이국적여졌다. 좋은 걸까, 나쁜 걸까.

"휴게실도 휴게실 나름이겠지. 사사건건 화내고 싶지 않아요."

세경은 그릇에 양배추를 퍼담았다.

"그건 뭐 하게? 키우는 토끼라도 있어?"

해윤은 베란다 밖을 내다보았다.

"드시라고."

세경은 토끼 먹이 그릇 하나를 해윤 앞에 내려놓고는 해윤 건너편 자리에 하나 더 내려놓았다. 그리고 냉장고 문지기였던 소스 병을 꺼내 양배추 위에 쭉 뿌려댄 후 해윤과 마주앉았다.

"달랑 이거만?"

해윤은 경악했다. 미국 식생활에 샐러드가 있긴 하지만, 샐러드만 먹은 적은 한 번도 없다. 초식남 어쩌구 하는 말을 인터넷 기사에서 본 적이 있는데, 자신은 고기 없인 밥을 못 먹는 육식남이었다.

"입에 있는 건 뭔데요?"

세경은 해윤의 손에 들린 아이스 바를 힐끗 보고는 포크로 양배추를 찍어 입에 넣었다.

"평소에도 이렇게 먹어?"

해윤은 그녀의 상차림을 믿을 수 없었다. 절로 인상 구기게 하는 상차림이다.

"집에서 잘 안 먹어서. 동생은 다이어트가 생활인지라 이렇게 먹는 걸 좋아하고."

세경은 별로 부담스럽지 않은지 양배추 조각들을 맛있게 씹어먹었다.

"정말 미안한데, 이거 못 먹겠다면 어떻게 할 거야?"

해윤은 손가락으로 토끼 먹이를 가리키며 눈살을 찌푸렸다.

"음식물 쓰레기통 옆에서 주무시던지."

세경은 아무렇지 않게 대꾸했다. 차라리 그쪽이 그녀에게는 더 좋겠다는 표정마저 지었다.

"냉장고에 맥주 있던데, 마셔도 돼?"

순간 세경이 화들짝 놀랐다.

"술 마시고 무슨 짓을 하려구?"

세경은 그를 경계하듯 바라보며 두 팔로 가슴에 엑스자를 그어 보였다. 그것도 할 만한 여자가 해야 농담이라도 된다는 걸 이제야 알겠다.

"내가? 너한테? 왜? 뉴욕에 쭉쭉빵빵한 약혼녀를 두고 내가 눈이 삐었나?"

자신의 안목을 과소평가하는 것 같아 해윤은 기분이 상했다.

"16시간 걸렸다는 데가 뉴욕이었어요?"

세경이 눈을 휘둥그레 떴다.

"여친은 한국 사람이에요?"

세경의 물음에 해윤은 고개를 끄덕이며 다 먹은 아이스 바 막대기를 휴지통에 던지고 냉장고에서 맥주를 꺼냈다.

"결혼식은 언제예요?"

아까도 이런 질문을 받았는데, 그때 그의 대답은 노코멘트였다. 다시 물었다 해서 말하고 싶은 마음도 없다.

"파혼한 사람이라 그렇게 여유가 있나?"

해윤은 발작 증세로 전화를 받던 효인의 목소리를 기억해냈다.

"상대방한테 양해는 구했어?"

치익—.

맥주 캔을 따자 기분 좋은 탄산 터지는 소리가 났다. 그것에 마음이 동했는지 세경도 냉장고에서 맥주 캔을 꺼내 땄다.

"양해 구하고 결혼식장에서 튀는 신부도 있나?"

순간 맥주를 들이켜던 해윤은 '풉!' 하며 맥주 캔을 내려놓았다.

"그냥 파혼도 아니고, 결혼식장에서 튀기까지? 인생 참 액티브하게 사네?"

해윤은 감탄했다.

"파혼한 이유가 앞집 남자 때문이야?"

"……."

세경은 생각에 잠긴 듯 아무 말도 하지 않았다.

"뭐, 말하고 싶지 않음 관둬."

해윤은 맥주를 벌컥벌컥 마시고 양배추를 포크로 한 삽 찍어 입에 넣었다. 생각보다 먹을 만하다. 이 맛에 토끼들이 배추들을 먹는구나.

"내가 자기 때문에 파혼했다고 생각해서, 날 쉽게 보는 걸까요?"

세경이 갑자기 자조적인 질문을 했다.

"대차게 차였다더니, 아직도 정리가 안 됐어?"

말이 떨어지기 무섭게 세경은 해윤을 날카롭게 흘겨댔다. 아파트 앞에서 해윤이 주절주절 떠들었던 것이 생각난 모양이다.

"패스하자구. 지나간 일이잖아."

"그쵸. 경찰서에 잡혀간 것도 지나간 일이죠."

공연 기획하는 여자들은 상상력이 특별하다더니, 말재주도 여간 아니다.

"너는 어떤데? 그 사람이 쉽게 보는 게 신경 쓰이는 거야, 파혼의 이유가 앞집 남자가 아닌데 그 남자가 그렇게 생각하는 게 신경 쓰이는 거야?"

"근데 왜 자꾸 너, 너, 그래요?"

신경에 진짜 거슬린 건 이거였나 보다.

"쏘리. 미국에서 살다보니 반말이 익숙해. 미국에서 영어 쓰면서, 삼가, 만장하신, 주십시오, 같은 존칭 생각을 하진 않으니까. 나이가 몇인데?"

"무조건 당신보다 적겠죠."

해윤은 비협조적으로 대꾸하는 세경을 노려보았다. 그러자 그녀는 눈길을 돌리며 자백하듯 말했다.

"스물여덟."

"확실히 적긴 하네."

"당신은요?"

"써리쓰리."

해윤은 심드렁하게 대답했다.

"진짜 나이배기네."

세경은 의외라는 표정을 지었다.

"아까 그렇게 한 걸로 앞집 남자가 떼어졌을 거 같아? 혹시 그냥 안 떼어지길 바라면 당장 가서 쇼였다고 자백하고 품에 안겨. 그럼 상황 끝이야."

해윤은 담백하게 조언해주었다.

"날 버렸던 남자예요."

"다시 회수하러 왔잖아."

세경이 다시 해윤을 가늘게 쏘아보았다. 해윤은 괘념치 않았다.

"난 솔직히 회수하러 온 저 남자가 더 한심해. 버렸으면 끝이지 다시 돌아오겠다는 건 뭐야?"

"돈 때문이죠."

그때까지도 그녀의 말에 신경 쓰지 않던 해윤의 가슴팍에 순간 나무 쪼가리 같은 게 '팍' 하고 박히는 느낌을 받았다. 이런 말에 평생 이렇게 찔려 해야 하나?

"너, 돈 많은 여자였어?"

해윤은 맥주를 쭈욱 들이켜고 물었다. 그의 말에 세경은 허탈하게 웃었다.

"저래 봬도 피아니스트예요. 내가 연주회 기획을 하고, 저 남자가 그 무대에서 피아노 공연을 하는 게 꿈이었죠. 그런데 나보다 더 훌륭한 기획사가 나타나 저 사람을 유학까지 보내줬어요. 비싼 차에, 고급 양복에. 여자가 있었는지 없었는지까지 생각하기 전에, 이미 난 다 이해해버렸고, 버려지는 게 당연하다는 결론까지 얻었어요. 사랑보다 돈이 좋구나, 했어요. 그런데 이렇게 다시 돌아오면, 나더러 어쩌라는 건지."

세경은 식탁에 팔꿈치를 대고 손바닥으로 얼굴을 쓸었다.

"선택은 딱 둘뿐인데 뭐가 심란해? 50 대 50. 어느 쪽이 끝까지 행복할 건지에 대한 가능성은 전부 제로고."

"쉽네요."

해윤의 간결한 정리에 세경은 고개를 끄덕였다.

"이렇게 생각해봐. 너를 찬 남자와 네가 찬 남자밖에 없어. 그럼 누굴 선택할래? 그게 답일지도 모르겠는데?"

해윤이 고개를 갸웃하며 묻자 세경은 반신반의하는 눈으로 해윤을 마주 보다 시름에 젖어 말했다.

"내가 파혼한 건 저 남자에 대한 마음이 더 깊다고 생각해서가 아니었어요. 결혼하려고 마음먹은 남자를 사랑한다고 생각했는데, 내가 사랑한 건 그 남자가 가진 재력뿐이란 사실을, 저 자식이 돌아온 후에 깨달았거든요. 같이 시궁창에 입수하려다 나만 뒤로 물러서고, 결혼하려던 사람만 번지 점프 시켰어요. 날 죽이고 싶을 거예요, 그 사람."

"그건 확실해."

해윤은 고개를 끄덕였다.

"에?"

세경이 놀라 고개를 번쩍 쳐들었다.

"아, 그럴 거라고. 내가 남자니까 그 심정 이해가 되지."

그 남자 이름까지 알고 있고, 통화했었다고 말하면 어떻게 반응할까? 무척 귀찮아질 것 같다. 다시 통화하면 미안하다고 전해달라 할지도 모를 여자다.

"그리고 방금 한 말 말이야. 어느 쪽을 사랑하느냐를 안 게 아니라, 결혼할 사람을 사랑하지 않는 걸 저 자식이 나타난 후에 알게 돼서 파혼했다고 했는데, 결국은 같은 말 아니야? 앞집 남자를 못 잊는 거잖아."

"답답하시네! 날 버린 남자라구요!"

세경은 버럭 화를 냈다.

"다시 회수하러 왔잖아? 오히려 제 무덤을 파는 건 저 자식인데, 뭐가 두려워?"

해윤도 짜증스럽게 소리쳤다.

"자꾸 쓰레기 취급할 거예요? 진짜 음식 쓰레기통 옆에서 자고 싶어요?"

세경은 화를 내며 벌떡 일어났다.

"그러라고 했다고 내가 진짜 거기 가서 잘 놈으로 보여? 그럴 바엔 차라리 앞집으로 가서 고해성사하고 저 자식을 설득하겠네. 돌아온 병신 같은 짓은 하지 말라고!"

해윤도 벌떡 일어났다.

"돌아온 게 뭐가 병신 같은 거예요? 사랑을 찾는 게 병신 같다는 거예요?"

"아직 어린 건가? 스물여덟이면 그다지 어린 나이도 아닌데?"

"그게 뭐요?"

"그 나이에 사랑을 믿어?"

해윤의 벼락같은 물음에 뭐라고 번개처럼 받아칠 것 같던 그녀는 순간 입을 꼭 다물었다.

"그러니까요."

예상외로 그녀는 금세 침울해졌다.

"내가 사랑을 믿지 않게 된 이유가 바로 저 남자 때문인데."

그제야 깨달음을 얻은 것 같은 그녀는 신음처럼 중얼거렸다. 그리고 그대로 일어나 터덜터덜 제 방으로 들어가 문을 닫았다. 그걸로 끝이었다. 그녀는 이후로 문 밖을 나오지 않았다.

술 마신 남자가 무서웠는지도 모른다. 그런 남자와 한 공간에 있는 것이 무서웠는지도 모른다. 아니면, 옛날 남자가 돌아온 것이 사랑 때문이 아닐 수도 있다는 생각에 정신을 놓았는지도 모른다. 사랑을 믿지 못하게 만들 정도로 대차게 차고 간 남자가 다시 돌아온 이유가 사랑일 리 없다는 생각에, 머리가 혼선 중인지도 모른다.

사랑을 믿지 않는다고 생각했다. 그런데 강후가 돌아온 이유가, 그 사랑 때문인지 아닌지가 중요해지다니. 사랑이 다시 오려는 걸까? 그와 함께?

세경은 멍했다. 그가 돌아올 거라는 생각은 조금도 하지 않았다. 돌아올 놈이 그렇게 차갑게 돌아설 리가 없으니까. 그렇게 돌아올 틈도 만들지 않고 떠난 사람이 돌아왔을 때, 그 이유가 궁금하지 않을 수 없었다.

그런데 그가 보고 싶었다고 말하는 순간, 그를 세차게 밀어냈지만 한편으론 그게 사실일지도 모른다고 생각했다. 그렇다면 그는 사랑을 믿는 건가? 한 여자를 사랑을 믿지 못하도록 만들어놓고? 그렇다면 그를 위해 다시 사랑을 믿어야 하나? 여전히 사랑에는 믿음이 가지 않는데?

세경은 머리를 감싸 쥐었다. 안 그래도 주위에 많고 많은 스트레스가 널렸는데 결국 이런 것에 잠 못 들고 있다니. 사랑을 믿지 못하는, 그러면서도 '사랑'이란 그 난해한 단어 때문에 잠 못 드는 자신이 참 병신 같고 너무 한심했다. 대차게 버려졌을 때를 생각하면서, 그렇게 그를 대할 수는 없는 건가? 앞에서만 말고, 진심으로 말이다. 해윤의 말대로 자신은 정말 순진한 건지도 모른다.

엣지 있고 쿨하게 사는 건 영원한 바람일 뿐인가. 이러고 있는 자신이 참 별로란 생각이 들었다.

아침에 일어나자마자 세지에게 전화를 걸었지만 여전히 이 계집애는 전화를 받지 않았다. 통신 불능 지역에서 수렵 생활하고 있는 건 아니겠지.

세경은 한숨을 내쉬며 방을 나섰다.

"전화해봤어?"

아침 인사로 해윤이 건네온 말이다.

잠이 덜 깬 얼굴로 돌아보니 그는 야근한 사람처럼 초췌한 모습으로 소파 난간에 앉아 햇빛을 받으며 비타민 합성을 하고 있었다. 강후에게 가서 편안한 남자 옷이라도 빌려다 줄걸, 하고 후회하게 만드는 아주 후줄근한 모습이다.

"초졸하네요."

"초졸?"

"초췌하고 졸려워 보인다구요."

세경의 말에 김이 샜는지 그는 자신이 입은 옷을 펄럭이다 한숨을 내쉬었다. 웨딩드레스 원정 기사가 너무 초라해 보인다.

"다른 옷은 없어요?"

돌아보니 그가 가지고 온 옷은 드레스밖에 없었다. 진짜 안습이다.

"왜, 없음 네 옷 빌려주게?"

그가 같잖다는 듯이 물었다.

"원하면요."

"됐어."

어제 그렇게 언쟁하다 끝낸 사이라 그런가 대화가 부드럽지 못했다. 그렇지만 상냥하게 굴 마음도 없다.

"대충 씻고 나가요. 아침 먹게."

"빵도 없어?"

호텔 조식이 불만스럽다는 투다.

"어제 냉장고 검사했으면서 뭘 물어요. 어젯밤엔 양배추 드셨으니, 아침으로 양상추에 블루베리 차 마실 의향이시라면 차려드릴 수도 있고요."

"됐어."

그는 손을 쳐들고 터벅터벅 욕실로 들어갔다.

잠시 후, 욕실에서 그가 소리쳤다.

"면도기 없어?"

"제모 테이프는 있을 거예요!"

여자들만 사는 집에서 면도기를 찾는 정신은 또 뭔가. 탐구 정신?

"어휴."

그의 탄식 소리가 들려왔다. 세경도 탄식의 한숨이 흘러나왔다. 빨리 드레스 찾아서 떠나보내야 하는데. 목에 착 달라붙어 뱉어지지도, 삼켜지지도 않는 가래 같은 존재다, 저 인간.

주스를 한 잔 들고 주방에서 나오는데 소파 발치에, 그가 가져온 드레스 상자가 손길도 받지 못하고 놓여 있는 게 보였다. 세경은 드레스 상자의 뚜껑을 열어 드레스를 들어 올려보았다. 식장에서 입진 못했지만, 결혼식에서 입고 싶어 특별히 주문했던 드레스였다. 짧고, 아기자기한 레이스가 장식된 이런 깜찍한 드레스가 입고 싶었다. 치렁치렁한 건 고리타분해 보여서 싫었다.

세경은 착잡해하며 바뀌어온 드레스를 처음 걸어두었던 거실 벽에 걸어두었다.

"그게 웨딩드레스야, 피로연 파티 초대가수 드레스야?"

세수를 하고 나온 그가 딱하다는 투로 물었다. 언제는 잠옷 같다더니.

그새 수염이 더 자랐는지 그의 턱이 수염으로 거뭇거뭇했다.

"당신 옆에서 입고 있을 거 아니니까 신경 끄시죠."

세경은 깔끔하게 한마디 했다. 그도 그렇다는 생각이 들었는지 별 대꾸를 하지 않았다.

서둘러 나갈 차비를 하고 해윤과 아파트 문을 나서는데 강후와 딱 마주쳤다. 강후는 그녀와 나란히 나오는 해윤을 보고 멈칫했다. 이로써 해윤이 세경의 남친이라는 것이 아주 확실히 증명되었다. 최소한 강후에게는.

"두, 둘이…… 같이……?"

강후는 당황한 기색이 역력했다.

"화해의 시간이 좀 길었죠."

해윤이 피곤한 기색이 역력한 투로 시큰둥하게 말했다. 세경은 별 대꾸 없이 엘리베이터 버튼을 눌렀다.

세 사람은 아무 말 없이 엘리베이터를 타고 내려왔다. 그리고 아파트 입구에서 세경은 강후에게 눈길도 주지 않고 차를 세운 곳으로 걸어갔다. 해윤은 그런 세경을 멀거니 보고 있는 강후에게 고개를 까딱여 보이고 세경을 쫓았다.

"계속 도와줄까, 저 자식이랑 잘되게 손 놔줄까?"

세경 뒤를 바짝 쫓으며 해윤이 속삭였다.

"빨리 드레스나 가지고 돌아가세요."

세경은 싸늘하게 대꾸하고 차의 문을 열었다. 앞으로 그를 매일 마주쳐야 할 생각을 하니 마음이 무겁고 기분이 좋지 않았다. 하지만 그렇다고 그대로 그에게 돌아가는 것도 내키지 않았다. 계속 모른 척하는 것도.

"나도 그게 소원이야."

해윤은 운전석에 오르는 세경에게 말을 던지며 조수석에 올랐다.

부릉, 푸르르ㅡ. 부릉, 푸르르ㅡ.

"어, 이상하다?"

시동을 걸던 세경이 당황스러워하며 키를 연신 돌려댔다. 하지만 시동은 걸리지 않았다.

"차 정비는 하는 거야?"

안전벨트를 매던 해윤이 세경을 곁눈으로 흘겼다.

"무사고 운전 7년이에요."

"이제 슬슬 무사고 딱지를 뗄 때가 된 모양이군."

"재수 없게! 그걸 말이라고 해요?"

세경이 버럭 소리쳤다.

"무슨 일이야?"

강후의 목소리가 들렸다. 돌아보니 강후가 모는 세단이 세경의 경차 옆에 멈춰 서 있었다.

"신경 쓰지 마."

세경은 차갑게 말하며 차의 시동을 다시 걸었다. 하지만 차는 '푸르르' 소리를 낼 뿐, 가뿐하게 시동이 걸리지 않았다.

"차에 문제가 있는 것 같은데."

운전석에 앉은 강후는 세경의 냉랭함에는 아랑곳하지 않고 차를 둘러보았다.

"큰일 났네. 가뜩이나 사장한테 찍혔는데."

세경은 머리를 흐트러뜨리며 투덜댔다.

"괜찮으면 내 차 타지?"

강후가 제안했다.

"됐다니까."

세경은 무섭게 강후를 흘겼다.

"다른 뜻 없으니까 타. 나 어차피 너네 회사 가봐야 돼."

강후는 단조롭게 말했다.

"같은 방향이래. 아쉬운 대로 타고 가지? 고집 피우다 회사에서 쫓겨나면 어쩌려고?"

해윤이 세경의 귀에 재빨리 속삭였다. 세경은 못마땅하게 해윤을 돌아보았다. 그러자 해윤은 아무래도 상관없다는 듯 어깨를 으쓱여 보였다.

결국 동네 카센터에 차를 맡기고 세경과 해윤은 강후의 차 뒷자리에 나란히 앉았다.

강후는 룸미러로 두 사람을 흘끔거렸다. 뭔가 말을 걸고 싶은데 해윤의 눈치를 살피는 것 같았다.

해윤은 그런 강후를 흥미롭게 바라보았다. 그의 눈에는 자신이, 걷어내고 싶은 불고기의 기름띠처럼 보일 것이라는 게 재미있었다. 이 차 안의 관계도를 유일하게 관조적으로 볼 수 있는 사람은 자신뿐이었다.

"바이엘 씨한테 부탁을 좀 해도 될까? 아, 말 놔도 되지? 나보다 한참 어려 보이는데."

해윤이 미소를 지으며 룸미러의 강후를 빤히 쳐다보았다. 세경이 주먹으로 해윤의 허벅지를 툭 쳤다. 하지만 해윤은 모른 척했다.

"바이엘……?"

강후는 잘못 들었나, 하는 눈빛으로 룸미러 속의 해윤을 바라보았다.

"피아니스트시라면서. 그 말을 들으니 내 머릿속에 떠오르는 게 그것뿐이라서. 내가 초등학교 때 겨우 바이엘만 뗐거든. 우리 사이에, 이름을 막 부르기도 그렇고."

해윤은 그를 향해 한쪽 입 꼬리를 비틀어 올리며 웃었다. 강후는 어

136

이 상실의 코웃음을 쳤다.

"하실 부탁이라는 게 뭡니까?"

"시간이 괜찮으시면 경찰서에 잠깐 들러주시겠어?"

"도대체 하는 일이 뭔데 아침부터 경찰서에. 복장도 그렇고, 직업이 있으시긴 한 건지……."

강후는 룸미러로 실망스럽게 세경을 바라보았다. 뭐 이런 놈을 만나느냐는 질책처럼.

해윤은 기분이 극도로 언짢아졌다. 국제 변호사를 뭘로 보고.

"'국제' 변호사란 직업이 그렇게 톡톡 튀진 않지. 그리고 내 차림이, 일상에서 벗어나 잠시 한가한 사람으로 보일 수도 있겠다는 생각도 들고. 그런데 그러기는 그쪽도 별반 다르지 않을 것 같은데. 그런 느슨한 정장에, 고급 승용차. 한가함을 넘어서 한심해 보이지 않나? 그렇다고 해서 난 당신한테, 어떤 하찮은 일을 하느냐는 뉘앙스를 깔아 말한 적은 없는데. 이게 인성 문제인가?"

해윤은 그를 가소롭게 바라보았다.

"글쎄, 가정교육 문제일지도 모르죠."

강후는 대수롭지 않게 말하며 피식 웃었다. 순간 강후를 노려보는 해윤의 한쪽 눈썹이 기형적으로 삐죽 올라갔다. 강후도 룸미러로 해윤을 노려보고 있었다. 눈싸움의 교착점인 룸미러가 '쨍' 하고 깨질 것만 같았다.

"차 세워줘. 우리 아침 먹고 갈 거야."

분위기가 심상치 않음을 느꼈는지 세경이 서둘러 가방을 챙기며 말했다.

"잘됐네. 나도 사실 식사 전이거든. 저기 좋겠네. 같이 먹읍시다."

강후는 해윤을 흘깃 보고는 가까이 있는 '브런치'라는 LED가 반짝이는 카페 앞에 차를 급정지했다.

"왜 같이 먹어?"

"같은 목적지니까."

"같이 먹고 싶지 않은데."

"같은 차까지 타고 이러기야? 게다가 차 운전은 내가 했어."

"그건 고마워. 하지만 당신은 계속 가던 길 가지? 우리끼리 따로 갈 테니까."

"석유 한 방울 안 나는 나라에서 너무 독선적으로 구는 거 아니야?"

"누가 누구더러 독선적이래?"

강후와 세경이 카페 앞에서 말다툼하는 꼬라지를 보고 있노라니 한숨이 나왔다. 저 여자는 저 남자를 받아들이겠다는 건지 아니라는 건지 모호하고, 저 남자 또한 무슨 생각으로 저 여자에게 온 건지 알 수 없었다. 무조건 싹싹 비는 스타일은 아닌 듯하다. 그런 그가 가정교육 문제란 말로 자신의 심기를 건드렸다는 사실이 불쾌할 뿐이다.

'고아'라는 말을 한쪽 귀로 듣고 흘리기까지 많은 시간이 필요했다. 그리고 그 불편한 단어에서 벗어난 것은 미국으로 간 이후였다. 미국에서야 비로소 숨통이 트이는 것 같았다. 그리고 스무 살이 넘으면서 그말에서 완벽하게 해방되었다고 생각했다. 그런데 한국에 오자마자 다시 그의 신경을 자극하는 말을 듣고 말았다. 한국은 어쩔 수 없이 자신에게 안 맞는 나라일지도 모른다. 특히, 저 자식.

"차 태워준 건 고맙지만 그렇다고 우리 데이트에 끼려는 건 좀 우습지 않아?"

138

해윤이 두 사람의 다툼 사이에 툭 끼어들었다. 그러면서 세경의 어깨에 팔을 탁 걸쳤다. 세경이 기괴한 표정으로 해윤을 돌아보았다. 굳이 이럴 필요 없다는 표정이었다. 하지만 해윤은 지금 강후를 더 골려주고 싶을 뿐이었다.

"데이트 맞아?"

강후는 이마를 구기며 해윤을 쏘아보았다.

"어제부터 둘이 같이 있는 게 어색한 게, 안 어울린다는 생각이 자꾸 드는데."

"안 어울려? 우리가?"

해윤은 불쾌해하며 앞으로 나섰다. 아무리 쇼지만 이런 말을 들으니 기분이 좋지 않았다.

"누가 봐도 그럴 거 같은데. 특히 지금 당신 행색은 더더욱."

강후는 검지를 쳐들어 해윤의 머리부터 발까지 스캔했다.

"오늘 아침에 우리 못 봤어?"

공격적인 눈초리로 세경과 자신을 훑은 해윤은 강후를 노려보았다.

"나도 말 놔도 되지? 그리 늙어 보이지 않으니까."

"뭐야?"

해윤은 불쾌해했지만 강후는 개의치 않았다.

"아주 최악의 예감을 한다 쳐도, 난 다 이해할 수 있어. 아직 우리는 다시 시작하기 전이고, 그전에 다른 남자와 어떤 역사가 있었는지는 중요하게 생각하지 않으니까."

강후는 초 신사적으로 말했다. 가식쟁이. 자기가 좋아하는 여자의 역사를 중요하지 않게 생각하는 사내자식을, 태어난 이후로 본 적이 없다. 세경을 떠나, 해윤은 이 자식이 점점 마음에 들지 않기 시작했다.

"그건 당신이 여러 가지 의미의 다른 역사를 여러 여자들과 이미 버라이어티하게 이루어놓았기 때문 아니야? 누가 흉내 낼 수 없을 정도로 범접키 어려운 비하인드 히스토리!"

"뭐?"

강후는 발끈했다. 그렇지. 이제야 좀 기분이 풀리는 것 같군.

"그만해요."

세경이 해윤 앞을 가로막았다. 하지만 해윤은 세경을 정중하게 밀어내며 말을 이었다.

"그러니 이해가 쉽겠지. 나같이 아주 정상적인 남자라면 질투가 나는 게 당연한 거니까. 솔직히 말해봐. 질투, 나나?"

해윤은 그를 경멸스럽게 바라보았다.

'질투'라는 말 앞에서 강후는 콧김을 뜨겁게 뿜으며 세경을 돌아보았다. 해윤을 말리던 세경은 뜻밖에 좋은 의견을 수렴하게 되었다는 듯 강후를 바라보았다. 그러다 흔들리는 시선을 거두며 말했다.

"대답하지 마."

강후는 세경을 뚫어지게 바라보았다.

"내가 질투한다면, 다시 도전해도 돼?"

세경의 눈빛이 더 심하게 흔들렸다. 강후는 그런 세경에게 채근하듯 재차 물었다.

"내가 이 자식을 이기면, 돼?"

이 자식? 한참 어린놈이 어디다 대고.

해윤은 그를 향해 눈을 부라렸다. 세경은 망설이듯 입술을 깨물었다. 그러자 강후는 해윤을 차갑게 돌아보았다. 그때 세경은 해윤의 팔을 잡아당겼다.

"그만 가요."

"일단 당신이랑 내가 붙어보면 답이 나오려나?"

강후는 '초 신사'를 벗어나 '초 사이언인'처럼 전투의식으로 활활 불타올랐다. 이건 좀 뜻밖이다. 이 여자의 애인 행세를 오래할 여유도, 이유도 없는데.

"이봐, 바이엘. 연주를 제대로 할 수 있을지 없을지, 악보 보고는 답이 안 나오드나?"

해윤은 자신의 팔에서 세경의 손을 떼어놓으며 그에게 한심하단 투로 말했다. 그러자 그가 코웃음을 쳤다.

"제대로 할 수 없을지는 끝까지 해봐야 알지. 당신이야말로 변호를 맡을 때 질지 이길지 분간이 안 되셨나?"

이 자식이 자존심을 확 건드린다. 물론 이 자식에게 해댄 말도 밀리진 않지만 이런 식으로 응수해온다면 물러설 이유가 없었다.

"그만 가자구요."

세경은 해윤의 팔을 다시 잡고 흔들었다. 해윤은 그런 세경의 팔을 떼며 강후를 향해 강하게 말했다.

"미안한데, 난 그런 생각은 안 하거든. 내가 맡으면 무조건 이기니까."

해윤은 강후의 코끝에 얼굴을 들이대고 어금니를 물었다.

"나도 얘기 좀 해요!"

세경이 소리쳤다.

"그럼 순번 뽑아 기다려!"

해윤이 그녀에게 소리쳤다.

"누구한테 소리치는 거야?"

강후가 달려들 듯 끼어들었다. 해윤은 그런 그에게 바짝 다가서며 말했다.

"피아노 치는 사람이라고 해서 약하게 봐드리진 않겠어. 딱 보기에 엄청 만만하게 보이지만, 만만한 상대도 만만하게 보지 않는다는 것이 나의 100% 승률의 비결이니까."

"어디, 말처럼 그렇게 승률이 100%인지는 두고 보면 알겠지."

강후는 기죽지 않았다. 오히려 세경을 빼앗겠다는 소유욕에 불타는 것 같았다.

"그만!"

세경이 두 남자 사이에 팔을 벌리고 서서 빽 소리쳤다. 그러자 강후와 해윤이 동시에 그녀를 바라보았다.

"이 얘기 중심에 내가 있는 것 같은데 왜 아무도 내 얘길 안 듣는 거예요?"

세경은 인상을 쓰며 소리쳤다.

"넌 좀 빠져!"

해윤이 그녀를 향해 소리쳤다. 그러자 강후가 눈을 동그랗게 뜨며 해윤에게 대들었다.

"당신 뭔데 세경이한테 자꾸 소리치는 거야?"

"그게 뭐 어때서. 넌 이 여자를 버렸잖아! 그것도 대차게!"

짝—!

어제는 밤이라 그렇다 치지만, 아침부터 별이 보이다니. 해윤은 얼얼한 뺨을 잡고 어리둥절해 주위를 둘러보았다. 지나가던 사람들이 그들을 힐끔거리고 있었고, 싸대기를 갓 날린 세경은 터질 것 같은 눈으로 해윤을 노려보고 있었다. 한 발짝 물러서 있는 강후는 가로등 앞에 선 어제처럼 팔짱을 끼고 방만하게 해윤을 바라보고 있었다.

또 그녀의 심기를 건드린 모양이다. 하긴, 지나가는 사람들에게 대차
게 차인 여자 여기 있다고 알린 셈이니, 할 말이 없다.

제목 : **전화 안 받을래?**

From : 세경내밥〈ohmysekyoung@tm.com〉

To : 빈대세지〈imsinger@hanmail.net〉

결혼식 날 허탕친 하객들 일일이 응대해주고 내가 결혼식에서 튄 것

에 대해 나에게 심하게 가타부타해주지 않은 것은 고맙다.

하지만 그건 원래 남의 일에 간섭하고 싶어 하지도 않고, 관심도 없는

네 성격 탓이었겠지.

그 성격 아주 마음에 들어. 깔끔하고 뒤끝도 없고, 착하진 않으나 악

의는 없고. 다 좋다 이거야.

하지만 피를 나눴다는 이유만으로 나도 그럴 거라는 생각은 마라.

같은 배에서 나왔지만 너와 나는 절대 섞일 수 없는 존재란 건 너도

알 거야.

그건 빨래가 밀리던 어느 날, 네가 염치없이 하나밖에 안 남은 내 브

라를 하고 내빼는 바람에 하루 종일 내게 노브라의 굴욕을 안겨주던

그날 증명이 되었지.

네 덕에 난 브라를 하지 않아도 티도 나지 않는 가슴 사이즈의 소유

자라는 걸 알게 됐고.

이게 중요한 게 아니고, 암튼 그런 여러 가지 사소한 역사를 통틀어

난 너를 이해하려고 무척 애썼다.

이런 나의 자애로운 사랑이 느껴지니? 그럼 당장 드레스 가지고 튀어

와! 이게 어디서 남의 드레스를 들고 튀어?

내 주먹에 네 피를 묻히게 하지 마라!

6. 웨딩드레스 원정대

경찰서에서 해윤의 짐을 찾고 세경이 지난 조서에 지장을 찍고 나오는 동안부터 회사 건물로 들어서는 순간까지 해윤은 세경의 뒤를 졸졸 따르며 조잘조잘 떠들었다.

"내가 말실수를 하긴 했지만 말이야, 드레스한테 풀면 안 되는 거 알지? 넌 이성이 있으니까 그럴 거라 믿어. 그래, 난 알다시피 이성이 부족한 놈이지. 그래도 악의로 그런 건 절대 아니야. 틀린 말은 아니잖아. 너를 버린 놈이, 너한테 소리쳤다고 화를 내니 어이가 없어서 말이지."

순간 세경은 따라오던 그를 휙 쏘아보았다. 해윤은 움찔했다.

"틀, 린, 말은 아니잖아. 안 그래?"

해윤은 어깨를 으쓱해 보였다.

"그렇죠. 그런데 내가 아는 거랑, 남의 입으로 듣는 거랑 이렇게 천지 차인지 몰랐네요. 내가 느꼈던 더럽고 거지 같은 기분보다 더! 더! 더! 더! 더럽고 거지 같애!"

해윤에게 쏘아붙인 세경은 사무실 문을 밀어젖혔다. 해윤은 그런 세경의 팔을 붙잡고 돌려세웠다.

"그래, 그러니까."

해윤은 그녀를 향해 빙긋 웃었다.

"밥을 먹자구. 내가 살게. 배가 고프면 원래 더 거지 같고 더 기분 더
럽게 느껴지는 거니까."

해윤은 좋은 생각이라는 듯 그녀에게 턱짓을 하며 눈을 찡긋해 보였
다. 세경은 어이가 없었다. 이 남자가 갑자기 자기 일상에 시시때때로 종
횡무진하게 된 이유를 알 수가 없었다. 웨딩드레스. 그게 원인인가? 그
럼 어서 찾아서 내쫓아버리고 싶다. 또 동생에게 욕이 터지려고 한다.
망할 년.

강후가 보냈다는 메일을 이제야 열어보았다. 완전 제 감상에 젖어 썼
군. 이런다고 누가 받아줄 줄 알아? 그럴 거면 이 남자와 그런 쇼 자체
를 하지 않았을 것이다.

세경은 신경질적으로 삭제 버튼을 눌러버렸다. 그리고 세지의 메일
도 읽었다. 이 계집애 때문에 언젠가 문제가 생길 줄 알았다.

둘에게 답장을 보내던 세경은 해윤을 돌아보았다. 옷을 갈아입고 온
해윤은 옆에서 그동안 세경이 기획한 무대의 훈훈한 사적들을 훑고 있
었다. 세경은 거친 호흡을 가다듬며 세지에게 일필휘지의 답 메일을
보냈다.

세경이 회사에서 업무를 보는 내내 해윤은 세경 옆에 착 달라붙어
있었다. 직원들이 누구냐고 물으면서 지나칠 때마다 세경은 신경 끄라
는 눈짓을 할 뿐이었다.

―도대체 이번 달 자기 운발에 남자가 몇인 거야? 하나같이 다 근사하잖아?

여진이 사무실 메신저로 말을 걸었다. 쪽지를 보고 그녀를 돌아보니 여진은 해윤을 가리키며 황홀한 표정을 지었다.

— 하루만 같이 있어 봐. 그 표정이 나오는지.
— 그래도 돼?
— 자기 실망하는 모습 보게 되는 게 두려워.

메신저를 보낸 세경은 그녀에게 고개를 가로저어 보이며 손가락으로 엑스 표를 만들어 보였다. 그러나 여진은 계속 아쉬운 입맛을 다셨다.

세경은 뒤를 돌아보았다. 허우대 멀쩡해서, 남의 회사에서 이러고 싶을까. 국제 변호사란 말이 무안할 정도다.

그런 세경의 속을 알 리 없는 해윤은 간간히, 아니 시도 때도 없이 동생에게 어서 전화해보라고 종용했다. 그때마다 세경은 하던 일을 멈추고 세지에게 전화를 걸어야만 했다. 망할 계집애는 월드컵 유치 위원장을 대신해 유치 행사라도 하는지 전화를 받지 않았다.

"누구야?"

지나가던 사장이 해윤을 보고 세경에게 물었다. 사장에게는 차마 닥치라고 눈짓할 수가 없었다.

"이를 테면, 채권자 같은 거죠."

해윤이 세경 대신 거침없이 대꾸했다. 그의 뻔뻔함에 세경은 입이 탁 벌어졌다.

"채권자? 한 팀장, 사채도 써?"

순간 세경이 음울한 채무자로 보였는지 사장이 인상을 찌푸렸다.

"아, 아뇨. 사채는 무슨."

세경은 들고 있던 팸플릿 샘플로 해윤의 가슴을 후려쳤다. 해윤은 과장되게 인상을 쓰며 가슴을 쓸어내렸다.

"그런데 이건…… 사생활 침해 아닌가?"

사장은 세경이 업무를 보는 자리와 그를 번갈아 가리켰다.

"이해할 겁니다. 이 여자, 저를 도울 마음이 확실하거든요."

"뭔 일인지 모르지만 빨리 해결하라고."

사장은 세경에게 핀잔처럼 주의를 주고 사라졌다.

"가뜩이나 찍혔는데 내 인사고과를 깔끔하게 정리해주네요."

멀어지는 사장의 뒷모습을 보며 세경은 긴 한숨을 내쉬었다.

"고맙단 말은 안 해도 돼."

이 인간은 진심인지 아닌지 싱글벙글이다.

"안 고마울 리가요. 머리 아프게 계산할 필요 없이 제로로 만들어주셨는데."

의자 등받이에 털썩 기대앉은 세경은 힘없이 중얼거렸다.

"점수 올리고 싶으면 전화 걸어. 어서."

해윤은 세경이 제 가슴을 후려쳤던 팸플릿 샘플을 훑어보며 채근했다.

세경은 숨이 막혔다. 사채가 얼마나 무서운 것인지 이 남자를 교본으로 알 수 있을 것 같다. 세경은 푹 꺼지는 한숨을 내쉬며 핸드폰을 열었다.

그때, 낯선 남자의 목소리가 사무실 입구에서 들려왔다.

"한세경 씨 계십니까?"

세경과 해윤은 일제히 소리가 나는 곳으로 고개를 돌렸다.

"한세경 씨!"

반짝이는 비닐 포장의 꽃다발을 한 아름 안은 한 남자가 사무실을 둘러보고 있었다. 세경은 반사적으로 자리에서 일어났다. 그러자 다른 직원들이 일제히 손가락으로 세경을 가리켰다. 그러자 화사한 꽃다발을 든 그는 환하게 웃으며 세경 앞으로 다가왔다.

"남자가 도대체 몇 명이야?"

해윤이 세경의 귓가에 빈정댔다. 인생을 통틀어 남자가 많아 본 역사가 없는데 여기저기서 이런 질문을 받다니. 민망하다고 해야 하나, 뿌듯하다고 해야 하나.

"누구……."

세경은 얼떨떨해 물었다. 그러자 그는 다짜고짜 안고 있던 꽃다발을 세경 앞에 불쑥 내밀었다.

"심부름센텁니다. 지강후 씨가 보내셨습니다."

낯선 남자는 마치 자신이 프러포즈라도 하는 것처럼 비장한 표정이었다.

놀란 세경은 얼결에 그가 내민 꽃다발을 받아들었다.

그녀의 두 손에 들린 꽃다발은 예사 꽃다발이 아니었다. 흰 리본이 묶인 펄 민트 색 작은 상자가 알록달록 꽃송이들 숫자보다 훨씬 많이 사이사이 박혀 있었다. 이건 누가 봐도 다 아는 그 세계적인 명품 보석 회사의 반지 상자였다. 그렇다면 그 안에 있는 것은 분명 반짝이는 쪼그만 돌멩이가 박힌, 여자들이 0.1초 안에 정신을 놓는다는 그 절대 반지? 더 정확히 말해, 절대 반지 다발?

"와~! 이게 몇 개야? 설마 이게 다 반지는 아니겠지?"

여진이 자리에서 벌떡 일어나 탄성을 질렀다. 그러자 사무실 모든 직원이 세경을 둘러싸며 우르르 몰려들었다. 한 걸음 뒤에 선 해윤은 떨떠름하게 팔짱을 긴 채 그 광경을 지켜보고 있었다.

심부름센터 직원은 세경에게 인수증을 내밀었고, 세경은 떨리는 손으로 서둘러 사인을 마쳤다.

"내가 다 숨넘어가겠어. 얼른 풀어봐!"

심부름센터 직원이 사라지자 사람들은 어서 풀어보라고 야단을 떨었다.

"결혼식에서 토낀 이유가 이거야?"

아마도 결혼식에서 도망친 사건은 무슨 일이 있을 적마다, 아니 숨을 거두는 그 순간까지도 거론될 모양이다.

"우리 내기하기로 했어요, 팀장님. 반지 상자 하나 뺀 나머지 상자에 전부 사탕이 들었다는 쪽에 만 원씩!"

"아, 나는 초콜릿에 걸 거야. 성분을 분명히 하자구!"

"나머진 빈 상자일 수도 있잖아? 뭐가 '들었다'와 '안 들었다'로 구분하는 게 어때?"

그러니까, 전부 반지는 아닐 거라는 거지? 이 사람들, 배팅에 한이 맺힌 건가. 이렇게 작은 상황에도 모두 갬블러 본능을 불태우니 축구 A매치 심판들이 그 모양인 거다.

"크흠."

뒤에서 해윤의 기침 소리가 들렸다. 그러고 보니 아침에 해윤과 그가 심하게 말다툼을 했다. 그러면서 '누가 더 센가' 식의 내기를 한 것 같았는데. 이게 그 시작인가?

세경은 해윤을 슬쩍 돌아보았다. 어쩌면 저 인간 덕에 강후가 더 심지에 불을 붙였는지 모르겠다. 그럼 저 인간을 치하해야 할까, 원망해야 할까.

살아온 28년 인생에 이런 일은 처음이기에 세경의 심장은 황망하게 방망이질을 했다. 반지를 보지도 않았는데, 그 상자가 명품이라는 것만으로도 이렇게 황홀하고 사람들의 정신을 빼놓다니.

세경은 침을 꿀꺽 삼키고 상자 하나에 손가락을 뻗었다. 사람들도 똑같이 침을 꿀꺽 삼키며 시선을 고정시켰다.

"얼른 벗겨!"

한 남자 직원이 이상한 뉘앙스로 흥분했다. 세경은 조심스럽게 상자의 리본을 풀어내고 뚜껑을 열었다. 그러자 작은 다이아가 깨알처럼 박힌 백금 반지가 반쯤 찬 솜에 반신욕하듯 조신하게 박혀 모습을 드러냈다.

"우와~! 진짜 이쁘다. 처음에 딱 고르네. 인연인가 보다."

"근데 이거 어떤 배우 결혼반지 아닌가?"

사람들이 비명을 질렀다. 세경의 눈도 휘둥그레졌다.

"이제 다른 거. 성분을 명확히 하자고."

"초콜릿이냐, 사탕이냐!"

"아님, 제3의 성분이냐!"

사람들은 반지 이외의 성분에 더 열을 올리기 시작했다. 세경도 어쩐지 그것이 더 궁금해졌다. 이런 이벤트를 한 적이 한 번도 없던 강후였기에 신선해 보이기도 했다.

세경은 반지가 든 상자를 손에 꼭 쥔 채, 다른 상자를 꺼내 거침없이 열었다.

"아니, 이건!"

"어쩜!"

사람들이 벌어진 입을 다물지 못했다. 세경의 눈도 커질 대로 커졌다. 막 벗긴 상자에도 다른 디자인의, 다이아가 박힌 백금 반지가 들어 있었다.

"뭐야, 이 사람. 정신없게 만드네. 다른 것도 혹시?"

누군가의 말에 사람들이 동시에 숨을 멈추고 침을 꿀꺽 삼켰다. 아까보다 더 진한 침이 세경의 목구멍을 꿀떡 타고 넘었다. 세경은 사람들의 숨죽임 속에 또 다른 상자를 풀어보았다.

"흡!"

모든 사람의 리액션이 하나로 통일되었다. 숨소리도 나오지 않았다. 전혀 다른 디자인의 또 다른 반지. 세 개째다. 이쯤 되니 사람들에게서 더 이상 다른 말은 나올 수 없었다. 어서 풀어보라는 재촉뿐이었다.

세경은 부풀어 터질 것 같은 심장을 억지로 짓누르고 침착하게 다른 상자를 풀어보았다. 그리고 이어지는 '그럴 줄 알았다.'는 탄성 소리와 또 다른 궁금증이 가득한 재촉 소리. 그렇게 모두 10개의 상자를 풀어보았고, 세경의 책상에 뚜껑이 열린 10개의, 반지가 반짝이는 상자들이 오롯이 모여 그녀를 충성스럽게 올려다보고 있었다.

"이 아가들이 모두 얼마인 거야?"

"모두 신상인가?"

"얘들, 진짜 예쁘지 않아?"

갓 태어난 아기들이 모인 신생아실 앞에서 얼굴을 맞대고 어여쁜 아가를 바라보고 감탄사를 연발하듯이, 사람들은 눈도 깜빡이지 못하고, 반짝이는 아가들을 경이롭게 바라보았다. 그 한가운데 있는 세경은 이 아가들이 정녕 내 아가들이 맞냐는 산모의 표정으로 경직되어 반지들을 내려다보고 있었다.

"뽑기 통에서 꺼낸 반지라도 돼야 하나 달라지? 어디 달라겠어?"

여진이 입맛을 다시며 말했다.

"그러네. 팀장님, 복이 터지셨네요. 회사일 대충 하시면서 편히 사세요."

"어쩔 거야? 이 남자, 이러고도 걷어차면 평생 후회할 텐데."

"그쵸? 살면서 순간순간 기억나겠죠? 내 인연이 아닌 것 같은 남자랑 있을 때는 더더욱."

사람들은 주절대며 흩어졌다. 반지 한 개와 열 개의 차이만큼의 압박이 그들에게도 느껴진 모양이다.

세경의 입에서 가는 신음이 흘러나왔다. 신선했던 처음 느낌은 온데간데없었다.

"마음은 이미 홀라당 바이엘한테 가셨나 봐?"

해윤의 빈정거림에 멍했던 정신이 돌아왔다.

"이 사람이랑 아침에 그렇게 말싸움한 게 누구였어요? 다 당신 탓이라구요."

세경은 반지들의 뚜껑을 '탁! 탁!' 닫으며 퉁명스럽게 말했다.

"탓? 단어 사용을 명확히 좀 하지. 기분이 좋다는 거야, 나쁘다는 거야?"

"관심 없어요."

세경은 무뚝뚝하게 말하며 책상의 반지 상자들을 한 팔로 그러모아 핸드백에 투하시켰다.

"나도 준비해야 하나?"

해윤은 두 손을 깔짝이며 골몰했다. 설마, 진짜 경쟁하시려구? 제발, 빨리 드레스 찾아 사라져주시지.

그때 전화벨이 울렸다. 해윤의 눈과 세경의 눈이 마주쳤다. 세경은 얼른 핸드폰을 보았다. 세지였다. 욕 나오게 반갑다.

"너 어디야!"

세경은 다짜고짜 소리쳤다. 반지에 흥분했던 직원들이 놀라 세경을 돌아보았다.

"나한테 엄청 전화했더라? 내 전화 씹더니 어쩐 일로?"

과자를 먹고 있는지, 부스럭거리는 소리와 아작아작 씹는 소리가 태평스럽게 들렸다. 이 계집애를 아작아작 소리 나게 씹고 싶은 욕구가 치민다.

"누가 허락도 없이 드레스 가져가래?"

세경이 보이지도 않는 세지를 향해 눈을 부릅뜨고 말했다.

"허락받으려고 전화했더니 안 받더만. 급해서 그냥 가져왔어. 메일도 보냈잖아. 있지, 언니. 그 드레스 반응 폭발적인 거 있지? 어떤 작곡가가 웨딩드레스라는 곡 만들어서 나 준대. 왕 신 나지?"

제 언니의 기분과 상관없이 아주 기분이 좋아 죽는다.

"공짜로 준대? 그 드레스 입고 결혼하자고는 안 하든?"

세경의 말에 해윤의 눈이 휘둥그레졌다.

"어떻게 알았어? 나 보고 있어?"

이렇게 말하면서 주위를 둘러볼 애다.

"드레스 흠집 내거나 손본 건 아니지?"

세경은 해윤의 눈치를 살피며 물었다. 그게 해윤의 초미의 관심사일 것이다.

"아무래도 그러고 싶은 데가 한두 군데가 아니야. 몇 번 입어서 질리기도 했고. 그래서 꽃을 좀 달까……."

"스탑! 거기까지. 절대 건들지 마! 네버! 안 그럼 너 다른 사람 손에 죽어."

세경은 해윤을 의미심장하게 보며 경고했다. 다혈질 같은 성격이 그러고도 남게 생겼다.

"너, 어디야."

"요즘 엄청 뜨는 동네. 평창!"

세지는 여전히 부스럭 소리에 냠냠 소리를 섞어 냈다.

"평창? 언제 오는데?"

"글쎄. 언제 갈라나. 행사가 엄청 잡혀 있어서 일주일은 여기서 보낼 거 같은데?"

"일주일?"

세경은 경악하며 해윤을 다시 돌아보았다. 순간 해윤은 손으로 목을 치는 시늉을 했다. 당장 안 오면 죽이러 가겠다는 거다. 포청천을 뛰어넘은 터미네이터 포스다.

"잠깐 왔다가 가. 드레스 내 거 아니란 말이야."

이 일에 끼인 것 자체가 짜증이 났다. 원하는 대로 할 수만 있다면 모든 일에서 빠지고 싶은 마음뿐이다.

"뭔 소리야. 입기까지 하고서. 나 바빠서 못 가. 가지러 오든지. 아, 언니. 나 이제 무대 올라갈 시간이야. 끊어!"

뚝―.

"야! 한세지!"

이 계집애가 개념을 휴가 보냈나.

최소한 평창 어디란 건 알려주고 끊어야지, 이 대책 없는 계집애야!

세경은 당황하며 끊어진 핸드폰을 내려다보았다.

"평창? 그게 어디 있던 거지?"

해윤은 심각해졌다.

"강원도……."

세경은 힘없이 대답했다.

"오케이! 그럼 가지러 가!"

자리에서 발딱 일어난 해윤은 세경의 팔목을 잡고 일으켜 세웠다.

"지금? 나 근무 중인데?"

"그럼, 나랑 일주일 동안 같이 근무할래?"

아, 미치겠다. 이러지도 저러지도 못하게 생겼다. 세경은 암담해하며 주위를 둘러보았다. 그러다 여진과 눈이 마주쳤다.

"헤이, 여진! 지 대니얼 연주회장 섭외됐어?"

세경의 다급한 물음에 여진은 힘없이 고개를 가로저었다.

"이런 말 미안한데, 이번엔 자기가 오부지게 인맥 끊어놓은 거 같애. 절대 다시 안 붙을 모양이야."

여진은 가늘게 한숨을 쉬었다. 오케이! 세경은 손가락으로 '딱' 소리를 내며 사장실로 뛰어갔다.

그리고 잠시 후, 희희낙락하며 사장실을 나온 세경은 카센터에 전화해 차가 다 고쳐졌는지 문의하고서 가방과 함께 해윤의 손목을 잡아끌었다. 해윤은 서둘러 제 트렁크를 잡아끌고 세경에게 딸려 사무실을 나왔다.

"뭐야, 절대 못 나갈 것 같더니."

해윤은 뛰듯 걷는 세경을 따라 바쁘게 걸음을 옮기며 물었다.

"연주회장 섭외, 발로 뛰겠다고 했어. 어차피 순회공연할 거, 두루두루 찾아보겠다고. 내가 결혼식 튄 게 이렇게 전화위복이 될 줄이야."

결혼식에서 튄 대가가 나쁘지만은 않은 것이 처음 확인된 게 너무 즐거웠다. 앞으로 더한 전화위복이 기대된다.

밖으로 나오니 어느덧 해는 뉘엿뉘엿 지고 있었다. 고쳐진 차를 픽업한 세경과 해윤은 평창을 향해 달렸다.

해윤은 어딘가로 문자를 찍고 있었다.

"뭐 해요?"

"약혼녀한테 드레스 위치 알려주는 거야."

"삭막하긴. 전화로 하지."

"잘 시간이야, 이 여자야. 시차라는 거 모르나? 해외여행 경험이 전무하지?"

해윤은 혀를 찼다. 그냥 그렇다고 말하면 안 돼? 말 참 짜증나게 잘한다, 이 남자.

고속도로에 들어섰지만 차가 막혀 어쩔 수 없이 국도로 빠져 내달렸다. 세경은 심혈을 기울여 운전하듯 모든 정신을 운전에 쏟았다.

"드레스가 걱정돼서 그러는 거야, 날 빨리 떠나보내려는 거야?"

세경이 운전하는 모습을 묵묵히 지켜보던 해윤이 물었다.

"연주회장 섭외하고 싶어 미치겠어서."

세경이 냉큼 받아쳤다.

"믿음이 안 가는데."

해윤은 고개를 흔들며 창밖으로 시선을 돌렸다.

세경 스스로도 그렇다. 지금 가장 급한 것은 강후의 연주회장 섭외였다. 그걸 핑계로 드레스를 찾으러 가다니. 하지만 핑계일 수만은 없었다. 스스로 벌여놓은 일을 해결하고 싶었다. 이건 강후에 대한 애정 차원이 아니었다. 자신의 일에 대한 자세였다. 결혼식에서 튄 것 한 번으로, 모든 것에서 어정쩡하게 도망치는 인상으로 남고 싶지 않았다.

그때 전화벨이 울렸다. 세경은 핸즈프리 이어폰을 귀에 꽂았다.

"여보세요?"

"연주회장 섭외하러 갔다며? 내 반지에 대한 답이야?"

강후였다.

"돈 많다고 자랑하는 거야? 그렇게 한꺼번에 많이 주면 누가 눈 뒤집혀서 울면서 달려갈 줄 알아?"

생각할수록 어이가 없었다.

"전부는 아닌데. 하나만 골라. 나머지는 반납해야 돼."

기가 막힌 대꾸다. 그럼 그렇지.

"하나도 필요 없어. 그러니까 전부 가져가."

"하하. 농담이야. 그 자식이 더 멋진 프러포즈를 하던가?"

순간 세경은 해윤을 돌아보았다. 해윤은 찌뿌듯한 얼굴을 창밖으로 돌리고 있었다.

"더 멋져서 내가 승낙한다면, 두말없이 떠날 거야?"

세경은 진지하게 물었다. 그러자 강후는 잠시 아무 말도 하지 않다가 다시 물었다.

"내가, 두 손 들길 바라?"

"날 버린 남자를, 이딴 반짝이는 돌들 때문에 받아들이는 멍청이로 보였어?"

"그렇지 않기 때문에 돌아온 거야."

강후는 다시 진지해졌다.

"돌아왔다고 해서 무조건 받을 이유는 없을 텐데."

"운전에 집중 좀 하지? 심장 떨려서 차분하게 앉아 있을 수가 없겠는데."

해윤의 투덜거림이 두 사람의 대화에 끼어들었다.

"누구야? 혹시 찢어진 법전?"

유치한 남자들이다.

"그래. 그러니까 끊어. 중요한 순간이니까."

세경은 냅다 전화를 끊었다.

"중요한 순간? 우리가 그렇다는 거야?"

해윤은 재미있다는 듯 눈썹을 으쓱였다.

"나름 노력하고 있으니까 간섭 같은 질문은 삼가줘요."

"노력은 무슨 노력. 튕기는 걸로밖에 안 보여."

해윤은 콧방귀를 뀌었다.

"뭐라구요?"

세경은 발끈했다.

"확실히 해. 날 이용해서 선을 그으려는 거라면 더 세게 하고, 날 이용해서 그 자식 자극하려는 거라면 튕기는 건 그 정도로 끝내. 그 자식이 돌아온 마음을 점점 경쟁심에 의한 오기로 바꾸지 말고. 그러다 같은 놈한테 두 번 차이는 여자가 될 수도 있으니까."

아주 이해가 쏙쏙 되는 말이다. 그래서 더 기분이 별로다.

"그거 지금 농담이에요, 바람이에요?"

"음, 반반?"

"치킨이야? 왜 입만 열면 사람 뚜껑을 열어요? 성격이에요, 그거?"

세경은 핸들을 뽑을 듯 손에 힘을 주며 따졌다.

"이제 초연해질 때도 되지 않았어? 매번 그렇게 발끈하고 화내는 건 본인이 마인드 컨트롤에 젬병이라는 표시 내는 것밖에 안 된다구. 그게 증인석에서 얼마나 불리하게 작용되는지 몰라?"

"내가 사람이라도 죽였어요?"

세경은 빽 소리쳤다.

"그것도 반반."

사람 신경 긁고 말리는 데 도가 텄다. 분노에 핸들 잡은 세경의 손이 부들부들 떨렸다.

"신원미상 변사체라도 냉동 보관 중이에요? 누굴 어디다 갖다 붙이려고 들어요?"

"결혼식장에서 네가 튄 후에 남은 1인이 있지, 아마?"

그의 말에 경악한 세경은 벌어진 입을 다물지 못했다. 설마. 하지만 결혼식 이후, 그에게 전화 걸 엄두를 내지 못했다. 돌려받고 돌려주고 할 것도 별로 없었고, 결혼식에서 튀기로 결정한 것도 아주 순간적인 판단이었기 때문에, 그에게 설명할 방법을 아직 찾지 못해 그에게 연락하는 것을 미루고 있었다.

"근간 경험한 성격으로 봤을 때, 연락도 안 해봤을 거야. 시도조차 하지 않았겠지. 유경험자라 그런가? 어쩜 그렇게 버린 남자를 아무렇지 않게 버려둘 수 있지? 예의가 있긴 한 거야? 아님, 복수야? 세상 남자들에 대한?"

세경은 목이 탁 막혔다. 이 인간, 아까부터 쭈욱 족집게처럼 핵심만 콕콕 짚어주고 있다.

"그럼 성공한 거야. 그 남자, 본래 성격은 모르겠지만, 1차적으로 성격 파탄 증세를 보이고 있더라구."

"그, 그걸 어떻게 알아요?"

"드레스 찾을 때 내가 제일 먼저 찾을 사람이 누구였을까, 생각 안 해봤어? 김효인이라던가? 원래 그렇게 대화 도중에 뭘 막 부수는 성격은 아니었지?"

"흡!"

아까와는 다른 의미로 세경의 팔이 덜덜 떨렸다. 입술도 떨렸다. 해윤의 말이 사실이라면, 세경의 회사 인맥을 댕강댕강 자른 것은 과한 짓이 아니었다.

세경은 심란하기 이를 데가 없었다. 처음 만났을 때 청초하던 그의 모습과 대시를 해오던 그의 모습, 그리고 조심스럽게 드레스 주문을 말하며 이탈리아 동행을 얘기하던, 그리고 결혼식장에서 자신을 보고 웃던 그의 모습이 차례로 지나갔다. 그리고 그게 마지막이었다. 화내는 그를 제대로 본 적이 없어서 생각지 못했다. 무너지고 있는 그의 모습을. 연주회장 섭외가 힘들어졌다는 말을 들었을 때, 그에게 먼저 전화해봐야 했다. 그런데 자신은 피하기만 했다. 다른 사람에게 떠넘기기만 했다.

차의 속도가 떨어졌다.

"충격 받았어? 그래도 액셀은 밟지?"

해윤이 세경을 힐끔 보며 말했다. 그의 말에 세경은 자책의 늪을 헤매던 정신을 차리고 액셀을 밟았지만 달리던 차는 시름시름 앓으며 속도가 떨어졌다. 그리고 몇 미터를 투덜투덜거리며 가더니 그대로 숨을 거두었다.

양평을 지난 이정표를 보았을 뿐 정확히 어딘지 알 수 없는, 아마존 밀림 한가운데라고 해도 믿음이 가는 산과 들판이 이어 붙은 길 한가운데였다.

"이게 왜 이러지?"

세경이 핸들을 흔들며 액셀을 수차례 밟아댔다. 그러나 차는 요지부동이었다.

"뭐야?"

세경은 불길하게 연료 게이지를 보았다. 빌어먹을! 너무 급박하게 나서는 바람에 연료 체크를 하지 않았다. 인터넷 수다에 가끔, 여자 운전자들은 왜 연료 게이지를 안 보냐고 비아냥거리는 글을 볼 때마다 울컥했는데 지금 자신이 그 유명한 김 여사가 되고 말았다.

세경은 등받이로 나가떨어졌다. 효인에 대한 말에 이어 차까지. 세경은 분노가 육성으로 터져 나오려는 것을 입술을 깨물어 막으며 핸들을 두 손으로 내리쳤다. 놀라 움찔하던 해윤은 연료 게이지를 들여다보곤 혀를 차며 도리질했다.

세경은 입술을 씹으며 핸드폰으로 근처 LPG 충전소를 검색했다. 그러나 핸드폰 안테나가 다 꺾였다.

세경은 그대로 핸드폰을 들고 차에서 내려 이리저리 핸드폰을 쳐들어보았다. 대한민국에 발 디딜 틈 없이 통신망을 살포할 것처럼 광고하더니, 정작 애매할 때 전화 빌릴 곳도 없는 이런 곳에 한 무더기 묻어두지 않고 뭘 한 거야?

주위는 적막했다.

"어쩔 거야?"

밖으로 나온 해윤도 세경을 따라 자기 핸드폰을 이리저리 쳐들어보다 짜증스럽게 말했다.

"후……."

세경은 대답 대신 긴 한숨을 토해냈다. 점점 어두워지고 있다. 이렇게 어둠이 짙은 곳은 딱 질색이다.

세경은 말없이 운전석에 다시 올라탔다. 그러자 해윤도 조수석에 짜증스럽게 올라탔다.

"일이 왜 이렇게 꼬이는 거야?"

예상대로 해윤은 투덜대기 시작했다.

세경은 눈을 질끈 감았다. 아무 것도 생각하고 싶지도 않고, 그럴 머리도 없었다. 유체이탈한 영혼이 한가롭게 떠돌아다니면서 편안해지길 세경은 기도했다.

그때 옆에 앉아 뜨거운 콧김을 뿜던 해윤이 갑자기 차에서 내렸다. 그제야 번뜩 정신을 차린 세경은 그의 행동을 궁금해하며 그가 가는 쪽으로 고개를 돌렸다.

그는 차 뒤꽁무니로 가더니 차를 밀기 시작했다.

뭔 짓이야. 세경은 룸미러로 그의 행동을 빤히 쳐다보았다. 그러자 힘차게 차를 밀어대던 그가 씩씩거리며 운전석 문으로 다가왔다.

"센스는 됐다 언제 쓰려고 묵혀두고 안 쓰는 거야?"

"에?"

세경은 급히 창문을 내리고 물었다. 그러자 그가 쓰압, 하고 스팀 같은 콧김을 마구 뿜더니 고개를 낮추었다.

"기어, 미들. 오케이?"

"아~."

그제야 세경은 부리나케 기어를 중립에 놓았다. 해윤은 세경을 한심하게 내려다보고는 다시 뒤로 가서 차를 밀기 시작했다.

"말을 하고 하든가."

세경은 구시렁대며 핸들을 조심스럽게 움직였다.

핸들을 움직이다 룸미러를 보니 해윤이 재킷을 벗어 트렁크 위에 올려놓고는 이를 악물고 땀을 뻘뻘 흘리며 차를 밀고 있었다. 그러고 보니 사무실에서 커피에 간단한 도시락만 먹었을 뿐이다. 그런 가운데 혼자 힘쓰고 있는 그를 보니 안됐다는 생각이 들었다.

차가 평지의 올곧은 길에 이르자 세경은 서둘러 차에서 내렸다. 그리고 해윤 옆으로 다가가니 그는 이미 땀에 흠뻑 젖어 있었다.

"차는?"

그가 물었지만 세경은 대꾸도 하지 않고 핸드폰을 트렁크 위에 올려놓고 그와 함께 차를 밀었다. 그러자 차 지붕 너머로 차의 진로를 살핀 그도 다시 묵묵히 차를 밀기 시작했다.

차를 밀던 세경은 긴 한숨을 내쉬었다. 이게 뭔 짓인가 싶다. 공연 섭외도, 버려둔 효인도, 동생이 가지고 튄 드레스도, 강후도, 이 남자도. 앞으로 남은 인생이 계속 이런 구조라면 더 이상 살고 싶은 마음이 없다.

"그 남자에 대해, 생각 못했어?"

이마에 송골송골 땀이 맺힌 해윤이 슬쩍 물어왔다.

앞으로 밀던 것이 힘들어진 세경은 몸을 돌려 뒷걸음질쳐 차를 밀다 거친 숨을 몰아쉬며 그를 돌아보았다.

"그 남자요?"

"아, 남자가 많으셨지. 바이엘 말고, 버려둔 신랑."

"미안한데, 버려뒀다 뭐 이런 단어는 쓰지 말아줄래요? 그런 말 들을 때마다 피에 탄산이 섞이는 것처럼 기분 싸해지니까."

"그렇게 새가슴이어서야."

힘겹게 차를 밀던 해윤은 고개를 흔들었다. 그리고 그도 세경을 따라 몸을 돌려 뒷걸음질치며 차를 밀었다. 한참을 그렇게 차를 밀다 그가 다시 말했다.

"어쨌든 지나간 일이니까 후회는 관두고 앞으로를 생각해."

웬일로 연장자 같은 말을 하실까. 그를 만난 이후 처음으로 어른처럼 느껴진다. 세경은 고개를 기울여 지금까지와는 다른 눈으로 그를 바라보았다.

"후회, 잘 안 하는 스타일인가 봐요."

차를 밀며 대화를 하는 것도 나쁘지 않았다. 힘은 들지만, 최소한 힘만 들진 않았다.

"아마 그랬으면 내가 태어난 것까지 후회했을걸."

그가 공허한 표정을 지었다. 그런 그의 표정에 세경은 또 다른 시선으로 그를 쳐다보게 되었다.

"왜요?"

"내 말 들으면 정상적으로 태어난 기쁨을 가지게 될 거야. 그래서 말 안 해줄 거야."

미리 짐작했지만 심보가 고약한 남자였다.

"그러니까 궁금하잖아요."

"그냥 궁금한 채로 있어. 그런 호기심도 있어야 정신 건강에 좋으니까."

"듣고 싶지 않네요. 태어난 거 후회하는 사람이래 봤자, 부모님이 안 계시거나, 세상에 알릴 수 없는 출생……."

주절대며 해윤을 보던 세경은 그만 등골이 서늘해진 기운에 입을 다물고 말았다. 해윤이 지금까지 보지 못했던 가장 싸늘한 시선으로 자신을 보고 있었다.

해윤이 입을 딱 붙인 채 세경을 노려보자, 세경은 긴장하며 그의 시선을 피했다. 그 이후로 둘은 묵묵히 차만 밀었다.

자신의 말 몇 마디로 안면이 확 바뀐 것을 보니 자신이 한 말 중에 답이 있는 게 분명했다.

몇 분이 흘렀을까, 평생 말 걸지 않을 것 같던 그가 불쑥 물었다.

"언제부터야?"

"뭐가요?"

뜻밖의 물음에 세경은 긴장하며 그를 휙 돌아보았다.

"사람을 음모론적으로 보는 거 말이야."

그는 건성으로 물었다. 이 분위기를 바꾸고 싶은 모양이다. 그런데 이건 무엇을 염두에 두고 묻는 거야? 설마, 아직도 공항에서의 일을?

"흠…… 9·11 테러 이후?"

"푸하하하!"

갑자기 그가 고개를 뒤로 젖히며 웃어댔다. 그제야 세경의 마음도 풀렸다. 그가 말하는 족족 헤집던 상처 같은 걸 자신도 말로 헤집은 느낌이었는데 이제 좀 가벼워졌다.

그때 핸드폰이 울렸다. 드디어 안테나가 우뚝 섰나 보다. 세경은 서둘러 핸드폰을 집어들었다. 발신자는 기획사 사장이었다. 하필.

"사장님……."

세경은 기죽은 채로 전화를 받았다.

"퇴근 시간이 지났는데 보고 정도는 해야지? 설마, 알아서 퇴근한 건 아니지?"

"길에서 차가 퍼졌어요."

"진짜? 거기가 어딘데?"

"모르겠어요."

세경은 주위를 휘둘러보았다. 자신의 앞날처럼 깜깜했다.

"저런……."

사장의 한숨 소리가 들렸다.

"뭔 일이 자꾸 그렇게 꼬이나. 당분간 출근하지 말래? 곧 대형 기획 터뜨릴 참인데, 자네 때문에 불안해. 같이 꽈배기 될 순 없잖아."

울고 싶다. 이렇게 버려지나?

세경은 침울해졌다.

"자네 옛날 시댁 사람들 마음이 변했나 봐. 다행히 자네가 기획하는 공연만 태클을 걸 생각 같아. 다른 공연은 우리가 알아서 할 테니 자네는 좀 쉬라고. 공연 섭외하면서 돌아다니는 것도 나쁘지 않고. 지 대니얼이야 각별한 사이 같으니 자네가 책임질 수 있겠지."

"이게 권고사직은 아니죠?"

눈가가 축축해진 세경의 눈에 핏발이 섰다.

"설마. 자네는 유능한 팀장이야. 단지 일이 꼬이고 있는 때니까, 자숙하라는 거지. 자네를 위해서야."

다들 그렇게 말들은 하지.

"서비스 센터에 전화하고, 잘 빠져나오게. 부디 건투를 비네. 화이팅, 한 팀장!"

사장은 화이팅을 외치며 전화를 끊었다.

"화이팅, 사장님……."

세경은 쓴맛을 다시며 전화를 끊었다.

"사장님이 화이팅이 넘치나 봐?"

곁에서 전화 내용을 다 듣고 있던 해윤이 물었다. 그의 말은 다 빈정거림으로 들려서 입 아프게 대꾸하고 싶지 않았다.

"이제 카센터에 전화해야겠다."

세경은 힘겹게 차 문을 열었다.

"어디라고 설명할 건데?"

해윤이 차에 느슨하게 기대며 물었다.

아!

"무식하면 손발이 고생한다더니."

해윤은 고개를 절레절레 흔들었다. 틀린 말이 아니다. 하지만 이 남자가 하는 말은 하나같이 거슬린다. 세경은 그의 앞을 지나치며 발로 있는 힘껏 그의 발을 밟았다.

"악! 미쳤어?"

해윤은 밟힌 발을 잡고 콩콩 뛰며 소리쳤다.

"무식이 용맹이라 그래요."

세경은 상큼하게 말하며 몸을 돌렸다. 무거웠던 기분이 이제 확 풀렸다.

"이그, 내가 이런 여자랑 동행을 해야 하다니. 그냥 가고 말지."

오만상을 쓰던 해윤은 세경을 흘기곤 결심한 듯 차를 지나쳐 앞으로 걸어가기 시작했다.

"미쳤어요? 여기서 어떻게 뉴욕을 가?"

세경이 정신 나간 사람 보듯 소리쳤다. 그러자 해윤은 그녀를 갑갑한 시선으로 보았다. 그리고 아주 한심하다는 얼굴로 말했다.

"사람들 찾으러."

아~.

"여기 있을래? 같이 가자고 하고 싶진 않아."

그가 딱 부러지게 의사 표현을 했다. 같이 있기 싫다 이거지. 하지만 이제 곧 밤이다.

세경은 걱정스럽게 주위를 둘러보았다. 어느새 어둠은 깊어져 밤하늘의 별들이 더욱 초롱초롱했다. 이런 데서 혼자 있고 싶지 않다. 차 안에 정체 모를 손바닥 자국이 마구 찍혔다는 어느 호러 스토리가 떠올라서 머리털까지 부르르 떨렸다. 자신도 그와 같이 있고 싶지 않다. 하지만 어쩔 수 없었다.

세경은 망설이다 하는 수 없이 발걸음을 떼었다. 이미 해윤은 저만치 걸어가고 있었다.

세경은 차를 잠그고 앞서 터덜터덜 걷는 해윤을 종종걸음처 따라갔다. 세경이 따라나서는 걸 힐끗 본 해윤은 귀찮은 듯 한숨을 쉬더니 모른 척 걸어갔다. 아무리 좋게 봐주려고 해도 매정한 놈이다. 누구에게 나눠줄 코딱지만큼의 정도 없을 것 같다.

세경은 정나미 없는 그의 뒤통수를 못마땅하게 바라보며 따라 걸었다. 나란히 걷기도, 앞서 걷기도 애매하다. 그런데 한적한 들길을 걷자니 주위에서 들려오는 소리가 만만치 않았다. '구구구구' 하는, 불면증 걸린 비둘기 같은 소리, '찌악찌악' 하고 주둥이를 찢는 것 같은 알 수 없는 포유류의 소리에 세경은 움찔하다 어느새 해윤의 등 뒤에 바짝 붙었다. 그런 세경을 힐긋 본 해윤은 피식 웃더니 걸음속도를 늦추고 세경과 보폭을 맞추며 나란히 걸었다.

"공연장 섭외에 인맥 끊기고 어쩌구 하던데, 뭔 소리야?"

그다지 관심 있다는 목소리는 아니었다.

"내가 결혼식장에 두고 온 그 1인 있잖아요. 그 사람 집안이 엄청난 사학 재단이거든요. 그런 재단에서 공연장들을 많이 가지고 있죠. 연줄도 많고. 내가 그 사람 심기를 엄청나게 건드렸잖아요. 그 얘기예요."

세경도 성의 없이 대꾸했다. 생각하고만 있던 것을 입 밖으로 내뱉고 보니 참 할 것이 아니었다 싶다.

"그런데도 전화해볼 생각을 하지 않았단 말이야?"

입장 바꾸어 생각해보면 꼴 보기도 싫을 것이다. 그런 데다가 얼굴이든 뭐든 들이밀고 싶지 않았다. 무책임한 행동의 연속이다.

"아까 본인 입으로 말했잖아요. 내가 그럴 주변머리가 돼 보여요?"

세경은 그를 힐난하듯 콧방귀를 뀌었다.

"남을 핑계로 자기 행동을 정당화하는 건가?"

와, 이런 말 잘하는 변호사 놈 좀 보게. 말문 막히게 하는 순간이 한두 번이 아니다. 승률 100%라는 말에 무게가 팍팍 실린다.

"내 신부도 그래 주면 고마울 텐데."

해윤은 검은 밤하늘을 올려다보며 혼잣말로 중얼거렸다.

"네?"

잘못 들은 것 같다. 세경이 되묻자 그가 황망하게 내려다보곤 피식 웃었다.

"그럼 큰일이지. 어쨌거나……."

그는 말끝을 흐렸다. 뭐가 있는 걸까, 이 남자는. 태어난 것 자체가 후회라는 둥, 하는 말들이 다른 차원의 말들 같다. 뉴욕은 그런 곳인가? 보통 이해로는 대화가 잘 안 되는 사람들만 모인 그런 곳?

"바이엘이 걱정하던가?"

그가 화제를 바꾸었다.

"걱정은 무슨. 참, 그러는 그쪽은 약혼녀한테 전화 안 해요? 전화하는 걸 못 봤는데. 걱정 안 해요?"

"드레스? 흥. 당연히 하고 있겠지."

그는 또 알 수 없는 허탈한 미소를 지었다.

"내가 한국에 있을 줄이야."

그는 다시금 서늘한 봄바람이 지나가는 들길의 가로수들과 하늘을 올려다보았다.

"뉴욕은 어때요? 사람들이 정말 하나같이 정신없고, 커리어가 넘치나
요?"

세경은 몸을 돌려 뒷걸음질치며 물었다. 그러자 그는 유치원 아이 보
듯 세경을 내려다보며 피식 웃었다.

"사람 사는 데는 다 똑같아. 하나같이 정신없이 바쁘고, 커리어 넘치
고……. 밖에서 보면 서울 사람들이 더하면 더했지, 덜하진 않을걸?"

세경의 고개가 끄덕여졌다.

"뉴욕에는 언제부터 살았어요?"

세경은 호기심이 가득한 눈으로 그를 보았다. 그러자 어떤 기분이 확
왔는지 모르지만 그는 입술이 푸들거리도록 한숨을 뱉고는 힘겹게 말
했다.

"고등학교 때부터."

"집이 빵빵한가 봐요."

"……."

그의 눈썹이 꿈틀했다. 심기가 불편하다는 뜻이다. 질문을 돌려야
할 것 같다.

"약혼녀를 무척 사랑하나 봐요. 드레스를 찾으러 직접 오고."

"극단적인 거지."

어쩐지 후회하는 얼굴이다. 그게 무척 복합적으로 보였다. 한국에 온
것을 후회하는 건지 다른 것을 후회하는지 확실하지 않은 표정이었다.

"왜 결혼 얘기만 나오면 얼굴이 죽을상이에요? 혹시 매리지 블루?"

세경이 떠보듯 물었다.

"그런가?"

그는 또 허탈하게 피식 웃었다.

"남자가 결혼 우울증이라면 믿을까?"

"남자도 사람이니까."

세경은 채도 차이로 산과 하늘의 경계를 희미하게 보여주는 먼 산꼭대기를 바라보며 중얼거렸다.

"적어도 그 우울증을 겪을 한 사람은 분명히 있군."

그가 장난스레 웃으며 말했다.

"내가 버린 남자?"

절로 눈쌀이 찌푸려진다.

"한 대 칠래? 이제 또 한 대 날릴 때가 된 것 같은데."

해윤이 세경의 주먹을 슬쩍 내려다보았다. 세경은 눈을 가늘게 뜨고 그를 노려보았다. 사람 속 긁는 데는 타고난 사람 같다. 전형적인 변호사라고 해야 할까? 이 남자랑 살 여자는 이해심이 엄청 깊어야겠다. 아님, 무조건 농담처럼 듣고 웃어주거나. 그런 여자가…… 있을까?

"약혼녀는 뭐 하는 여자예요?"

세경이 나지막이 물었다.

"패션 디자이너."

그는 뚱하게 대꾸했다.

"근데 자기가 드레스 디자인해서 안 입고, 다른 디자이너 걸 입어요? 좀 이해가 안 되네."

"그렇군."

그는 고개를 끄덕였다.

"부잣집 아가씨한테 패션 디자이너는 취미일 수 있겠지. 나름 실력은 있는 것 같은데 취미 이상으로 발전시키고 싶지 않은가 봐. 또 그런 취미로 만든 드레스를 입고 식장에 들어갈 마음은 없는 거고."

"그럼, 당신은요? 당신도 부자예요?"

뒷짐을 지고 걷던 세경이 해윤의 얼굴을 들여다보며 물었다. 아까처럼 눈썹이 또 꿈틀했다.

"그러는 너는 부자라 부자랑 결혼하려고 했어? 사는 거 보니 토끼랑 이웃일 뿐이던데?"

그가 퉁명스럽게 되물었다. 양배추 먹은 게 엄청 손해 본 기분인 모양이다.

"그냥 궁금했어요. 내가 사는 세상 말고 다른 세상 사람들은 어떤가, 상상하게 돼서……."

"상상은 좋은데 단정은 짓지 마. 모두가 하나같이 너 같은 고민만 하고 살지 않으니까. 결혼식장에서 뛰어나가고 싶어도 절대 그럴 수 없는 사람도 있는 법이야."

차갑게 말한 그는 발걸음을 빨리했다. 점점 궁금해지는 남자다, 저 남자.

세경은 어쩐지 쓸쓸해 보이는 그의 뒷모습을 물끄러미 쳐다보았다.

제목 : **집 빼!**

From : 한세경 〈ohmysekyoung@tm.com〉

To : 지강후 〈pianoholic@hotmail.com〉

왜 이러는 건지 모르겠어.

당신이 나에게 한 짓이 별거 아닌 거 같아?

아님, 되게 잘못한 건 알겠는데 용서할 수 있을 거 같아?

그렇게 생각하는 자체가 당신이 한 짓을, 당신이 별거 아니라고 생각

하고 있다는 거야.

내가 우스워?

우리가 끊어진 걸 이어붙일 수 있는 연줄 같은 사이라고 생각해?

연주회장 섭외 길이 끊긴 것을 다시 이어붙이는 것이 당신이랑 다시

이어지는 것보다 천배는 쉬울 거야.

그것도 당장 감당이 안 되는데, 당신을 받아들이라고?

당신이랑 나랑은 그렇게 공적인 사이가 아니었잖아.

당신과 진짜 공적인 일은 어쩌면 할 수 있을 것 같아.

당신 연주회, 생각해볼게.

하지만 마음까지 당신 계획대로 할 수 있을 거란 생각은 마.

호주로 떠날 때, 그렇게 날 버렸을 때 말이야.

이렇게 다시 돌아올 것도 계획했던 거야?

그럼 정말 당신은 내 손에 죽을지도 몰라.

나 그렇게, 쉬운 여자 아니야.

매수 종목을 잘못 골랐어. 좀 더 쉬운 여자를 알아봐.

7. 양평 스캔들

   20여 분을 걸은 끝에 겨우 양평 읍내에 도착했다.

제일 먼저 발견한 이정표 밑에서 세경은 서비스 센터에 전화를 걸었다. 그러는 동안 해윤은 주위를 어슬렁거렸다. 세경은 주위를 어슬렁거리는 그의 모습을 보며 서비스 센터 직원에게 자신의 위치를 장황하게 설명했다. 멀리 나가 있어서 30분은 기다려야 할 거란다. 기다리는 것 말고 별 다른 도리가 없었다.

"기다려야 된대요."

통화를 끝마친 세경은 해윤에게 기운 없이 말했다. 해윤은 세경 이상으로 어깨를 늘어뜨렸다.

세경은 이정표 밑에 있는 바위 위에 걸터앉았다. 그때 해윤이 세경을 불렀다.

"헤이~!"

세경이 돌아보니 두어 발짝 앞에 있던 해윤이 손가락으로 늘어선 건물들 중 한 곳을 가리켰다. '펍'이라고 쓰인 네온이 반짝이는 작은 호프집이었다.

"마실래?"

해윤은 무표정하게 호프집을 향해 고갯짓을 했다.

"오케이."

안 그래도 한잔하지 않을 수 없는 기분이었는데. 세경은 앞장서서 호
프집을 향해 걸음을 옮겼다.

호프집의 문을 열자, 세경은 이상한 나라에 온 기분이 들었다. 신 나
는 음악 속에 호프집은 외국인들이 득실거렸고, 흥에 겨운 그들은 춤
을 추고 술잔을 들고 빙글빙글 돌고 있었다. 그 옆에서는 원주민인 듯
싶은 한국 사람들이 박수를 쳐대고 떠들며 큰 소리로 웃어댔다.

"무슨 일이야?"

세경과 해윤은 어리둥절했다. 그때 종업원이 자연스럽게 다가와 그들
에게 자리를 안내했다.

"외국인들이 엄청 많네요?"

세경이 자리에 앉으면서 종업원에게 물었다.

"축제 기간이잖아요."

종업원이 매상이 오르는 기쁨에 허걱거리며 말했다. 종업원이 아니라
사장인가 보다.

"축제요?"

"양평 산나물 한우 축제, 몰라요?"

'그런 세계적인 그랜드 축제도 모르다니, 너 간첩 아니니?' 그의 눈빛
이 이러했다.

"아~."

세경은 고개를 끄덕이며 아는 척했다. 작은 지방 축제에서 외국인을
많이 만나게 되다니, 진짜 세상이 달라지긴 했다.

"뭐 드릴까요?"

사장 같은 종업원이 물었다.

"뭐 마실래요?"

세경이 해윤에게 물었다. 해윤은 두리번거리다가 옆 테이블을 가리켰다. 맥주와 치킨. 얘들은 세계를 막론하고 콤비인가?

세경은 두말없이 맥주와 치킨을 주문했다. 사장 같은 종업원이 고개를 끄덕인 후 진짜 살인적인 미소를 날리고 사라졌다. 과한 뻐드렁니가, 찍으면 살인도 가능하겠다.

음악 소리에 해윤은 고개를 까닥이며 흥에 도취된 사람들을 둘러보았다. 발은 어느새 신 나는 음악에 장단까지 맞추고 있었다.

"이런 분위기 좋아하나 봐요?"

세경이 묻는 순간, 해윤의 발장단이 딱 멈추었다.

"뭐, 그다지."

누가 죄 지었댔나? 순식간에 얼굴 표정 긋는 모양하고는.

해윤은 심드렁한 표정으로 팝콘을 주워 먹었다. 세경도 테이블의 팝콘을 말없이 주워 먹으며 흥겨운 사람들을 하릴없이 둘러보았다. 그러다 어느 결에 팝콘을 집으려는 손에 말랑한 물체가 잡혔다. 보니, 팝콘을 집으려던 해윤의 손가락이었다. 팝콘 그릇이 어느새 비었다.

"먹어."

해윤이 마지막으로 집었던 팝콘을 세경의 손가락에 쿨하게 쥐어 주었다. 눈물 나게 고맙다.

이런 자리에 마주 앉을 사이가 아닌 것 같은 까닭에 두 사람은 사뭇 서먹했다. 울려 퍼지는 음악을 따라 흥얼거리는 세경과 해윤은 각자 다른 곳을 둘러보며 말도 꺼내지 못했다. 다리가 무척 아프고 피곤한 것

외에는 딱히 할 말도 없었다.

그때 따끈한 치킨과 시원한 맥주가 그들 앞에 나타났다. 세경이 그냥 잔을 입으로 가져가려는데 해윤이 잔을 치켜들었다.

"치얼스."

"뭘 위해?"

세경이 눈을 동그랗게 떴다.

"순조로운 웨딩드레스 원정을 위해?"

해윤은 어깨를 으쓱했다. 웨딩드레스 원정? 절대 반지 찾는 것도 아니고. 아!

"반지!"

세경은 그제야 반지가 든 가방을 차에 놓고 왔다는 사실을 깨달았다.

"잃어버리면 큰일 나는데."

세경은 당황하며 머리를 감싸 쥐었다.

"왜? 다 네 거니까?"

해윤은 세경을 한심하게 바라보았다. 세경은 그런 해윤을 사납게 흘겼다.

"돌려줄 거니까 그렇죠."

"왜? 그렇게 많고 많은 반지, 여자들 좋아하잖아. 이참에 모른 척 안 기라구."

해윤은 맥주를 마시며 남의 일처럼 말했다. 하긴, 강후에게만 이 사람은 라이벌일 뿐, 실제로는 남보다도 못한 존재다.

"내가 내 몸값 올리려고 이러는 걸로 보여요?"

세경은 그를 다시 한 번 흘겨보았다.

"그럼 다른 사랑을 기다리는 거야?"

그가 눈을 반짝 떴다.

"말했잖아요. 이젠 사랑을 믿지 않는다고."

자신의 말이 감명 깊었던 걸까. 그는 그녀를 바라보며 말을 잇지 못했다.

"사랑을 믿지 않는다는 말이, 안 믿겨져요?"

세경은 맥주를 홀짝이며 말했다.

"아니, 믿어. 단지 사랑을 믿지 못하게 만든 남자가 다시 사랑을 믿게 만들려고 한다면 어떻게 될까 궁금할 뿐이야."

사뭇 진지하게 만드는 말이다.

"아마도 다른 사람이 사랑을 믿게 하는 것보단 더 오래 걸리고, 더 힘들지 않을까요?"

"다른 사람?"

"다른 사람을 고대하며 기다리고 있는 건 아니지만, 예를 들면 그렇다는 거예요."

세경은 자신의 말이 자신을 쉽게 보이게 하지 않을까 염려되었다. 하지만 사랑 어쩌구 운운하면서 그를 설득시킬 마음은 없다. 남의 사람이고, 그는 단지 자신의 인생을 스쳐 가는 한 사람일 뿐이니까.

"그럼 내가 다른 사람을 기다리면 어떨까. 그럼 나도 희망이 생기려나?"

그가 또 알 수 없는 말을 중얼거렸다.

"미안한데, 가끔 그렇게 알다가도 모를 말은 혼자 생각만 해줄래요? 그렇게 중얼거리면 들은 체를 해야 하는 건지, 뭐냐고 물어야 하는 건지 헷갈리거든요."

"아, 미안. 습관이야. 신경 쓰지 마."

술기운이 오르는지 그의 목소리가 살짝 올라갔다. 이 틈에 물어볼까?

"결혼식장에서 뛰어나가고 싶어요? 내가 스킬 좀 알려줘요?"

순간 그의 눈썹이 또 삐죽 올라갔다. 그런데 이번엔 호기심 쪽인 것 같다.

"아까 그랬잖아요. 그러고 싶어도 그러지 못하는 사람이 있다고. 그거 당신 아니에요?"

"궁금해하지 말라고 경고하지 않았나?"

"아니요. 그리고, 결혼 얘기만 나오면 얼굴이 저승사자랑 첫 키스한 사람처럼 시커멓게 변하는 이유가 뭐예요? 혹시, 결혼이 뭐 정략적인 거예요? 난 적어도 그런 건 없었는데."

"가진 게 없었으니 정략할 만한 것도 없겠지."

해윤은 '흥' 하고 콧방귀를 뀌었다.

"그러는 당신은 가진 게 뭔데요?"

세경의 눈빛이 표독해졌다.

"내가 그걸 내 입으로 풀 만큼 취하지 않았거든? 아쉽지만 궁금증은 여기서 접지? 결혼식장에서 뛴 동기들 모임이라도 만들고 싶어서 그래?"

제 심기를 건드렸다면 남의 심기는 백배쯤 건드려야 속이 풀리는 위인이다, 이 남자는. 이런 남자에게 나 심기 건들렸다고 표현하면 지는 거다. 웃기지만 이 남자에게 단련이 되는 것 같다.

"자꾸 그 말 할 거예요? ……나 솔직히 결혼식장에서 당신이 왜 도망치고 싶은지 알 것도 같아요."

"그게 뭔데?"

"태어난 것 자체가 후회라는 그 말이랑 연결된 거 맞죠? 왜요? 태어나 보니 후회투성이밖에 되새길 게 없었어요? 그래서 그걸 넘고 싶어서 정략결혼이라도 택한 거예요?"

순간 그의 얼굴이 이루 형언할 수 없이 칙칙하게 변했다. 정곡을 찌른 걸까? 그런데, 그런 과거를 이렇게 막 헤집어도 되나? 단련이 된 거라고 생각했는데.

세경은 이제야 알코올의 흡수로 뇌가 느슨해졌다는 걸 깨달았다.

"남자한테 맞아본 적 없지?"

그가 쫙 깔린 목소리로 말했다. 조금만 더 취한다면, 취기를 무기로 한 대 치고 싶다는 표정이다.

"한 대 치겠다는 거예요? 그럼 내가 참을 줄 알아요?"

세경이 주먹을 불끈 쥐며 자리에서 일어났다.

"그럼 나는. 내가 그동안 힘없어서 맞아준 것 같아? 한두 대 맞아주니까 내가 우스워?"

주먹 쥔 세경의 팔목을 낚아채며 자리에서 일어난 해윤은 그녀의 얼굴에 자신의 얼굴을 바짝 들이대고 무섭게 소리쳤다. 그때였다.

"여기 마지막 도전자 커플입니다!"

갑자기 사장 같은 종업원이 두 사람의 손을 덥석 잡아챘다.

뭐래? 사장 같은 종업원이 아니라 사장이 확실한 그에게 한 팔씩 잡혀 경황없이 홀 가운데로 끌려가던 해윤과 세경의 눈이 마주쳤다.

"자! 이 두 분이 공석을 채워주셨으므로 곧 맥주 마시기 대회를 시작하겠습니다!"

"뭐야?"

세경과 해윤은 어리둥절하여 서로를 마주 보았다. 그제야 호프집이 아까보다 더 소란스럽게 들떠 있는 걸 알았고, 그것 때문에 자신들의 목소리가 높아졌다는 걸 깨달았다.

사장인 그가 해윤과 세경을 다짜고짜 홀 가운데로 끌고 갔다. 거기에는 1미터가 넘는 세 개의 긴 맥주잔이 세워져 있었다. 그리고 두 개의 잔 앞에는 서양인이 확실한 것으로 추정되는 두 커플이 긴장한 얼굴로 각각 기다란 맥주잔 앞에 서 있었다.

"자, 드디어 세 커플이 참가하게 되었네요!"

사장은 해윤과 세경을 나머지 키다리 맥주잔 앞에 세워놓으며 흥분해 소리쳤다.

"와~!"

사장의 말에 사람들이 일제히 박수를 치며 흥분했다. 산나물 한우 축제라고 안 했어? 이건 무슨 독일 지방 도시 맥주 축제 같잖아.

"한 잔당 한 커플만 마실 수 있습니다. 두 사람이 서로 협동해서 맥주잔을 다 비우면 3kg짜리 A++ 최상등급 한우 세트를 드리겠습니다~!"

"와~!"

사람들이 일제히 환호성을 지르며 테이블을 마구 두드려댔다.

"우린 안 해요. 우린 커플도 아니라구요."

세경은 사장의 팔꿈치를 잡아당기며 속사포로 속삭였다.

"하하하. 오케바리!"

사장이 손뼉이 찢어지도록 마주 치며 흡족한 미소를 지었다.

"오케바리?"

세경이 뜨악한 표정을 짓자 사장은 눈웃음을 치며 복화술로 떠들었다.

"여기서 그냥 가면 다른 외국인 커플들이 얼마나 민망하겠습니까. 빼지 마세요."

"하지만!"

"자~!"

세경이 뭐라고 반박하려 하자 사장은 세경을 피하듯 얼른 사람들 앞으로 나가 섰다.

옆에 서 있는 서양인 두 커플들은 용의주도하게 어깨까지 차는 긴 맥주잔을 바라보고 있었다. 잘못 놓치면 엎지르겠고, 마실 때 조절을 잘못하면 맥주로 세수하거나 전신욕을 할 것이다.

"누가 이딴 걸 한대?"

해윤은 팔짱을 끼며 퉁명스럽게 말했다. 그러면서 자리로 돌아가려 하자 옆에서 지켜보던 사람이 어서 서라는 듯 해윤을 다시 무대 한가운데로 밀었다.

결국 해윤은 어쩔 수 없이 세경 옆에 설 수밖에 없었다.

"잔을 드세요!"

사장이 소리쳤다. 그러자 옆의 두 커플이 일제히 조심스럽게 잔을 들었다.

해윤과 세경은 누구도 맥주잔에 손을 뻗지 않고 비딱하게 서 있었다. 그러다 세경의 눈과 사장의 눈이 마주쳤다. 사장은 순간적으로 고압의 눈빛을 보냈다. 협조 안 하면 이 가게를 온전히 나가지 못할 거라는 살벌한 눈빛이었다. 이에 세경은 마지못해 잔에 손을 뻗었다.

"원스?"

옆에 있던 외국인이 물었다.

"오케바리! 완샷~!"

사장의 맞장구에 세경은 언빌리버블한 표정을 지었다.

세 커플이 잔을 들자 사장은 흥미진진한 표정으로 초시계를 들었다.

그리고 광학 렌즈만 한 눈을 하고서 큰 소리로 외쳤다.

"스탓뜨!"

순간 옆의 두 커플은 동시에 조심스럽게 잔을 기울여 한 사람씩 맥주를 마시기 시작했다.

"이번에도 튀어보시지."

팔짱을 낀 해윤이 세경의 귀에 빈정대며 속삭였다.

세경은 한숨이 흘러나왔다. 결혼식에서는 어찌어찌 내뺄 수 있었는데 여기서는 불가능하겠다. 왜 공연장 섭외한다고 뻥치고 나와 이 인간이랑 툭하면 싸우면서 여기까지 와 섰는지 도무지 이해가 되지 않았다. 당장 이탈리아로 달려가 드레스 배송한 디자이너 비서를 잡아 족치고 싶었다. 주소를 받아적을 때 얼굴이 발그레한 것이, 파스타에 술 좀 마신 것 같더라니.

이쯤 된 상황에서 어쩔 수 없었다. 결심이 선 세경은 맥주잔에 입을 대었다. 그러자 해윤은 '진짜 마시게?' 하는 얼굴로 세경을 바라보고 있었다. 옆 커플들은 서로 도와주고 난리인데, 이 남자는 팔짱 낀 제 손을 냄새나는 겨드랑이에 끼고 구경만 하고 있다. 솔직히, 바라지도 않는다. 도와주다 얼굴에 맥주를 확 퍼부을지도 모를 인간이다.

세경은 낑낑거리며 맥주잔을 기상나팔처럼 들어올렸다. 그리고 맥주잔 주둥이를 입에 갖다 대었다. 그러자 눈앞에 있는 긴 맥주잔이 동그란 황금색 관으로 보였다. 그 안에서 황금 물결이 자신을 향해 넘실대며 흘러 내려오기 시작했다. 저도 모르게 세경의 눈동자가 앞으로 쏠렸다. 오늘 같은 운이면 이 황금 물결에 전신욕을 할 가능성이 100%인데.

세경은 맥주가 입가에 닿자마자 목구멍을 열고 벌컥벌컥 마시기 시작했다. 그러자 바라보고만 있던 해윤은 눈살을 찌푸리더니 어쩔 수 없다는 표정으로 잔 기우는 것을 도와주려는 듯 잔에 손을 뻗었다. 그것을 본 세경은 맥주잔에 입을 댄 채 눈썹에 힘을 주고서 그에게 손을 떼라는 강한 눈짓을 했다. 그러자 그는 잔에서 손을 떼고는 세경을 딱하게 쳐다보았다. 왕 재수 남자의 딱한 눈길을 받으며 목구멍의 근육을 풀고 맥주를 마시고 있자니 도축 전 물먹는 돼지가 된 것 같아 기분 더러웠다. 얼른 다 비워버리고만 싶었다.

그리고 그다음은 찰나의 순간이었다. 팔이 뇌의 생각을 들었나 보다. 잔을 들었던 팔이 위로 움찔하며 들썩였다. 오, 노오오오오!

순간 움찔한 0.01초 사이로 잔잔하게 흐르던 맥주가 황금빛 쓰나미 파도를 일으키며 세경의 하관을 향해 돌격해왔다. 젠장!

"푸핫!"

세경의 하관이 쓰나미 맥주를 접수했다. 맥주와 거품이 울컥하고 세경의 콧구멍까지 번졌고 맥주는 목을 타고 상의에 넘쳐흘렀다.

"돈 다운! 돈 다운!"

사장이 다급하게 소리쳤다. 이 양반이 엉덩이로 영어를 배웠나. 사람이 맥주 닦은 행주가 됐는데 돈 다운?

해윤이 안쓰러운 표정으로 냅킨을 내밀었다. 꽤 즐거운 이벤트라는 소감처럼 터지려는 웃음을 억지로 참고.

세경은 맥주잔을 내려놓으며 그의 손에서 냅킨을 빼앗았다.

"논스톱! 논스톱!"

사장이 계속 마시라는 손짓을 하며 미친 듯이 소리쳤다. 당장 저 사장을 논스톱으로 패고 싶을 뿐이다!

순간 옆에 있던 커플들도 연쇄적으로 맥주 쓰나미를 얼굴에 뒤집어 썼다. 안됐지만 다행이다. 구경하던 사람들이 '으쌰, 으쌰!' 하며 응원을 하기 시작했다.

이거 은근히 경쟁심을 불러일으킨다. 그러나 잔엔 맥주가 3분의 2나 남았다.

"괜찮아?"

그의 묻는 투가 별로 걱정스럽지 않은 것 같다.

"이걸 어떻게 다 마셔!"

세경이 몸을 흔들며 짜증을 냈다.

"됐어. 물러서, 이제."

그는 세경 앞으로 한 발 나섰다. 아까 발끈했던 것과 달리 무척 침착해 보였다. 마치 법정에 선 것처럼.

세경 앞에 선 그는 잔을 들고 비장하게 심호흡을 했다. 그리고 트럼펫을 불듯 조심스럽게 맥주잔에 입을 대었다. 그리고 잔 끝을 부드럽게 들었다. 이 인간도 뒤집어썼으면 좋겠다고 바란다면 너무 악마 같은 걸까. 그러나 그의 비장한 표정을 본 세경은 덩달아 긴장하고 말았다. 축축한 제 몰골도 잊은 채.

그는 시선을 맥주잔에 집중해 흘러내리는 맥주를 정확히 계산하듯이 잔의 기울기를 조절했다. 그러면서 흘러내려오는 황금 물결을 벌컥벌컥 들이켜기 시작했다. 세경은 초초함에 주먹을 불끈 쥐었다.

그가 맥주를 비우자 점점 가벼워진 맥주잔 끝이 위로 가볍게 튀어 올랐다. 순간 세경은 저도 모르게 그의 잔을 조심스럽게 잡아주었다.

그리고 그다음은 그야말로 환타스틱이었다. 법전 끼고 맥주 마시러 다녔나? 세 커플 중 가장 많이 남았던 맥주가 출렁이며 그의 입속으로 흡수되어 사라지면서 양이 쑥쑥 줄었다.

"와~~~~!"

사람들이 탄성을 질렀다. 그와 함께 세경의 손바닥이 간질간질하면서 짜릿짜릿해졌다. 잘하면 이길 수도 있겠다!

세경은 두 손을 꼭 쥐고 환희의 미소를 지었다. 그러다 맥주의 흐름에 집중하던 해윤의 곁눈과 마주쳤다. 세경은 주먹을 불끈 쥐며 저도 모르게 파이팅을 속삭여 외쳤다. 해윤은 눈에 힘을 주어 보이곤 맥주 마시는 데 집중했다. 그리고 결국 멤버를 교체한 세 사람 중 가장 먼저 빈 잔을 높이 쳐들었다.

"와~!"

사람들이 박수를 치며 환호성을 질렀다. 감격한 세경은 깡충깡충 뛰며 그를 얼싸안았다. 얼싸안고 말았다! 한참 방방 뜨던 해윤은 자신의 어깨에 팔을 두른 그녀를 멋쩍게 바라보았다. 그와 시선이 마주친 세경은 당황해 얼른 감았던 팔을 풀었다.

"오~ 구레잇! 구레잇!"

사장이 엄지손가락을 쳐들면서 해윤의 팔을 번쩍 들었다. 사람들이 휘파람을 불며 박수를 쳤다. 곧이어 펍을 부술 듯한 경쾌한 음악이 스피커에서 터져 나왔고 사람들은 일제히 일어나 춤을 추기 시작했다. 그야말로 진짜 축제였다.

흥에 겹던 낯선 사람들이 당황하는 세경의 팔을 잡아끌고 신 나게 흔들었다. 그러자 세경도 어느새 엉덩이가 씰룩거리면서 흥이 솟았다. 낯모를 사람의 손을 잡고 몸을 흔들던 세경은 문득 뒤를 돌아보았다. 갑작스런 폭주로 얼굴이 빨갛게 달아오른 해윤도 어떤 덩치 큰 아줌마의 손에 잡혀 덩실덩실 춤을 추고 있었다. 그러다 두 사람의 시선이 마주쳤다. 저도 모르게 세경은 웃음이 났다. 그도 그녀를 보자 어색하게나마 웃었다.

사장은 해윤의 가슴에 한우 세트를 안겨주었다. 해윤은 황당하면서도 기쁜 미소를 흘리며 세경을 보았다. 순간 세경은 당황했다. 그의 눈동자가 사정없이 풀리고 있었다.

"괜찮아요?"

세경은 걱정스럽게 그의 팔을 잡고 두 눈을 들여다보았다. 그는 고개를 끄덕였다. 목 관절이 나간, 전형적인 만취자처럼.

"위너! 위너!"

사장은 타이틀 매치에서 벨트를 지킨 복서 감독처럼 한껏 달떴다.

"위너라네. 내가 과연 승리자인가?"

작은 호프집에서 이 무슨 페이소스적인 승리 소감인가. 사람들의 환호가 터져 나오자 비틀거리던 해윤이 '흐잉~' 하고 웃었다. 의외로 귀엽잖아, 이 사람.

실실 웃던 그는 일순간 세경 쪽으로 기울었다. 세경은 당황스러워하며 해윤의 팔을 감싸 안았다.

"자, 굿 나잇들 되시라고!"

사장이 해윤과 세경의 어깨를 두드리며 윙크를 했다. 말문 트인 아가들도 쓰는 '굿 나잇'이란 인사를 아주 저렴하게 선정적으로 쓰는 사람이다.

세경은 비틀거리는 해윤을 데려다, 앉았던 자리에 앉혔다. 그러자 그들 테이블에 맥주 통 모양의 5000cc짜리 맥주 피셔가 '탁!' 하고 놓여졌다.

"위너에 대한 특전이야!"

사장은 싱글벙글 말하고 사라졌다. 이걸 마시고 죽으라고? 하지만 그래서 즐겁지 않은 건 아니었다. 공짜는 무조건 땡큐 베리 감사다.

"이렇게 신이 나본 게 얼마만인지 모르겠어요."

세경은 흥분한 목소리로 떠들었다.

"업무 스트레스가 많았나 봐. 아, 결혼식에서 튀기까지 했으니 말을 말아야지?"

해윤은 컵에 맥주를 따라 벌컥벌컥 마셨다.

"꼭 그 얘기를 지금 이 순간에 해야겠어요? 따지고 보면 내가 꿈꾸던 결혼식도 아니었어요. 낭만적인 프러포즈도 없었고. 난 말이죠, 흔하지만 감격적인 게 좋아요. 난 잘 감동받는 스타일이니까. 밴드가 날 둘러싸고 노래를 불러주는 거예요. 남자는 멋지게 그 가운데 서서 나를 보며 노래를 불러주고. 그리고 반지도 착!"

두 손을 꼭 쥐고 감상에 젖었던 세경은 손가락을 펼치고 네 번째 손가락을 딱 가리켰다. 그런데 강후는 열 손가락에 다 끼울 반지를 줬다. 그러니 감동이 되겠느냔 말이다. 뭘 모르는 놈이다. 암튼.

"프러포즈? 그거 남자한테 얼마나 부담스러운 건 줄 알아?"

해윤은 한쪽 눈을 치떴다.

"그래서 꿈도 꾸지 말라구요? 당신은 꿈도 꿔본 적 없어요?"

세경은 못마땅하게 해윤을 흘겼다. 순간 그의 눈썹이 알쏭달쏭하게 으쓱여졌다.

"꿈……."

"꿈이 뭐였어요? 나처럼 한심한 프러포즈 꿈같은 거 말고라도 되고 싶은 거나, 하고 싶은 게 있었을 거 아니에요?"

"난 이뤘어."

해윤은 짧게 대꾸했다.

"변호사요? 그제 인생의 전부였어요?"

"그럼 안 돼?"

해윤이 힐난하듯 세경을 보았다.

"뭐, 그런 건 아니지만 재미없네요."

"그래도 꿈이라고 이룬 사람인데, 무례한 말 아니야? 그리고 너 재미있으라고 꿈 급조할 생각 없어."

해윤은 다시 맥주를 벌컥벌컥 마셨다. 이미 치사량이 넘은 것 같은데 얼굴은 이제 시작인 것 같았다.

"그만 마셔요!"

세경은 술을 따르는 그를 말렸다. 하지만 그는 세경의 손에 갓 따른 잔을 쥐어 주었다.

"자, 마셔!"

해윤은 세경의 손에 들린 잔과 제 잔을 맞부딪치고는 벌컥벌컥 마셨다. 에라, 모르겠다. 이젠 지쳤다. 될 대로 되라지. 세경도 들고 있던 잔을 마셨다.

"결혼식에서 튄 건 정말 잘한 거야."

해윤은 맥주 통의 밸브를 열어 맥주를 따르는 것이 재미가 나는지 반쯤 비운 잔에 맥주를 또 따라 부으며 주절댔다. 이 남자, 단 시간 만에 아주 흠뻑 취했다.

"가족의 탄생이란 것은! 그걸 정말 제대로 할 줄 아는 사람들만 하는 거야! 도망치고 싶을 때는! 도망치는 게 바로 정답이라고!"

쨍―.

소리친 해윤은 테이블에 내려놓은 세경의 잔에 또 잔을 부딪치고 맥주를 벌컥벌컥 마셨다. 아까와는 생판 다른 놈 같다. 그래서 무섭다.

"정작 결혼식에서 도망칠 사람은 당신인 것 같네요."

세경은 맥주를 홀짝이며 말했다.

"그렇지. 만약 그 결혼식이 정말 가족의 탄생을 선포하는 결혼식이라면 말이야."

해윤은 입술이 푸들거리도록 한숨을 내뱉었다.

"그게 무슨 소리예요?"

"세상에 고아로 태어난 자식이 하기 힘든 게 뭔 줄 알아? 아니지, 가장 하고 싶으면서도 두려운 거라고 해야 하나? 나는 나를 만났던 수많은 여자들이 결혼에 대해 얘기할 때마다 도망쳤어. 넌 내 스타일이 아니라고 하면서."

여자가 많게 생겼긴 하다. 얼마나 많았을까. 싸가지가 없긴 해도 여자를 막 대하는 스타일 같진 않은데.

세경은 이리로 오던 길에, 자신의 보폭에 맞추어 걸어주던 그를 떠올렸다. 배려라는 것을 표 나지 않게 해주는 사람이라고 느껴졌다. 그런데 진짜 고아라고? 세경은 턱을 괴고 그의 말에 귀를 기울였다.

그는 진지했다. 그리고 어두웠다. 그게 그를 외롭게 보이게 만들었다.

"결혼? 그건 법적인 행위일 뿐이야. 그런 법적인 허락으로 가족을 만들었다 쳐. 그걸 지킬 수 없게 되면 어떡하지? 만약에 애가 생긴다면, 또 그 애는? 누가 나를 보장해주겠어? 불의의 사고를 당하지 않을 거라고. 법은 그것까지 지켜주지 못해. 마음이 변하지 않을 거라고 장담해주지도 못하지. 차도, 일 년이 지나면 지겨워지는데."

"여자를 차에 비교하는 거예요?"

"그게 어때서. 잘 빠진 차는 웬만한 여자들보다 낫다고."

해윤은 강하게 피력했다.

"남자들도 마찬가지예요."

"그럼 인간은 차보다 못한 종족인가?"

"그렇게 차가 존경스러우면 차라리 차랑 결혼하지 그래요?"

"나쁘지 않지. 버려도 부담 없고, 애도 안 생길 테고. 아, 미니카가 생길까? 푸하하하!"

상상만으로도 웃긴지 그는 큰 소리로 웃었다.

"왜 그렇게 비관적으로만 생각해요?"

"버려져보면 알아."

그는 고개를 떨구었다.

"그래 봤어요."

"남자 따위에게서 말구. 세상에게서……."

그의 목소리가 푹 가라앉았다. 이 남자가 정말 두려워하는 게 뭘까. 정말 가족의 탄생인 걸까? 왜 세상을 비관적으로만 볼까, 이 사람.

"난 내 일들이 꼬인 게 결혼식에서 도망친 것 때문이라고 생각 안 해요. 우연이에요, 모든 건. 그걸 필연으로 생각해서 좋게든 나쁘게든 의미를 부여하고 싶은 건 인간의 좋지 않은 습관이에요. 우리 사장님처럼. 그러니까 고아라고 해서 비관적으로 봐야 한다는 법은 없어요. 마인드 문제에요."

세경은 정색을 하며 말했다.

"그렇다면 난 유전자적으로 암울한 놈인가 보지."

"난 남을 핑계로 내 행동을 정당화하고, 당신은 당신의 유전자를 핑계로 당신의 행동을 정당화하고 있군요."

세경은 한숨을 뿜었다. 그러자 순간 그는 멈칫하더니 말을 잇지 못했다. 그러더니 잠시 후, 주절댔다.

"카센터는 왜 안 오는 거야?"

헉! 이 남자는 만취해서도 기억하고 있었는데 자신은 까맣게 잊고 있었다. 취해서도 주도면밀함은 잊지 않나 보다.

세경은 핸드폰을 꺼내보았다. 핸드폰이 '삐빅'거리고 있었다. 부재중 전화가 10통 넘게 와 있었다. 전부 서비스 센터 직원 핸드폰 번호였다. 호프집 음악 소리 때문에 듣지 못했다.

놀란 세경은 창가로 달려가 블라인드를 들췄다. 서비스 센터 차 따위는 보이지 않았다. 세경은 서둘러 핸드폰의 통화 목록을 뒤졌다. 마지막 부재 전화가 5분 전이다. 이미 가버렸나?

세경은 서둘러 통화버튼을 눌렀다. 그러자 핸드폰은 기다렸다는 듯이 화면이 사라지고 그대로 운명했다. 빌어먹을!

세경은 핸드폰을 쥔 주먹으로 펍의 창틀을 후려쳤다. 그때 뒤에서 '쿵' 소리가 들렸다. 놀라 돌아보니 한우 세트를 꼭 안은 해윤이 테이블 옆 바닥에 기역 모양으로 쓰러져 녹다운되어 있었다.

새소리가 들린다. 이런 아침을 맞아본 기억이 없어서 생소하다. 새소리가 점점 가깝게 들렸다. 새들의 날갯짓으로 목덜미와 귀 언저리가 간지럽다.

잠결의 해윤은 인상을 쓰며 손으로 새들을 털어냈다. 하지만 새들은 여전히 해윤의 머리 언저리를 떠나지 않았다.

"에이, 좀!"

해윤은 신경질적으로 얼굴을 털어내며 눈을 떴다. 그러자 바로 눈앞에 있는 두 눈동자가 번쩍 눈을 떴다. 동공이 마주쳤다.

"아~악!"

눈동자가 소리쳤다. 해윤도 소리쳤다. 코앞에 있는 세경의 머리카락
이 해윤의 목덜미에 늘어져 있었다.

해윤은 벌떡 일어났다. 세경도 벌떡 일어났다. 그리고 각자 몸을 더
듬어보았다. 다행이다. 옷은 입고 있다.

"왜 여기서 자요?"

세경이 이불을 잡아당기며 소리쳤다.

"옷 입고 있는데 이건 왜 잡아당겨? 내가 뭔 짓을 했다고! 기분 나쁘
게!"

해윤은 그녀가 당긴 이불을 잡아당겼다. 그러자 그녀는 다시 이불을
당기며 정말 옷을 입고 있는 게 맞는지 자신을 훑어보았다.

낯선 방이다. 하지만 같이 자려고 침대에 누웠을 리가 없다. 그런데
어제 이 여자와 유전자 어쩌구 떠든 것 이후로는 기억이 나지 않았다.
그렇다면 누가 업고 왔다는 것인데.

해윤은 테라스를 열어젖혔다. 그제야 건물 앞 사거리가 익숙하게 눈
에 들어왔다. 어젯밤, 이정표 밑에서 세경이 카센터 직원과 통화하고 걸
터앉던 바위도 보였다. 위치상 여기는 펍의 2층이 분명했다. 테라스 옆
을 돌아보니 '펍 & 산장'이라는 간판이 걸려 있었다. 어제 보았을 때는
'펍'밖에 안 보였는데. '산장'이란 글씨는 불이 들어오지 않는 모양이다.

"날 업고 온 게 너야?"

해윤이 불쾌한 표정으로 세경을 돌아보았다.

"그게……."

옷에 손댄 흔적이 없는 걸 알았는지 주섬주섬 침대에서 내려서던 세
경은 머리를 긁적였다.

"상황을 보자고. 침대에는 아마 내가 자고 있었을 거야. 난 취했으니까. 업고 온 누군가가 나를 침대에 1차적으로 던졌겠지. 그러니까 네가 음흉한 여자야!"

해윤은 살인 현장 탐문하듯 하던 손가락으로 세경을 가리켰다.

"그럼 내가 당신 자는데 옆에 올라가 잤다구요?"

얼토당토않다는 투다.

"나보다 기억은 더 날 거 아니야?"

"술 먹고 뻗은 게 무슨 자랑이라고."

세경은 인중을 비틀며 투덜댔다.

"그렇지. 넌 내가 술 먹고 뻗은 걸 알고 있지. 그다음은?"

그는 심문하듯 팔짱을 끼며 그녀를 바라보았다. 그제도 이랬던 것 같다. 왜 만날 이 인간한테 취조를 당하지?

"음, 그러니까……."

세경은 이마에 힘을 주며 턱을 괴고 곰곰이 생각했다. 그러면서 손가락으로 현관부터 들어온 동선을 그려보았다.

"사장님이 당신을 업고서……."

주절거리는 세경의 손가락이 침대에서 멈췄다. 그리고 흠칫 놀라 해윤을 보았다. 그럴 줄 알았다. 해윤은 비틀린 조소로 그녀를 쳐다보았다. 그녀는 황급히 해윤의 시선을 피했다.

"고기를 냉장고에 넣고서……."

불안스럽게 골몰한 세경의 손가락이 냉장고를 지나 바닥에 꽂혔다. 순간 바닥 귀퉁이에 돌돌 말린 양말 두 짝이 발견되었다. 그의 것은 아니었다.

"잘 때는 꼭! 양말을 벗고 자야 하는 새 나라의 어린이로군?"

해윤은 비아냥거리며 세경의 맨발을 내려다보았다. 세경은 서둘러 맨발을 포갰다.

"맨바닥에서 자다가 침대 암벽 타느라 힘 좀 드셨겠어. 피곤한데 더 주무시지?"

해윤은 팔을 펼쳐 침대를 가리켜 보였다. 세경은 '젠장', '우라질', 이런 말들을 씨부리며 해윤의 시선을 피했다. 그러다 갑자기 딴청을 피우며 돌아섰다.

"아, 배고파."

"얼씨구."

해윤은 과장된 그녀의 액션에 혀를 찼다.

"아침으로 고기 먹을래요? 우리 가진 게 이것뿐이네요?"

세경은 얼른 냉장고를 열어 시원하게 몸을 식히고 있던 한우 세트를 꺼내들었다.

"미국식으론 스테이크가 최고지."

해윤은 쓰린 속을 쓰다듬었다.

"아래층 가서 고기랑 물물교환 좀 하고 올게요."

민망해진 세경은 고기를 싸안고 서둘러 방을 나섰다. 그런 그녀를 보고 있노라니 해윤은 웃음이 나왔다. 생각보다 귀엽다, 저 여자.

저 여자와의 어젯밤 대화가 떠올랐다. 인생을 비관적으로 살기는 했다. 하지만 그게 정상이라고 생각했다. 고아니까. 고아로서 시크해 보이기까지 했다. 그런데 너무 거기에 얽매여 있었던 건 아닐까 하는 생각이 들었다.

낙천적으로 사는 사람들은 생각이 없는 사람들처럼 보였다. 이 여자도 그렇게 보였다. 그런데 보이는 게 전부는 아니었다. 어쩌면 이 여자가 정상일지도 모른다고 생각했다.

그녀의 말이 맞는지도 모른다. 모든 불운의 탓을 고아로 돌린 건 누구도 아닌 자신이었다. 오 회장이나 예린 앞에서는 자신의 몸 구조 어딘가에 고아라는 표시가 있는 것 같아 더 자신을 추스르고 뾰족한 창으로 주위를 둘러쌌던 것 같다.

꿈. 일생에서 한 번도 꾸어본 적 없다고는 말하지 못하겠다. 하지만 이루어질 수 없을 거라고 생각했기에 금방 접어서 깊숙한 곳에 처박았었다. 그에게는 먼 훗날보다 내일이 더 급했다. 오늘을 살아남아야 내일도 있었기에, 오늘을 포기하지 못했다. 그래서 꿈꿀 겨를이 없었다. 오늘이 곧 꿈이었다. 그런 놈에게 꿈이 뭐였냐니. 남들에게 있는 것이 하나 더 줄어든 기분이라 더럽다. 그래서 그렇게 마셔댔나? 어젯밤처럼 취한 건 정말 인생에 있어 보기 드문 일이었다. 무엇 때문이었을까. 긴 맥주 때문이었을까, 저 여자 때문이었을까.

결국 한우 세트와 콩나물국이랑 맞바꿨다. 아이스박스가 있는 것도 아니고 고기를 가지고 다닐 수도 없었기에 아주 쿨하게 호프 겸 산장 사장 내외가 먹던 가정식 백반과 바꿔먹었다. 그리고 펜션을 나온 세경은 카센터 직원에게 전화를 걸었다.

"고객과의 약속은 저희만 지켜서 되는 건 아니란 거 아시죠, 고객님?"

상냥하지만 뼈 있는 카센터 직원의 말씀 되시겠다.

"죄송해요. 지금 와주실 수는 없나요?"

"물론 가야죠. 고객님이 기다려주신다면 달나라를 못 가겠습니까? 이따 뵙겠습니다."

서비스 센터 직원은 친절하게 할 말 다 하고 전화를 끊었다.

그렇게 만난 서비스 센터 직원의 레커를 타고 차를 세워놓은 곳으로 간 순간…….

"고객님, 차가 있으시긴 했던 건가요?"

서비스 센터 직원이 난감한 얼굴로 세경을 돌아보았다. 세경와 해윤은 어이가 없어 서로 마주 보았다.

이 남자와 이런 식으로 마주 보는 일이 잦아진다. 정신적 교감이 이루어지고 있는 건가?

별로 마음에 들진 않는데.

"어떻게 해! 누가 주워갔나 봐!"

얼굴이 창백해진 세경은 차가 있었던 빈자리에 서서 안절부절못했다.

"반지도 있었잖아."

해윤이 당황스러움을 가뿐하게 배가시켜 주었다.

"맞아! 반지들!"

세경은 신상 아가들이 납치된 충격에 머리를 움켜쥐었다.

"어, 여기 뭐가 붙었네요, 고객님."

주위를 둘러보던 서비스 센터 직원이 나무에 붙은 종이를 떼어 세경에게 내밀었다.

견인 통지서였다.

"욕해도 돼요?"

세경이 견인 통지서를 든 손을 부들부들 떨며 읊조렸다.

"나만 있는 것도 아닌데. 마음대로 해."

해윤은 귀를 막고 돌아섰다.

"이런, 옘병할!"

세경은 하늘을 향해 절규했다.

제목 : **무료 서비스 안내입니다.**

From : 해피라이프 화재〈bravo@lifecar.com〉
To : 한세경 고객님〈ohmysekyoung@tm.com〉

안녕하십니까, 고객님!

언제나 저희 해피라이프 화재를 이용해주셔서 감사드립니다.

익일과 전일, 이틀 동안에 저희 출동 서비스 센터를 이용하셨기에 확인 차 연락드렸습니다.

공교롭게도 두 번 다 차량 수습 불가로 보고되었네요.

아뢸 말씀은 계약 조항에도 있다시피 계약 기간 동안(통상 1년씩 계약) 세 번의 출동 서비스는 무료로 이용하실 수가 있습니다.

그러나 그 이후부터는 유료 서비스가 되어 고객님이 서비스 출동 비용을 부담하시게 됩니다.

그리고 석 달 전에도 이런 상황이 접수되어 있네요.

그때는 고객님께서 알코올을 섭취하신 상태로 차의 위치를 잊으셔서 역시 수습 불가로 접수가 되어 있습니다. 이 모든 출동은 무료 서비스에 해당이 됩니다.

이 점 양지하시어 다음부터는 차의 위치를 잊지 않도록 메모하시거나, 사진을 찍어 가지고 다니시면 유료 부담을 피하실 수 있을 거라 사료됩니다.

저희는 언제나 고객 만족을 최고로 추구하고 있습니다.

고객님 가정에 행복과 건강이 가득하시길 바라겠습니다.

8. 위험한 드레스

또다시 서비스 센터 직원을 그냥 보내고 택시를 잡아탄 세경과 해윤은 택시 뒷자리에 나란히 앉아 견인 주차장으로 향했다.

"말해줘. 내가 뭘 찾으러 왔는지."

해윤이 멍한 표정으로 택시 등받이에 기대 물었다.

"드레스를 찾으러 왔는데, 내가 찾고 있는 건, 사람에 이어 이젠 차야. 이게 무슨 영문이야?"

해윤은 두 팔을 쳐들었다가 힘없이 뚝 떨어뜨렸다.

"나만큼 갑갑해요?"

세경은 분통이 터지려는 걸 겨우 참는 얼굴이었다. 그도 그럴 것이, 자신 앞에서 체면이 말이 아닐 게다. 마음대로 드레스 입고 튀는 동생에, 연료 체크 한 번 못했다가 마음대로 사라지는 차에.

"자, 이것도 우연이라고 말해보시지. 모든 게 한 번에 꼬이는 우연이라. 참 대단한 우연일세!"

해윤은 감탄을 금치 못했다.

"꼭 그렇게 말로 해야 속이 시원해요? 옆 사람이 어떻다는 건 생각

안 해요? 그 머릿속에는 자기 자신 말고 다른 사람은 안 들었어요? 다른 사람은 모두 안중에도 없어요?"

세경은 무릎에 올려놓았던 주먹을 불끈 쥐었다. 해윤의 말에 더욱 화가 나는 모양이었다.

"나 혼자, 내 간수하기도 벅찬데 남까지 생각하는 허세를 떨라구? 인생은 혼자 사는 거야!"

"그렇죠! 그걸 누구보다 잘 아셔서 그렇게 혼자 잘나신 거겠죠. 그런 분이 결혼은 왜 한대요? 그냥 혼자 쭈욱 사시지?"

"누군 하고 싶어서 하는 줄 알아?"

"그럼 누가 시켜서 해요? 누가 결혼하면 돈이라도 준대요?"

순간 해윤의 얼굴이 딱딱하게 굳었다. 가슴에 정통으로 돌을 맞은 것 같아 불쾌했다. 어제부터 이 여자, 아는지 모르는지 뼈 있는 말로 자신의 가슴을 팍팍 찌르고 있다.

"아저씨! 차 세워요!"

갑자기 해윤은 운전기사의 어깨를 두드렸다. 운전기사는 영문을 몰라 하며 차를 갓길에 세웠다. 그러자 해윤은 주머니에서, 경찰서에서 받았던 메모지를 꺼내 자신의 핸드폰 번호를 마구 적어 그녀에게 날렸다.

"드레스 찾으면 전화해! 시간은 하루야! 그 안에 못 찾으면 너네 자매, 둘 다 고소야!"

이렇게 외친 해윤은 기사에게 만 원을 쥐여 주고 그대로 차에서 내렸다. 내리고 보니 자신이 내린 곳은 강을 건너는 다리 한가운데였다.

"지금 협박하는 거예요?"

세경이 차 창문에 얼굴을 내밀고 소리쳤다.

"협박이라니. 내가 조폭이야? 이건 엄연히 내 권리를 주장하는 거야.

벌써 내가 너희 자매 봐주는 데 며칠을 소비한 줄 알아? 이건 당장 고소 감이라구!"

해윤의 윽박에 세경은 이를 앙다물고 차에서 내렸다. 그러자 택시는 그냥 출발해버렸다. 차가 떠나는 모습을 본 해윤은 어이없다는 듯 세경을 쳐다보았다.

"왜 내려? 드레스 찾으러 가야지? 내가 하루라고 안 했어? 그 하루는 내일 오전까지가 아니라, 딱 오늘까지야! 진짜 콩밥 먹고 싶어서 그래?"

해윤은 그녀에게 버럭 소리쳤다.

"누가 누굴 고소한다는 거예요? 내가 숨겼어요?"

세경도 지지 않고 그에게 고개를 꼿꼿이 쳐들었다.

"그걸 어떻게 알아. 동생한테 가지고 튀라고 했는지, 입고 튀라고 했는지 내가 알 게 뭐냐고!"

이런 말싸움에 넌더리가 났다.

"다 이해한 사람 같더니 갑자기 왜 이렇게 화를 내요? 내가 뭘 잘못했다고?"

"말이면 단 줄 아는 여자가 뭘 잘못했는지 어떻게 알겠어?"

해윤은 그녀를 향해 날카롭게 쏘았다.

"말? 무슨 말?"

세경은 뜨악한 표정으로 고개를 뒤로 빼며 그를 기이하게 쳐다보았다. 그러자 해윤은 고개를 돌려버렸다.

"너 같은 애랑 동행을 하는 게 아니었어. 지금처럼 딱 시간 정해주고 찾아오라고 하는 건데. 너처럼 왕창 꼬인 애랑 다녀서 좋을 게 뭐가 있다고. 그거 알아? 지금 너는 있는 존재만으로도 완전 민폐라고!"

불어오는 바람에 대고 생각나는 대로 소리치던 해윤은 뒤늦게 세경을 돌아보고서 당황했다. 자신을 노려보는 세경의 눈에서 눈물이 주룩 흐르고 있었다.

"내 존재가…… 어떻다구요?"

"아니, 그게."

해윤은 어쩔 줄을 몰랐다. 눈앞에서 대놓고 누굴 울려본 적이 없기에 당황스러웠다.

가슴 아픈 말로 여자들 가슴에 비수를 꽂으며 끝낼 때도 이렇게 반응한 여자들은 없었다. 너 따위 아니어도 상관없다는 조소나 그동안 볼 수 없었던 흉악한 얼굴로 욕을 내뱉는 얼굴은 많이 봤지만 이런 눈물은 처음이다. 여자를…… 울렸다.

"드레스 간수 못한 건 미안해요. 하지만 내가, 뭐라구요? 내가 왜 당신한테 그런 말까지 들어야 돼요? 아무리 드레스가 중요하대도, 어떻게 사람한테 그렇게 말해요. 가뜩이나 열 받아 죽겠는데. 내가 사람 같지도 않아요? 일 꼬인 사람들은 다 사라져야 돼요?"

세경의 얼굴에 눈물이 주르륵 흘렀다.

"왜 꼭 이런 상황에서 울어? 그럼 내가 나쁜 놈 같잖아."

해윤은 어쩔 줄을 몰랐다. 세경은 눈에 힘을 주며 손등으로 턱에 맺힌 눈물을 닦았다.

"그럼 좋은 놈인 줄 알았어?"

"뭐야?"

"나름 최선 다하고 있는 거 안 보여요? 사장한테 거짓말까지 하고 나왔어요. 기름 체크 못한 건 미안한데요, 다 당신을 위해서 그랬던 거라구요. 1초라도 빨리 찾을 수 있게. 이 상황에서 제일 답답한 게 누굴지 생각해봤어요? 난 지금 아주 미치겠다구요! 나야말로 되는 게 하나도

없어서 죽고 싶은 심정이라구요! 겨우 마음 추스르고 있는데 그렇게 정
곡을 팍팍 찔러야 속이 시원해요?"

해윤을 향해 소리치던 세경은 갑자기 목놓아 울기 시작했다. 그동안
참아온 게 많았던 것인지, 그녀는 손바닥에 얼굴을 묻고서 큰 소리로
울었다.

"결혼식에서 튄 스트레스를 내 앞에서 풀면……."

"당신이 나한테 준 스트레스에 비하면 그건 아무것도 아니에요. 그리
고 결혼식에서 도망친 얘기 좀 그만하면 안 돼요?"

얼굴에 손을 묻은 채 고함친 세경은 더욱 거세게 울었다. 해윤은 움
찔했다. 파혼 스트레스보다 자신이 스트레스를 더 줬다고? 이건 좀 억
울하다.

하지만 어쨌든 이 여자는 자신 앞에서 대성통곡을 하고 있다. 해윤
은 자신이 뇌관의 꼭지를 딴 폭탄 테러범 같아 어쩔 줄을 몰랐다. 그러
다 들썩이며 우는 그녀의 어깨를 보고 머뭇거려졌다. 누구도 위로해준
경험이 없다. 위로받아 마땅한 사람은 자신이라고만 생각하고 살았으
니까.

망설이던 해윤은 그녀의 어깨를 조심스럽게 토닥여주었다. 그러자 그
녀는 기다렸다는 듯이 더 목청 높여 울었다. 아주 유세를 하는구나.

한숨을 토한 해윤은 좀 더 세게 그녀의 어깨를 토닥이며 다가섰다.
그러다 어정쩡하게 그녀의 어깨를 두 손으로 감쌌다. 그러자 그녀는 그
의 어깨에 이마를 얹으며 울었다. 드라마를 보면 여자들은 어깨를 빌려
주면 더 울었다. 틀리지 않다.

해윤은 제대로 엮인 기분이 들었다. 하지만 여자를 울렸으니 어쩔 방
도가 없었다. 해윤은 생에 처음으로 자신에게 반한 여자가 아닌 우는

여자를 안았다. 그 느낌은 자신에게 반한 여자를 안았던 것과 달랐다. 여자를 향한 어떤 말초적인 기대나 바람이 아닌 위로의 포옹이 이런 느낌이구나, 해윤은 새삼 깨달았다. 울고 있는 여자의 위로가 될 수 있다는 것. 자신이 울렸지만 자신이 위로가 될 수도 있다는 뿌듯함에 가슴이 기형적으로 부푸는 느낌이었다. 자신도 위로할 수 있다고 세상에 소리치고 싶은 기분이었다.

세경을 보듬어 안으며 여자의 향수 냄새가 아닌 정수리 냄새를 맡게 되었다. 체취와 땀내가 섞인 그녀의 향기는 아기들 냄새 같기도 했다. 그러면서 친근했다. 따뜻한 그녀의 온기가 전해졌고, 그 온기를 자신도 가지고 있었다는 걸 태어나 처음 깨달은 느낌이었다. 이 여자와 안은 거리만큼 가까워진 기분이 들었다.

"이제 됐어요."

한참을 운 세경은 퉁퉁 부은 얼굴로 해윤의 어깨에서 이마를 떼었다. 순간, 해윤은 아쉬웠다. 이 여자가 몸에서 떨어지는 게. 이 허전함은 도대체 뭘까.

"내 머리에서 무슨 냄새 안 나요?"

그녀의 말에 해윤은 흠칫 놀랐다. 자신의 속내를 다 들킨 것 같았다. 그녀는 좀 전에 화내던 기백은 어디로 가고, 퉁퉁 부은 얼굴에 민망한 표정을 하며 머리를 쓸어넘겼다.

"무, 무슨 냄새?"

"얼굴에 하던 팩이 남아서 머리에 했거든요. 삼겹살 냄새라든가……. 아, 그런 냄새 모르나? 삼겹살 먹어봤어요?"

먹어봤다. 그런데 모르겠다. 그냥 맡기 좋은, 들꽃 같은 향기 같았는데. 후각을 잃었나? 게다가 애처럼 울고 나서 '삼겹살 먹어봤어요?'라니. 이 얼마나 분위기에 안 어울리는, 적절치 못한 멘트인가. 바이엘이 이런 여자에게 돌아오려는 이유를 점점 더 모르겠다.

"나중에 드레스 찾으면 일 꼬이게 한 사죄의 뜻으로 삼겹살 살게요. 가요."

세경은 눈물이 남은 눈을 두 손으로 부비며 앞장서서 걸었다.

강을 타고 온 바람이 그들에게 혹 끼치며 스쳐 갔다. 해윤은 그녀의 뒷모습을 보며 다리 난간을 따라 걸었다. 그녀의 뒷모습을 이렇게 가까이에서 자세히 본 적이 없다. 그녀의 뒷모습은 지금까지 보던 모습과 사뭇 달랐다. 안으면 함께 두둥실 떠오를 민들레 홀씨처럼 포근해 보였다. 앞에서 보면 독기가 충천인데 말이다.

"하필 여기서 내릴 게 뭐야. 뭐 잡아타기도 애매하게."

앞서 걷는 세경이 툴툴거리는 소리가 들렸다. 그 소리에 해윤의 얼굴에는 저도 모르는 미소가 떠올랐다.

겨우 견인 주차장을 찾아가 차를 찾았다. 주차장 직원의 도움으로 다음 주유소까지 갈 수 있는 기름도 얻었다.

차를 찾은 세경은 가방부터 열어 반지의 개수를 세어보았다.

"아, 다행이다. 다 있네."

세경은 미소를 지으며 운전석 등받이에 몸을 털썩 기댔다.

"반지 잃어버렸으면 어쩔 수 없이 바이엘을 받아들일 뻔했네. 아, 그게 핑곗김에 잘된 건가?"

좀 더 울고불고할 걸 그랬나. 우니까 아주 어쩔 줄을 모르던데.

"바이엘에 대해 당신한테 조언 구할 일 없으니까 신경 꺼주세요. 잠이나 주무시든지."

세경은 그를 가늘게 흘기고 차에 시동을 걸었다.

"그럴까?"

해윤은 히죽 웃으며 의자에 편안하게 기댔다. 이 남자, 아까부터 실실 웃기 시작했다. 왜 이러지, 이 인간?

세경은 고개를 갸웃하며 차를 움직였다.

평창에 도착하자마자 세지에게 전화를 걸었다. 다행히 이번엔 단번에 받았다.

"어디야!"

세경이 무섭게 물었다.

"내가 어디 있는지 궁금한 사람들 되게 많네, 오늘. 이놈의 인기란 참."

찾는 사람 많아 귀찮아 죽겠다는 투다.

"딴말 말고, 어디 있는지나 말해."

피곤이 쌓여 숙성되고 있다. 해윤과 말싸움하는 것도 지치겠다. 얼른 드레스 찾아주고, 하릴없이 연주회장 섭외나 다시 하고 싶다. 혼자 드라이브 삼아 다니고 싶은 자유에 대한 열망이 어느 때보다 간절했다.

"미탄이라는 데 있는 체육관이야. 곧 행사 있어. 참, 언니 드레스 디자이너 이름이 뭐였지?"

"몰라. 드레스는 안 건드렸겠지?"

"입는 것도 안 돼?"

멀쩡하게 입고 있는 것에 위안을 삼아야 할까?

"휴~, 얼룩 묻히면 안 돼."

"하도 끌고 다녀서 밑단이 좀 더러워졌어."

"야!"

발끈해 소리치던 세경은 제 풀에 놀라 해윤을 돌아보았다. 이 사실을 이 남자가 알면 완전 죽음이다. 해윤은 그녀의 고함에 언뜻 들었던 잠에서 막 깨어나고 있었다.

"너 만나면 두고 봐!"

세경은 세지를 향해 무섭게 속삭이고 전화를 끊었다.

"가까워?"

조수석에 앉은 해윤은 졸음이 묻은 눈을 잠시 깜빡이고 있다 몸을 일으켰다. 한국에 온 이후로 편하게 잔 적이 없는 사람이다. 그래서 측은해 보이기도 했다.

"글쎄, 아직……."

세경은 그의 눈치를 살피며 내비게이션을 두드렸다. 드레스를 보면 이 남자가 어떤 표정을 지을지 걱정이 되었다. 세탁비까지 물어줘야 할까?

내비게이션에 표시된, 세지가 있는 곳은 그리 멀지 않았다. 일단 드레스를 이 남자 품에 안겨줘야만 뭐가 풀려도 풀릴 것 같았다.

체육관에 도착하니 주차장은 차들로 빼곡했다. 무슨 행사인지 몰라도 시끌벅적한 게 요즘 한창 뜨는 동네가 맞는 것 같다.

"차에 있어요. 얼른 들어가서 가져올 테니까."

세지가 어떤 모양으로 그 드레스를 입고 있을지 알 수가 없었다. 그 불길한 모습을 그에게 바로 보여줄 수가 없었다. 목을 치던, 터미네이터

같던 살벌한 그의 모습이 되살아났다. 철없는 동생의 목숨 정도는 챙겨 줘야 했다.

다행히 해윤은 고개를 끄덕였다.

"사람 많은 데는 진짜 질색이야."

해윤은 체육관에 운집한 사람들을 바라보며 질린 표정을 지었다. 다행이다. 악착같이 따라온다고 하지 않아서.

세경은 얼른 오겠다고 하고 서둘러 세지에게 전화를 걸며 체육관으로 들어갔다.

세지가 찾아오라는 체육관 무대 뒤는 행사를 마친 사람들의 땀 냄새와 흥분으로 정신이 없었다.

세경이 이리저리 고개를 돌리며 세지를 찾고 있는데, 어느새 나타난 세지가 세경의 팔목을 잡았다. 여전히 드레스를 입은 채였다.

"안 벗고 뭐 해?"

세경이 못마땅하게 세지를 보며 표독스럽게 말했다. 그러나 세지는 세경의 잔소리 따위는 신경도 쓰지 않는 기색이었다.

"이리 와봐."

세지는 다짜고짜 세경을 끌어다 컴퓨터 앞에 앉혔다. 그리고 드레스 자락을 정성스럽게 정돈하고 그녀 옆에 다급히 앉았다.

"언니, 그 디자이너 이름이 마리오 에마누에레 맞지?"

세지는 그녀를 흘기고 있는 세경의 팔을 덥석 당기며 인터넷 뉴스를 가리켰다.

"그건 알아서 뭐 하게? 빨리 드레스나 벗어."

"맞지? 에마누에레."

세지는 손가락으로 인터넷 기사의 한 부분을 가리켰다.

"죽었대."

"알아. 얼른 벗기나 해!"

세경은 세지의 팔을 잡아당겼다.

"이 사람 마지막 유작이 뭔지 알아?"

세지는 흥분했다.

"왜, 내 거라도 돼?"

그제야 관심이 좀 생긴 세경은 인터넷을 들여다보았다. 화면에는 결혼식에 자신이 잠깐 입었다 벽에 걸어놓았던, 그리고 해윤이 찾으러 온 것임과 동시에, 지금 세지가 입고 있는 그 드레스 사진이 떠 있었다.

"이거 값이 얼만 줄 알아?"

눈 화장을 두껍게 한 세지가 눈을 크게 떴다. 자신의 동생인데도 경악스러운 화장이다.

"원래 비쌌어, 그 드레스. 빨랑 안 벗을래?"

세경은 버럭 소리쳤다.

"이거 1억이 넘어!"

세지는 경악해 소리쳤다.

"뭐?"

놀란 세경은 세지를 밀쳐내고 컴퓨터를 들여다보았다.

"언니 것도 가격이 오르겠지만, 기사 내용으로 볼 때, 그 드레스는 품위가 별로 없어서 많이 안 오르겠어. 진짜 중요한 건, 이 드레스 가격이 현재 그렇다는 거고, 지금 영국 왕실에서 이걸 찾고 있대! 다음 차기 왕세자비 결혼식에 이걸 입히겠다고 수배 중이래. 그럼 이 드레스 가격이 얼마나 될지 상상이 돼?"

"네가 입었던 게?"

세경은 믿을 수 없는 표정으로 세지가 입은 드레스 자락을 들춰보았다.

"뭐가 1억이라는 거야?"

스태프로 보이는 남자가 불쑥 끼어들었다.

"꺼져!"

세지가 흥분하며 인터넷을 손으로 가렸다. 세경도 흥분이 되었다. 동공이 풀리고 입술이 바짝바짝 타들어갔다. 이렇게 비싼 드레스였어? 그래서 해윤이 그렇게 찾으려고 안달이 났던 거야? 약혼녀가 패션 디자이너라고 하더니 이런 선견지명이 있었던 모양이다.

세경은 마른 침을 꼴깍 삼켰다.

"우리, 이거 가지고 있다가 영국 왕실에 전화하자."

세지는 세경의 두 손을 꼭 잡았다. 영어라고는 '땡큐'밖에 모르는 게 전화는 무슨.

"안 돼. 벌써 임자가 찾으러 왔어."

세경은 세지 때문에 더불어 흥분하여 솟아나려는 어깨를 억지로 누그러뜨리며 대답했다. 하지만 시선은 인터넷 기사에 쓰인 가격에 꽂혀 있었다.

"뭐? 그래서 찾으러 온 거야?"

세지는 드레스 자락을 와락 끌어안았다. 입는 동안 제 것인 줄로 착각했나 보다.

"그러니까 얼른 벗어."

세경은 마음을 다잡으며 인터넷 기사에서 겨우 눈을 떼었다.

"내가 며칠을 입은 건데. 내 냄새가 밴 거란 말이야."

세지는 울상을 지었다.

"그래서 네 거라고?"

세경은 한심하게 세지를 바라보았다. 가수가 되고 싶어 안달이 났던 애가 이젠 드레스 가격에 안달이 나 눈이 뒤집혔다.

"그냥 돌려줄 거야?"

세지는 '아니지? 다른 구상이 있는 거지?' 하는 눈으로 세경의 눈을 간절하게 들여다보았다.

"그럼. 주인이 찾으러 왔는데 돌려줘야지."

세경의 말에 세지는 더욱 강하게 드레스 자락을 끌어당겼다.

"그 사람이 드레스 주인이란 증거가 어딨어?"

"뭐?"

세경은 눈을 끔벅였다.

"이 드레스 임자가 그 사람이란 증거를 봤냐구. 혹시 영국 왕실이나 다른 사람들이 탐내서 가지러 온 건지도 모르잖아."

"그건……."

그렇다. 약혼녀 어쩌구 하는 얘기는 들었지만 상황이 이렇게 되고 보니 그가 진짜 주인이 아닐 수도 있다는 생각이 들었다. 영국 왕실의 숨은 한국인 변호사로서 드레스를 찾아오라는 임무를 띠고 왔을 수도 있고, 다른 조직에서 드레스를 주문한 사람에 대해 알고 빼앗으러 온 건지도 모른다. 그에 대해 아는 것이라곤 그가 입으로 말한 그의 이름과 직업뿐이었다. 그가 말한 약혼녀가 그 드레스를 주문한 사람이란 것도 알 수 없는 것이다. 주문서를 보지 않고는. 이제라도 주문서를 보여달라고 해야 하나?

갑자기 세경은 이상한 생각으로 현실을 회피하기 시작했다.

"언니, 냉정하게 생각해. 어쨌거나 이건 언니한테 온 거야. 언니 거라구."

아깐 제 것처럼 굴더니 이젠 언니 거란다.

세지는 드레스 자락을 잡은 손으로 세경의 두 손을 감쌌다. 세경의 손등에 드레스의 실크 자락이 부드럽게 느껴졌다. 마음이 흔들리려고 한다.

"하지만, 내 건 집에 있어."

그러고 보니 그는 자신의 드레스도 가져왔다. 그럼 그 사람들 것이 맞는 것 같은데. 하지만 1억이란 공시가를 보았던 마음은 쉽게 가라앉지 않았다.

"그 드레스는 불태워 버려."

세지가 단호하게 말했다.

"뭐?"

"이게 언니 거라고 우기라고. 아니면!"

"아니면?"

"협상을 해. 그냥은 못 돌려줘. 1억이야. 생각해봤어? 이게 몇 배로 뛴 건지. 또 공시가가 1억이지 경매에 붙거나 영국 왕실에 가져다주면 얼마나 더 뛸지는 아무도 몰라."

세지의 눈이 달러 마크가 '챙! 챙!' 나타난 슬롯머신으로 바뀌었다. 애가 아주 맛이 갔다.

"너 이렇게 무서운 애였어?"

세경은 눈살을 찌푸렸다. 적어도 애랑 같은 급이 되진 말아야겠다는 생각이 번쩍 들었다.

"내가 뭐? 세상을 언니보다 더 제대로 배운 거지. 이 바닥이 원래 그런 데잖아. 돈이 있는 만큼 더 잘될 수 있는 데라고."

"돈보다 재능이야. 그리고 노력이고."

세경은 목소리에 힘을 주었다.

"그런 노인네 같은 말 좀 하지 마. 지겨워."

세지는 진저리를 쳤다.

"시끄러워. 어서 드레스나 벗어. 밖에 그 사람이 기다리고 있어."

어쩐지 자신의 목소리가 침울해지는 것 같았다. 역시 아까운 건가? 드레스 따위 어떻게 되든 상관없다고 했었는데 마음이 지 혼자 이리 갔다, 저리 갔다, 갈팡질팡하는 것 같았다. 아무리 잘난 척해도 역시 인간은 어쩔 수 없는 속물인가.

"흡! 그 사람이, 밖에 있다고?"

세지는 눈앞에 그 사람이 나타나기라도 한 듯 당황하며 드레스 자락을 움켜쥐었다. 여차하면 튀겠다는 몸짓이다.

"너 그러니까 정신병자 같애."

"상관없어. 드레스만 지킬 수 있으면."

제 것도 아닌 남의 드레스에 대한 보호 본능이 이상하게 튀고 있는 것 같다. 탐욕 본능이라고 해야 하나?

"야!"

세경은 정색을 했다. 핏줄이 이 모양이라 두 자매가 안팎으로 속물티를 내고 있는 것 같아 기분이 좋지 않았다. 이럴 때는 얼른 원인을 없애는 게 상책이다.

"벗어!"

세경은 세지를 향해 눈을 부라렸다.

"언니~"

세지는 울상을 지었다.

"여기서 내가 벗길까?"

세경은 눈에 더욱 힘을 주었다. 그러자 세지는 풀이 죽었다. 잠깐이지만 갑작스런 돈벌이에 마음이 성층권을 뚫었다 온 모양이다.

"알았어. 기다려."

울상이 된 세지는 드레스 자락을 잡고 자리에서 일어났다. 그리고 고개를 푹 숙인 채 옷가방을 주섬주섬 들고 사라졌다.

세경은 세지가 앉았던 자리로 옮겨 앉았다. 컴퓨터 화면에 세지가 입고 있던 드레스 사진이 띄워져 있었다. 세경은 착잡하게 화면을 들여다보았다. 진짜 비싼 거구나. 가치가 이 정도라면 그의 약혼녀가 무척 기다리고 있을 것이 분명했다.

세경은 시계를 들여다보았다. 그리고 세지가 나간 문을 바라보았다. 주위에는 행사 뒷정리로 사람들이 분주했다.

드레스 상태를 제대로 보지 못했다. 세경은 자리에서 일어나 세지가 나간 문으로 걸어갔다. 한 여자가 문을 열고 들어왔다.

"탈의실은 어느 쪽에 있나요?"

세경이 조심스럽게 물었다.

"저쪽이요."

그녀는 구석에 있는 커튼이 쳐진 곳을 가리켜 보였다. 뭐야, 밖으로 나갔는데. 그럼, 화장실로 갔나?

"아, 그럼 화장실은……?"

"화장실은 저쪽 문으로 나가서야 돼요. 이쪽은 체육관 밖으로 나가는 출구거든요."

그녀는 반대쪽 문을 가리키고 사라졌다. 순간 세경은 심장이 심하게 펌프질하는 것을 느끼며 세지가 나갔던 문을 스륵 밀었다. 문이 열린 눈앞에는 체육관의 주차장이 훤히 내다보였다. 오 마이 갓! 이 계집애가 제대로 돌았구나!

주차장에 차들이 꽉꽉 들어차 있고 오가는 사람들 중에는 화려한 분장을 한 사람들도 눈에 띄었다. 무슨 행사인지 몰라도 사람들이 하나같이 들떠 있다.

차 조수석에 길게 누워 지나가는 사람들을 구경하던 해윤은 몸이 찌뿌듯해 차에서 내려섰다. 그리고 상체를 이리저리 돌리며 체조를 했다. 그때 한 여자가 드레스 자락을 나풀거리며 스쳐 갔다. 손에는 전혀 안 어울리는 배낭을 들고서. 꽤 가지가지 분장들을 하고 있군. 퍼레이드라도 있는 건지. 아니면 드라마 촬영?

해윤은 호기심에 슬쩍 뒤를 돌아보았다. 행인들 말고는 아무도 없었다. 그런데 찰나적으로 달려가는 그 느낌이 어쩐지 익숙하다는 생각이 들었다. 얼굴도, 드레스도.

해윤은 달려가는 여자를 다시 쳐다보았다. 낯설지 않은 그녀는 주차장을 두리번거리다 그대로 주차장 출구를 향해 달려갔다. 그 얼굴은, 크리스마스트리처럼 반짝이는 진한 화장을 하긴 했지만 세경을 찾으러 그녀의 집에 갔다 마주친 동생이 분명했다. 그리고 그녀가 입은 드레스는 예린이 주문했던 바로 그 드레스와 너무 닮았다.

해윤은 서둘러 주위를 둘러보았다. 세경은 보이지 않았다.

"이봐요! 아가씨!"

해윤은 반사적으로 달리는 그녀를 향해 팔을 뻗으며 소리쳤다. 그때, 뒤에서 세경의 목소리가 들렸다.

"누가 쟤 좀 잡아요!"

그녀의 외침에 세경을 본 해윤은 그녀를 향해 다급하게 물었다.

"동생?"

세경은 고개를 끄덕였다. 순간 정신이 번쩍 든 해윤은 드레스를 입고 달리는 세경의 동생을 뒤쫓아 달리기 시작했다. 그러자 자신을 쫓는 사람이 있다는 생각이 육감적으로 들었는지 뒤를 힐끗 본 세경의 동생은 가속도를 붙여 더욱 필사적으로 달리기 시작했다.

"거기 서!"

해윤이 다급하게 소리쳤다.

세경의 동생은 주차장 출구의 모퉁이를 돌았다. 해윤도 가속도가 붙은 걸음으로 드리프트하며 날렵하게 모퉁이를 돌았다. 그 순간, 해윤의 눈앞에 강후의 손에 갓 잡힌 잉어처럼 팔이 낚여 올라간 세경의 동생이 나타났다. 해윤은 우뚝 멈춰섰다.

"뛰지 않고 뭐……!"

해윤의 뒤를 무방비 상태로 달려오던 세경이 해윤의 등에 정면으로 부딪혔다.

픽!

"악!"

세경은 부딪힌 얼굴을 감싸며 허리를 접었다.

"괜찮아?"

"괜찮아?"

해윤과 강후가 동시에 물었다. 세경은 코를 움켜쥐고 천천히 고개를

들었다. 그러자 강후와 해윤은 눈이 휘둥그레지고 말았다. 그리고 손목
이 잡힌 세경의 동생은 벌게진 얼굴로 씩씩거리며 강후를 못마땅하게
쏘아보다 세경을 돌아보곤 경악하며 소리쳤다.

"언니! 코피 나!"

세지의 가방에서 휴지를 찾아 코를 막은 세경은 동생의 손을 잡고 있
는 강후를 당황스럽게 바라보았다.

"당신이 어떻게……."

세경은 서둘러 강후에게 팔을 잡힌 세지의 다른 손목을 잡아당겼다.

"앗! 언니, 아퍼!"

세지는 엄살을 떨며 잡힌 팔을 비틀었다.

"시끄러워!"

세경은 세지를 향해 눈을 부릅떴다. 그러자 세지는 자신을 잡은 강
후를 원망스럽게 노려보았다.

"누구세요?"

"아까 전화했잖아. 언니 친구라고."

강후는 세지를 향해 빙긋 웃었다. 찾는 사람이 많아 인기에 진저리가
나는 것처럼 말하더니 이 남자 전화를 받은 거였어?

"세지 번호는 어떻게 알았어?"

세경이 얼떨떨하게 물었다.

"너네 기획사에서 알아봐줬어. 너네 엄마랑도 통화하는 것 같던데."

충성스러운 사장님. 1등 고객을 위해 집에까지 전화를 하다니. 명절

에도 좀 그렇게 해주지.

"댁이 드레스 주인이었어요?"

세지는 해윤을 가문의 원수인 양 돌아보며 앙칼지게 물었다.

"아마도."

해윤은 냉랭하게 고개를 끄덕였다.

"자매가 드레스만 입으면 달리고 싶은 욕구를 주체하지 못하나? 왜들 그래?"

해윤은 두 여자를 한심하게 바라보았다. 할 말이 없는 세경은 철딱서니 없는 세지만 노려보았다. 세지는 잡힌 게 억울한지 볼을 잔뜩 부풀린 채 세경의 시선을 외면했다. 해윤은 그런 세지가 입은 드레스를 뜨악하게 훑어보았다. 그러다 드레스 밑단을 부여잡고 소리쳤다.

"드레스 꼴이 이게 뭐야!"

"빨면 지워져요."

세지는 무책임하게 대꾸했다.

"이게 얼마짜린 줄 알아?"

해윤은 버럭 성질을 냈다.

"그거 1억이 넘는다면서요?"

세지는 잔뜩 인상을 썼다.

"헤엑. 벌써?"

해윤은 벌어진 입을 다물지 못했다.

"뭐야, 그렇게 비쌀 걸 알았다는 거예요?"

세경이 불쑥 소리쳤다.

"그걸 모르면 병신이게? 내가 왜 공포증까지 있는 비행기를 타고 왔는데!"

"그럼 진작 말해주면 좋잖아요!"

"그럼 네 동생이 아니라 네가 입고 튀었겠지!"

해윤은 얼굴을 세경에게 와락 들이대며 냅다 소리쳤다.

"날 뭘로 보고!"

세경도 발끈했다.

"드레스만 입으면 튀는 여자지!"

"이것 봐요!"

세경은 펄펄 뛰다 저도 모르게 세지 손목을 놓아버렸다. 그러자 세지는 순간을 놓치지 않고 잽싸게 몸을 돌렸고, 해윤이 그런 그녀의 손목을 빛의 속도로 탁, 잡았다.

세지는 억울한 얼굴로 해윤을 흘겼다. 하지만 그들의 그런 모습은 폭풍 열 받은 세경에게 보이지도 않았다.

"지금 날 뭘로 봤다는 거예요? 내가 그 정도로밖에 안 보여?"

세경은 칼 같은 눈을 하고 해윤에게 바락바락 소리쳤다.

"난 최소한 내가 당신한테는 믿음이 있을 거라고 생각했어요. 그런데 뭐라구요? 내가 드레스 감출까 봐 말을 안 했다구? 도대체 날 뭘로 보는 거예요?"

격분한 세경은 주위 시선도 아랑곳하지 않고 악을 썼다.

"최소한, 믿음이 가게 보여준 건 없지, 네가!"

해윤도 세경에게 맞서며 손가락으로 쑤실 듯이 그녀를 가리켰다. 세경은 뜨거운 콧김을 내뿜으며 그를 노려보았다.

그때 강후가 끼어들었다.

"두 사람, 사귀는 거 아니지?"

그의 냉철한 말에 순간 강후를 바라보는 세경의 콧구멍에서 휴지 포탄이 슝— 하고 발사되었다.

해윤과 세경은 동시에 강후를 당혹스럽게 돌아보았다. 뭐라고 말해야 할지 난감했다. 계속 사귀는 척하라고 눈짓을 보내는 것도 어색했다. 특히 이 상황에서. 또 그래 봤자 해윤은 기분 상할 말만 지껄일 게 분명했다.

갑자기 강후는 세경의 손목을 잡았다. 세경은 화들짝 놀랐다.

"얘기 좀 해."

강후는 세경의 눈을 보며 말했다.

"할 말 없다니까."

세경은 그에게서 시선을 돌리며 잡힌 팔을 비틀었다. 그러나 강후는 세경의 손목을 잡은 손에 더욱 힘을 주었다. 그때였다. 해윤이 세경의 다른 손목을 잡아당겼다. 세경은 당황하며 해윤을 돌아보았다.

"내 여자한테서 손 떼지?"

세경의 손목을 잡은 해윤은 강후를 노려보았다. 그러자 강후는 피식 웃었다.

"두 여자를 다 잡고 계시네? 그래서 일이 되겠어? 하나는 놓지 그래?"

강후는 해윤을 향해 여유롭게 말했다.

순간 해윤의 눈빛이 흔들렸다. 드레스 입은 세지를 절대 놓을 리 없는 남자였다. 그런데 여기서 자신을 놓으면 그야말로 망신이었다.

"이거 놔요."

세경은 두 사람이 잡은 손목을 당기며 비틀었다. 그러나 해윤도, 강후도 그녀의 손목을 잡고 놔주지 않은 채 불꽃 튀는 신경전을 벌였다.

"일이 안 될 것도 없어. 오히려 이 두 여자가 난 다 필요하니까."

강후에게 호기롭게 말한 그는 세경을 돌아보았다.

"벗겨."

해윤은 그녀에게 턱짓으로 세지를 가리켰다.

"네?"

세경은 황당했다. 여기서? 당장?

"내가 벗겨, 그럼?"

"아, 아니요."

세경은 강후에게 잡혔던 팔을 당겼다. 그러자 강후는 어쩔 수 없는 듯 세경을 놔주었다.

"안 벗어! 난 절대 안 벗을 거야!!"

세지는 끝까지 앙탈을 부렸다.

"벗게 될 거야."

해윤은 세지를 무섭게 바라보며 두 여자를 끌고 체육관으로 들어갔다.

해윤은 마치 애가 나오는 분만실 앞을 서성이듯 여자 화장실 앞을 서성거렸다.

"안 벗어! 절대 안 벗어! 내 몸에 손대지 마!"

"시끄러워! 맞아야 정신 차릴래?"

화장실에서 세지와 세경의 말다툼 소리가 흘러나왔다. 지나가는 사람들이 화장실을 수상하게 흘깃거리며 지나쳐갔다.

"잘하면 경찰서에 신고 들어가겠네."

맞은편 벽에 기대 서 있던 강후가 혀를 찼다.

"무슨 드레스길래 그렇게 악착같이 찾아? 혹시 변태? 여자 드레스 모으는?"

"바이엘 씨는 상관 말지? 나름 고충이 있는 드레스니까."

해윤은 그를 따갑게 쏘아보았다.

"저리 안 가? 가까이 오면 확 찢어버린다?"

세지가 엄포를 놓는 소리가 흘러나왔다.

"안 돼!"

해윤은 당장이라도 화장실에 뛰어 들어갈 듯 경직된 몸을 세웠다.

"맞아야 정신 차릴 거야?"

세경의 고함소리가 들렸다. 그리고 이어 '찰싹!' 하는 소리도 들렸다.

"진짜 때렸네, 저 여자?"

강후는 기가 차 웃었다. 반면 해윤은 초조하게 화장실을 바라보았다. 자신은 그럴 수 없겠지만 세경이 때려서라도 벗겼으면 하는 바람이 가득했다.

"반지, 봤어?"

강후는 해윤을 향해 건조하게 말했다. 드레스의 분만을 노심초사하던 해윤은 '뭔 소리야.' 하며 그를 돌아보았다.

"혹시 세경이가 마음의 결정을 했나 해서."

강후는 어깨를 으쓱했다. 반지에 대한 자신감으로 어깨가 우뚝 섰다.

"심부름센터 직원이 와서 꽃다발 주고 가는 것도, 반지 상자 하나하나 여는 것도 다 봤지. 그리고 반지들을 쓰레기봉투에 쓸어담듯 담는 것도 봤고. 왜 노래는 안 시켰어? 공연 기획하는 여잔데, 그 정도는 해 줘야 감동하지?"

"예전에 수도 없이 그 여자한테 피아노 연주까지 했던 몸이야. 그건 식상해서."

"그 여자는 생각이 다르던데? 유치한 프러포즈를 상상하는 걸 보면."

"유치한 프러포즈?"

강후가 궁금함에 눈을 반짝였다. 아싸, 이 자식은 모르는 모양이다. 우위 선점이다.

"내가 내 입으로 그런 걸 발설할 멍청한 놈은 아니니까, 나한테 알려고 들지 마."

해윤은 거드름피우듯 어깨를 곧추세웠다. 왜 아까 세경의 손목을 잡으며 저 자식이 그녀를 끌어가는 걸 막았는지 모르겠다. 굳이 정의를 내리자면, 동물의 세계를 빗댔을 때 볼 수 있는 수컷끼리의 기 싸움? 아주 단순한 거라고 생각한다. 지금도 마찬가지고.

"근데 말하는 내용은 왜 그렇게 살벌하실까? 도저히 사귀는 사람들이라곤 볼 수 없는데."

이 자식은 여전히 자신의 말을 믿지 않는 것 같다.

"그건 스타일이라고 해두지. 누구나 한결같진 않으니까. 제발 부탁인데, 예전에 반응하던 저 여자의 모습을 지금 우리의 모습에서 찾으려고 하지 말아줬으면 해. 난 바이엘 스타일, 개인적으로 무척 싫어해."

"지강후야."

그가 미간을 좁히며 말했다.

"알고 싶지 않고. 바이엘, 너는 여자한테 씻지 못할 잘못을 했어. 그런 놈이 반지 몇 개로 용서받으려고 해?"

"이제 시작일 뿐이야. 단정적으로 말하지 마."

제 과거사를 듣는 게 거북한 모양이다. 그걸 배려할 마음 또한 없다.

"너야말로 단정적으로 우리 사일 보지 마. 기분 나쁘니까."

"그럼 그쪽에서도 프러포즈해 보시지. 누가 선택될지는 아직 장담하기 이를 거 같은데."

저 근본도 없는 자신감이 부럽다.

"그게 누가 하라 마라 해서 하는 건 아니지."

이 자식 페이스에 말리면 안 된다.

"왜, 걱정되시나?"

순간 욱하는 것이 목구멍을 치고 올라왔다.

"누가 진대?"

"그럼 나도 기대하지."

강후는 될 리 없다는 듯 코웃음을 쳤다. 마치 너희들의 쇼를 다 알고 있다는 듯.

"그 기대, 저버리진 않겠어."

해윤은 그의 가슴에 새기듯 말했다. 그때, 화장실에서 훌쩍이는 소리가 커지면서 우는 세지와 지친 기색이 역력한 세경이 나왔다. 세지는 여전히 드레스를 입은 채였다. 제기랄.

"난 절대 안 벗을 거야. 난 언니랑 다르다구. 멍청이가 아니란 말이야!"

인정! 쌍수 들고 인정하겠다.

"좋아. 딜을 원하나 보네. 바라는 걸 말해봐."

해윤은 최대한의 인내심을 발휘하며 세지에게 다가갔다.

그때 해윤의 전화벨이 울렸다. 해윤은 다급히 전화를 받았다.

"여보세요?"

"어디야?"

예린이었다.

"평창이라고 했잖아."

순간 해윤은 반사적으로 강후를 돌아보았다.

"평창 어디."

말이 짧다. 누굴 제 수하 대하듯 하는 건지 모르겠다. 기분이 확 상했다.

"어디라면 알아?"

"비서가 알걸? 나 지금 평창이야."

"뭐?"

해윤은 비명처럼 되물었다. 그러면서 자신을 걱정스럽게 바라보고 있는 세경을 돌아보았다.

제목 : **어디 있는 거야?**

From : 오예린〈onlyme@hotmail.com〉

To : 조해윤〈winnerhy@robert&july.com〉

where are you?

할아버지한테 어떻게 말한 거야?

나 재봉질 하다 말고 한국으로 쫓겨가는 중이야.

웬 재봉질이냐구?

내 웨딩드레스가 훼손된 악몽에서 벗어나질 못하고 있어.

며칠 동안 단 뜯긴 드레스가 울면서 날 따라다니는 꿈만 꾼다구.

생각만 해도 소름끼쳐.

그래서 잠시 덮어놓았던 디자인 북 뒤져서 옷을 만들고 있어.

그런데, 나 옷 되게 잘 만드는 것 같아. 디자인은 말할 것도 없고.

상류층 2세들 모임 때 잠깐 내가 만든 원피스 입고 나갔었는데, 어디거냐고 난리도 아니었어.

이럴 때 당신 같았으면 걔들이 나 놀리는 거라고 말했겠지?

그런데 진심이었어.

자기 것도 만들어 달라고 사이즈 적어준 애도 있다니까.

미쳤어? 내가 지 옷을 왜 만들어줘?

그런데 말이야, 나 정말 센스는 있는 것 같아.

돈만 없는 애라면 당장 옷 만들어 팔 생각 할 텐데.

돈이 꿈을 접게 하나? 이 말은 좀 슬프다.

어머, 방금 내가 근사한 말도 했어. 멋지지?

난 정말 센스가 넘치는 여자인가 봐.

9. 악마는 드레스를 입는다

해윤은 평창에 갓 지은 스윗 네스트 호텔에서 예린을 만났다. 예린이 그들을 그 호텔의 VVIP 룸으로 불렀기 때문이다.

"이 호텔이라면 나도 골든 회원인데. 여러 가지 할인 쿠폰이 있다고 자랑해도 될까?"

호텔 앞에 도착하자 세경이 상황의 중차대함을 모르고 떠들었다.

"한국 방문의 해라고 방 없다는 말을 또 들을지도 모를 일이지."

해윤이 투덜투덜 세경의 말에 대꾸했다.

체육관 화장실 앞에 모여 있던 모두가 예린이 정한 호텔로 옮겨갔다. 강후는 옮겨갈 이유가 없음에도 세경과 할 말이 있다는 이유로 끝까지 따라왔다. 거머리 같은 자식.

상황이 바뀌었다. 그제까지만 해도 자신 때문에 강후가 초조해하는 걸 재미있게 지켜보았는데 이젠 그의 눈에 이 상황이 무척 재미있는 듯했다. 그리고 자신에 대한 의심도 늦추지 않고 있어서 강하게 떼어내지 못했다.

호텔에 도착하자 선글라스를 쓴 예린은 보풀 같은 머플러를 목에 깁

스처럼 두르고 거만하게 서서 드레스를 입은 세지를 아주 못마땅하게 바라보았다. 선글라스를 쓴 얼굴이 그럴진대 선글라스를 벗으면 눈에서 레이저가 나와 세지든 드레스든 태워버릴 것만 같았다.

예린 뒤에는 예린의 수행비서 크리스틴이 예의 검은 정복을 입고 서 있었다. 해윤은 그녀를 향해 눈인사를 했다. 그녀는 해윤에게 측은한 미소를 지었다가 이내 날려버렸다. 뭐야, 저 재수 없는 미소는. 이래저래 못마땅한 커플의 방문이다.

"저 여자가 왜 내 드레스를 입고 있어?"

예린은 세지에게서 눈을 떼지 못하고 날카롭게 물었다. 세지도 자신을 보는 예린을 삐딱하게 째려보고 있었다.

"사정이 있었어. 곧 벗을 거야."

해윤은 이마를 쓸며 난처하게 대답했다.

"안 벗어!"

세지는 두 주먹을 불끈 쥐고 소리쳤다. 그러자 세경은 세지의 드레스를 살짝 들고 구둣발로 세지의 발을 꽉 밟았다.

"아얏!"

세지는 제 언니를 향해 눈을 부라렸다. 이런 상황에선 대화가 되지 못할 것 같다. 또 지금의 상황을 매의 눈으로 관찰하고 있는 강후도 신경에 거슬렸다.

"잠깐 나랑 가서 얘기 좀 해."

해윤은 예린의 팔을 잡아당겼다. 세경은 그런 그들을 말없이 바라보고 있었다.

"드레스가 여기 있는데 어딜 가자는 거야. 드레스가 안 보이는 데는 한 걸음도 못 움직여."

예린은 단호했다.

"크리스틴이 있잖아. 맹물인 너보다 무술 유단자야. 더 든든하지 않아?"

해윤의 설득에 예린은 짜증스런 콧김을 뿜더니 크리스틴에게 잘 지키라는 눈짓을 하고 해윤과 옆방으로 옮겨갔다.

"갑자기 왜 왔어?"

해윤은 싸늘하게 물었다.

"할아버지한테 혼났어. 드레스 따위 찾는 데 당신을 혼자 보냈다고. 연애 기간도 짧은데 꼭 붙어 다니라고 엄포를 놓으셔서 쫓기듯 왔어. 당신이 할아버지한테 나 보내 달라고 했어?"

설마.

"아니."

결혼할 사이는 맞지만 주머니에 넣고 다니고 싶은 여자는 아니다.

"사업하시는 분이 드레스 따위라니. 내 안목을 뭘로 보고."

예린은 제 드레스가 폄하된 것에 치를 떨었다. 드레스가 엄청 감격하시겠다.

"남자들은 그렇지."

해윤은 귀찮은 애완동물이 하나 더 는 기분에 지금까지보다 더 무게감 있는 피로가 몰려왔다. 귀찮은 건 뭐든 질색이다. 사람이든 동물이든.

"그래도 가치쯤은 매길 줄 알잖아? 한국에는 기사 안 났어? 내 드레스, 지금 엄청 유명세 타고 있어. 그걸 모르는 사람들이 있을지도 모른다고 생각하니 겁이 덜컥 나더라. 그런데, 봐. 걱정이 현실이 됐어. 저 여자 뭐야? 왜 내 드레스를 입고 안 벗겠대? 혹시 미친 여자야?"

예린은 불쾌해했다.

"그 기사를 나 대신 저 여자가 본 것 같아. 그냥은 못 주겠대. 여기서 네 드레스의 가치를 너와 동급으로 아는 유일한 애야. 존중해."

해윤은 한숨 쉬듯 말했다.

"도대체 일이 왜 이렇게 꼬이는 거야?"

내 말이. 하지만 세경보다 더 꼬이겠는가 싶어 실소도 나왔다.

"얼마면 된대?"

당장 지갑을 열어 백지 수표라도 써줄 태세다.

"설득하고 있어. 조금만 기다려 봐."

"필요 없어. 돈으로 해결하는 게 제일 빨라."

담배만 물면 딱 오 회장 같겠다. 이래서 핏줄이 무서운 거다. 아이를 갖기 싫은 결정적인 이유 되시겠다.

"얼마든, 줄 거야?"

해윤은 인상을 찡그렸다.

"드레스가 1억 이상의 값어치가 있다는 걸 알고 있어. 얼마를 바랄 것 같아?"

해윤은 혐오스럽게 예린을 바라보았다. 그런 눈빛을 아는지 모르는지 예린은 한심하다는 표정으로 말했다.

"제정신들이 아닌 사람들이네. 남의 드레스 가지고 거래를 하려고 하다니. 변호사가 뭐 하고 있었어? 저런 정신병자들 처리 못하고?"

정신병자. 그들을 처음 봤을 때 해윤이 느꼈던 게 바로 그것이다. 그런데 지금, 밖에 있는 저들보다 이 여자가 더 심각해 보인다. 누굴 삼류 마피아로 취급하는 거야?

"넌 내가 한국에 와서 어떤 일을 당했는지 궁금하지도 않아? 이렇게 갑자기 나타나서 고작 하는 말이 그거야?"

이런 여자와 반평생을 살 생각하니, 숨이 조여오는 것 같다.

"당신이 온 목적이 이거잖아. 그런데 뭐? 정작 일도 제대로 못했으면서. 나 피곤해. 드레스 말고도 한국에서 할 일이 있단 말이야."

"일?"

불길하다.

"할아버지 전화 못 받았어? 이번에 평창 동계 올림픽 대회 스폰서로 할아버지네 회사가 나서기로 했어. 근본적인 스폰서 이유는 한국에 회사 지점을 차리시겠다는 거고. 한국에 있는 김에 당신이랑 물망에 오른 회사 위치랑 공장입지, 뭐 그런 거 둘러보고 가야 해."

해윤은 경악을 금치 못했다.

"그런 일들을 너한테 맡기셨다고?"

"물론 당신이 도와주는 조건이야. 할아버지가 당신 엄청 믿으시더라. 한국에 당신 명의로 로펌까지 낼 준비 중이시던데?"

로펌? 심장이 터질 것만 같았다.

"그런데 너, 결혼하고 나서 이혼할 거잖아. 그 로펌이 온전하겠어?"

"아, 말 안 했구나. 나 이혼 안 할 거야."

예린이 가볍게 대꾸했다. 마치 내일 입을 예정이던 옷을 바꾸는 것처럼.

"뭐?"

심장이 '뻥' 하고 터져서 찢어진 조각이 이리저리 흩어지는 것 같다. 얘 왜 이래?

뉴욕을 떠나온 짧은 시간 동안 거기서 무슨 일이 있었는지 당황스럽기만 했다.

"이유가 뭐야? 갑자기 내가 사랑스러워진 것도 아닐 테고."

해윤의 한쪽 눈썹이 일그러졌다.

"그 자식이 떠났어."

갑자기 예린은 배신감에 몸을 파르르 떨며 보풀 머플러를 움켜쥐었다.

"나만 있으면 좋다고 하던 놈이, 내 소식을 어떻게 들었는지 그새를 못 참고 배신하고 사라졌어."

순식간에 그녀의 뺨에서 눈물이 주룩 흘렀다. 눈물이라는 게 갑자기 이렇게 흐를 수도 있는 거였나? 갑자기 이 여자가 서정적으로 느껴진다. 그리고 점점 상태가 심각하다. 얘도 곧 엉길 스타일이 될 것 같다. 돌아버리겠다.

"이제 사랑 같은 거 안 믿어. 그딴 거, 개나 주라지. 누가 아쉬워할 것 같아?"

갑작스런 눈물이 멋쩍었는지 다급하게 눈물을 닦은 예린은 본래의 앙칼진 목소리로 말했다. 서정적이라는 말 취소다. 감정 변화가 급격할 뿐이다.

"인생 모토가 바뀌셨네?"

"그래서 사람 마음이라는 거야. 게다가 난 배신당한 불쌍한 애라구."

안아달라고 할 것 같아 해윤은 한 걸음 물러섰다. 일도 없이 사랑에 울고 돈에 웃는 여자라. 이 여자가 한심한 동시에 안쓰러웠다.

"차라리 네 일이라는 걸 해보지 그래?"

"뭐?"

예린은 뺨에 남은 눈물 자국을 서둘러 닦으며 해윤을 돌아보았다.

"감정에 그렇게 들쭉날쭉인 거, 일 같은 걸로 컨트롤해보는 건 어떠냐구. 떠난 남자 때문에 흘릴 눈물도 있다니 감동적이야. 하지만, 할아버지한테 평생 얹혀서 그렇게 남자 때문에 눈물 떨구고 살 널 생각하니 끔찍하다. 게다가 이혼 안 할 거라구? 그거 나하고 상의해야 하는 거 아니야?"

"상의? 무슨 상의? 결혼하는 건 맞잖아."

"하지만 내가 너랑 이혼할 일은 없다는 거 아니야?"

"뭐, 그런 셈이지. 당신이 할아버지 눈 밖에 나면 모를까. 그런데 지금, 당신에 대한 할아버지의 총애가 넘쳐흘러. 난 그게 더 마음에 들어. 당신 말대로 나도 심심해지면 뭔가 할지도 모르지. 그때도 당신이 있어야 할아버지가 날 믿고 밀어주시지 않겠어? 당신은 내 인생에 꼭 필요한 사람이라구. 잘해보자. 우리, 사랑은 없지만 의리 하나는 끝내줄 거야. 그치?"

생각이 단순하면 오래 산다더니, 얘는 100년 장수하겠다. 누구와 해로할지 모르겠지만 말이다. 이 여자와 결혼을 생각하지 않았던 게 아닌데, 갑자기 이혼할 수 없다는 것이 자괴감으로 밀려왔다. 도무지 그 이유를 알 수 없다.

"여긴 엄연히 너에겐 남의 나라야. 그러니 말썽 피우지 마. 그리고 저 여자는 1억이란 공시가를 봤으니 1억 이하는 콧방귀도 뀌지 않을 거야. 벗겨갈 수 있으면 벗겨가 봐."

해윤은 말을 마치고 예린을 방에 둔 채 돌아서서 방을 나왔다. 그리고 예린이 방을 나오기 전, 곧장 세지에게 다가가 그녀의 귀에 속삭였다.

"절대 벗지 마. 알았어?"

"예?"

세지는 제가 잘못 들었나 하는 눈으로 해윤을 올려다보았다.

"쉽게 벗으면 죽는다."

해윤은 그녀를 향해 어금니를 바짝 물어 보였다.

세지가 예린에게 호락호락하지 않았으면 하는 바람이다. 누구는 배배 꼬여 미칠 것 같은데, 누구에게만 수월하게 흘러가는 인생이라면 완전 병맛이다.

응원군도 생겼겠다, 세지는 절대 드레스를 벗지 않겠다고 인권선언문처럼 소리쳤다. 그러자 이마를 잡은 예린은 크리스틴에게 세지를 옆방으로 데려가라고 지시했다.

"어쩌려는 거예요?"

세경이 크리스틴의 팔에 끌려가는 세지를 막아섰다.

"여기서 벗겨?"

예린은 동의를 구하듯 강후와 해윤을 돌아보았다. 세경이 당황하자 예린은 어깨를 으쓱였다. 별수 없었다. 세경은 한숨을 내리 쉬며 비켜섰다.

"내 동생 몸에 손톱만큼이라도 상처 나봐요. 바로 신고할 테니까."

세경은 예린을 차갑게 경고했다.

"벗기만 하면 돼."

예린은 세지를 향해 충고하듯 말했다.

"누가 벗는대?"

세지는 드레스를 움켜잡았다. 세지의 행동에 못마땅한 표정을 지은 예린은 크리스틴에게 데려가라는 눈짓을 했다.

"언니, 걱정 마. 나, 잘 버틸 수 있어."

세지는 굳은 의지를 다져 보이며 방으로 사라졌다. 일제 강점기에 태어났으면 독립운동가가 되고도 남을 소신이다. 그때 태어났다면 역사에 남기나 했을 텐데. 눈물겹다.

"가수 하지 말라고 엄마가 머리를 다섯 번이나 밀었었죠. 그때도 안 물러선 애예요. 아주 자랑스럽네요."

세경은 푸념하며 소파에 주저앉았다.

방에서는 예린과 세지가 실랑이 벌이는 소리가 들려왔다. 빽빽 소리치는 예린과, 악다구니 쓰는 세지. 무술 유단자 크리스틴에게도 세지의 드레스를 벗기는 건 불가항력일 것이다.

"그냥 벗으라고 해요. 왜 갑자기 벗지 말래?"

세경은 동생이 안에서 무슨 일을 당하는지 알 수 없어 걱정스러웠다.

"동생이 원하는 게 그거잖아. 하고 싶은 대로 두라고."

해윤은 썩은 표정으로 창가에 다가섰다.

"때리거나 하진 않겠죠?"

"그럼 드레스가 온전하겠어? 몸에 손 대진 않을 거야. 안심해."

해윤이 팔짱을 끼고 창밖을 내다보며 나지막이 말했다.

예린과 방에서 대화하고 나온 후로 그의 얼굴에 근심이 덩어리졌다. 결혼할 사이가 맞는데, 그 사이가 강후 앞에서 쇼하는 자신과 그보다도 못한 사이처럼 보였다.

"저 드레스가 뭐길래 이 난리인지, 이제 물어도 돼?"

그때까지 맨 뒤에 묵묵히 서 있던 강후가 물었다.

"안 갔었어?"

해윤이 탐탁지 않게 그를 쏘아보았다.

"내 여자가 여기 있는데 어디로 가?"

강후는 세경을 바라보며 말했다.

"내 여자?"

해윤의 이마에 핏줄이 빠직 섰다.

"결정이 안 났잖아."

강후의 목소리엔 여전히 자신감이 충만했다.

"누가 누구더러 내 여자, 어쩌구 하는 거야. 너한테 그 말, 유효기간 끝난 거 몰라?"

세경이 끼어들었다.

"넌 좀 잠깐 빠져."

강후의 목소리엔 자신감이 충만했다.

"뭐야?"

세경은 주먹을 불끈 쥐고 강후를 노려보았다. 그러자 해윤이 발끈했다.

"왜 저 자식은 안 때려? 차별해?"

"내가 그 말에 때렸던가요?"

세경은 해윤을 바라보는 눈에 힘을 주었다.

"전 남친이라 이거지? 나만 만만하군."

해윤은 '빌어먹을.'을 읊조리며 투덜댔다.

그때 핸드폰 벨소리가 울렸다. 세경이 들고 있던 세지의 가방에서 나는 소리였다. 세경은 얼른 전화를 받았다. 그러자 대뜸 버럭 소리 지르는 남자의 목소리가 들렸다.

"무대 빵구 낼 참이야? 왜 안 나타나?"

"아, 저기, 세지가 지금 사정이 있어서……."

세경은 두 손으로 핸드폰을 감싸 쥐며 굽신거렸다.

"누구요?"

전화기 너머 남자는 정색했다.

"전 세지 언니예요. 세지가 지금 급박한 사정으로 바로 갈 수가 없을 것 같아요."

세경은 예린과 세지가 옥신각신하는 방을 돌아보았다.

"아, 그런 건 나 모르고, 이미 계약금까지 받아놓고 이러면 안 되지. 고소할 거야!"

미치겠다. 고소당할 입장, 고소할 입장을 오락가락하다 보니 멀미가 날 지경이다.

"잠깐만요."

세경은 서둘러 세지와 예린이 있는 방문을 두드렸다.

"세지야! 너 오늘 행사 있어?"

"어! 왜!"

세지의 당당한 목소리가 문 저편에서 들려왔다. 감옥도 아니고 이게 무슨 황당한 의사소통이란 말인가.

"그거 빨리 오라고 전화 왔어!"

그러자 세지가 예린에게 소리치는 소리가 들렸다.

"안 들려요? 나, 가야 한다구요!"

"그럼 드레스 벗고 가!"

"싫어요!"

"그럼 못 가!"

"흥! 그럼 누가 겁낼 줄 알고?"

세지야, 그냥 벗어버려. 저 남자가 벗지 말랬다고 안 벗는 거야? 네가 언제부터 그렇게 말을 잘 들었다고.

세경은 한숨을 쉬며 전화기를 고쳐들었다.

"죄송해요. 세지가 아무래도……."

"뭐야, 이거 나 골탕먹이려는 수작 아니야? 진짜 고소할 거야!"

남자는 고래고래 소리쳤다. 핸드폰 스피커가 찢어질 것 같다.

"절대 그런 거 아니에요. 제가 도와드리고 싶지만……."

"그래? 그럼 언니라도 대신 와. 사이즈가 동생이랑 비슷해?"

"사이즈……요?"

갑작스런 물음에 세경은 제 몸뚱이를 내려다보았다. 키는 세지보다 조금 작지만 같은 옷을 입는다.

"뭐 그럭저럭……."

세경은 얼버무리며 해윤과 강후를 바라보았다. 그녀의 이상스런 통화 내용에 해윤과 강후가 이상한 눈으로 그녀를 보고 있는 참이었다.

"비주얼은? 아, 그런 건 됐고. 날 물 먹이려는 수작 아니면 당장 튀어 와."

"예? 전 노래도 잘……."

노래라면 집 나간 목소리가 돌아오지 않은 지 오래다.

"상관없어. 여기 읍내에 있는 올리브팜 레스토랑이야!"

이 계집애가 레스토랑에서 서빙이라도 하려고 했던 거야, 뭐야.

"거기가 어딘데요?"

"언니 있는 데는 어딘데?"

"스윗 네스트……."

"멀지 않네. 잡소리 집어치우고 당장 20분 내로 세지든 언니든 와야 돼! 늦으면 진짜 고소할 거야. 평창 경찰서에 내 조카가 있다고!"

뚝―!

그는 제 할 소리를 마치고 전화를 끊었다. 세경은 어리벙벙해 해윤을 바라보았다.

"내가 고소당하면 경찰, 이길 수 있어요?"

국제 변호사랑 있다고 하면 무조건 이길 수 있을까?

세경은 세지가 있는 방문을 다시 두드렸다.

"너 레스토랑에서 무슨 행사 있는데?"

"경매."

"경매?"

경매에서 어시스트라도 하나? 그런 거라면 자신 있지만.

"신경 쓰지 마. 이 옷에 대한 정당한 대가 받으면 그깟 계약금, 물어주면 그만이야."

세지는 당돌하게 말했다. 어디 가도 기죽지 않을 것 같아 다행스럽긴 하다.

"들었죠? 이 옷의 가치에서 내 계약금만큼 또 뛰었네요?"

이어 예린에게 지껄이는 세지의 목소리가 들렸다.

"이 아가씨가 진짜……."

세지와 예린의 말씨름이 다시 시작됐다.

세경은 침울하게 돌아섰다. 어쩌다 이런 사건에까지 휘말리게 됐을까. 살다 살다 동생 대타까지 뛰게 생겼다.

"난 일이 생겨서 가봐야겠어요."

세경은 힘겹게 가방을 챙겨들었다.

"어디 가는데?"

해윤이 다가와 물었다.

"세지 일 대신 해야 되겠어요. 당신 말고도 우리 두 자매 고소하고 싶은 사람들이 널렸네요."

세경은 가방을 둘러메며 호텔 문을 열었다.

"나도 가."

해윤은 두말없이 세경을 따라나섰다.

"여긴요?"

"여기서 뭐, 나더러 어쩌라고."

해윤이 주위를 둘러보았다. 하긴, 여기 있어도 답답한 분위기였다. 계속…….

"뭐, 원한다면."

"나도."

질세라 강후도 따라나섰다.

"당신은 그냥 사라져. 도움도 안 되는데."

세경은 그를 다시금 흘기고 방문을 나섰다. 그러자 해윤이 그에게 기세등등한 시선을 보내고 세경을 따라나섰다. 강후는 떨떠름하게 그들을 지켜보았다.

내비게이션을 따라 도착한 레스토랑 입구에는 '자매결연 낙도 돕기'라고 쓰인 커다란 현수막이 걸려 있었다.

"낙도 돕기 하는 경매인가 봐요."

세경은 현수막을 우러러보며 차에서 내렸다. 해윤도 따라 현수막을 보며 차에서 내렸다.

"저기서 네가 뭘 하는데?"

강후의 목소리에 놀라 돌아보니 강후가 제 차에서 내려서고 있었다.

"왜 따라와."

주위에 온통 말 안 듣는 인간들뿐이다.

"걱정되니까."

당연하지 않냐는 투였다.

"바이엘보다 변호사가 더 도움되지 않겠어?"

해윤이 비꼬듯 말했다.

"맞는 말이야. 넌 돌아가."

세경은 강후에게 일침을 놓고 레스토랑을 향해 걸음을 떼었다.

"내 마음이야."

휴~. 그래, 네 마음대로 해라. 누가 허락해서 돌아왔니. 말대꾸할 기력도 없다.

세경은 천근만근인 다리를 끌며 레스토랑으로 들어갔다.

해윤과 함께 레스토랑에 들어서니 꽝꽝거리는 음악이 실내를 내리찍고 있었고, 귀를 찢는 시끄러운 소음들을 헤집는 사람들로 홀 안은 발 디딜 틈도 없이 마구 붐볐다.

"곧 오늘 행사 중 가장 핫한 행사가 진행될 예정입니다. 자리에 앉아주세요."

한 사람이 다가와 정중하게 말했다.

"전 오늘 행사 때문에 왔어요. 한세지라고."

"아, 절 따라오세요."

직원은 무대로 가는 길로 세경을 안내했다.

"당신은 여기서 기다려요. 혹시 모르니까……."

세경은 해윤에게 가방을 맡기며 빠르게 말하고 직원을 따라갔다.

무대 뒤에서 세경은 전화 통화를 했던 사람을 만났다.

"옷이 그게 뭐야? 대단한 드레스가 있다더니."

장발의 머리를 질끈 묶은 카우보이 같은 남자는 불만스럽게 세경을 앞뒤로 뒤집어보았다.

"그건 제 동생이 입은 거예요."

"그래도 이건 너무한데? 어이, 이 여자 입을 옷 없어?"

남자는 단장이 한창인 여자들을 향해 소리쳤다. 그제야 주위의 여자들을 돌아본 세경은 깜짝 놀랐다. 경매 도우러 온 여자들이 하나같이 화려했다. 단순 경매가 아니라 경매 축제인가?

"여기 분위기가 왜 그래요?"

"분위기가 어때서? 강원도 청년회에서 야심차게 주최하는 거야."

카우보이 남자는 의욕이 충만했다.

"'야심차게'요?"

도대체 뭘 팔기에 '야심차게'일까.

누군가, 세경에게 분홍색 반짝이가 화려한 드레스를 주고 갔다. 경매는 점잖은 거 아니었나? 드레스가 좀 튄다. 그리고 보니 홀 사람들도 지나치게 경쾌했다.

"사진 찍고 나서 그대로 반납하러 오면 돼."

"사, 진요?"

무대 뒤는 이렇게 정신없는데 경매 어시스트 사진도 찍어? 경매 물건과 함께 기념 촬영이라도 하나? 의문투성이뿐인 경매다.

"언니는 세 번째가 좋겠어."

"세 번째에, 뭘 어쩌라구요?"

세경은 손에 들린 화려한 드레스를 들춰보았다. 어깨가 확 파인 짧은 드레스. 집에 있는 드레스와 비슷한 것이 딱 좋아하는 스타일이다.

"옷 갈아입고 와."

"네."

세경은 허둥거리며 탈의실을 찾아 옷을 갈아입고 나왔다. 카우보이 남자는 보이지 않았다.

한쪽에서 10명 가량의 여자들이 수다를 떨고 있었다. 미스코리아 대회라도 나가는지 부풀린 머리에, 화사한 화장을 한 여자들 틈에 서 있으려니 자신은 수수하다 못해 촌스러워 보이기까지 했다.

그때 카우보이 남자가 나타나 그들 앞에 섰다. 시계를 본 남자는 박수를 치며 이목을 집중시켰다.

"오늘 경매는 아주 건전한 목적을 위해 만들어진 아주 건전한 이벤트입니다. 여자를 상품화하네 어쩌네 하면서 흥분할 필요 없어요. 내일은 남자들 경매를 할 거니까."

가만, 이게 무슨 익은 무 썹다 이 빠지는 소리야?

"이따 저녁에 있을 파티에 같이 입장해서 사진만 찍으면 돼요. 다들 교육과 문화계에 몸담고 계신 점잖은 분들이고, 낙도 돕기를 홍보하는 차원에서 이색적으로 마련한 자리니까 너무 튀게 행동하지도 말아주세요. 자, 그럼 잘해봅시다!"

남자는 박수를 쳤다. 박수를 치는 여자들도 서로를 마주 보며 빙긋 웃었다.

"저기요. 이해가 안 되는데, 오늘 경매에 뭐가 올라가는 거예요?"

세경은 마지막 줄에 선 여자에게 조용히 물었다.

"아까 못 들었어요? 우리요."

헉!

너무 당황스러워 말도 제대로 나오지 않을 뿐더러 호흡도 곤란했다.

"이거 여자를 상품화하는 거 아니에요? 이런 걸…… 말도 안 돼요!"

세경은 펄쩍 뛰었다. 그러자 한 여자가 한심하게 세경을 돌아보았다.

"아까 말하는 거 진짜 못 들었어요? 나, 초등학교 교사예요. 내가 알바하러 나온 건 줄 알아요? 좋은 취지예요. 건전하게 끝날 거고."

하지만 세지는 알바로 나온 게 확실한데.

"하지만 계약금도……."

"아, 아가씨가 기획사에서 온 아가씨구나? 모집이 잘 안 돼서 이번 행사 맡은 기획사에 계약금 10만 원 올려주면서 초대했다더니……. 덕분에 평균 미모가 올라가겠구나 했는데, 당신이에요?"

10만 원 물어내야 할 비주얼이란 듯 그녀는 세경을 위아래로 훑어보았다.

"10만 원에…… 초대?"

목구멍에서 거품이 뽀글뽀글 올라오는 것만 같다. 그 10만 원 지금이라도 물어준다고 하면 안 되나? 계약금 전체를 물어줘야 하는 건가? 세경은 골치가 아팠다. 맞지도 않았는데 누구에게 세게 한 대 맞은 것처럼 어금니까지 얼얼했다.

무대 위에서는 이번 행사에 대한 취지를 설명하는 사회자의 목소리가 들렸다.

"건전한 이벤트니까 흑심 있는 남자들은 당장 꺼져!"

음악도 그렇고 캐리비언 해적에라도 빙의됐는지 걸쭉한 입담에 시건 방이 장난 아니었다. 저 소리를 해윤도 듣고 있을 것이다. 어떤 표정일까. 창피하다. 죽고 싶다. 세경은 손으로 얼굴을 감쌌다.

뒤에선 준비를 마친 여자들이 일렬종대로 앉기 시작했다.

"자! 그럼 첫 번째 여자 분 나오시라구~!"

사회자의 마이크 소리가 크게 울려 퍼졌다. 그와 함께 맨 앞에 있던 여자가 무대 위로 올라갔다.

세경은 세 번째라고 했다. 세 번째로 단두대에 처형당할 것 같은 기분이다. 세경은 자리에 털썩 주저앉았다.

밖에서는 호가를 외치는 소리가 간간히 들려왔다.

"스타트가 좋아! 아주 좋아!"

사회자의 목소리가 경쾌하게 울렸다. 이게 무슨 거지 같은 더러운 기분이냐. 그 어떤 말로도 표현할 수 없는 훨씬 더러운 기분이다. 세지, 내 이년을 그냥!

세경은 물고 있던 엄지손가락을 피가 나도록 깨물었다.

그사이 두 번째 여자가 올라갔다. 그런데 그녀는 금방 내려왔다.

"진짜, 창피하게!"

얼굴이 빨개진 그녀는 주먹을 불끈 쥐고 제 허벅지를 때려대며 저 멀리로 사라졌다. 옆에 있던 여자가 큭큭거리며 웃었다.

"건전한 거긴 해도 되게 웃긴다. 웬만하면 낙찰해주지."

"떨어지면 낙도 봉사활동 가야 한대. 이래저래 취지는 좋네."

취지. 취지라는 게 있다는 것에 의의를 두어야 하나.

"아, 그럼 나도 낙도 봉사 가는 건가? 바다는 실컷 보고 오겠어."

두 여자는 소곤거리며 수다를 떨었다. 듣고 싶지 않다. 인생을 너무 재미없게 살았나? 이게 웬 날벼락이란 말인가.

세경은 고개를 떨구었다.

"안 올라가고 뭐 해요?"

옆에 있던 여자가 세경의 옆구리를 쿡쿡 찔렀다.

"예?"

세경은 화들짝 놀라 고개를 들었다.

"부르잖아요. 3번."

그녀는 턱으로 무대를 가리켰다. 세경은 무대를 돌아보았다. 침이 꼴깍 넘어가 폐를 막는 것 같았다.

"빨리 올라가!"

어디 있다 나타난 카우보이 남자가 상모 돌리듯 팔을 휘돌리며 재촉했다. 세경은 얼떨떨하게 자리에서 일어났다. 그리고 더듬더듬 무대 위로 올라갔다.

무대 위에 발을 내딛자 박수 소리가 들렸다. 그리고 '팟' 하고 비춰오는 조명.

세경은 쏘여오는 조명에 눈살을 찌푸리며 정신을 쉽게 차릴 수가 없었다. 처음으로 어깨 파인 짧은 드레스가 싫어졌다. 세지 말대로 집에 있는 드레스는 불태워버릴 것이다. 그 드레스를 볼 때마다 오늘이 생각날 것이다.

사람들의 시선 속에서 무대 가운데 선 세경의 마음에는 끝없이 같은 질문을 해대고 있었다. 왜 이 순간에 여기에 있는 걸까. 세지는 무슨 생각으로 사는 애일까.

이제 보니 사회자는 캐리비언 해적에 완벽 몰입하여 찢어진 의상과 모자에 칼까지 차고 있었다. 해적 사회자는 세경을 훑어보더니 대뜸 말했다.

"자, 이 여인. 안 팔리게 생겼네?"

뭐? 세경의 이마에 핏줄이 빠직 섰다.

"두 번째 같은 일은 있을 수 없어. 그러니 장기자랑을 보도록 하지. 어때?"

해적 사회자의 말에 사람들이 환호성을 질렀다.

세경은 울고 싶었다. 목젖이 너울거리며 진짜 눈물이 쏟아질 것만 같았다. 왜 드레스 찾으러 다니며 개고생 하다 이런 고등어, 꽁치 같은 매물 신세가 돼야 하는 거지?

세경은 자신을 비추는 LED 조명이 수산시장의 생물 오징어를 비추는 조명처럼 느껴졌다. 그리고 저 멀리, 자신을 동물원 풀장에서 튕겨나온 펭귄 보듯 하고 있는 해윤을 발견했다. 턱이 떨어질 정도로 입을 딱 벌린 해윤이 황당을 금치 못하는 표정을 짓고 자신을 뚫어지게 보고 있었다. 저 무대 위의 매물이 정녕 자기가 아는 그 여자가 맞는지 당황스러운 기색이 역력했다.

죽고 싶다. 이 꼬라지를 본 그를 끌어안고 가장 가까운 강에 뛰어내려 코 박고 죽고 싶다.

"자, 뭐든 해봐. 몸값 높이려면!"

해적 사회자는 명령했다.

"전⋯⋯."

여기에 온 이유를 모르겠다고, 그냥 가면 안 되겠냐고 묻고 싶은데. 그럼 분위기를 망칠까?

"뭐 할 건데? 시간 끌면 다 띄워놓은 분위기 다 죽는다. 그땐 어쩔껴? 스트립쇼라도 할 거야?"

엥? '스트립쇼'란 말에 세경의 눈알이 퉁 튕겨나갔다. 설마 진짜 시키진 않겠지. 그럼 진짜 고소할 거다.

"노, 노래할게요!"

세경은 황급히 말했다.

"에이, 싫어. 노래 말고 춤!"

해적이 또 명령했다. 이렇게 지 맘대로 시킬 걸 왜 묻고 지랄이야.

곧 세경의 의지와 상관없이 '좌우지 장지지~' 하는 80년대풍 음악이 흘러나왔다. 선곡하고는.

하지만 이 건물이 무너지지 않는 한, 별 뾰족한 수는 생기지 않을 것 같았다. 그래, 이쯤 됐는데 다른 말이 뭐가 필요하니. 시간은 흐를 것이다. 이것도 끝날 거야. 눈 깜짝할 사이에.

세경은 눈을 꼭 감고 정신 스위치를 내렸다. 그리고 완전 타의로, 마음대로 되지 않는 사지 육신을 기계적으로 움직거렸다. 사람들의 웃음소리가 귓바퀴를 타고 흘러들어왔다. 서럽기까지 했다. 드레스 찾으러 왔다가 이게 웬 개망신이냐. 자신을 바라보고 있을 해윤을 생각하니 그를 장님으로 만들거나, 기억장치를 빼내고 싶을 뿐이다. 이 일을 가지고 놀린다면 진짜 그렇게 할 것이다.

세경은 왜 이 꼴이 됐는지 죽을 때까지 절대 이해가 될 것 같지 않았다. 동생 전화 대신 받은 대가가 치고는 너무 혹독하다. 동생이 드레스에 탐을 낸 죗값을 대신 받는 걸까? 이 날을 웃으면서 얘기할 날이 올까? 아니, 절대 없다. 무덤에 들어가 자기 손으로 가슴에 흙을 퍼올리더라도 말이다.

겨우 음악이 끝났다. 세경은 참담하게 고개를 숙였다.

"이 언니 개그우면 지망생인가 봐. 춤으로 웃기네. 자, 이제 호가를 불러볼까?"

"오만 원!"

해적의 말이 떨어짐과 동시에 누군가 손을 번쩍 들고 소리쳤다. 장기자랑의 효과에 힘입었는지 시작이 좋다.

세경은 저도 모르게 심장이 콩닥거렸다. 잠시 가격이 올라가는 것이 자랑스러운 기분에 사로잡히긴 했지만 낯선 놈에게 팔려가 나란히 사진 찍고 싶지는 않다.

"십이만 원!"

"십오만 원!"

"좋았어. 미천한 장기자랑의 효과가 바로 쑥쑥 나오는군. 자, 더~!"

"이십만 원!"

흥분한 해적이 목소리를 높였고 사람들이 미친 듯이 손을 번쩍번쩍 들었다. 하지만 해윤은 미동도 하지 않았다. 세경의 심장이 오그라들었다. 무슨 일이 날지 모르니 지켜보라고 말하지 않았던가. 그래서 지켜보고만 있는 거야?

세경은 그를 바라보는 눈에 힘을 주었다. 그러나 해윤은 피식 웃더니 그대로 고개를 돌려버렸다. 어쩔 수 없이 마지막에 호가를 부른 사람에게 자연히 눈이 돌아갔다. 그에게 오늘 무슨 사연이 있었는지 모르지만 벌써 얼굴에 개기름이 충만하다. 체질적으로 개기름 많은 사람하고는 오래 있지 못하는데.

세경은 처절해졌다. 누구라도 제발, 저 남자만은 이겨주세요~!

"이십오만 원!"

누군가 외쳤다. 돌아보니 강후였다. 그래, 저 자식도 있었다. 지금의 이 감동이면 그대로 그에게 팔 벌리고 달려가 안길 것만 같다.

그런데 개기름 번들한 그가 또 소리쳤다.

"삼십만 원!"

이런 미친. 그녀의 이마에 그늘이 졌다.

"오호! 이 정도에서 끝나는 건가?"

해적의 말을 들으며 세경은 눈을 질끈 감았다. 유서라도 쓰고 싶은 심정이다.

"삼십오만 원!"

강후가 다시 소리쳤다. 역시! 그가 돌아온 이후 가장 멋져 보이는 모습이다. 세경은 흥분해 주먹을 불끈 쥐었다. 이제 끝났다.

"오십만 원!"

뜬금없는 목소리가 소리쳤다. 세경은 새로운 목소리에 돌아보았다. 왠지 그 목소리가 익숙했다. 설마…….

어두운 실내를 가로지르는 핀 조명을 피해 호가를 외친 남자를 보니 잊고 있었던, 아니, 마음으로 잠시 덮어두었던 효인이 테이블 한가운데 앉아 그녀를 바라보고 있었다. 아, 교육계 인사들이 와 있다더니 이 사람도 와 있는 거였어?

세경의 얼굴은 창백해졌다. 손이 바들바들 떨렸다. 어떻게 이렇게 만날 수 있지? 서울도 아닌 아주 먼 곳으로 와서, 이런 황당한 몰골을 하고 있을 때.

그러다 해윤과 눈이 마주쳤다. 해윤은 얼굴색이 창백한 그녀를 보고 당황하는 것 같았다.

효인은 무섭다는 말로는 표현하기 힘든, 독기 서린, 그러면서 이 상황이 저도 믿을 수 없다는 황당한 시선으로 세경을 보고 있었다. 황당하긴 하지만, 그냥 보내지는 않겠다는 단호한 표정이었다.

세경은 저도 모르게 두근거리는 가슴에 손을 얹었다. 하고 많은 상상 중에 왜 이런 상상은 해보지 못했을까.

다리에 힘이 빠졌다. 사람들이 보고 있는 그 앞에서 그대로 주저앉을 것만 같았다.

"천 달러!"

갑자기 해윤이 소리쳤다. 그러자 일제히 시선이 해윤에게 옮아갔다.

"오오~!"

사람들의 놀라운 탄성 소리가 울려 퍼졌다. 효인은 해윤을 싸늘하게 돌아보았다. 해윤은 걱정스럽게 세경을 보고 있었다. 세경의 눈이 해윤과 다시 마주쳤다.

"달러, 오케이?"

자리에서 일어난 해윤은 다급하게 지갑을 열어 달러를 꺼내 보였다.

"당근 되지. 글로벌 시대에 달러고 엔화고 안 가립니다요."

해적 사회자는 굽실거리며 달러의 등장에 흥분해서 소리쳤다.

"자, 춤 허접한 아가씨. 저분에게로~!"

해적 사회자의 말에 사람들이 박수를 쳤다.

세경은 후들거리는 다리로 무대를 내려갔다. 효인의 눈빛과 스쳐 가면서 세경은 온몸에 소름이 돋았다. 이건 동생 대신 받는 죗값이 아니었다. 자신의 죗값이었다.

진행요원에게 천 달러짜리 지폐를 건네주고 사인을 마친 해윤은 세경에게 의자를 빼주었다. 세경은 그가 권한 자리에 꺼지듯 털썩 주저앉았다. 영혼은 아직 무대 위에서 효인을 마주 보고 있는 기분이다 .

강후가 걱정스럽게 세경을 보고 있었다. 그러다 해윤을 질투 어린 시선으로 쏘아보았다. 해윤은 그의 시선을 무시해버렸다.

"천 달러라고 감격하진 마. 가진 게 천 달러짜리뿐이었거든."

해윤의 말투는 무뚝뚝했다.

세경은 아무 말도 할 수 없었다. 심장이 아직도 벌렁거려서 효인이 앉은 쪽은 돌아볼 엄두도 나지 않았다.

"갑자기 왜 얼굴색이 변했어? 어디 아퍼?"

어쩐지 걱정하는 것 같은 투다.

"그 사람이…… 왔어요."

세경의 주먹 쥔 두 손이 부들부들 떨렸다.

"바이엘? 아까부터 따라다녔잖아."

해윤은 불만스럽게 강후를 건너다보았다.

"그 사람 말고, 효인 씨……."

세경은 떨리는 입술을 깨물었다.

"누구?"

해윤의 눈이 휘둥그레졌다.

"여기, 교육계 인사들이 모인 자리래요. 믿어져요?"

세경은 해윤을 향해 공허하게 웃어 보였다. 그녀의 말에 주위를 둘러 보던 해윤은 안쓰러운 표정으로 세경을 보았다.

"웃음이 나와?"

"드디어 내가 서서히 미쳐가나 봐요."

세경은 슬픈 눈으로 고개를 떨구었다.

그는 적당한 말을 찾는 게 힘든 건지 이마의 주름을 잡으며 관자놀 이를 마구 긁적였다. 그러다 말했다.

"기회가 왔네."

"네?"

세경은 의아해하며 고개를 쳐들었다.

"언제까지 모른 척하려고 했는데? 오늘이 그날이야. 게다가 지금 네

옆엔 남자가 둘이나 있어. 뭐가 무서워?"

이 남자, 손이라도 잡고 쓰다듬어줄 것만 같다. 이렇게 부드러운 남자였어?

세경은 허벅지 위에 놓았던 주먹을 꽈악 움켜쥐었다. 이젠 어떻게 해야 하지?

불안함에 눈시울이 젖어들었다. 세경은 눈물이 날 것만 같은 눈으로 해윤을 바라보았다. 해윤은 그런 그녀를 말없이 바라보았다.

(미발송)
제목 : 넌, 잘 지내니?

From : 김효인 〈hyoja@seununiv.ac.kr〉
To : 한세경 〈ohmysekyoung@tm.com〉

아무 말 하지 않아서 더 화가 나.

밥맛이 없다거나, 몸살이 난 것처럼 온몸에서 힘이 빠져나간 것 같다

거나, 일상으로 돌아가기가 힘들다거나 하는 말은 하지 않을게.

단지 시간을 아무리 돌리고 돌리려고 해도 시간은 앞으로만 나가고,

너를 처음 보았던 학교 회의실 풍경은 잊혀지지가 않더라.

창 안으로 부서지는 햇살 때문에 눈이 부신 거라고 생각했어.

그런데 프레젠테이션이 끝나고 복도에서 인사를 건네는 네 모습을 보

고서야, 자체발광이 무슨 뜻인지 비로소 알았지.

넌 그런 여자였어.

옆에서 빛을 비추지 않아도 스스로 빛을 내는 여자.

그런 여자, 처음 봤어.

다들 보석, 비싼 옷, 명품에서 나는 빛에 의존한 여자들만 봤었거든.

그런데 그런 여자가 나에게서 도망쳤는데 어떻게 해야 하지?

너는 왜 아무 말도 하지 않지?

그런데 왜 난 지금, 아무 말도 하지 않는 네가 더 궁금하기만 하지?

너에게 먼저 말을 걸지 못하겠어.

차마 보이지 못했던 내 허점을 알고 실망했다던가, 그냥 내가 싫어졌

다고 말할까 봐. 무서워. 화도 좀 나.

네가 내 앞에 나타난다면 이번엔 놓치고 싶지 않은데. 그러기엔 너무

늦은 걸까? 넌, 잘 지내니? 난 이렇게 힘든데.

경매가 끝난 후, 해윤은 옷을 갈아입은 세경을 기다렸다 함께 터덜터덜 레스토랑을 나왔다.

"얼굴색이 왜 그래?"

레스토랑 입구에서 세경을 기다리고 있던 강후가 걱정스럽게 물었다.

"가라고 안 할 테니까 자꾸 뭐 질문하지 마. 이 여자 지금 암페어가 딸려."

세경의 안색을 넌지시 살핀 해윤은 그녀 대신 퉁명스럽게 대꾸했다. 울트라 초강력 병원균 앞에서 맥 못 추는 백신처럼 세경은 비실거렸다.

해윤은 주차장을 휘둘러보았다. 아까 경매에서 호가를 외치던 남자가 저만치 있는 차에 오르려고 하고 있었다.

"저 자식 맞아?"

해윤은 손가락으로 효인을 가리켰다. 세경은 이미 보고 있었던 것처럼 그에게 시선을 꽂은 채 고개를 끄덕였다.

"기회가 그냥 차 타고 가려고 하는데?"

"그냥 가라고 하면 무책임한 걸까요?"

세경은 힘없이 중얼거렸다. 해윤은 곁눈으로 힐끗 세경을 보았다.

"나중에 네 손으로 연락하는 게 좋으면 오늘은 무시하고."

"효인 씨! 잠깐만!"

해윤의 말이 떨어지기 무섭게 세경은 효인을 향해 소리쳤다. 순간 차에 오르려던 효인이 세경을 돌아보았고, 세경은 다급하게 계단을 내려갔다. 그리고 조심스럽게 그에게 다가갔다. 굳은 얼굴의 효인은 세경을 차갑게 바라보고 있었다.

"저 자식은 뭐야?"

강후가 앞으로 나서며 투덜거렸다.

"만일 저 자식이 폭력적으로 나오면 네가 저 여자 대신 맞아. 알겠어?"

나서려는 강후를 가로막은 해윤은 세경과 효인을 주시한 채 나지막이 말했다.

"맞으라고? 무슨 소리야? 그리고 당신은?"

"만일의 경우야. 그리고 그 만일의 경우 난 변호사로서 지켜보고 있다가 네게 유리하게 변호해줄게."

해윤은 효인과 세경을 예의 주시하며 담담하게 말했다.

"그 직업, 엄청 편리하네?"

강후는 세경을 걱정스럽게 보며 빈정댔다.

"그래도 화장실에선 못 써먹어. 유일한 단점이지."

이렇게 말하며 해윤은 천천히 계단을 내려섰다.

뭐라고 짧은 말을 주고받은 효인과 세경은 레스토랑 옆에 있는, 테라스가 있는 간이 탁자로 옮겨갔다.

해윤은 세경의 차 옆에 서서 덤덤하게 세경을 바라보았다. 강후에겐 농담처럼 말했지만 진짜 전화 통화할 때처럼 효인이 발작적인 폭력성을 보이면 어떻게 제압해야 하나, 걱정스러워지기 시작했다.

효인은 굳은 얼굴로 세경을 쏘아보았다.

"네가 여긴 웬일이야? 그리고 아까 그 상황은 뭐고."

그가 딱딱하게 물었다.

"동생 일 때문에 대신 나오게 됐어."

세경은 나오지 않는 목소리를 겨우 쥐어짜내 대꾸했다.

"재미있게 사네."

효인은 서리 낀 한숨을 내쉬며 그녀에게서 고개를 돌렸다. 보고 있기도 싫을 거란 생각이 들었다. 정나미가 뚝 떨어지고도 남을 경험을 하게 했다.

"미안해."

세경은 목구멍에 걸려서 절대 빠지지 않을 것 같던 말을 겨우 토해냈다.

"뭐가."

세경에게 묻는 그의 목소리에 원망이 묻어났다.

"당신한테 내가 많이 잘못했다는 거 알아. 그러면서도 먼저 연락하지 못해서 미안해."

말하는 사이, 눈물샘에 고였던 눈물이 불쑥 솟았다. 하지만 이 사람 앞에선 우는 것도 잘못인 거 같아 세경은 억지로 눈물을 꿀꺽 삼켰다.

"연락했어도 달라질 건 없잖아. 설마, 다시 식장 예약해야 하는 건 아니지?"

많이 원망했을 거라는 걸, 부러 그의 입장이 되어보지 않아도 알겠다. 그는 아무렇지 않게 말하려는 것 같지만 어쩔 수 없이 배인 그녀에 대한 배신감 같은 게 느껴져 세경은 어쩔 줄을 몰랐다.

"좀 더 신중했어야 했는데, 나도 모르는 사이에 당신이 해주는 모든 것들에 정신을 놓고 있었나 봐. 그러다 보니 결혼식장까지 간 거 같아. 그 정신이, 결혼식장에서 났다는 사실이 미안해. 당신하고 진지하게 얘기했어야 했는데, 그 상황에서 피할 방법이 그것밖에 생각이 안 났어. 그대로 식장으로 들어가면 당신하고 영영 그것에 대해 얘기할 기회가 없어질 것 같아서."

"그렇게 도망치고 나서도 얘기할 기회는 없었잖아."

비난이 가득한 그의 말이었다. 이해가 되고도 남는다.

"미안해."

세경은 떨리는 두 손을 꼭 쥐었다. 이 사람이 정신 발작 증세를 보였다는 해윤의 말이 떠올랐다. 그 원인이 자신 때문이기에 세경은 그가 걱정되었다.

"괜⋯⋯찮은 거야?"

시선을 떨구고 있던 세경은 용기를 내어 그를 돌아보았다. 원래 선이 가는 사람이었다. 그런데 그 선이 이제 희미하게 보인다. 많이 수척해졌다. 마음고생이 심했던 것 같다. 그에 비해 자신은 너무 아무렇지 않아 보여 미안했다.

그는 아무 말 없이 한숨만 내쉬었다.

"저질러놓고 먼저 연락하지 못해서 미안해. 자신이 없었어. 당신을 마주볼 자신이⋯⋯. 나도 모르게 당신을 피했어. 그렇게 한다고 해서 해결될 것도 아닌데. 어린애처럼······."

"후회는 없니?"

그가 불쑥 물었다.

"나랑 결혼하지 않은 거, 후회는 없냐고."

외면했던 그의 시선이 세경에게 와 박혔다. 그렇다고 하면 화낼까? 이 남자, 발작 증세를 보일까? 그 상황을 감수하는 게 두려운 것이 아니었다. 한 사람을 그렇게 만들었다는 막연한 죄책감을 눈으로 확인하는 것이 무서웠다. 눈물로도 사죄가 안 될 만큼 미안할 것 같아 두려웠다. 갚을 방법을 모르겠기에.

"후회하지 않았으면 됐어."

의외로 담담한 그의 목소리는 심장을 칼로 베는 것처럼 아렸다. 그러다 갑자기 그의 얼굴이 일그러졌다.

"네 원망 많이 했어······."

그가 주먹을 움켜쥐었다. 손등에 핏줄이 툭 튀어올랐다.

"진작 아니라고 했으면 좋았을 거 아니야! 내가 너한테 그렇게 하찮은 존재였어?"

그의 목소리가 높아졌다. 세경은 세차게 고개를 흔들었다. 참았던 눈물이 흩날렸다.

"아니야. 결혼하려던 사람인데 하찮은 존재라니."

"그런데 왜 그랬어? 최소한 나를 불러서 얘기할 수도 있었잖아! 도망치기 전에, 마지막 기회가 있었잖아!"

그가 소리친 순간 그의 어깨 너머 저 멀리 해윤과 강후의 얼굴이 나타났다. 세경은 입술을 깨물고 그들의 시선에서 고개를 돌렸다.

"아무 생각이 안 났어. 그 상황을 피하고만 싶었어. 내가 원하지도 않

은 드레스를 어쩔 수 없이 입고 앉아서 이게 뭔가, 했다고. 다른 생각,
안 났어."

"그랬겠지. 네 자신만 중요했을 테니까."

분노가 가득한 그의 목소리가 가슴 아팠다.

"미안해."

눈물이 왈칵 쏟아졌다. 당황한 세경은 서둘러 고개를 돌려 눈물을
닦았다.

"미안하다는 말 듣고 싶지 않아. 이미 끝난 일이잖아."

세경의 눈물에 당황했는지 어금니를 깨무는 듯 그의 목소리가 짓눌렸
다.

"그래도 미안해. 세상 미안하다는 어떤 말을 다 갖다 써도 부족할 만
큼 미안해. 정말 미안해."

세경은 손등으로 뺨에 흐르는 눈물을 닦았다. 참으려고 해도 자꾸만
눈물이 시야를 흐리게 했다.

"내가 그 상황에서 어땠는 줄 알아? 바보 같았어. 신부를 도망치게
만든 머저리 같았어. 뭘 잘못했길래 네가 그랬냐는 말을 백번은 들었
어. 그 백번의 질문을 듣는 동안, 나는 진짜 잘못한 놈이 됐어. 잘못한
것이 뭔지도 모르는 한심한 놈이 됐다고!"

효인은 주먹을 쳐들었다. 세경은 눈을 질끈 감았다.

퍽—!

움찔하던 세경은 천천히 눈을 떴다. 효인의 주먹이 테라스 난간에 찍
혔다.

잠시 침묵이 흘렀다.

세경은 부들부들 떨던 그의 어깨가 차분해지는 것을 떨리는 마음으

로 지켜보았다. 나서려는 강후를 막고 서서 자신을 주시하고 있는 해윤의 시선과 스쳤다.

세경은 잠시 후, 조심스럽게 입을 열었다.

"맞아. 내가 너무 내 생각만 했어. 잘못한 게 나라는 걸 너무도 잘 알아서, 당신 앞에 어떻게 나타나야 할지 몰라서 망설이고만 있었어."

"말하면 뭐해. 되돌릴 수도 없을 텐데."

고개를 떨군 그가 가늘게 중얼거렸다.

"네 말이 맞아. 내가 결혼에 대해 몰아친 감이 없지 않아. 거기엔 내 욕심도 있었으니까 너한테만 뭐라고 할 순 없지."

그의 목소리가 푹 꺼졌다.

"너를 갖고 싶었어. 나한테 호감 갖는 여자들은 많았는데 그 호감이, 우리 집 재력 때문에 더 높아진 것 같다는 걸 느꼈거든. 더 욕심만 내고. 그런데 너는 내가 주는 것만 받았지, 뭔가 바라지 않아서 좋았어. 네 일에 열심이고, 또 그 일에 즐거워하는 널 보면서 생명력을 느꼈어. 그걸 나한테 나눠줄 것 같았거든."

그는 습기 찬 눈으로 세경을 돌아보았다.

"근데 남이 하는 건 내가 하는 게 아닌가 봐. 난 결국 널 욕심만 낸 거야. 재력을 탐내는 여자애들은 경멸하면서, 나야말로 재력을 앞세워 널 행복하게 해주려고 했으니. 이렇게 된 게 어쩌면 당연하겠다."

그는 가늘게 한숨을 내뱉었다.

"네가 날 보는 눈빛이 사랑은 아닌 것 같다는 느낌, 가끔 들어서 불안했거든."

말을 하는 동안 불투명했던 그의 눈빛이 조금씩 투명해졌다.

세경은 당혹스러웠다. 자신도 모르던 마음을 이 남자는 이미 알고 있었다니.

"오기 싫은 자리였어. 재단에서 후원하는 거라서, 아버지가 대신 가라고 하셔서 어쩔 수 없이 오게 된 건데, 오길 잘했네."

효인은 가라앉는 한숨을 쉬었다.

"다시 한 번 말하지만…… 정말 미안해. 그리고 그동안 먼저 따져 묻지 않아줘서 고마워."

세경의 마음이 묵직하게 가라앉았다. 그렇게 힘들었으면서도 자신에게 먼저 원망의 전화를 걸어오지 않은 그의 마음을 헤아릴 수 있었다. 착한 남자였다. 그래서 자기만 괴롭혔을 그런 남자였다.

"이렇게 만나지 못했으면 너랑 나, 계속 그렇게 영영 못 만났겠지?"

오늘 만난 후로 그가 처음 옅은 미소를 띠었다. 다행이라고 생각했다. 그가 생각보다 많이, 오래 아프고 힘들어하지 않을 수 있을 것 같아서.

"아니. 언젠간 내가 연락했을 거야. 시간은 좀 걸렸겠지만. 내 인생에서 중요한 결정을 같이 했던 사람이니까. 내가 당신을 포기한 걸 아쉬워하며 생각할 날도 분명히 있을 거야. 그 생각하고 마음 풀어."

"아쉽긴 내가 더할지도 몰라. 너 같은 애를 잃었는데."

"그렇게 말해줘서…… 고마워."

심장이 팽팽하게 당겨졌다. 이 남자를 위로해줘야 할 거 같았는데 오히려 위로를 받았다.

"알지? 이제 너랑은 친구도 못돼. 안타깝게도……."

눈 끝에 달린 눈물을 닦아낸 그가 허탈하게 웃어 보였다. 정말 다행이다. 이렇게 말하지 못했다면 이 사람의 웃는 모습을 영영 기억할 수 없을 뻔했다.

해윤과 다시 시선이 스쳤다.

이 상황에서 우습지만 그에게도 고마웠다. 그 사람이 아니었다면 절대 용기 내지 못했을 것이다.

효인이 차를 따고 떠나는 동안 세경은 담담하게 그를 지켜보았다. 그리고 차가 멀리 사라진 후 몸을 돌렸을 때, 자신을 바라보고 있던 해윤과 눈이 마주쳤다. 순간 세경의 눈에 눈물이 다시 차올랐다.

"이렇게 쉽게 마음이 가벼워져도 되는 건가요? 용서받은 기분인데. 나, 저 사람한테 생각보다 더 잘못한 거 같아요."

세경은 울먹였다.

"그 마음을 기억하면 돼. 다신 누군가에게 그러지 않으면 된다고."

그가 나직이 말했다.

무거웠던 마음이 눈물로 변해 눈물샘을 치고 솟아올랐다. 세경은 흐느끼며 두 손에 얼굴을 파묻었다. 해윤은 그녀에게 조심스럽게 다가섰다.

"좀 안아주면 안 돼요? 여자가 울고 있잖아요."

세경이 투덜댔다.

"우는 여자 좀 질린다고, 말 안 했었나?"

해윤은 이렇게 말하며 그녀를 조심스럽게 당겨 안았다. 가는 한숨을 내쉬고 그의 차로 돌아가는 강후의 기척이 그의 어깨 너머에서 들려왔다.

호텔로 돌아왔을 때 눈물이 범벅이 된 세지는 티와 청바지로 갈아입은 상태였다. 드레스는 드디어, 예린의 손에 들어가 있었다.

"얼굴이 이게 뭐야?"

세지의 얼굴을 본 세경은 괴성을 질렀다. 이마에는 혹이 선명했고, 눈 위에 시퍼런 멍이 들어 있었다.

"손톱자국 하나라도 내면 가만 안 둔다고 했지!"

예린을 향해 번개같이 돌아선 세경은 주먹을 불끈 쥐고 소리쳤다. 하지만 예린은 태연했다.

"지가 넘어진 거야. 거래 끝내고 드레스 벗으라니까 낑낑대다 드레스 밟고 엎어졌어. 그러면서 소파 모서리에 얼굴을 처박더니 한참을 울더라구. 애처럼. 둘만 보기 진짜 안타까운 구경거리였는데."

예린은 어이없어하는 해윤을 향해 같이 못 봐 아쉽다는 표정을 지었다.

"그래도 어떻게 그렇게 말해요? 사람이 다쳤잖아요?"

세경이 눈을 희번덕거리며 예린을 쏘아보았다.

"내 드레스 밑단을 밟았다고! 하마터면 찢어질 뻔했어! 그럼 댁들이 얼마를 변상해야 하는 건 줄이나 알아?"

예린도 불끈했다. 아, 할 말이 없는 게 제일 미치겠다.

"그런데, 어떻게 벗었네?"

해윤이 세지를 보며 떨떠름한 표정을 지었다. 그러자 세지는 배신자가 된 것이 미안한 얼굴로 해윤을 보았다.

"주문서 보여줬지. 다른 사람에게 판다고 나서봤자 주문자가 나니까, 절도범이 될 거라고. 범죄자가 되고 싶진 않았나 봐. 오늘 행사 계약금 위약금에, 정신적 위로금? 하, 그게 가당키나 한지 모르지만 암튼 어느 정도 챙겨줬어. 게다가 오늘 메고 온 내 명품 가방을 탐내지 뭐야?"

예린은 세지에게 두 팔을 들며 항복을 표했다. 세지는 예린이 들고 왔던 명품 가방을 끌어안고 배시시 웃었다. 철없어 보여 부럽다.

"세탁비 안 물게 한 걸 다행으로 알라고. 알았어?"

예린은 세지를 향해 싸늘한 눈을 떠보였다. 그러자 세지는 혀를 날름 내밀고는 고개를 쌩 돌렸다.

예린은 드레스를 톡톡 털어 옷걸이에 건 후 크리스틴에게 건네주었다.

"당장 최고 시설 갖춘 명품 세탁소에 맡겨."

드레스를 받아든 크리스틴은 드레스의 냄새를 킁킁 맡더니 이내 인상을 쓰며 다른 방으로 가져갔다.

그때 해윤의 핸드폰이 울렸다.

"할아버지일 거야. 조금 전에 통화했었거든."

예린이 돌아보지도 않고 말했다. 순간 얼굴이 어두워진 해윤은 세경의 지나쳐가며 전화를 받았다.

아까부터 예린을 보는 그의 얼굴이 어둡다. 세경은 그의 굳은 얼굴이 못내 신경 쓰였다.

오 회장과 통화하는 해윤의 얼굴이 암울하게 변했다.

"예린이한테 얘기는 들었나?"

한국에 사업 확장 건을 간략하게 말한 오 회장이 물었다.

"예."

어쩐지 떨떠름했다. 단기 여행을 각오했는데 장기 고행이 될 것만 같은 예감이 머리에서 떨쳐지질 않았다.

처음부터 예린이 이혼 얘기를 꺼내지 않았다면 달랐을까?

어차피 그녀에게, 그리고 오 회장에게 충성하며 떵떵거리고 살기로 마음먹었었는데 뭐가 이렇게 마음을 흔들고 있는지 모르겠다.

"그래서 한국에 있는 로펌을 인수할 생각이야. 합작도 좋겠지만 우리가 우위에 있는 게 나중에 움직이기도 좋으니까. 그걸 자네가 맡아줬으면 하네. 또 우리 회사가 한국에 진출할 때 자네 힘이 필요하겠지. 그 지점에도 자네가 고문으로 있을 수 있고. 한국에서 자네가 할 일이 많아졌어."

점점 더 기대 이상의 조건이 다가온다. 처음엔 그냥 충성하고 살 줄 알았다가, 단기로 끝내고 많은 주식을 챙길 뻔했다. 그런데 이젠 로펌이다.

"아, 그전에 결혼 일정을 좀 당겨 잡았네. 내 마음대로 했다고 서운해하지 말게나. 회사 일이 급격하게 돌아가니 자네도 그 속도에 맞춰줘야지. 진정한 우리 집 사람이 돼서 일을 하면 마음가짐도 달라질 거네."

해윤은 아무 말도 하지 못했다. 이혼할 수도 없게 된 마당에, 선택의 여지가 없었다.

"결혼식은 내달이네. 어때? 괜찮겠지? 예린이는 좋다고 하던데."

아까 예린이 할아버지와 통화를 했다더니 이 통화를 했었나 보다.

"나쁘지 않네요."

해윤은 무겁게 고개를 끄덕였다. 하지만 마음 한구석은 씁쓸했다.

"다른 준비는 여기서 알아서 할 테니, 결혼 전에 들어왔다 가게. 오기 전에 한국에서 계속 생활하게 될 테니 여러 가지 알아보고. 예린이가 다 알아서 할 테지만 자네가 도와줘야 하지 않겠나."

도와주긴. 제 취향에 맞춰서 다 고르겠지.

"알겠습니다."

"참, 예린이한테 프러포즈는 했나?"

슬슬 짜증이 나기 시작했다. 그런 것까지 보고해야 하나? 앞으로 또 얼마나 자질구레한 것들을 보고해야 할까.

"분위기에 많이 휩쓸리는 애니까 반지라도 선물해주면 애가 많이 살가워질 걸세. 여자 비위 맞추기 쉽지 않다는 걸 누구보다 잘 아네. 다 자네를 생각해서 하는 말이야. 자넨 결혼보다 일에 더 집중하는 스타일 아닌가."

노장 수컷의 조언이다.

"알겠습니다."

해윤은 짧게 인사하고 전화를 끊었다. 그리고 연달아 긴 한숨이 흘렀다.

잘하고 있는 거 맞나?

잘 가고 있는 거 맞나?

인생을 살면서 이런 생각을 한 적이 처음이라 낯선 기분이다.

역시 결혼은 그냥 그렇게 하는 게 아닌 건가.

"무슨 일…… 있어요?"

문이 빼꼼 열리고 세경이 고개를 내밀었다. 이 상황에서 고개를 내밀어야 할 건 예린이 아닌가? 이 여자는 어디서 뭘 하고.

"별거 아니야."

해윤은 핸드폰을 주머니에 넣으며 헛기침을 했다.

"그런데 얼굴이 그래요?"

세경은 못미더운 눈치다. 해윤은 미간을 구겼다.

"결혼 제반 상황, 로펌, 뭐 그딴 일이야."

해윤은 귀찮은 듯 대충 얼버무렸다.

"그게 별게 아니에요? 엄청 중요한 일이구만."

"그래, 엄청 중요한 일이지. 그런데 너한테는 별거 아니잖아?"

해윤은 불만스럽게 세경을 돌아보았다. 언제부터 이 여자가 이렇게 자신의 일에 간섭하게 됐는지 모르겠다. 그걸 받아들이는 자신도 아주 어색하지 않다.

"또 눈썹이 마루 체조를 시작했네요. 기분 안 좋은 것 같으니까 그만 갈게요."

세경을 문고리를 잡고 돌아섰다.

"속이 좀 개운해?"

해윤이 돌아선 세경에게 물었다.

"당신한테도 별거 아니잖아요. 뭐 그렇게 캐물어요?"

세경은 퉁명스럽게 말하며 문을 잡아당겼다. 그와 동시에 해윤이 세경의 팔을 잡아 그녀를 돌려세웠다.

"꼭 그렇게 말을 해야겠어?"

"나도 같은 말 하고 싶은 거 알아요?"

이 여자도 기분이 별로인 것 같다.

"왜 나랑 신경전 벌이는 건데?"

"내가요? 왜요?"

세경은 눈을 똑바로 뜨고 해윤을 바라보았다. 해윤은 잡은 세경의 팔을 끌어당겼다.

"좀 부드럽게 말하면 안 되나?"

"다시 물을게요. 내가, 왜요?"

순간 해윤과 세경의 눈에 불꽃이 튀었다.

"뭐 하는 거야?"

순간 예린의 목소리에 세경과 해윤은 마주 보던 눈을 돌렸다. 예린이 문 앞에 서서 두 사람을 의아한 표정으로 바라보고 있었다.

순간 해윤은 잡고 있던 세경의 팔을 탁 놓았다. 세경이 튕기듯 뒤로 물러섰다.

"나랑 파티에 가게 생겼어. 내가 한국에 왔다는 말 듣고 초대장을 보낸 모양인데. 저녁에 동계 올림픽 스폰서 협회 이브닝파티가 있다며?"

예린이 해윤을 뚫어지게 바라보며 물었다.

"낸들 알아?"

해윤은 귀찮은 표정으로 창밖을 향해 돌아섰다. 그때, 세지가 달려오며 소리쳤다.

"언니. 이따 동계 올림픽 스폰서 협회 파티에 오라고 전화 왔어. 경매에 당첨돼서 커플 포토타임에 나가야 한대."

"같은 덴가?"

예린은 이번엔 세경을 돌아보았다.

"아~!"

세경은 당황했다.

"아까 그 경매에서 커플 포토타임이 있다고 했는데……."

떠들던 세경은 그녀를 바라보는 해윤의 눈빛에 끝을 얼버무렸다.

해윤은 당황스럽게 세경을 보았다. 말이 맞다면 그 파티에는 세경이 해윤과 가야 하는 자리였다.

"꼭 갈 필요가……."

세경은 해윤의 눈치를 살피며 어물쩍 말했다. 세지는 그런 세경을 의아하게 바라보았다.

"몰라. 오라니까 가야 하잖아. 누구랑 가게 됐던 거야?"

"아, 그게……."

세경은 난처해하며 해윤을 힐긋 보았다. 그 눈빛을 예린이 낚아채었다.

"파트너가 없으면 아까 그 남자랑 가지 그래요? 아까 당신들 뒤에 서 있던 그림자 같은 사람."

해윤이 뭐라고 하려는 찰나, 예린이 먼저 말했다. 그러면서 해윤을 향해 빙긋 웃었다.

"기회가 좋아. 내 드레스 입고 갈래. 금방 카메라 세례 받을 거야. 그럼 영국 왕실은 당연하고, 세계의 주목을 받을 거야. 디자이너의 유작을 입고 나가면 바로 이슈지. 그 드레스 맞춘 게 얼마나 잘한 짓인지 모르겠어."

예린은 춤이라도 출 기세다. 해윤은 그런 예린을 향해 투덜거리듯 말했다.

"살아온 세월 통틀어 몇 안 되는 잘한 짓이겠지. 혹시 그 디자이너도 할아버지 힘 빌어서 네가 어떻게 한 거 아니야?"

"그걸 말이라고 해?"

기분 잡친 예린이 발끈했다.

"워낙 하는 짓이 별나니까."

예린의 기분을 다운시킨 것이 만족스런 해윤은 심드렁해진 얼굴로 방을 나섰다.

"작별인사 안 해? 아, 이따 또 보게 되려나?"

예린이 방을 나서는 해윤과 세경을 번갈아보았다. 하지만 해윤은 그대로 사라져 버렸다.

"크리스틴이 옷 준비해뒀을 거야. 갈아입도록 해."

예린이 그를 향해 다시 말했지만 해윤은 대답도 하지 않았다.

세경은 대답을 기다리는 세지에게 힘없이 말했다.

"난 안 가는 게 좋겠어. 네가 가든지, 대충 얼버무려줘. 중요 인사들만 필요한 자리 같은데, 난 그다지 중요하지 않은 인사랑 파트너였어."

"알았어."

세지는 가볍게 고개를 끄덕이곤 방을 나갔다. 세경도 세지를 따라 방문을 나섰다.

"그다지 중요하지 않은 인사가 혹시 해윤 씨예요?"

예린이 날카로운 눈을 뜨고 물었다. 순간 당황한 세경은 걸음을 멈추고 그녀를 돌아보았다.

"두 사람, 쫌 이상해 보여서요. 오해는 말아요. 제법 잘 어울린다는 그런 말은 아니니까. 설마, 탐나는 건 아니죠?"

예린은 비꼬듯 말했다.

"그렇게 안 들었어요. 그리고 탐내지도 않구요."

예린에게 이런 소릴 듣는 기분이 별로 좋지 않다.

"진짜요? 언뜻 봐도 그 사람, 꽤 괜찮은데. 외모도 어디 내놔도 빠지지 않고, 게다가 직업까지 쓸 만하고. 그냥 쓸 만한 정도가 아니라, '아주' 쓸 만하잖아요."

해윤을 아무렇게나 빗대 표현하는 이 여자가 무척 마음에 들지 않았다. 결혼할 사람을 이런 식으로 표현할 수 있는 거야?

"죄송한데요. 사람을 직업으로 평가하세요? 그 사람 됨됨이, 뭐 그런 건 안 필요하세요?"

"그런 게 밥 먹여주나요?"

예린과 세경은 열린 문을 사이에 두고 서로를 무섭게 바라보았다.

"두 분, 왜 결혼하세요?"

세경은 고개를 기울이며 한심하게 말했다.

"필요하니까요. 난 그 사람한테, 그 사람은 나한테."

예린은 건조하게 대꾸했다.

"되게 비인간적으로 들리는 거 아세요?"

"그것도 별로 중요하지 않아요. 그렇게도 잘 살아왔으니까. 설마 나한테, 죽도록 사랑해서 결혼하는 거다, 뭐 그런 말이 듣고 싶은 거예요?"

"결혼에 그게 불필요한 거였나요?"

"사랑을 믿을 나이는 아닌 것 같은데."

해윤에게서 비슷한 말을 들은 게 기억났다. 이 사람들은, 그런가? 물론 자신도 사랑을 믿지 않지만 나름의 사정이 있었다. 하지만 이 사람들은 아무 이유 없이 사랑이란 말을 하찮게 여기는 것 같았다.

"뭐, 나도 얼마 전까지는 사랑을 믿었던 사람이니까, 우습게 보지 않을게요. 하지만 사랑을 믿지 않게 된 선배로서 충고하는데, 인성 어쩌구하면서 사람을 재지 말아요. 결국 세상은 돈으로 사는 거니까. 돈으로 위치가 정해지잖아요. 결혼도 결국 계급주의로 가는 거예요. 우린 그 계급에 맞추는 것뿐이고. 얼마 전에 뼈저리게 깨달은 사실이니까 틀림없어요."

예린은 딱하다는 눈빛으로 세경에게 말했다. 세경은 그런 그녀가 한심스러워 보였다.

"선배는 당신이 아니라 나일 것 같은데요. 내가 볼 때 당신은 사랑을 믿지 않는 게 아니라, 받을 사랑이 없어서 포기한 걸로 보여요. 그건 계급주의랑은 상관이 없는 것 같네요. 참 많이 닮았네요, 두 사람."

세경은 혀를 차듯 그녀를 쓸어보고는 몸을 돌렸다.

"없는 사람들이 그렇게 위로들 하죠. 그 위로를 망치고 싶은 마음은 없어요."

예린이 그녀의 뒤통수에 대고 말했다.

"나도 그 속물 같은 계급주의 망치고 싶은 마음은 없어요. 당신들 덕분에 내가 참 잘 살았구나, 알 수 있으니까. 그럼 잘 가세요."

차갑게 대꾸한 세경은 그대로 발걸음을 옮겼다.

불편한 심기의 세경이 호텔을 나서기 위해 가방을 챙기고 있는데 강후에게서 전화가 왔다.

"나랑 파티 안 갈래?"

언제부터 파티 문화에 익숙했다고 파티, 파티, 떠들고 난리들이야.

"서울로 돌아갈 거야."

세경은 피곤한 목소리로 말했다.

"오늘 문화계에 아는 사람을 만났어. 잘하면 내 연주회장 섭외, 될 것도 같은데."

낚시는 빈 몸으로 오는 법이 없다. 꼭 그럴듯한 미끼가 있는 법이다. 그게 낚시가 성공하는 법이다.

"확실해?"

"내가 너한테 불신만 안겨줬구나?"

강후의 씁쓸한 한숨이 전화기를 타고 흘러나왔다. 효인을 만나서 그런지 몰라도 남자들에게 막 대하는 게 힘들어졌다.

"파티라는데, 대단하게 입을 필요는 없는데. 근데 너 준비해온 옷도 없지?"

아쉬운 대로 결혼식 드레스라도 가지고 다닐걸 그랬나?

"혹시 동계 올림픽 스폰서 협회 파티야?"

"맞아."

휴~, 결국 가게 생겼다.

"잘 보여야 하니까, 내가 픽업하러 갈게. 같이 옷 사러 가자."

그렇게까지 해야 하나? 잠시 답답한 마음이 들었지만 별 다른 도리가 없었다. 지금은 무조건 덤비고 봐야 하는 처지다.

효인과 헤어질 때 공연장에 대해 생각나지 않았던 것이 후회되었다. 하지만 그 말이 생각났다 하더라도 꺼낼 수 없었을 것이다. 스스로 해결해야 하는 일이다. 효인이 하객들의 시선을 혼자 견뎠듯이 말이다.

"출발할 때 전화할게. 어디 있을 건지 말해줘."

"이따가 전화하면 알려줄게. 우리도 여기 나가려는 참이라."

"아, 그 호텔……. 그래, 알았어."

세경은 가벼운 콧김을 뿜으며 전화를 끊었다.

"어디 가?"

해윤의 목소리였다. 어느새 그는 깔끔한 슈트로 갈아입은 후였다. 쓸 만한 남자. 예린의 말이 머리에 맴돌았다. 저 남자가 결혼식에서 도망치고 싶은 이유가 그것일까? 아내가 될 여자도, 남편이 될 그도 서로에게 아무런 감정이 없어 보였다. 그러면서 자신에게 물어보게 되었다. 사랑을 믿지 않는 사람들의 결혼이 저런 걸까? 그럼 그게 과연 인생에 좋은 걸까?

생각에 잠겼던 세경은 자신을 빤히 보고 있는 해윤의 눈빛에 당황하며 가방을 들었다.

"임무도 끝났는데 각자 갈 길 가야죠."

세경은 아무렇지 않은 척 어깨에 가방을 멨다.

"동생은?"

"내 동생 엄청 챙기네요?"

세경은 그를 어설프게 흘겼다.

"미운 짓만 골라 하는데 밉지 않아. 너랑 많이 달라."

말하고도 웃긴지 한쪽 입꼬리를 올리며 피식 웃었다.

"그거 호감은 아니죠? 동생까지 공격받고 싶지 않은데."

"공격?"

세경은 실언을 한 것 같아 흠칫 놀랐다.

"됐구요. 그동안 본의 아니게 생고생시켜서 미안해요. 그럼."

세경은 그를 향해 어색하게 손을 들어보았다.

"이따 파티에는 안 갈 거야?"

"누구랑요?"

본의 아니게 공격적으로 말한 것 같다. 해윤은 세경을 무겁게 바라보았다.

"팔이 두 개니까 양쪽에 한 명씩 데리고 가면 되겠다 싶은가 보죠?"

세경은 애써 너스레 떨듯 웃어 보였다.

"난 신경 쓰지 말아요. 굳이 사진 찍어야 할 사람은 아니잖아요, 우리가."

"그건 그렇지."

"그럼, 이따 봐요."

세경은 손을 들어 보이며 발길을 옮겼다.

"어디서?"

그가 되물었다. 세경은 어깨를 늘어뜨렸다. 같은 공간에 있는 게 이렇게 부담스러울 줄은 몰랐다.

"파티에 가긴 가요, 나. 일 때문에. 이제 가도 되죠? 그럼."

세경은 그에게 건성으로 손을 들어 보이며 몸을 돌렸다.

"고마웠어."

그가 짧게 말했다.

"와~ 그 말 되게 황공하네요. 진심이 느껴져서 몸 둘 바를 모르겠네요. 그럼."

세경은 넙죽 인사하고 그가 있는 방을 서둘러 나왔다. 그리고 닫힌 문에 털썩 기댔다.

해윤과 같이 있는 것이 눈치 보이기 시작했다. 그러면서 그가 보내는 시선을 모른 척하기가 쉽지 않아졌다. 오히려 그의 시선을 좇고 있는 자신을 발견했다. 효인과 얘기할 때도 그렇고, 그가 있는 곳은 얼른 눈에 들어왔다. 이게 무슨 영문인지 모르겠다. 곧 뉴욕으로 돌아갈 사람인데.

"언니."

복도 끝에서 세지가 다가왔다.

"가는 거야?"

"그럼 가야지."

세경은 문에서 몸을 떼어 발걸음을 옮겼다.

"여기 마음에 드는데."

"그럼 넌 살아라. 내 할인 쿠폰 쓸래? 버리기 아까운데."

세경은 힘없이 말했다.

"그럼 같이 있자."

세지가 반색을 했다.

"됐어. 언니는 언니 계급에 맞게 갈란다."

"말투가 왜 그래? 뭐가 불만인데?"

세지가 세경을 따라오며 물었다.

"내 계급이."

세경은 가는 한숨을 뽑으며 걸음을 재촉했다.

"계급? 웬 계급 타령이야? 군인 만났어?"

세지는 영문을 몰라 하며 세경을 따라 바삐 걸었다.

제목 : **써프라이즈~!**

From : 오예린〈onlyme@hotmail.com〉
To : 조해윤〈winnerhy@robert&july.com〉

where are you?

땡큐!

일단 이렇게 말을 해야겠네.

왜냐고? 당신 덕에 꿈을 찾았어. 그게 뭐냐고? 뭐, 이미 알고 있는 거긴 했어.

알지 모르겠는데 난 대학도 취미로 다녔어. 공모전에도 호기심으로 출품했고.

그런 공모전에 당선됐을 때 내가 좀 더 적극적으로 그 상황을 생각했어야 했는데.

내가 제일 잘하는 것, 그것도 직업으로 갖는 건 되게 힘든 거라는 걸 당신 말을 듣고 생각하게 됐어.

작업실에 내가 만들어놓은 옷이 이미 한 시즌이 넘어. 당장 패션쇼를 할 수도 있단 거지.

가지고 있던 자금을 탈탈 털었어.

내 디자인 북이랑 샘플 의상들은 곧 화물로 배송되어 올 거야.

이건 내 서프라이즈야.

남자에게 차인 한심한 여자로 보이고 싶지 않아.

언제나 그렇듯 나, 자신 있어.

어때, 내가 좀 달라 보이나?

웨딩드레스를 입고 나오던 예린은 투덜댔다.

"짜증 나. 드레스에서 냄새나."

"급하게 드라이해서 그럴 거야. 그러게 다른 거 입지. 파티에 웨딩드레스가 말이 돼?"

해윤도 투덜댔다. 그러자 예린은 허리에 팔을 걸치며 불만스럽게 말했다.

"이래 봬도 웨딩드레스 입은 신부예요. 예쁘다, 아름답다, 뭐 그런 말해주면 안 돼?"

"남이 입었던 드레스야. 그렇게 칭찬하고 싶은 마음, 솔직히 없어."

해윤은 그녀에게 시선도 주지 않았다. 손에는 오 회장이 메일로 보낸, 회사 및 공장 유치 유망지와 한국 로펌들을 분석한 자료들이 들려 있었다.

"나보다 서류들이 더 아름답나 보네."

예린은 입술을 비죽 내밀며 거울에 자신의 모습을 비춰 보였다.

"웨딩드레스 같지 않잖아? 그냥 드레스 같아. 내가 고급스럽긴 하다니까. 이렇게 입으니까 멋진 이브닝드레스 같잖아."

나르시시즘에 풍덩 빠진 그녀를 건져내고 싶지 않았다. 앞으로 살 인생이 이럴 거기 때문이다.

이런 생각을 하니 갑자기 머리가 아파온다. '로펌이냐, 두통 해소냐.'라는 고민을 언젠가는 할 것만 같다.

"가지."

시계를 본 해윤은 자리에서 일어났다. 그러자 예린이 다가와 그의 넥타이를 정돈해주었다. 그런 그녀를 해윤은 생경하게 내려다보았다. 그녀가 코앞에 얼굴을 들이미는데도 하나도 두근거리지 않는다. 정말 동지애만 철철 흐르겠군.

"슈트 멋지네. 역시 내가 보는 눈 하나는 고급스럽다니까?"

예린은 해윤을 향해 방긋 웃었다.

"지난달에 애완견 숍에서 골든 리트리버 보고 한 말 아니야, 그거?"

해윤은 한쪽 눈썹 끝을 일그러뜨렸다.

"도대체 아이큐가 몇이야? 그런 사소한 말도 다 기억하고. 나중에 우리 애 지능 걱정은 없겠어."

그녀의 말을 듣는 순간 해윤은 멈칫했다. 이 여자와 낳을 아이. 생각해보지 않았다.

"아이…… 갖고 싶어?"

해윤은 심각한 표정으로 물었다. 그러자 앞장서서 나가던 예린이 의아해하며 돌아보았다.

"당연하지. 할아버지 회사 후계자가 될 텐데. 흥분되지 않아? 우리 애가 후계자가 될 거라는 거, 상상만 해도 황홀해."

예린은 구름 위라도 걷는 듯, 한 바퀴 빙글 돌며 감격에 겨워했다. 나오지도 않은 아이가 기대가 될까? 자신은 전혀 그렇지 않았다. 오히려 자신을 닮은 종자가 후계자가 될 생각을 하니 끔찍했다. 그 자식은 얼마나 돈을 밝힐까. 그건 부모 양쪽을 모두 볼 때 유전적으로 확실했다. 더 강력할 것이다.

해윤은 한숨이 나왔다. 사랑도 없이 돈에 집착하는 그런 유전자만 갖고 나온 아이가 사랑스러울까, 과연?

예린은 파티를 위해 태어난 여자 같다. 소싯적에 부족함 없이 놀았던 티가 팍팍 났다. 파티 음악이 들릴 무렵부터 그녀의 어깨는 들썩였고, 차에서 내리면서는 자신을 찍지 않는 카메라가 어딨나 뒤지듯 좌중을 둘러보고 카메라 포인트에 맞춰 아주 환한 미소를 지었다. 지금까지 본 적 없는 화사한 미소였다. 앞으로 파티나 열어야 볼 것 같은 희귀한 미소를 띤 여자의 팔을 한쪽 팔에 얹고 파티장으로 걸어 들어가자니 어깨가 무거웠다. 결혼행진도 아닌데 이렇게 어깨가 무거울 수가.

"드레스 정말 예쁘세요. 어디 건지 물어도 돼요?"

신문기자인 듯한 여자가 다가와 부러운 시선을 건네며 물어왔다. 대단한 드레스이기는 한 모양이다. 한눈에 보고 물어오는 여자도 있고.

예린은 그 기자에게 기다렸다는 듯 대답했다.

"얼마 전에 타계하신 이탈리아 웨딩드레스 디자이너 마리오 에마누에레 아시나요? 그분의 마지막 유작이 바로 이 드레스예요. 호호호!"

순간 여자들의 탄성 소리가 파티장에 울려 퍼졌다. 카메라 플래시가 여지없이 터져대고, 예린과 해윤은 극히 섬세한 안내를 받으며 포토라인에 섰다.

"그 드레스 가격이 지금 1억을 넘었다는데, 정말인가요?"

"호호호. 듣긴 했지만 이 드레스는 제 애장품입니다. 가격을 따질 수 없죠."

"영국 왕실에서 찾는다는 소문이 있던데, 연락받으셨어요?"

"오늘 처음 선보이는 거예요. 영국 왕실에서 안다 해도 뭐, 크게 달라지겠어요?"

예린은 미리 연습이라도 한 것처럼 기자들의 질문에 술술 대답했다. 해윤은 카메라의 플래시가 눈부셔 제대로 눈을 뜰 수 없었다.

"너 혼자 서 있을래? 난 죽을 거 같은데."

해윤이 예린에게 속삭였다. 그러자 웃으며 사람들을 둘러보던 예린이 복화술로 지껄였다.

"커플로 서는 자리야. 개망신 주고 싶어? 호호호!"

예린은 사람들을 향해 만족스런, 자지러지는 웃음을 뿌려댔다. 생리적으로 이런 여자와 자신이 맞지 않는다는 것을 누구보다 잘 아는 해윤으로서 감당하고 싶지 않은 자리였다.

해윤은 플래시가 터지는 라인 밖으로 고개를 돌렸다. 그러다 단조로운 와인색 드레스를 입고 들어서는 세경과 눈이 마주쳤다. 그녀 곁에 팔짱을 끼고 선 강후와 함께.

눈탱이 밤탱이 된 세지는 같이 일하는 여자들의 드레스를 다 빌려와 세경에게 이리저리 대보았다.

"즐기러 가는 게 아니라 난 일하러 가는 거야. 드레스 입는 거 좀 그래."

세경은 어쩐지 드레스가 불편했다. 경매 생각도 나고.

"그냥 원피스 입고 가면 파티 분위기가 좀 그래질걸. 내 말 들어. 그런 쪽은 확실히 언니보다 내가 나으니까."

세지는 여러 개의 드레스 중에서 추려진 두어 개를 세경에게 연속적으로 번갈아 대보았다.

"이거 밤무대용 아니야?"

세경은 세지가 심사숙고해서 고른 와인 빛 드레스를 입은 자신의 모습을 걱정스럽게 내려다보았다.

"밤무대용이라고 써 있어? 밤무대에 입어서 밤무대용이라면 그 1억짜리 드레스도 밤무대용이야."

"풉!"

웃음이 터져 나왔다.

"누구랑 가는 거야?"

세지가 드레스 길이를 재어보며 물었다.

"강후 씨."

세경은 떨떠름하게 대답했다.

"안 그래도 내가 그 사람에 대해 좀 궁금했는데, 설마 예전에 언니 버렸던, 그래서 비만 오면 벌벌 떨면서 밖으로 나가지 못하게 했던 그 사람?"

"맞아."

그랬다. 비 공포증을 만들어준 사람이다. 그런데 그 사람 연주회장 섭외 때문에 나란히 파티에 가게 되다니. 사람 사는 맛이 이 맛이 아닌가 싶다. 나중 일을 누가 알겠는가. 그래서 원수지고 살면 안 되는 거다.

원수 생각을 하니 좀 전에 헤어진 해윤이 생각났다. 원수도 그런 원수가 없었는데, 어느새 위로받는 사이가 되고 말았다. 세경은 저도 모르게 피식 웃음이 났다.

세지의 숙소로 강후가 세경을 데리러 왔다.

"드레스 예쁘다. 샀어?"

강후는 감탄을 하며 세경을 이리저리 훑어보았다.

"속에도 없는 말이면 하지 마. 빌린 거니까."

세경은 새초롬하게 말했다.

"진심이야."

강후는 부드럽게 미소 지으며 차 문을 열어주었다.

"자, 이거."

세경은 강후에게 작은 종이가방을 내밀었다.

"선물이야?"

강후는 기대에 차 종이가방을 열어보았다. 그리고 이내 실망한 표정으로 세경을 바라보았다. 세경은 착잡한 미소를 지어 보였다.

"미안. 못 받겠어. 그리고 가지고 다니기도 벅차. 이거 잃어버릴까 봐 신경 쓰느라 신경과민 됐어."

"진짜 난 안 되는 거야?"

강후는 기운이 빠진 듯 어깨를 늘어뜨렸다.

"반지는 정말 예뻐. 근데 이렇게 많이 받으니까 오히려 멍해지더라."

"그래도 쓰레기봉투에 담아서 주지 않아 다행이네."

강후는 어설픈 미소를 띠었다.

"뭐?"

"아니야."

강후는 눈썹을 으쓱이는 그녀를 바라보며 씁쓸하게 웃어 보였다.

파티장에는 금방 도착했다.

강후는 차를 주차하고 세경과 나란히 걷다 그녀의 팔을 자신의 팔에 걸쳤다. 세경이 당황해 돌아보자 강후는 세경을 향해 가벼운 윙크를 날렸다.

"파티잖아. 싸우러 들어가는 거 아니야."

너무 긴장했나. 세경은 피식 웃었다. 그리고 그녀의 손등에 다시 손을 포개는 강후의 온기를 어색하게 느끼며 한창 플래시가 터지고 있는 파티장 안으로 들어갔다. 그리고 거기서 카메라 세례를 받는 예린과 그녀 옆에 선 해윤을 발견했다.

그와의 1미터 간격이 한순간에 10미터로 벌어진 것 같았다. 밤무대 용 드레스에 자신을 찬 남자의 팔을 꿰고 들어온 자신과, 1억이 넘는 드레스를 자랑스럽게 이리저리 보여주고 있는 계급 다른 예린과 반짝이는 카메라 플래시에 은은한 빛을 발하는 명품 슈트를 입은 해윤이 아주 멀게 느껴졌다. 예린의 계급 어쩌구 하는 말이 재수 없었는데, 그녀 앞에서 잘난 척한 자신이 웃겨지는 순간이었다.

그런데 그 상황에서 더욱 놀란 건 강후였다.

"저 자식이 저 여자 뭐라도 돼?"

확인이 필요하다는 목소리였다. 아, 그러고 보니 해윤은 그가 보기에는 자신의 남자였다. 해윤의 시선과 강후의 시선이 불꽃을 튀기며 맞부딪치는 듯했다.

"사실 저 사람은……."

뭐라고 설명해야 할지 난감했다.

"됐어. 알 필요 없어. 너희 둘이 사귄다는 말, 처음부터 다 믿지 않았으니까."

강후의 표정은 예상외로 평화로웠다.

"너를 뺏긴 게 아니어서 다행이야. 가자."

강후는 그의 팔에 손을 얹고 있는 세경의 손을 다른 손으로 감싸 쥐며 발길을 돌렸다.

강후에게 딸려가던 세경은 해윤을 힐끗 돌아보았다. 그가 불타는 눈으로 자신을, 그리고 강후를 노려보고 있었다.

파티가 무르익을 무렵, 강후는 한국예술협회 이사를 맡고 있다는 사람을 소개해주었다.

"대니얼에 대한 얘기는 호주 활동 때부터 우리한테도 잘 전달되고 있었죠. 난 대니얼의 한국 활동을 적극 추천하는 사람입니다."

그는 세경과 강후에게 무척 우호적이었다. 연주회장 섭외는 물론이고, 홍보에도 다리를 만들어주겠노라고 재차 말했다.

"다행이야. 깐깐할 줄 알았는데, 호의적으로 말씀하셔서."

짐짓 긴장했던 세경은 이사와 헤어지고 나오면서 식은땀을 흘렸다.

"아까 레스토랑 주차장에서 얘기하던 사람, 너랑 결혼할 뻔했던 사람 아니야?"

강후가 뒤늦게 물었다.

"어떻게 알았어?"

세경은 놀라 그를 돌아보았다.

"찢어진 법전이 말해줬어. 맞을 일이 생긴다면 내가 대신 맞아야 할 거라고."

"뭐?"

세경은 실소를 했다. 그 사람답다.

"자기는 변호사라서 그 사건을 목격해야 한다나? 말은 잘해, 그 자식."

강후는 해윤이 바로 눈앞에 있다면 아작아작 씹을 것 같은 표정을 했다.

"너보다 나이 많아. 함부로 말하지 마."

세경은 머리칼을 쓸어넘기며 불어오는 밤바람을 맞았다. 그가 아직 여기 있는지 궁금했다.

강후는 세경을 물끄러미 보았다. 그러다 조심스럽게 물었다.

"너는 어디까지야?"

"뭐?"

바람에 심호흡을 깊이 하던 세경이 의아해하며 그를 돌아보았다.

"그 자식은 알겠고, 너 말이야. 그 자식한테 관심 있어?"

그에 대해 뭘 알겠다는 건지 모르겠다. 또 자신에게 뭘 물어보는지도.

"쉽게 말해. 이해 못하겠어."

세경은 미간을 좁혔다.

"어쩌면 이해 못하고 있는 게 낫겠지."

난해한 세경의 표정에 강후는 긍정적으로 말했다.

"질문의 뜻을 모르는 자체가 더 나아, 알아서 되새기는 것보단. 뭐 좀 마실래? 나 목마른데."

"음…… 주스 한 잔 부탁할게."

세경은 알 수 없는 말만 해대던 그를 향해 설핏 미소를 지어 보였다.

강후 역시 미소 지어 보이며 자리를 떠났다.

세경은 불어오는 바람을 좀 더 맞기 위해 깎여진 둔덕 모서리로 한 걸음 앞으로 나갔다. 그때 불쑥 세경의 팔을 누군가 확 잡아끌었다.

"그러다 엎어지면 자매가 쌍으로 펜더가 될 텐데?"

놀라 돌아보니 해윤이었다. 갑자기 그와 마주치니 가슴이 두근거렸다.

"파트너는 어쩌고 왔어요?"

세경은 두근거리는 가슴을 억지로 짓누르며 그의 손에서 팔을 잡아 뺐다. 그러자 해윤은 주위를 두리번거리더니 세경의 손목을 잡고 다짜고짜 나무가 우거진 건물 뒤편으로 끌고 갔다.

"놔요!"

세경은 그의 손을 탁 쳐냈다.

"일 때문이라더니 저 자식하고 온 거야?"

해윤은 일그러진 눈썹으로 대뜸 화를 냈다.

"뭘 그렇게 연극처럼 화내요? 강후 씨도 없는데. 그리고 그쪽 피앙세가 나타났으니 게임은 끝난 거예요."

"기가 막히네."

해윤은 머리를 신경질적으로 털었다.

"그래서 저 자식한테 나랑 아무 사이도 아니었다고 말했어?"

"대강 짐작했던데요. 쇼를 좀 형편없게 했나 봐요, 우리."

세경은 어깨를 으쓱해 보였다.

"그럼, 저 자식한테 돌아가는 거야?"

그의 눈썹이 기형적으로 비틀려 올라갔다.

"당신 그 눈썹 말인데요, 그렇게 자유자재로 오르락내리락할 수 있는 거였어요?"

"이젠 남의 눈썹 가지고 시비야?"

해윤은 제 눈썹을 손가락으로 문지르며 투덜거렸다.

"아까 사이좋게 마지막 인사 해놓고 왜 또 이러는데요?"

"누가 '사이좋게 마지막 인사'야? 또 보자고 했지."

"그럼 이참에 마지막 인사 해요, 우리."

세경은 그에게 악수를 청했다.

"됐고, 아까 질문에 대답이나 해."

세경의 손을 가볍게 쳐낸 해윤은 세경의 얼굴을 바짝 노려보았다.

"무슨 질문요?"

세경은 해윤의 눈을 빤히 들여다보았다.

"저 자식한테 돌아가는 거냐고."

"여자가, 꼭 누구 옆에 있어야만 한다고 생각해요? 그건 계급 높으신 그쪽 피앙세는 그런 것 같지만, 나는 혼자서도 잘 지낼 자신 있어요. 그러니까 누구 옆에 찍어다 놓지 좀 말아요."

세경은 그를 힐난하듯 바라보았다.

"어째 비아냥 같지?"

그는 세경의 말이 불편한 듯 고개를 비틀었다.

"원래 그렇게 듣는 사람이잖아요."

그에게 예린과의 대화를 고자질처럼 일러바치고 싶지 않았다. 부류가 다른 사람이란 걸 여기 와서 확실히 알았다. 어떻게 며칠을 같이 동고동락했지만 엄연한 레벨이 있음을 기분 언짢게 느끼고 있었다.

"약혼녀가 기다리지 않겠어요? 돌아가요."

세경은 야멸차게 말했다. 그때 갑자기 비가 후두둑 떨어지기 시작했다. 세경은 급긴장했다. 강후로 인해 생겼던 비 공포증이 치료가 되었나 궁금했었다. 그런데 빗방울이 살갗에 닿자 세경은 움찔하며 뒤로 물러났다.

"비 예보가 있었나?"

해윤은 눈살을 찌푸리며 하늘을 올려다보았다.

세경은 두 팔을 어깨에 포개어 걸치고 고개를 숙였다. 빗방울이 떨어지는 하늘을 보니 아득해졌다. 그때의 처절했던 하늘이 떠올라서.

세경은 다급하게 짧은 처마가 쳐진 건물 입구 계단에 올라섰다. 문이 있어 당겨보았지만 후미진 곳이라 굳게 잠겨 있었다.

빗방울이 굵어지자 해윤은 어쩔 수 없다는 듯이 그녀 옆에 섰다.

"너야말로 그 자식이 찾을 텐데, 가봐야 하지 않아?"

해윤이 하늘을 올려다보며 물었다. 빗방울이 점점 굵어졌다.

"비 그치면요."

세경은 떨리는 목소리로 짧게 대꾸했다.

"쉽게 그칠 비가 아닌데?"

해윤은 손을 뻗어 내리는 빗방울을 받았다. 굵은 빗방울이 톡톡 떨어지다 세경의 얼굴에 튀었다. 세경은 움찔했다.

급기야 곧 장대비가 내리꽂기 시작했다. 세경은 사색이 되어 하늘을 올려다보았다.

세경의 표정을 본 해윤이 의아하게 물었다.

"비가 무서워? 그 표정은 뭐야. 비는 맞아본 적도 없는 라푼젤처럼."

"그렇군요. 라푼젤은 비를 맞아본 적이 없겠군요."

세경은 가늘게 떨며 고개를 끄덕였다. 적어도 그 여자는 비를 맞고 싶어도 못 맞는 거겠지.

"추워?"

그가 물었다. 좀 그런 것 같다.

세경은 대답 대신 몸을 움츠렸다. 비 때문인지, 공포 때문인지 뚜렷하게 알 수 없는 떨림으로 어깨에 소름이 돋았다. 단지, 하나 확실한 건 비를 맞기는 여전히 죽도록 싫다는 것이었다.

"안 되겠어. 뛰어가면 금방 파티장으로 들어갈 수 있을 거야."

해윤은 세경의 손목을 가볍게 잡으며 빗속으로 뛰어나갔다. 그러나 멈칫한 세경은 그의 손에서 재빨리 손목을 빼 다른 손으로 감쌌다.

빗속으로 뛰어나갔던 해윤이 당황하며 그녀를 돌아보곤 다시 그녀 옆으로 돌아와 섰다.

"여기 언제까지 있을 거야? 이렇게 퍼붓는데."

해윤은 다그쳤다.

"그래서 못 가요. 이렇게 퍼붓는 비는 질색이니까."

세경은 그에게서 고개를 돌려버렸다. 사색이 된 얼굴을 그에게 보이고 싶지 않았다.

"비 맞기가 그렇게 싫어? 옷이라도 덮어줘?"

해윤은 상의를 벗어 그녀의 어깨에 덮어주었다. 그러나 세경은 강하게 그의 손을 밀쳐냈다.

"나한테 신경 쓰지 말고 가요. 그 여자가 기다리잖아요."

"무슨 소리야. 널 혼자 두고 어떻게 가!"

세경의 태도가 마음에 들지 않는지 그는 언성을 높였다.

"왜 못 가요! 잘만 가던데!"

그에게 소리치고 싶지 않았는데 빗소리에, 그리고 비에 흥분하는 바람에 목소리가 높아졌다.

높아진 제 목소리에 당황한 세경은 이상한 눈으로 자신을 보는 해윤의 눈길을 피해버렸다.

"무슨 일 있었어?"

해윤은 수상쩍게 물었다.

"아니요."

세경은 짧게 대답했다.

"그렇게 대꾸하는 게 수상한데. 무슨 일이야? 비에 대해 좋지 않은 기억이라도 있는 거야?"

"아니요."

세경은 재차 강조하듯 말했다.

"뭐야, 누구한테 버림이라도 받았어……? 설마, 그 자식이…….."

해윤의 미간이 좁혀졌다.

"그래요! 그 자식한테 차일 때 이렇게 비가 왔어요! 그다음부터 비만 오면 비를 맞지도 못하고 우산도 쓸 수 없었어요! 우산을 써도 마음에는 똑같이 악천우가 쏟아지는 것 같아서 더러운 기분이 됐다구요!"

"돌아왔잖아! 용서까지 구하는 마당에 뭐가 두려워?"

해윤이 질책하듯 소리쳤다.

"나도 그럴 줄 알았는데……. 모르겠어요! 그냥 달라요! 비가 내리면 여전히…… 마음이 외롭다구요. 울고 싶을 만큼 외롭고 서러워진다구요! 비 맞기, 죽을 만큼 싫어요! 그런 기분, 떠오르는 게 싫다구요!"

세경은 진저리를 치며 두 손으로 얼굴을 감쌌다.

"그날, 세상 살면서 맞을 비를 다 맞았으니까 난 더 이상 안 맞아도 돼요."

세경은 얼굴을 감싼 채 젖은 목소리로 웅얼거렸다.

"그럼 평생 이렇게 살 거야? 비만 내리면 발작처럼 벌벌 떨면서 살 거냐구? 바이엘 그 자식이 옆에 있어줘야만 하는 거야?"

그가 소리쳤다.

"왜 자꾸 갖다 붙여요. 난 혼자 잘 살 수 있다니까!"

"그 증거가 이거야?"

해윤은 팔을 쳐들어 내리는 비를 가리켰다. 그의 팔이 비에 금방 젖었다.

세경은 아무 말도 하지 못했다. 혼자 잘 살 수 있다니. 내리는 비에도 어쩔 줄을 모르면서.

그때 갑자기 해윤이 벗은 겉옷을 세경의 어깨에 덮어주고서 맨몸으로 빗속으로 걸어 나갔다.

"뭐 하는 거예요!"

세경이 빽 소리쳤다. 해윤은 그런 세경을 말없이 돌아보았다. 그는 금세 비에 폭삭 젖었다. 그의 앞머리가 빗줄기에 이마로 흘러내렸다.

"그거 명품 옷 아니었어요? 그렇게 비 맞아도……."

"시끄럽고, 당장 거기서 나와."

해윤이 나지막이 말했다. 그의 눈썹이 빗방울에 파르르 떨렸다.

세경은 물러서며 도리질했다. 해윤은 그런 세경을 안쓰럽게 바라보았다.

"뭐가 무서워? 다시 그런 기분 느끼는 게? 그건 고작 지나간 일이야. 큰일이든, 작은 일이든 지나간 일이 돼. 지나간 일 때문에 지금 이 순간을 잃는다는 게 말이 돼?"

"좋을 것도 없는 순간이에요."

세경은 그에게서 시선을 돌리며 강력하게 반발했다.

"좋아. 그럼 그 자식이 떠나던 그 이전을 생각해봐. 비 맞은 적 한 번도 없었어?"

그의 질문에 세경은 불을 켠 듯이 갑자기 아빠가 떠올랐다.

비가 올 것처럼 하늘이 어둑하던 초등학교 시절의 어느 날, 아빠가 자전거를 타고 부리나케 학교로 달려 오셨었다. 비 오기 전에 데리러 오셨다고. 그리고 들길을 달리던 어느 순간에 비가 퍼붓기 시작했다. 아빠 등 뒤에 매달려가던 세경은 아빠 등에 얼굴을 묻었다. 아빠 냄새가 났다. 그리고 비를 피해 전력질주를 하던 아빠의 페달 밟는 움직임이 떠올랐다. 비를 맞고 있었지만 기분 좋았다.

그리고 또 떠올랐다. 비가 오는 고등학생 시절 어느 날, 우산이 없어 버스 정류장에서 학교까지 전력질주를 했었다. 같이 달리던 친구가 비 내리는 길바닥에 엎어졌다. 그 애를 일으켜 세우며 까르르 웃었었다. 그 애는 창피함에 얼굴을 일그러뜨리면서도 제 자신이 웃긴지 같이 소리 내 웃으며 학교까지 달려갔었다.

또 생각났다. 중학교 때 초등학생이던 세지를 잃어버렸다. 세지를 찾아다니는데 비가 내렸었다. 비 맞을 그 애가 걱정되어 그대로 비를 맞으며 세지를 찾아다녔었다. 세지 이름을 크게 부르면서. 그러다 놀이터 미끄럼틀 밑에서 웅숭그리고 앉아 졸고 있는 뽀송뽀송한 세지를 발견했었다. 세경은 안도감에 그대로 세지를 끌어안았고, 세지는 언니 때문에 옷이 다 젖었다며 울어댔었다.

어느새 세경의 눈가에 눈물이 주룩 흘렀다. 시끄럽게 들리던 빗소리가 음악 소리처럼 들렸다. 〈전원교향곡〉처럼.

세경은 젖은 눈으로 해윤을 바라보았다. 머리부터 발끝까지 흠빡 젖은 해윤은 그녀의 눈을 보고는 미소를 지었다. 그리고 그녀를 향해 말 없이 손을 내밀었다. 그의 팔 위로, 손바닥 위로 빗방울이 토당토당 팅졌다.

세경은 주저하다 그의 손을 잡았다. 그러자 그는 세경의 손을 세게 당겼다. 세경은 빨려가듯 그에게 안겼다. 당황한 세경은 그를 올려다보았다. 비가 이마에 떨어지고, 어깨에 떨어졌다. 등이 축축해지는 걸 느낄 수 있었다. 그리고 해윤의 머리칼에 맺힌 빗방울이 그녀의 뺨에 투둑 떨어졌다.

"어때, 생각보다 무섭지 않지?"

또다시 그의 부드러운 목소리를 듣는다. 그의 목소리가 아닌 것 같은, 그렇지만 그의 목소리가 확실한.

이렇게 자상한 남자였어? 지금 이 순간, 이 남자와 헤어지는 게 아쉬워지도록?

"나 정말 바보 같죠?"

세경은 눈물을 주룩 흘렸다. 어쩌지. 이제 비 오는 날, 이 남자를 떠올리게 생겼다.

"걱정 마. 딱 너 같으니까."

세경은 그의 어깨에 얼굴을 묻었다. 그런 세경을 끌어안은 해윤은 부드럽게 그녀의 머리를 감싸 안았다.

모진 비 폭풍을 뚫고 온 것처럼 해윤과 세경이 파티장 입구에 들어섰을 때 예린은 기함을 했다.

"두 사람만 따로 태풍 만났어?"

파티장 직원들은 서둘러 그들에게 수건을 가져다주었다. 해윤은 아무 말 없이 수건으로 머리를 털었다.

"어떻게 된 거야?"

놀라 세경에게 달려간 강후는 직원이 건넨 수건으로 그녀의 머리를 덮어주었다. 해윤은 그런 강후를 못마땅하게 쏘아보았다. 그러다 세경과 해윤의 눈이 마주쳤다. 해윤은 애써 그녀의 눈빛을 외면했다.

"넌 더 있을래? 난 돌아갈래."

해윤은 다가온 예린의 손에 젖은 수건을 건네주고 사라졌다. 예린은 쩔쩔하며 수건을 직원에게 건네주고 해윤을 따라갔다.

"혹시 내가……."

창밖에 내리는 비를 보다 세경을 돌아본 강후는 말을 끝맺지 못했다. 그런 그를 향해 옅은 미소를 지어 보였다.

"이젠 다 나았어. 괜찮아."

세경은 이렇게 말하며 해윤이 사라진 곳을 바라보았다.

"따뜻한 곳이 좋겠어요. 2층에 룸이 있는데 그리로 가시겠어요?"

직원이 다가와 걱정스럽게 말했다.

"네. 감사해요."

세경은 강후가 덮어주는 수건으로 몸을 감싸며 그녀에게 고개를 끄덕였다.

"난 따뜻한 차 좀 가져갈게. 먼저 가 있어."

강후가 말했다.

"응."

세경은 고개를 끄덕였다.

"이번엔 사라지지 마."

강후가 무거운 표정으로 말했다. 그제야 그가, 세경이 사라진 것을 걱정했을 거란 걸 깨달았다. 세경은 그를 향해 어설프게나마 웃어 보였다.

세경은 직원이 안내한 방향으로 서둘러 계단을 올라갔다.

"이 꼴이 뭐야?"

계단에 올라서자 갑자기 예린의 목소리가 들렸다.

"비 맞았어. 보면 몰라?"

차갑게 대답하는 해윤의 목소리도 들렸다. 몇 발자국 앞에 살짝 열린 문이 있었다. 둘이 문을 열어놓고 말다툼 중인 모양이다.

세경은 망설였다. 저 앞을 지나가야 하나, 말아야 하나. 하지만 직원은 저 앞에서 방문을 열어 보이고 있었다.

생각다 못한 세경은 직원을 향해 고개를 끄덕였다. 그러자 직원은 그녀에게 인사를 하고 저쪽으로 사라졌다. 문을 닫아주며 지나가면 모르겠지.

세경은 수건을 그러쥔 채 조심스럽게 문 앞으로 다가갔다. 순간 문이 벌컥 열리면서 예린이 튀어나왔다. 문에 얼굴이 반쯤 가려진 그녀는 안을 향해 소리쳤다.

"이러고 나타나면 내가 뭐가 돼. 한참 내 결혼식에 대해 떠들고 있었는데!"

세경은 굳은 듯 그 자리에 멈춰서고 말았다.

"도대체 그 여자랑 어떤 관계야? 설마, 어떤 관계인 채로 나랑 결혼하려는 건 아니지?"

예린은 세경의 기척을 못 느낀 듯 방 안의 해윤을 향해 따져 물어댔다.

"문 열고 떠드는 건 괜찮아?"

한심해하는 해윤의 말소리가 이어 들려왔다.

"말 돌리지 마!"

문 열고 그러는 건 괜찮은 모양이다. 예린은 크게 소리쳤다.

"아무 상관없는 여자야. 예민하게 반응하지 마!"

해윤의 말에 세경의 심장은 굳어버렸다. 조금 전 빗속에선 뭐였지? 효인을 만나서 얘기하게 해준 건? 그리고 자신을 위로해준 건?

그래. 생각해보면 아무 상관없는 여자에게도 충분히 베풀 수 있는 호의다. 그런데 왜 기분이 스산해지는 걸까.

"아무 상관없는 여자랑 그렇게 자주 부딪히는 이유는 뭐야?"

예린은 여전히 기분이 좋지 않은 모양이었다.

세경은 인기척을 내야 하는지 그대로 숨은 듯 있어야 하는지 난감했다.

"그건 하느님만 아시지. 너한테서 그 여자에 대해 가타부타 말 듣고 싶지 않아. 그 정도로 내게 존재감이 있는 건 아니니까."

존재감. 가슴이 무너지는 기분이라고 하면 오만일까? 약혼녀가 있는 이 남자에게는 당연한 건데.

그때 갑자기 예린이 문 밖으로 나와 난간을 짚으며 말했다.

"어쨌든 기분 별로야. 그냥 호텔로 돌아갈래."

이렇게 말하고 돌아서던 그녀와 세경의 눈이 마주치고 말았다. 세경이 어쩔 줄 몰라 하자 예린은 황당한 표정을 지었다.

"존재감 없긴 하시네. 여기 있는 줄도 몰랐으니."

예린의 말에 세경은 자존심이 팍 상했다. 형편없는 계급주의자에 막돼먹은 여자다.

"오해는 마세요. 지나가던 길에 문에 막혀서 당황하고 있던 중이니까."

세경은 그녀를 차갑게 바라보았다.

그때 문 밖으로 해윤이 의아한 얼굴로 나타났다. 세경과 마주친 그의 눈빛이 일순간 흔들렸다. 세경은 입을 꾹 다문 채 그를 빤히 보았다. 지금 그가 한 말을 다 들었다는, 그래서 기분이 무척 나쁘다는 티를 그에게 꼭 내고만 싶었다.

"여기서 말해봐. 당신이 미련을 가지고 있는 게 누구야? 나야, 이 여자야?"

예린은 작정을 한 듯 해윤에게 물었다.

"무슨 소리를 떠드는 거야?"

해윤은 예린을 향해 무섭게 말했다.

"그건 무슨 대꾸야? 두말없이 나라고 말해야지!"

예린은 히스테릭한 목소리로 소리쳤다.

"애처럼 굴지 마! 당신, 실수하는 거야!"

해윤은 화가 난 얼굴로 예린의 팔을 잡아당겼다. 세경은 그런 그들을 숨을 멈춘 채 바라보았다. 저들의 결혼 생활이 눈앞에 그려지는 듯했다.

한순간, 해윤이 안쓰러웠다. 그가 자신이라면 저런 여자와 결혼하느니 당장 도망쳤을 것이다. 생각보다 인내심이 대단한 남자다. 뭘 위해 참고 있는지는 모르겠지만.

해윤에게 잡힌 팔을 떨친 예린은 세경을 돌아보았다.

"그래? 맞아? 내가 당신한테 실수하는 거야?"

세경은 숨이 막혀 아무 말도 하지 못했다. 해윤은 세경을 보고는 고개 돌려 한숨을 내쉬었다.

"당신 남자한테 실수하는 거예요."

세경은 나지막이 말했다. 순간 해윤이 그녀를 돌아보았다. 그와 눈을 마주친 세경은 예린을 차갑게 돌아보았다.

"정말 저 남자한테 전 아무것도 아닌데, 나중에 얼마나 무안하시겠어요? 이런 존재감 없는 여자한테 설마 질투를 느끼는 것은 아닐 테고. 앞으론 두 분 입에서 저에 관련된 말이 나오지 않길 바라요. 그럼 제 존재감이, 없는 정도를 떠나 더러운 기분이 들 테니까."

세경은 예린을 노려보다 다시 해윤을 돌아보았다. 그가 뭐라고 말을 건네는 듯했다. 세경은 그런 그를 좀 더 길게 쏘아보고는 두 사람 사이를 가로질러 직원이 방문을 열어둔 곳으로 걸어갔다. 젖은 드레스가 발에 질척거렸다. 젖어 질척거리는 드레스가 꼭 자신의 모습 같아 참을 수가 없었다.

숨을 깊이 들이마신 세경은 힘을 주고 발끝에도 힘을 주었다.

그리고 겨우 방에 도착한 세경은 방문을 '쾅' 닫고서 그제야 참았던 숨을 토해냈다. 그리고 느릿느릿 걸음을 옮겨 창가로 다가갔다. 비가 세차게 퍼붓고 있었다. 세경은 창문의 난간을 힘주어 짚었다.

한순간 멍했다. 잠시 해윤에게 의지했던 것 같아 자존심이 상했다. 왜 자꾸 그가 자신의 머릿속을, 그리고 일상에 파고드는 건지 알 수가 없었다.

공항에서 그를 만난 건 우연이었을까? 그리고 드레스를 찾으러 온 사람이 그라는 것도? 그리고 효인의 관계에, 그리고 비 공포증에 참견처럼 그가 끼어든 것도 모두?

세경은 머리를 흔들었다. 생각해봤자 정리할 수 없는 것들뿐이다.

창밖의 하늘을 올려다보았다. 밤하늘에서 내리는 낯설지 않은 비다. 왜 또 이런 기분에 이런 비를 보는 걸까.

세경은 한숨을 내쉬며 아래쪽을 내려다보았다. 잘 빠진 차 한 대가 날렵하게 달려와 현관 앞에 멈췄다. 그리고 큰 우산을 받쳐주는 직원들의 호위를 받으며 나가는 두 사람이 보였다. 역시 낯익은 드레스에, 옆에는 낯익은 남자. 예린과 해윤이 차에 오르고 있었다. 그들은 그렇게 떠나고 있었다.

목적한 바를 이루었으니 저들은 이제 뉴욕으로 사라질 것이다. 그럼 영원히 그녀의 인생에서 사라지는 것이다. 너무나 지쳤다. 무언가 심한 태풍이 휘몰아치고 간 기분이다. 그 태풍에 쓸려간 건 무엇일까.

모든 일상이 그렇듯 제자리로 돌아오면, 모든 것은 아무 일도 없었던 것이 된다. 아주 쉽게. 물론 마음에서는 그 여운이 오래 남지만, 그건 혼자만의 것일 뿐, 남들이 보는 그녀는 달라진 게 없다. 실제로도 그렇고.

평창에서 세지와 함께 집으로 돌아온 지 보름이 지났다. 세지는 〈웨딩드레스〉라는 곡을 받기 위해 동분서주했고, 강후는 매일 아침, 저녁마다 일상적으로 집 앞에서 부딪혔고, 그때마다 티격태격하거나 농담을 주고받았다. 그리고 그의 수행비서 노릇을 하면서 CF 협의, 연습실 물색, 의상 협찬 등의 수발을 들러 따라다녔다.

간간히 해윤이 생각났다. 경찰서를 지나칠 때나 채 썬 양배추를 볼 때, 아침 햇살을 받는 어느 아침의 빈 소파, 변호사가 나오는 드라마나 쇼윈도에 걸린 멋진 슈트를 볼 때, 카센터 견인 트럭을 볼 때, 그리고 비가 올 때. 잠깐 동안 참 많은 기억을 만들어주고 갔다.

해윤을 떠올릴 때마다 씁쓸한 미소가 세경의 얼굴에 떠올랐다. 그리고 곧 허탈해졌다.

그에게 그녀는 존재감 없는 여자였을 뿐이다. 썩을.

문화예술협회 이사의 도움을 받긴 했지만, 강후의 연주회장을 섭외하는 데는 여전히 어려움이 있었다. 마음에 쏙 드는 그런 연주회장을 구하지 못했기 때문이다.

"요즘 힘들지?"

효인이 전화를 걸어와 불쑥 물었다. '당신보다 했겠어?'라고 말하고 싶은 걸, 겨우 공사 끝낸 구덩이를 다시 파는 기분이라 세경은 아무 말도 하지 못했다.

"연주회장 섭외에 우리 부모님이 태클을 걸고 있다며?"

평창에서 그를 만난 이후로, 연주회장 섭외 건으로 벽에 부딪힐 때마다 그에게 전화해볼까 하는 걸 겨우 참았었다. 그런데 먼저 말해와주니 이 사람, 이젠 고뇌의 인간을 벗어난 천사가 됐나 싶다.

"부모님한테 얘기했는데, 노여운 게 잘 안 가셔지나 보더라구."

"내가 찾아뵈야 했어."

언제나 하는 건 후회뿐이다.

"뭐 하러?"

그가 대뜸 말했다.

"다시 봐서 좋을 거 없는 사이야. 물론 당신이랑 내가 풀 건 있었지만 우리 부모님이랑은 절대 안 풀릴 거야. 이해도 바랄 수 없고. 하나뿐인 자식한테 '개망신'을 줬으니까."

개망신. 웃어줘야 하나. 웃자고 한 말 같긴 한데.

"미안하다니까."

세경은 미안함에 볼이 부풀어 올랐다.

"하하. 그건 아니고. 나랑은 풀렸더라도 우리 부모님이랑은 별개라는 거지. 나 이제 많이 괜찮아졌어…… 그때 마주치길 잘했다는 생각이 들어."

그의 웃는 목소리가 반갑다.

"내가 이해시켜 드리고 있는 중이니까 넌, 네 일 열심히 해. 그러면 돼."

상처를 주고도 도리어 위로를 받게 된다면 어떻게 해야 하는 거지?

"고맙고, 미안하고, 또 고마워."

세경은 가슴 한구석이 아련함과 동시에 따끈해지는 것을 느끼며 전화를 끊었다. 그리고 찌뿌듯하게 팔을 뻗어 깍지를 끼며 창밖을 내다보았다. 여름으로 넘어가는 날씨는 점점 좋아지고 있다. 강후의 연주회 건만 아니면 만사 오케이다.

세경은 깍지 낀 팔로 크게 기지개를 켰다. 그러다 사장실에서 막 나오는 사장과 눈이 마주쳤다. 세경은 흠칫 놀라며 서둘러 팔을 접었다. 사장은 세경을 향해 방으로 들어오라는 손짓을 했다.

"기획이 들어왔는데, 자네가 하면 좋을 것 같아서."

사장은 사장실에 도착한 세경에게 서류 하나를 건네주었다.

"제가 하면 좋은 게 아니라, 제가 제일 한가해서 시키시는 거잖아요."

세경은 입술을 삐죽 내밀며 서류를 대강 휘리릭 넘겼다.

"사장의 깊은 마음을 그렇게 얇디얇게 해석하는 건 무슨 깡이야?"

사장은 혀를 찼다. 세경은 입술을 비죽 내밀었다.

"그간 꼬인 일들 때문에 마음고생 많았을 텐데, 이제 새 기획을 맡아보라고. 지 대니얼은 어쩐지 내 손을 벗어난 일 같으니까, 수행비서 어쩌구 하는 것도 조리 있게 잘해서 연주회도 잘 추진하도록 하고. 일단이 일이 급한 것 같으니까 자네가 맡아서 해봐. 명함 끼워놨으니까 찾아가서 의논해. 알겠지?"

"넵. 알겠습니다."

세경은 사장을 향해 거수경례를 하고서 사장실을 나왔다. '꼬인 인생'이란 타이틀이 이제 떼이려는 모양이다.

빙긋 웃은 세경은 자리로 가며 손에 든 서류를 꼼꼼하게 읽어보았다. 그리고 명함에 'Romantic Street'이란 회사 이름 밑에 적힌 홍보팀장에게 전화를 걸어 약속을 잡았다.

세경은 전화 통화로 홍보팀장이 알려준 회사를 찾아갔다.

그녀가 찾아간 곳은 번화가에서 조금 떨어진 한적한 곳으로 'Romantic Street'이란 글씨 조형물이 커다랗게 지키고 선 세련되고 아담한 3층짜리 건물이었다. 외지긴 하지만 새로 시작하는 회사가 이 정도 규모면 괜찮다라는 생각이 들었다.

"여성 의류 전문 브랜드구요. 아직 런칭을 하지 않았어요. 다음 달에 패션쇼로 런칭을 하려고 하는데, 사장님께서 일반적인 패션쇼는 식상하다고 하셔서요. 좀 더 다채로운 형식을 기대하고 있으셔서 그쪽에 문의를 드렸습니다."

세경이 만난 뿔테 안경의, 날 서도록 깔끔하고 세련된 홍보팀장은 간략하게 의뢰 의도를 설명해주었다. 허리가 잘록하고 웨이브의 긴 머리를 한 이 여자만으로 회사 이미지가 확 와 닿았다. 중저가는 아니다.

"사장님의 기획으로 갑자기 조직돼서 저희도 정신이 없어요. 사장님이 완전 화끈한 성격파시거든요. 저희 회사 마크의 모티브가 된 상징물이 있는데, 보시겠어요?"

세경이 고개를 끄덕이자 홍보팀장은 그녀를 회사 3층에 있는 로비로 데려갔다.

그녀와 엘리베이터를 타고 올라가면서 세경은 기획사 사장으로부터 받은 서류에 찍힌 마크를 뒤져보았다. 서류 구석에, 바람에 날리는 심플한 드레스가 삽화처럼 뻬딱하게 은색 도장으로 찍은 듯 깔끔하게 박혀 있었다.

"드레스 회사인가요?"

세경이 그녀를 따라 엘리베이터에서 내리며 물었다.

"아뇨. 자료를 보시면 아시겠지만 이십 대에서 삼십 대의 커리어우먼을 겨냥한 신감각 여성 의류 전문 브랜드예요. 마크에 모티브가 된 드레스는 아주 유명한 디자이너가 수작업으로 만든 드레스로서, 사장님께서 특별히 존경하는 디자이너였기에 그분을 기리는 뜻에서 그분의 작품을 모티브로……"

그녀의 설명이 낯설지 않다. 물론 국적이며 이름을 말한 건 아니지만, 어떤 이야기의 시작과 많이 흡사한 레퍼토리다.

"이거예요."

홍보팀장은 팔을 들어 공중에 떠 있는, 유리관 안에 걸린 드레스를 가리켜보았다. 순간 세경은 '흡!' 하는 감탄 같은 신음을 내며 숨이 멈추었다.

"저희 회사 색깔이라고도 할 수 있으니까, 잘 봐두세요."

팀장이 몇 가지 부연 설명을 해주었는데 세경은 하나도 귀에 들어오지 않았다. 아니, 이미 아는 내용들이라 들을 필요가 없었다. 디자이너가 얼마 전에 타계한 이탈리아의 명장 마리오 에마누엘레라느니, 이걸 주문했다가 분실할 뻔한 사연이 있다느니, 지금 영국 왕실에서 계속 딜을 하자고 조르고 있으며, 경매 공시가만 1억이라느니……

드레스를 바라보는 세경은 말을 잃었다. 유리관에는 자신의 결혼식에 잘못 배송되어 집에 걸려 있었던, 그리고 세지가 밤무대에서 몇 날

며칠을 입어 밑단이 더러워졌던, 그리고 파티장에서 해윤 옆에서 화려하게 빛나고 있던 그 드레스가 화려한 조명을 받으며 걸려 있었다. 사과가 목에 걸려 기절한 백설공주처럼 유리관에 다소곳이.

"저희 회사 사장님이 무척 아끼시는 거죠. 이 건물에서 디자인실보다 보안이 더 철통 같은 곳이에요, 여기가."

안다. 그녀가 얼마나 드레스에 혈안이 되어 있었는지. 호텔에 불려가 예린과 세지가 실랑이를 벌이던 그때가 만화 페이지처럼 휘리릭 지나갔다.

"사장님 성함이……."

세경은 혼미해지려는 정신을 가다듬으며 겨우 물었다. 얼굴 하관이 마비가 되어 제대로 말이 나오지 않는 것 같았다. 뭔가 잘못됐다.

"오예린 사장님이세요. 나중에 뵙게 될 거에요."

흡! 뵙게 된다고? 그 계급주의에 자본주의로 똘똘 뭉친, 게다가 자신에게 존재감 없다는 말을 이중창으로 떠든 그 여자를? 한국 떠난 거 아니었어?

세경은 당황스러워하며 시선을 흩뜨렸다. 이 상황을 어떻게 해야 할지 난감하지 않을 수 없었다. 거절해, 말아? 거절하면 사장님 반응은? 그냥 맡는다면 그 여자의 반응은? 그리고 자신은?

세경은 머릿속에 빨대가 꽂혀 셰이크 섞듯 마구 휘저어지는 느낌이 들어 정신을 차릴 수가 없었다.

세경은 이마를 짚으며 몸을 돌렸다. 그때, 저만치 엘리베이터에서 '땡' 하는 소리가 들렸다. 그리고 열리는 엘리베이터에서는 전자레인지의 '땡' 소리에 맞춰 튀어나온 은갈치 같은 해윤이 나타났다. 저 인간도 한국에 있었어?

세경의 눈이 블랙홀처럼 커다랗고 흐리멍덩해졌다. 그리고 그들 쪽으로 걸어오던 해윤과 눈이 마주쳤다.

세경을 알아본 해윤의 걸음이 느려지다 딱 멈추었다. 그도 역시 당황하는 빛이 역력했다.

세경의 옆에 있던 홍보팀장이 그를 향해 허리 숙여 인사를 했다.

"저희 회사 고문 이사님이세요."

홍보팀장이 세경의 귓가에 속삭였다. 세경은 아무 반응도 할 수 없었다. 겨우 일상으로 돌아왔고, 그도 잊혀졌다고 생각했는데 갑자기 심장이 펌프질을 시작했다. 다시 모든 것이 꼬이기 시작하는 것 같았다. 뭔가 확실히 잘못됐다.

제목 : 앗싸~!!!

From : 빈대세지〈imsinger@hanmail.net〉

To : 세경언니〈ohmysekyoung@tm.com〉

where are you?

언니!!!

드디어 나 엔터테인먼트에서 연락이 왔어.

그 수많은 데모 CD를 뿌린 곳 중에 하나야.

놀랐지? 당연하지.

내가 뽑힐 줄 몰랐을 거야. 그치?

큰 기획사는 아니지만 나더러 조금만 트레이닝을 받으면 훌륭한 가수

가 될 것 같은 목소리래. 푸하하하!!

비주얼도 나쁘지 않고. 이건 당연하지.

같이 노력해보자고 하더라구.

언니의 걱정처럼 돈을 요구하거나 그런 거 전혀 없어.

오직 나의 열정과 꿈이면 된대. 멋지지?

단지 작은 무대도 연습의 연장이니까 닥치는 대로 열심히 하재.

요 부분이 좀 걸리긴 하는데 일단 가보려구.

언니가 뭘 걱정하는지는 잘 알아.

하지만 나도 컸어.

내 앞가림은 내가 할 수 있다고.

걱정 마, 언니.

12. 상전벽해의 끝에서 '염병'을 외치다

로비 테라스에 나란히 선 해윤과 세경은 서로 쳐다보지도 않은 채 건물 밖 전경만 바라보았다. 그러다 세경이 먼저 입을 열었다.

"왜 아직도 한국에 있어요?"

"자꾸 일이 벌어지니까."

"어떻게 이렇게 빨리……."

"상표 등록하고, 건물 사고, 최소 인원 빼오고……."

"빼와요?"

세경은 그제야 그를 돌아보았다. 제길, 안 본 사이에 더 근사해졌잖아.

"그럼 일일이 뽑아서 언제 일이 돼? 돈이면 금방금방 다 되던데."

해윤은 콧방귀를 뀌었다.

자본주의자가 행할 업적답다.

"우리 회사, 당신이 추천했어요?"

"추천한 건 너네 회사지, 네가 아니야. 너같이 마가 낀 애를……."

"맞은 지 좀 됐어요, 그쵸?"

세경은 주먹을 불끈 쥐어 보였다.

"그보다, 왜 너야?"

해윤이 턱을 문지르며 씁쓸하게 세경을 돌아보았다. 그와 눈을 마주치지 못하겠다.

"그러게. 왜 나일까요?"

세경은 황망하게 그에게서 다시 건물 밖 전경으로 시선을 옮겼다.

"한가한 네가 당첨될 거라고 생각해서 너네 회사 추천한 거 아니야."

"하긴 내가 존재감이 없긴 하죠."

세경은 해윤을 힐끔 보았다. 그러다 가는 눈으로 곁눈질하던 해윤과 눈이 마주치고 말았다. 볼 때마다 낯설다. 그러면서도 익숙한 이 느낌은 뭐지?

"그때 그 말 아직도 기억하는 거야?"

그냥 묻는 건지, 마음에 걸렸던 건지 잘 모르겠다.

"나 들으라고 한 말이 아니어서 그런지 더 뇌리에 남더라구요. 모든 뒷담화가 그렇듯, 원래 그런 말이 더 힘이 있잖아요."

"소심하긴."

대수롭지 않다는 투다. 어떻게 들었건 상관없겠지. 마음이 아주 잠시 서운해졌다.

"바이엘이랑은 진도 어디까지 나갔어?"

뜬금없는 질문이다.

"무슨 소리예요?"

세경은 못마땅하게 그를 돌아보았다.

"진짜 돌아갈 마음 없는 거였나? 바이엘이 불쌍하군. 언제 술 한잔해야겠어."

말끝에 그의 코웃음 소리가 들렸다. 도대체 머리에 무슨 생각이 들었는지 알 수 없게 만든다.

"둘이 그 정도로 친한 줄 몰랐네요."

"도대체 왜 그 자식이랑 확실한 선을 안 긋는 거야?"

갑자기 해윤이 몸을 돌리며 언성을 높였다. 웃었다, 성내다…… 게다가 오랜만에 보자마자 묻는 게 고작 강후야?

"우리 기획사 고객이에요. 날 수행비서로 협조 요청했고. 어떤 선을 그어요?"

이 남자와 이런 식으로 말다툼하며 이러고 있는 게 영 마음에 들지 않았다.

"선은 여기다 그어야겠어요. 어쩐지 이 일, 못할 거 같네요."

세경은 황급히 문을 향해 몸을 돌렸다.

"그러고도 네가 프로야?"

그의 말이 세경의 발목을 잡았다.

"공과 사를 분명히 해. 우리 홍보팀도 만만한 사람들이 아니야. 난 추천만 했을 뿐이지, 선택을 강요할 순 없어. 다른 기획사와 충분히 검토한 후에 너네 기획사에 연락한 걸 거야. 그런 너희 회사 능력을 네가 좌지우지해도 돼?"

"하지만 담당자는 나예요."

"그래. 난 지금 그 기획사 담당자의 자질이 궁금하려던 참이야. 공과 사, 구분 못해? 도대체 어디까지 바보야?"

그의 말에 불쾌해졌다. 그에게 자질 심판을 받는 것이 수치스럽다.

"이 회사 사장님이 편하시겠어요?"

세경은 그를 흘겨보며 빈정거렸다.

"급을 잘못 정하셨네. 네가 사장 얼굴 보면서 일할 정도나 돼? 아마 내가 최고급일걸?"

헐. 이 남자는 사람 속을 제대로 잘 긁는 삼지창은 어디에 숨겨놨다가 이럴 때마다 꺼내 쑤셔대는 것일까. 도전의식까지 팍팍 솟구치게 만든다.

"좋아요. 이쪽에서 불편하지 않다면 나도 상관없어요. 내가 워낙 배려심이 강해서, 혹시나 하는 마음에서 했던 말이에요. 내 능력이 궁금해요? 그럼 보여주죠. 기대해요!"

세경은 그를 향해 얄밉게 웃어 보이곤 그대로 테라스를 나왔다. 그리고 해윤의 시선을 뒤통수에 꽂은 채 그의 회사를 나왔다.

드레스를 찾았으니 당연히 원래 있던 뉴욕으로 돌아갔다고 생각했다. 그리고 그런 그를 잊었다고 생각했다. 그런데, 그의 얼굴을 본 순간, 얼떨떨해지면서 아주 작은 구석에선 그가 반갑기도 했다. 그의 목소리를 다시 들은 것이 꿈만 같았다. 왜 이런 기분이 드는지 알 수가 없었다.

버스 손잡이를 잡고 있던 세경은 한 손으로 두근거리는 가슴께를 움켜쥐었다. 이런 답답하면서도 가슴이 두근거리는 기분을 어떻게 형언할 수가 없었다. 눈앞에 한강 공원이 보였다. 세경은 생각할 사이도 없이 버스가 멈춰서는 대로 정류장에서 내려 그 길로 한강으로 달려가 소리쳤다.

"으아아악! 엠병할!!!!"

회사로 돌아온 세경은 패션쇼 자료들을 수집하느라 야근까지 했다. 대충 하고 싶지 않아졌다. 인간은 원래 그렇다 쳐도 일적으로 무시당하고 싶지 않았다. 게다가 존재감까지 운운하지 않았던가.

이건 자존심이다. 그가 자신에게 어떤 마음인지 알았는데 자신은 다른 마음으로 그를 보는 것이 억울했다. 그래서 보여주고 싶었다. 그 빌어먹을 한 쌍에게 자신의 능력을.

다음 날, 그 수많은 자료들을 가지고 해윤의, 그러니까 예린의 회사로 출근했다.

"추천하신 이유가 있네요. 이렇게 금방 많은 자료까지 모아오시고. 이걸 다 혼자 하셨어요?"

홍보팀장은 세경에게 블랙커피를 한 사발 내밀었다. 다크서클이 턱밑까지 내려온 세경의 얼굴이, 금방이라도 정신 놓고 엎어질 것 같은 모양이다. 세경은 그런 그녀를 보면서, 이 팀장은 어디서 빼왔을까 싶은 생각이 들었다. 하는 말투나 옷차림, 업무 능력을 보자면 작은 회사는 아니었을 것 같은데. 어떤 회사에서 있다 왔는지는 모르겠지만, 분명 거기보다 더 나은 대우를 약속했기에 예린과 일을 하기로 했을 것이다.

역시 사회의 현실은 정글보다 더 무섭다는 생각이 들었다. 그리고 사회라는 이 야생의 정글에서 세경 자신도 지지 않는 능력자라는 걸 보여주고 싶었다.

"일반적인 패션쇼는 제쳐놨어요. 하지만 딱히 이거다 싶은 건 없어요. 특색 있는 게 좋다고 하셨는데, 특색에도 여러 가지가 있으니까. 의상들을 보면 좋을 텐데요. 보여주신 드레스는 워낙 명품이라, 명품 이상의 다른 생각은 안 떠올라서."

세경은 딱 부러지게 말했다.

"그러세요. 샘플실에 가면 볼 수 있을 거예요. 같이 가시죠."

홍보팀장은 세경을 데리고 사무실을 나섰다.

예린의 회사를 나다니게 되니 세경은 긴장되었다. 어느 복도 모퉁이를 돌다 해윤이나 예린을 만날지도 모르기 때문이다. 당분간은 그 누구에게도 예리한 칼 같은 말은 듣고 싶지 않았다.

다행히 샘플실에 당도하는 동안 그와 마주치지 않았다.

세경을 샘플실 직원들과 인사를 시킨 홍보팀장은 한 직원에게 샘플 의상을 가지고 나오라고 지시했다. 그러자 곧 옷이 잔뜩 걸린 행거가 세경 앞에 촤락 나타났다.

"사장님이 뉴욕에서부터 만들어놓은 것들이래요. 공모전에서 입상하신 작품도 있대요. 굉장하죠? 자, 마음껏 둘러보세요."

"옷들이 엄청 여성스럽고 단아하네요."

돈으로 허세 부리는 여자라고만 생각했는데 그녀의 작품들은 뜻밖이었다. 누가 봐도 입고 싶을 만큼 예쁘고 고급스런 옷들이었다. 이런 여자에게 더 지고 싶지 않아졌다.

"캐주얼 쪽보다는 정장 이미지를 강조한 게 저희 회사 콘셉트예요. 아름다운 커리어우먼. 일하는 여성이지만 여성의 우아함과 섬세함을 잃지 않게 하는 것이 포인트죠."

홍보팀장은 아주 자랑스럽게 회사의 모토를 설명해주었다.

예린 때문에 신경이 곤두섰긴 하지만 여자가 맞나 보다. 고급스러운 옷들을 보니, 기분이 좋아지려고 한다.

"그럼 편하게 보시고 오세요."

홍보팀장이 세경에게 일러주고 나가자 샘플실은 가위질 소리와 재봉틀 소리로 다시 분주해졌다.

세경은 옷걸이를 하나씩 옮겨가며 행거에 걸린 옷들을 감상했다.

얼마쯤 지났을까. 갑자기 샘플실이 소란스러워졌다. 옷 감상에 집중해 있던 세경은 얼결에 뒤를 돌아보았다. 그와 동시에 직원들이 이구동

성으로 소리쳤다.

"사장님 오셨습니까?"

헉! 돌리던 고개를 다시 원위치시키려 했다. 하지만 그 순간에 샘플실로 들어선 예린과 눈이 탁 마주치고 말았다. 다크서클의 원인 중 하나. 그 뒤에 있는 비서도 호텔에서 본 여자였다.

"내가 제대로 보고 있는 건가요?"

예린이 눈을 의심하며 세경에게 다가왔다. 순간, 평창에서의 비 오던 파티 날 저녁이 스쳐 갔다. 좋을 것 없을 인상이 더 불쾌하게 느껴졌다.

"그런 거 같네요."

썩을. 세경은 입술을 뭉개며 그녀의 시선을 피했다.

"여기 취직했어요?"

불법 취업자 대하는 투다.

"설마요. 섭외돼서 왔어요."

"섭외? 디자이너 스카우트 얘기는 없었는데?"

예린은 고개를 갸웃거렸다.

"흐음, 런칭 하시죠? 그 런칭 쇼 기획을 저희 회사에 맡기셔서요."

세경은 불신의 눈으로 바라보는 그녀를 향해 억지로 웃어 보였다.

"누가요? 홍보팀에서요?"

예린은 정색했다.

"네."

"크리스틴, 홍보팀에서 이번 런칭 쇼 맡긴 기획사 보고 올라왔어?"

예린은 미심쩍어하며 비서에게 고개를 돌려 물었다.

"네."

크리스틴은 안고 있던 서류뭉치를 뒤지더니 종이 한 장을 꺼내 예린

앞에 내밀었다. 예린은 받아든 서류를 꼼꼼하게 읽으며 물었다.

"기획사 이름이 뭐예요?"

기분이 상하려고 한다. 거짓인지 아닌지 확인하는 심문 같다. 안면 근육이 빠직 선 세경은 심기 불편함을 그대로 목소리에 담아 말했다.

"'틈'이요. 사장님 성함은……."

"아, 됐어요. 맞는 것 같네. 한세경 팀장님?"

예린은 세경의 이름을 확인하고는 서류를 다시 크리스틴에게 넘겨주었다.

"그럼 수고해요. 불편한 거 있으면 말하구요."

사무적으로 말한 예린은 샘플실 실장을 불러 대동하고 샘플실을 나갔다.

사장 만날 일 없다더니. 이렇게 말 떨어지기가 무섭게 조우했는데.

해윤이 자신의 사무실 책상 앞에 앉아 서류를 보고 있는데 방문을 노크하는 소리가 들렸다. 그리고 그가 대답도 하기 전에 문이 벌컥 열렸다. 예린이었다.

일에 몰두하고 있던 해윤은 이마에 주름을 만들며 고개를 들었다. 예린이 험상궂은 얼굴로 해윤을 쏘아보았다.

"어쩐 일이야?"

예린임을 확인한 해윤은 그대로 다시 고개를 책상 위에 펼쳐진 서류로 돌렸다.

"당신이 추천했어?"

목소리가 톡 쏘는 듯했다.

"뭘?"

이 여자가 또 무엇에 빈정이 상했을까. 벌써 귀찮아졌다.

"우리 런칭 쇼 기획사 섭외."

그제야 해윤은 고개를 들어 그녀를 다시 바라보았다. 예린은 안쓰럽
다는 표정으로 바뀌어 해윤을 보고 있었다. 해윤은 그런 그녀의 표정
이 불만스러웠다.

"그 표정 뭐야? 읽기 힘든데?"

해윤은 인상을 찡그렸다.

"공적인 거야, 사적인 거야?"

세경에게 이미 공사를 구분하라는 말을 했던 입장으로서, 상당히 껄
끄러운 질문이다. 질문도 그녀와 관련된 것이라 편치 않았다.

"내가 뭘 구분 못했는지 말해봐."

해윤은 들고 있던 서류를 책상 위에 내려놓고 예린을 물끄러미 쳐다
보았다.

"고문 이사로서 홍보실 회의에 참석했었고, 기획사 논의 중에 홍보팀
에서 특색 있는 기획사를 찾느라 땀을 뻘뻘 흘리고 있기에, 그 여자 기
획사가 생각나서 말해준 것뿐이야. 꼭 그 기획사로 해야 한다고 압력을
넣은 적도 없고, 그 여자를 담당자로 해달라고 요구한 적도 없어. 이미
홍보팀에 확인했을 텐데. 그리고 갑자기 느껴지는 이 더러운 기분은 뭐
지?"

해윤의 말투는 건조했다.

"그래서, 그 여자 만난 적 없어?"

이 여자는 세경이 많이 걸리는 모양이다.

"질투해?"

해윤은 코웃음을 쳤다.

"오늘 그 여자 여기 온 건 알아?"

"그래……?"

해윤의 동공이 가늘게 흔들렸다.

"내가 이 일을 하게 된 결정에 자극제가 된 여자야, 그 여자."

예린은 미간을 찡그렸다.

"언제는 내 덕이라더니."

해윤은 코웃음을 쳤다.

"내가 일하는 여자라면 당신이 좀 더 날 존중해줄 거라고 생각했어. 물론 이 회사를 차리고 싶던 처음 의도는 그게 아니었지만, 일하게 된 게 다행이라고 생각하고 있었어. 그런데 저 여자를 다시 만나다니. 기분이 좋진 않아."

여자의 적은 여자라더니. 세경이 이런 식으로 예린에게 자극이 되리라고는 생각지 못했다.

자신에게 사랑하는 마음이 뻗친 예린이 세경을 적대시하는 건 아니겠지만, 어쨌든 제 것이라고 생각한 부속물 같은 사람이 다른 여자를 보고 있다면 사랑을 떠나 참을 수 없을 것이다.

"충고하겠는데, 난 바람피우는 남편은 절대 용서 못해."

예린은 경고하듯 말하며 소파에 털썩 앉았다.

"사랑을 믿지 않게 되고, 남편은 필요하고, 그런데 남편이 바람피우면 안 되고. 네 남편으로서 너의 기대에 부응해야 할 게 몇 가지야?"

그녀의 남편이라는 이름이 벌써 질리는 기분이다.

"바람피울 계획이 있다는 거야, 뭐야? 다시 말하지만 바람피우면 안 돼. 재산 들고 튀지도 말아야 하고."

"결국은 돈이네."

예전부터 알고 있던 이 답이 오늘따라 유쾌하지 않다.

"우리 결혼의 결정체지."

예린은 손가락을 세우고 색이 바뀐 손톱에 입김을 '호~' 불었다.

"내 마음을 아예 납땜을 해서 데리고 살지 그래?"

"사랑할 마음이 있다는 거야?"

예린이 눈을 치떴다.

"그렇게는 말 안 했어."

해윤은 그녀에게서 시선을 돌려 책상에 흩뜨려진 서류들을 보았다. 지금 딱 이 서류들과 이 여자가 동급 같다. 걷어치우고 싶다.

"다음 달에 런칭 쇼 하면 결혼식 발표할 거야. 결혼식은 아마 런칭 쇼 끝난 일주일 후쯤 되겠지? 마음의 준비는 되어가?"

예린 역시 이런 대화가 마음에 안 드는지 화제를 돌렸다.

"언제는 안 돼 있었나?"

해윤은 다시 책상 위에 던져놓았던 서류를 집어들고 소리 나게 뒤적였다.

"그럼 갈게."

예린은 자리를 박차고 일어났다.

"아이는 안 돼."

해윤이 돌아서는 예린의 뒤에 대고 말했다.

"뭐?"

예린이 귀를 의심하며 돌아섰다. 해윤은 고개를 들어 그녀를 빤히 쳐다보았다.

"네 소원 다 들어줘도 아이는 안 된다고."

"왜?"

예린은 어이 상실한 표정을 지었다. 해윤은 서류들을 집어들었다. 그녀의 기분에 신경쓰고 싶지 않았다.

"고아잖아. 알아서 감 잡아야지."

"고아가 벼슬이야?"

예린은 얼굴을 찡그렸다. 그런 그녀의 반응에 해윤은 무덤덤했다.

"나한텐 그래. 그 힘으로 지금까지 살았으니까."

"어쨌거나 그건 안 돼!"

의외로 그녀는 완강했다. 사랑은 믿지 않아도 아이는 갖고 싶은 건가? 그건 모성 본능일까, 다분한 욕심일까.

"나도 안 돼."

해윤은 싸늘한 표정으로 예린을 올려다보았다.

"사랑도 믿지 않는 남녀가 낳는 아이, 질색이니까."

"뭐야, 그 말은. 나더러 당신을 억지로라도 사랑하라는 말이야?"

한숨이 나왔다.

"머리 회전이 그렇게 안 돼서 어떻게 사장 해먹겠어? 말의 요지를 잘 생각해. 아이가 안 된다고 했지, 날 사랑하라고 요구하는 거 아니야. 내가 어디 너한테 요구할 처지야? 그리고, 너는 나한테 이래라저래라 가지가지 말하는데, 난 그거 하나도 안 되나?"

"시위해?"

예린은 삐딱한 자세로 해윤을 쏘아보았다.

"알아서 생각해. 나 지금 할 일이 태산이야. 나가봐."

해윤은 차갑게 말하며 그녀에게서 시선을 거두었다.

"다른 여자한테도 그렇게 말할 거야?"

순간 서류를 읽던 해윤의 눈 움직임이 멈췄다.

"예를 들어, 아까 내가 본, 당신도 아는 그 여자한테도 그렇게 말할 거냐구."

시험하는 말투다.

앞으로도 살면서 이 여자의 신경에 거슬리는 여자를 만나게 될 때마다 이런 질문을 받으며 살겠지?

"진짜 머리 나쁘네. 내 종자가 싫다는 거야. 됐어?"

다시 한 번 예린을 차갑게 쏘아본 해윤은 다시 서류에 시선을 꽂았다. 그런 해윤을 한참 바라보던 예린은 그대로 문을 열고 사라졌다.

문이 닫히는 소리가 나자 해윤은 그제야 소파 등받이에 몸을 기댔다.

자신이 뭘 원하는지 모르겠다.

언제나 목표가 분명했고 그 목표는 꼭 이루었다. 그리고 한국에 오기 직전까지 그의 인생은 순탄했다.

뭐가 꼬인 건지 정말 알 수 없었다.

그러다 회사 내에 있을지도 모를 세경이 생각났다.

"양배추 같은 여자 같으니⋯⋯."

매일 토끼처럼 양배추나 먹는 그 여자가 자꾸 생각나는 게 못마땅했다.

괜히 기획사를 추천해줬나? 보름 동안 정상으로 돌아온 듯한 생활을 했었는데, 그녀를 다시 만난 후, 원위치로 놓았던 가구가 다시 삐딱하게 보이는 기분이다.

그런 기분은 도저히 참을 수가 없었다. 가구를 들어서 내다 버리고 싶은 심정이다.

특색 있는 패션쇼란 무엇인가, 기획사에서 심도 있는 회의가 펼쳐졌다.

패션을 뒤집어 생각해보자는 취지에서 누드 쇼를 하는 게 어떻겠냐는 반 미친놈 같은 의견부터, 남자는 여자 옷을, 여자는 남자 옷을 입고 패션쇼를 하면 어떻겠냐는, 다소 의논의 가치가 있는 의견도 나왔다.

"하지만, 여자 옷만 만드는 회사야."

세경의 말 한마디로 그 의견은 회의록에서 삭제되고 다른 의견들이 다시 분분하게 나왔다. 손뼉을 딱 칠 만한 대안은 나오지 않았다. 세경은 심드렁하게 노트에 낙서를 하며 사람들의 말을 듣고 있었다.

그때 강후에게서 전화가 왔다.

"연습실에 가야 하는데 데리러 와줘."

이게 아주 비서가 뭔지 제대로 알게 해준다.

"지금 회의 중이야."

세경은 핸드폰을 두 손으로 가리고 조용히 속삭였다. 사람들은 지금 생각나는 대로 마구 지껄이고 있는 중이었다.

"내 일도 회의 안 하면서 남의 회의는 참 열심이군."

"신경 긁지 마. 같이 시켜버릴 수 있다면 한 번에 해치우고 싶은 심정……!"

순간 불현듯 아이디어가 스쳐 갔다.

"그래!"

세경은 책상을 탁 치고 벌떡 일어나며 소리쳤다. 떠들던 사람들이 세경을 돌아보았다.

"당신 연주회, 할 수 있겠어!"

세경은 흥분하여 사장을 돌아보았다. 그리고 배시시 웃었다. 사장은 '뭐니?' 하는 얼굴로 세경을 올려다보고 있었다.

흥분한 세경은 강후를 픽업하고서 곧장 예린의 회사로 달려갔다.

달리는 차 안에서 강후가 무슨 일이냐고 물었지만, 세경은 홍보팀장에게 할 말을 정리하느라 그에게 대꾸할 형편이 아니었다.

"당신한테 좋은 거야!"

이게 그녀가 그에게 말한 전부였다.

"옷의 콘셉트가 뭐였죠? 커리어우먼이지만 우아하고 섬세한 여성미를 강조하는 거랬죠? 그게 바로 이 남자예요!"

세경은 얼떨떨해하는 홍보팀장 앞에, 역시 얼떨떨해하는 강후를 조커 꺼내듯 불쑥 디밀었다.

"죄송한데, 이분이 어떻게……."

홍보팀장은 강후를 위아래로 훑어보다 '여자 옷이 감당되시겠어요?' 하는 난감한 미소를 지었다.

난감하기는 강후도 마찬가지였다. 급하게 오느라 연주회를 할 수 있다고 강조하는 세경 말만 기억할 뿐, 디테일하게 설명을 듣지 못한 사람이다.

"이 사람, 피아니스트예요. 클래식계에서 엄청 주목받는 신예 기대주죠. 호주에서 공부했고, 한국에서 활동하려고 왔어요. 음반도 준비 중이에요. 예술협회 이사까지 주목하고 있을 정도니까, 이 사람 이름이 얼마나 유명한지는 나중에 알게 될 거예요. CF도 찍었으니까 아마, 내달엔 공중파를 탈 거예요. 아, 이름은 지 대니얼이구요, 한국 이름은 지강후 씨."

세경의 두서없는 설명에 그제야 홍보팀장과 강후는 서로를 소개하며 악수를 나누었다.

"제 생각은 대충 이래요. 드레스가 상징이랬죠? 패션쇼장 분위기를 웨딩드레스 자락처럼 우아하게 꾸미는 거예요. 그리고 한가운데 피아노가 있구요. 거기에서 이 사람이 흰 장미꽃을 가슴에 꽂은 채 회색 턱시도를 입고서 엘레강스한 클래식을 연주하는 거죠."

세경은 꿈길을 그리듯 두 팔을 공중에 뻗으며 주절거렸다. 강후와 홍보팀장은 그녀의 말을 경청했다.

"연주가 시작되면 피아노를 중심으로 양쪽에서 모델들이 이번에 런칭하는 옷을 입고 나오는 거예요. 그리고 런웨이를 걷는 거죠. 계산해보니까, 연주곡이 두 곡은 필요할 거예요. 생음악으로 패션쇼를 하는 거죠. 스피커에서 나오는 음악이 아니라. 생각만 해도 아주 우아하고 격조 있을 것 같지 않아요? 패션쇼를 하기 전에 짧은 곡으로 한 곡 정도 독주할 수 있는 시간을 주는 것도 좋을 거예요. 사람들이 기대를 할 테니까. 이 정도 인물이면 기대하고도 남지 않겠어요? 어때요?"

이 정도 인물이란 말에 강후는 못마땅하게 세경을 흘겼다. 그러나 세경의 관심은 오로지 홍보팀장의 의견이었다. 설명을 마친 세경이 반짝이는 눈으로 홍보팀장의 안색을 살폈다. 팀장은 한참을 골몰했다. 그러다 빙긋 웃었다.

"좋은데요?"

"그쵸?"

세경은 홍보팀장의 손을 덥석 잡고 팔짝팔짝 뛰었다.

"사장님한테 보고할게요. 그 말, 사장님 앞에서 한번 하실 수 있죠?"

"에? 그건……."

갑자기 급당황스러워졌다. 그 여자 앞에서 아름답게 설명할 자신이 없었다. 아주 딱딱하고 내키지 않는 PT가 될 것이 뻔했다. 그리고 무엇보다 그 여자, 보고 싶지 않았다.

"대신 하시면 안 될까요?"

이런 소극적인 자세는 싫지만 예린이란 여자는 더 싫다.

"이분도 소개해야죠. 그냥 피아니스트라고 설명하면 제가 느끼는 것처럼 감이 안 올 것 같은데. 피아니스트치고 꽤…… 몸매가 좋으세요. 비주얼도 좋으시고. 저희 옷이랑 딱 맞는 고급스런 분위기세요. 아, 명함 드려야죠."

강후를 보며 중얼대던 홍보팀장은 붉어진 얼굴로 강후에게 명함을 내밀었다. 강후가 마음에 드나 보다. 그런데 예린은 이 남자를 그림자로 보았었다. 지금 팀장처럼 호감으로 받아들여 줄까? 너무 계획 없이 감정적으로 강후를 끌고 온 감이 없지 않다.

결국 홍보팀장을 대동한 채 논스톱으로 사장실까지 가게 되었다.

"이게 무슨 일이야?"

강후가 세경에게 속삭였다.

"저번에 호텔에서 본 그 여자 기억나? 드레스 어쩌구 하던."

"갑자기 그 여잔 왜?"

자동으로 강후의 인상이 일그러졌다.

"그 여자 만나러 가는 길이야."

세경은 침울하게 말했다.

"아까 사장 어쩌구 하던데, 그 여자가 사장이야?"

강후는 깜짝 놀랐다. 세경은 대답 대신 고개를 끄덕였다. 그리고 강후 몰래 가는 한숨을 뿜어냈다.

홍보팀장의 소개를 받는 예린의 입이 딱 벌어졌다.

"한세경 씨가 소개한 피아니스트입니다."

"지강후라고 합니다."

예린이 마음에 들 리 없는 강후는 무뚝뚝한 얼굴로 그녀에게 건조한 목례를 했다.

"팀장은 나가 봐요."

강후와 세경을 어이없이 번갈아보던 예린이 팀장에게 말했다.

홍보팀장이 방을 나가자 예린은 입을 벌린 채 말을 잇지 못하고 두 사람을 연속으로 번갈아 바라보기만 했다.

"점점 멤버가 모이는 것 같은 마뜩잖은 이 기분은 뭐죠?"

전우애와 배신을 불살랐던 그 옛날 고스톱 멤버 같은 거 말인가?

"'마뜩잖은'이요?"

강후는 예린에게 불쾌한 표정을 지었다.

"홍보팀장이 당신들을 여기까지 데려온 걸 보면 뭔가 기획했다는 거 같은데, 일단 들어볼까요?"

예린은 사무적으로 말하며 두 사람에게 자리를 권했다.

자리에 앉은 세경은 심호흡을 하고 목소리를 가다듬은 다음 홍보팀장에게 했던 것과 같은 브리핑을 했다.

"흐음……."

반응도 비슷했다. 예린은 손가락으로 턱을 쓰다듬으며 골몰했다. 그때 노크소리가 들렸다.

"들어오세요."

예린은 골몰한 채 대답했다. 곧 문이 열리고, 해윤이 나타났다.

예린의 방으로 들어서던 해윤은 강후와 세경을 보고 멈칫했다.

"그쵸? 이 마뜩잖은 기분. 이제 이해가 되지 않아요?"

예린은 냉소적인 미소를 지으며 강후에게 말했다.

"한국에 있었어?"

강후는 해윤을 보고, 세경이 그를 다시 봤을 때와 똑같이 당황했다. 강후에게 자세히 말하지 않고 데려온 것이 잘못일까?

세경은 지끈거리기 시작하는 이마를 짚었다.

"그럼 어디 있길 바랐는데?"

해윤은 강후의 시선을 무시하며 예린에게 다가가 서류를 내밀었다.

세경도 해윤을 빤히 바라보았다. 하지만 해윤은 그녀에게 조금의 시선도 흘리지 않았다.

"원단 예산이랑 계약서에 조금 문제가 있는 것 같으니까 확인해봐. 그럼 난 갈게."

예린에게 사무적으로 말을 마친 해윤은 문 쪽으로 몸을 돌렸다.

"런칭 쇼 기획안이 나왔어. 들어보고 가."

예린이 나가려는 해윤을 잡았다.

"너나 많이 들어. 난 들어도 모르는데."

퉁명스럽게 말한 해윤은 그대로 방을 나가버렸다.

"참 경악스럽게 무뚝뚝한 사람이에요. 매력적이야."

예린은 세경을 보며 너도 아느냐는 듯이 빙긋 웃었다. 세경은 그런 그녀에게 형식적인 눈웃음을 지을 뿐이었다.

"나쁘지 않은 기획이에요. 장소는 어디가 좋겠어요?"

의외로 예린은 대번 긍정적으로 말했다.

"정말, 괜찮아요?"

세경은 의심스럽게 반문했다.

"나쁠 게 뭐예요? 드레스에 대한 내 집착, 누구보다 잘 알고 있잖아요? 그래서 무대도 드레스풍으로 꾸미겠다는 거 아니었어요? 우리가 잠깐 교감을 했었나 했는데 아닌가 보네. 뭐, 상관은 없지만."

말하는 모양도 그렇고 역시 마음에 안 드는 여자다.

"피아노에, 샘플실에서 봤으니, 그동안 만든 내 작품들에……. 무대가 커야겠어요. 가능해요?"

아, 그래. 무대가 있었지. 무대에서 또 막힌다. 하지만 이 여자 앞에서 자신 없는 모습을 보이고 싶지 않았다.

"딱 맞는 무대를 찾을게요. 꼭!"

세경은 결의에 차 주먹을 불끈 쥐어 보였다.

"어서 일이 마무리돼서 안 보는 사이가 됐으면 좋겠네요. 결혼식에는 초대하겠지만요. 아, 뉴욕에서 할 거라 못 오시겠구나?"

예린은 형식적인 듯 미소를 띠었다 거두었다.

"결혼, 하세요?"

강후의 눈이 커졌다.

"물론이죠. 아, 여자 대 여자로 물을 게 있는데."

몸을 돌리려던 예린은 잽싸게 돌아서려는 세경의 발걸음을 세웠다.

"아이 갖기를 싫어하는 남자는 어떻게 유혹해야 하죠?"

"네?"

순간 세경의 얼굴이 빨개졌다.

"기획에는 도가 튼 거 같으니까 물어보는 거예요. 획기적인 이벤트 같은 게 있을까 해서. 생각나면 말해줘요."

예린은 세경을 검지로 콕 찍고 "꼭."이라고 말하며 싱긋 웃었다. 생각만 해도 기분이 좋은 모양이다. 남사스러운 것도 모르는 여자 같으니.

그게 뉴욕식인가?

세경은 얼굴을 구기며 그녀에게 인사하고 돌아서서 방을 나왔다.

예린의 방을 나온 강후의 표정이 썩 좋지 않았다.

"어떻게 연결된 거야? 저 자식이 연락했어?"

"여기 홍보팀에서 우리 기획사로 문의를 했나 봐. 우연히 가장 할 일 없던 내가 차출된 거고."

세경은 피곤한 목소리로 대답했다.

"저 여자랑 일하는 거 괜찮아?"

걱정스러운 모양이다.

"첫인상이 별로여서 내키진 않았는데 일적인 걸로는 문제없어."

"다행이네."

"그러게……."

두 사람은 엇박자로 고개를 끄덕이며 회사를 나왔다.

건물 밖으로 나온 세경은 자꾸만 회사를 돌아보게 되었다. 이유 같은 건…… 모르겠다.

"찢어진 법전이 배웅이라도 나올까 봐?"

강후는 못마땅하게 세경을 보았다.

"어? 아니……."

세경은 말끝을 흐리며 회사 건물에서 몸을 돌리고 차 문을 열었다.

"설명도 없이 갑자기 데리고 와서 미안해."

세경은 강후를 바라보며 조심스럽게 말했다.

"당신 이름을 알리는 데는 손색이 없을 거야. 돈을 받으면서 연주해야 하는데 무대 특성상 무료가 될 거라 미안하지만, 런칭 쇼는 VIP들이 모이는 자리니까 당신에게도 좋을 거야. 당신한테 먼저 양해를 구했어야 하는 건데. 첫 공연이, 무료 공연이 돼도 괜찮겠어?"

세경은 강후에게 미안한 표정을 지었다. 다행히 강후는 흐뭇하게 웃었다.

"다음 공연도 있을 거잖아. 네 말대로 VIP들을 만날 좋은 기회야. 그런 사람들이 내 연주를 마음에 들어 한다면 다음에 유료 공연을 하게 됐을 때 VIP 좌석부터 매진되겠지. 안 그래?"

긍정적이라 마음에 든다. 해윤도 이랬으면 좋으련만.

그와 이런 식으로 대화한 것은 별로 없다. 또 몇 안 되는 기억들은 효인과 대화를 하게 만들던 때, 비를 맞게 해주던 때처럼 강렬하기 그지없다.

"자, 패션쇼도 하게 됐고, 연주회도 하게 됐네. 그런데 어디서 할 거야? 일반 객석이 있는 곳은 힘들 것 같은데."

"물색해봐야지."

세경은 또 다른 시름이 생긴 얼굴로 차에 올랐다. 그리고 조수석에 앉아 회사 건물을 다시 한 번 훑어보았다. 눈길이 자꾸 그가 있을 법한 곳으로 쏠렸다.

세경은 착잡해하며 고개를 돌렸다. 그러다 강후와 눈이 마주쳤다. 강후는 어색하게 미소 지었다. 마치 수업 중 딴 생각 하다 선생님에게 들킨 학생처럼 세경은 그를 향해 어색하게 미소를 짓고서 차를 출발시켰다.

자신의 사무실 유리 벽 앞에 서서 세경의 차가 떠나는 모습을 보는 해윤의 얼굴은 어두웠다. 차에 올라 서로 미소 짓는 두 사람을 보고 있자니 간경화가 일어나는 것처럼 가슴 한쪽이 욱신거렸다. 세경의 기획사를 끌어들인 건 정말 잘못일까?

정말 세경이 당첨되어 올 줄은 몰랐다. 사람 인연이라는 게, 엮이기도 힘들지만 한 번 엮인 끈을 풀기도 쉽지 않다는 걸 새삼 깨달았다. 왜 자꾸 세경을 볼 때마다 마음이 무거워지는지 모르겠다.

책상으로 몸을 돌리는데 전화벨이 울렸다. 예린이었다.

"저녁에 패션 쪽 사람들하고 모임 있어. 같이 가."

"알았어."

해윤은 일언반구도 하지 않고 전화를 끊었다. 이제 이렇게 익숙해져야 한다. 같이 살기로 한 이상, 싸우면서 살고 싶지 않았다. 사랑도 없는데, 싸우기까지 하면 정말 비참할 것 같았다. 조해윤, 드디어 타협이란 걸 할 줄 아는구나. 씁쓸하다.

해윤과 예린이 모임 참석차 나간 곳은 고급 바가 밀집한 구역에 있는 곳 중 하나였다.

예린은 모임에 나온 사람들과 패션에 관련된 전문 용어를 써가며 시끄럽게 떠들었다. 해윤도 전에 안면을 텄던 사람들이라 크게 부담스럽진 않았지만 즐거울 것도 없는 자리였다.

어두운 조명, 클럽과 다를 바 없는 시끄러운 음악 소리, 혼잡한 실내, 돈 처바른, 번쩍이는 인테리어가 해윤에게 극심한 두통을 가져다주었다. 딱 비행기를 타고 한참 하늘의 정점을 나는 기분이었다. 숨이 막혔다.

"바람 좀 쐬고 올게."

해윤은 예린에게 속삭였다. 살짝 돌아본 예린은 건성으로 고개를 끄덕이고는 사람들과의 대화에 열을 올렸다.

결혼하면 그녀에게 이런 모임을 자주 만들어줘야겠다는 생각이 들었다. 그럼 이 여자는 지금처럼 자신에게 과한 신경을 쏟지 않을 것 같았다.

늦봄의 밤공기는 제법 상쾌했다. 해윤은 넥타이를 느슨하게 풀고 번화가의 밤길을 잠시 걸었다. 한국에 돌아온 후로 한동안 이국적이었던 한국의 정취가 다시 익숙해지기 시작했다.

얼마쯤 걸었을까. 한 골목에서 여자의 격양된 목소리가 들렸다.

"싫다고! 이런 데서 노래 안 부를 거야!"

해윤은 반사적으로 소리 나는 곳으로 다가가 목을 늘어뜨렸다. 그러다 두 남자의 속에서 소리치던 여자와 눈이 마주쳤다.

골목의 어두운 그늘 속에서, 어디서 많이 본 여자의 얼굴 윤곽이 드러났다.

"자기야!"

갑자기 그녀가 해윤을 향해 소리쳤다. 해윤은 깜짝 놀라 주위를 두리번거렸다.

"왜 이제 왔어!"

그늘 속에 있던 여자는 해윤에게 냅다 달려왔다. 네온사인의 조명에 얼굴이 드러났다. 세지였다.

"저 새끼들, 반 죽여줘!"

세지는 이렇게 말하고 얼른 해윤 뒤로 숨었다. 자매에게 '자기'라고 불릴 운명인가? 드레스 입고 튀는 것도 그렇고 참 많이 닮은 자매 되시겠다.

해윤은 피곤한 표정으로 뒤에 숨은 세지를 돌아보다 남자를 바라보았다.

"너희들 뭐야?"

해윤은 무뚝뚝하게 물었다.

"그런 너는?"

레퍼토리 참 식상하다.

"누군 줄 알면 갈래?"

해윤은 피곤한 목소리로 다시 물었다.

"이 사람 변호사야, 이 자식들아! 너희들이 억지로 계약시키려는 거 신고할 거야! 그럼 너희는 콩밥이야!"

세지는 두 남자들에게 삿대질을 하며 소리쳤다. 얘, 너무 나댄다.

"변호사면 누가 무서워할 줄 알고?"

불량기 가득한 두 남자는 주먹 쥔 두 손을 쓰다듬으며 해윤에게 다가섰다.

"너, 너희들! 가까이 오지 마!"

해윤의 팔을 꼭 끌어안은 세지는 해윤을 잡아당기며 뒤로 주춤주춤 물러섰다.

"이 팔 좀 놔봐. 모양 빠지잖아."

해윤은 세지를 향해 짜증스럽게 말했다.

"저 자식들 깡패예요!"

세지의 얼굴은 걱정과 두려움이 가득했다.

"딱 봐도 알겠어. 그러니까 팔 좀 놔."

"경찰에 신고할까요?"

"마음대로 해."

해윤은 세지의 품에서 팔을 뺀 후 그녀를 뒤로 물러서게 했다. 그리고 다가오는 두 남자를 한심하게 바라보았다.

"음지에서 노는 네 녀석들이 활동하기엔 너무 주위가 밝지 않아? 어디서 여자한테 협박질이야!"

해윤은 그들을 향해 무섭게 말했다.

"어쭈, 훈계깨나 하셨나 봐. 그런데 맞아는 봤나 모르겠네."

한 놈이 주절거림과 동시에 해윤에게 주먹을 뻗었다. 그것을 해윤은 잽싸게 피하며 그 자식의 배에 주먹을 꽂았다. 그리고 이어 달려드는 다른 놈의 아귀를 주먹으로 강타했다. 그리고 해윤에게 배를 맞은 녀석이 충격에 허리를 숙이자 무릎으로 그의 얼굴을 찍고 팔꿈치로 옆에 있는 놈의 관자놀이를 찍었다.

모두 순식간의 일이었다. 세지를 협박하던 두 놈은 '헉' 소리를 연타로 내고 바닥에 나동그라졌다.

"니들이 보기에, 내가 맞아봤겠냐?"

해윤은 주머니에서 손수건을 꺼내 주먹을 닦았다. 그러는 사이 바닥에 쓰러졌던 두 녀석은 맞은 곳을 움켜쥔 채 욕을 씨부리며 뒷걸음질 치다 도망쳤다.

"경찰엔 신고했어?"

해윤은 주먹을 쥐었다 폈다 하며 세지를 돌아보았다. 세지는 핸드폰을 든 채 멍하게 해윤을 보고 있다 고개를 좌우로 흔들었다.

"잘했어. 경찰 오면 귀찮아. 집에 갈 거지?"

해윤이 피식 웃으며 되묻자 세지는 재빨리 고개를 끄덕였다. 앞으로 당신 말은 무조건 잘 들을 거라는 맹신도처럼.

바에서 예린이 기다리고 있을지도 모른다고 생각했지만 해윤은 세지를 집까지 바래다주기로 했다. 전화도 없는 것으로 보아, 호텔로 갔다고 생각하고 있는지도 모르겠다.

　"괜찮은 무대라고 불러놓고 쬐그만 동네 바에서 노래하라고 하잖아요. 나쁜 자식들. 그러면서 대단한 특혜라도 주는 것처럼. 에잇!"

　택시에서 내려 아파트를 향해 걷던 세지는 발에 챈 돌멩이를 발길로 찼다.

　"가수가 그렇게 되고 싶어?"

　어쩐지 얘는 친동생 같은 느낌이다. 고아원에서 잘 따르던 여자아이가 있었는데, 그 아이가 생각나게 하는 애다. 언니와는 완전 딴판이면서 닮았다.

　"누구나 되고 싶은 게 있잖아요. 아저씬 되고 싶은 걸 이룬 거죠? 부럽다."

　해윤을 우러러보던 세지는 두 팔을 뻗어 깍지를 끼며 크게 기지개를 켰다.

　"글쎄, 다른 꿈이 있었을지도 모른다는 생각이 갑자기 드네."

　해윤은 밤하늘을 우러러보았다. 세경과 차를 세워놓고 걷던 어두운 들길이 생각났다.

　"근데, 아저씨 되게 세네요? 변호사가 그래도 돼요?"

　세지는 다시금 감탄했다.

　"변호사는 후환이 두려운 직업이야. 호신술 정도는 익히고 살아야지. 다 내 몸을 위해 배운 거야."

　해윤은 쓸쓸하게 웃었다. 변호사란 직업이 나쁘지만은 않은데, 자신은 나쁜 쪽으로만 응용하며 살아온 기분이다. 착한 변호사를 꿈으로 꿔볼까?

"언니는 잘 지내?"

그냥 심심해서 물어보는 거라는 투로 말하고 싶었는데 잘 되었는지 모르겠다.

"언니요? 뭐 그냥 그렇죠. 요즘 좀 기운 없어 보이긴 하던데."

"왜?"

낮에 보았던 세경의 얼굴이 떠오른 해윤은 짐짓 걱정스러워졌다.

"일이 잘 안 되나 봐요. 새 기획을 맞았는데 때려치우고 싶다나 어떻다나."

아마도 예린의 회사 런칭 쇼 기획을 말하는 모양이다.

"언니는 뭐든지 끙끙대요. 결혼식장에서 튀기 이틀 전부터 끙끙대길래 뭔가 있지 싶었어요. 그게 결혼식장에서 튈 거였는지는 몰랐지만. 혼자 되게 심각한 스타일이에요, 우리 언니."

세지의 말을 듣고 있노라니 요상한 드레스를 입고 경매에 나왔던 그녀의 모습이 떠올라 웃음이 나고 말았다. 그때도 엄청 끙끙댔었지.

"데려다 주셔서 감사합니다."

어느덧 아파트에 도착하자 세지는 해윤을 향해 꾸벅 인사했다.

해윤은 아파트를 올려다보았다. 세경의 앞집에 사는 그 자식이 집에 있는지 궁금했다. 그리고 세경도.

"매니저를 구해. 혼자 다니지 말고."

해윤은 스스로도 흔치 않다고 느껴지는 따뜻한 조언을 건넸다.

"네. 그럼 안녕히 가세요. 아!"

인사하고 돌아서려던 세지가 서둘러 주머니를 뒤졌다.

"집으로 돌아가실 거예요?"

"글쎄, 아마도."

해윤은 심드렁하게 말했다.

"심심하시면 '서울 숲'에 들러 가세요."

세지는 해윤에게 티켓 두 장을 건넸다.

"오늘 거기서 풍등 축제를 한대요. 이게 아까 그 자식들이 혜택이랍시고 저한테 준 건데, 지금의 저로선 별로 가고 싶은 마음이 없네요. 근데 그냥 버리기도 아깝고. 이거 가지고 가면 공짜로 소원 쓸 수 있는 등도 준대요."

"글쎄……."

해윤은 머뭇거리며 세지가 내민 티켓을 받아들었다.

"구경 가면 좋을 거예요. 무척 예쁘다고 언니가 그랬거든요. 그럼 안녕히 가세요."

세지는 다시 해윤에게 허리 굽혀 인사하고 통통 뛰어 아파트 안으로 사라졌다.

세지에게 손을 흔들던 해윤은 티켓으로 손바닥을 탁탁 치며 돌아섰다. 혼자 미쳤다고 그런 데를 가? 그대로 티켓을 찢으려던 해윤은 그래도 호의인데 마구 대하는 것 같아 구기듯 접어 주머니에 쑤셔 넣었다.

이제 어디로 가지? 이대로 호텔로 가고 싶지 않았다. 숙소에 지나지 않는 호텔에만 가면 기가 빠지고 외로운 기분이 들었다. 한 번도 혼자인 게 외롭다고 느껴본 적이 없는데 말이다.

해윤은 아파트들을 휘둘러보며 천천히 발걸음을 옮겼다. 순간 헤드라이트 한 쌍이 해윤의 몸을 훑으며 지나쳐갔다. 뭐지, 이 열 받고도 기대에 차는 기분은?

해윤은 찝찝한 기분을 떨치지 못하며 걸음을 옮겼다. 그때 뒤에서 그를 잡아 세우는 목소리가 들렸다.

"여긴 웬일이에요?"

놀라 돌아보니 차에서 내려선 세경이 해윤을 당황스럽게 보며 다가오고 있었다.

해윤과 세경은 얼떨떨하게 마주 섰다.

"바이엘은 어따 두고 혼자 와?"

해윤은 아직 그 자식이 차에서 내리지 않은 건 아닌지 주차된 그녀의 차를 넘겨다보았다.

"연습실에 데려다 주고 오는 길이에요. 당신은요?"

취조는 이 아파트에 있는 해윤이 받아야 마땅하다는 세경의 얼굴이었다.

"네 동생한테 물어봐."

일일이 설명하기 귀찮다.

"동생이 당신 때문에 상처받지 않길 기도해야 하는, 그런 상황은 아니죠?"

눈살을 찌푸리는 그녀의 말에 해윤은 '푸하하하!' 하고 웃었다. 정말 원하지 않은 타이밍에서 웃게 하는 여자다.

"딱히 웃으라고 한 얘기는 아닌데."

세경은 심기 불편해했다.

"그래. 웃긴 얘기도 아니야."

해윤은 서둘러 웃음의 여운을 가셨다.

"아까 회사에서 얘기하던, 기획 일은 잘됐어?"

"그럭저럭요. 장소만 섭외하면 돼요."

말이 겉도는 기분이다. 세경은 어쩐지 자신과 오래 마주 서 있는 것이 불편한 표정이었다. 자신은 그 정도는 아닌데.

"그, 그럼 잘 가요."

세경은 어색하게 손을 들어 보이곤 몸을 돌렸다.

"피곤해?"

생각할 겨를도 없이 붙잡듯 묻고 말았다. 제길. 해윤은 머리와 의사소통이 안 되는 입술을 잘근잘근 씹었다. 같이 있으면 열 받아 싸울 일밖에 없는데.

"네?"

세경은 반문하며 그에게로 다시 몸을 돌렸다.

"나한테 티켓이 두 장 생겼는데. 네 동생이, 네가 예쁘다고 했다던데."

해윤은 떠듬떠듬 말하며 주머니에 손을 넣고 만지작거렸다. 가자고 해도 될까? 좋게 헤어진 적이 별로 없던 사인데 미친놈으로 보진 않을까?

"그런 말 하면서 그렇게 만지작거리면 변태 같아요, 그것도 어울리는."

"뭐?"

해윤의 눈썹이 일그러졌다. 그러다 이내 축 처졌다. 주먹질을 해서 그런지 스트레스가 좀 풀렸다. 더 이상 스트레스를 만들고 싶지 않다. 해윤은 주머니에서 구겨진 티켓 두 장을 꺼내 보였다.

"풍등 축제래. 갈 거야, 말 거야?"

제목 : **휴가 연장을 요청합니다.**

From : 조해윤 〈winnerhy@robert&july.com〉

To : 로버트 홀든 〈owner@robert&july.com〉

굿모닝, 사장님.

아침부터 이렇게 인사드려 죄송하네요.

일단은 제가 휴가 연장을 해야 한다는 사실을 말씀드리겠습니다.

가능할까요? 휴가 이유는 말씀드렸었죠?

제가 비행기 공포증이 있다는 사실을, 작년에 제게 유급 휴가를 주실 때 말씀드렸었는데 기억하시나요?

덕분에 회사에선 예상보다 적은 비용의 휴가비를 제게 책정할 수 있었죠.

애니웨이, 그래서 지금 좀 많이 피곤한 상태입니다. 도저히 업무가 불가능해요.

원래 제 공로 따위 자질구레 설명하지 않는 편인데, 이렇게 자판을 두드리다 보니 이것저것 생각나는군요.

한 달만, 아니 넉넉하게 두 달만 더 쉬도록 하죠.

본본 제지 회사의 본사 및 공장에서 생기는 문제로 인한 소송은 꾸준할 것입니다.

그 건들은 지금 현재 별 재판이 없는 알렉스에게 맡겨주세요.

그 자식, 아니 그 변호사에게 회사와 관련한 어드바이스를 해주는 것이 저로선 더 편하거든요. 그럼 사장님만 믿겠습니다.

이것이 나중 인사고과에도 부정적 영향을 미치지 않는다는 것도요.

파이팅입니다, 사장님!

13. 풍등이 눈부시게 날아오르던 날

 저녁 무렵의 '서울 숲'은 사람들로 넘쳐났다.

사방천지에 무리지어 흩어진 사람들은 저마다 등을 하나씩 들고서 소원을 쓰고 있었다. 세경은 스산한 밤바람을 맞으며 그동안 본 적 없던 '서울 숲'의 이색적인 전경을 둘러보았다.

해윤은 등 교환소 앞에 늘어선 사람들 틈을 비집고 들어가 농구화 상자만 한 네모난 등을 두 개 받아들고 왔다. 이렇게 사람 많은 거 질색이라는 표정이 역력했다. 그러면서 왜 오자고 했는지.

"우리가 나란히 등에 소원 쓸 사이는 아닌 것 같은데."

세경은 손에 든 등을 이리저리 훑어보며 비협조적으로 말했다.

"그래도 쓸 소원은 있겠지."

소원 따위 쓸 것 같지 않던 해윤은 세경의 툴툴거림을 가볍게 무시하고 잔디밭 위에 앉았다. 그리고 재킷에서 펜을 꺼내 등 한 면에 뭐라고 쓰기 시작했다. 아까의 표정과 사뭇 다르다. 되게 오고 싶었나 보다.

그를 바라보던 세경도 나란히 앉아 가방에서 펜을 꺼내 등 모서리에 소원을 썼다.

―공연장 섭외되게 해주세요.

"소원 참 정직하고 검소하네. 다른 소원은 없어?"
세경이 쓰던 것을 들여다본 그가 혀를 차며 한소리 했다.
"그러는 댁은 뭐라고 썼는데요?"
"비밀이야."
"그런 게 어딨어요. 내 건 보고!"
세경은 눈에 힘을 주며 그가 든 등을 향해 손을 뻗었다. 그러자 해
윤은 서둘러 등을 등 뒤로 감췄다. 그러다 세경의 팔과 그의 팔이 얽혔
다. 해윤의 얼굴이 그녀의 얼굴에 가까이 맞닿고 말았다.
놀란 세경은 서둘러 몸을 곧게 폈다. 해윤도 헛기침을 하며 자세를
바로잡았다.
주위를 밝히고 있던 가로등들이 천천히 하나씩 꺼지기 시작했다. 바
람을 기다리며 등을 날릴 준비를 하는 것 같았다.
"어릴 적 생일날 같네요."
등을 끌어안은 세경이 고즈넉해진 분위기에 따라 가라앉은 목소리로
말했다. 세경 옆에 나란히 앉은 해윤은 말없이 그녀를 돌아보았다.
"케이크에 켜진 불 끄기 직전이요. 사람들이 모인 자리에서, 촛불 켜
려고 불을 끄잖아요. 그런 설레는 어둠. 깜깜한 게 무섭지 않은 유일한
때였죠."
세경은 어두워지는 전경을 바라보며 금방 감상에 젖었다.
"왜 어릴 적이래? 커서는 안 해봤어?"
함께 전경을 바라보며 묻는 그의 말투는 별로 감상적이지 않다.
"다르지 않아요? 어릴 때 생일이랑, 어른이 되고 난 후의 생일이랑?

어른이 된 다음엔 어둠도 익숙하잖아요. 기대 같은 것도 다르고."

"어떻게 다른데?"

그의 반문에 세경은 골똘하며 눈을 초롱초롱 빛냈다. 얼굴에 금세 미소가 번졌다.

"어릴 땐 선물에 대한 기대가 거창하고, 구체적이고, 실현 가능했었죠. 커다란 인형이나, 공주 신발, 깜찍한 인형의 집, 예쁜 드레스……. 그런데 자라고 나선 받고 싶은 선물이나, 이루고 싶은 소원은 이룰 수 없는 것들뿐이에요. 어린 시절로 돌아가는 거라던가, 눈을 뜨면 미래로 가 있는 거, 아니면 하룻밤 사이 살이 확 빠져 있는 것 같은……."

해윤의 웃음소리가 들렸다.

"비웃는 거 아니죠?"

세경은 골을 내며 그를 힐긋 보았다. 어둠 속에서 희미한 조명과 달빛에 비치는 그의 얼굴이 어쩐지 외롭게 보였다.

"아니, 부러워서. 고아원 시절 내 소원은 양부모가 생기는 거였어. 그런데 내 무뚝뚝한 표정 때문에 힘들었지. 어느 날 원장님이 날 불러놓고 말씀하셨어. 네 웃는 얼굴은 백만 불짜리인데 왜 안 웃니? 웃으면 금방 부모님이 생길 텐데."

담담하게 말하는 그의 목소리를 듣고 있던 세경의 마음이 애잔해졌다. 확실히 무표정한 얼굴보다 웃는 그의 모습이 더 멋지긴 하다.

"그래서 더 안 웃었어. 웃음 팔아서 부모를 꼭 얻어야 하는 건가, 하는 생각을 어린놈이 한 거지. 후회는 안 해. 결국 이렇게 잘나졌잖아."

그의 말에 웃음이 났다.

"커서는요? 가진 게 너무 많아서 빌 게 없었어요?"

세경은 무릎을 세워 안고 발을 까딱이며 그를 바라보았다. 어떤 치장도 용납지 않는 어둠 때문인가, 어느 때보다 그가 진실되게 보였다. 진짜 조해윤을 만나는 기분이었다. 순수하고 담백하게. 그에게도 자신이 그렇게 보일지 궁금했다.

"가진 게 많아서라기보다, 뭘 원해야 하는지 모르겠어서. 난 당장 내일을 걱정하면서 살아왔거든. 하루를 살면 하루만큼의 고민이 사라지고, 대신 하루만큼의 고민이 다시 생겨났지. 그런 반복된 일상에서 뭔가 바랄 줄을 몰랐던 것 같아. 고아들이 바라는 게 대단하진 않잖아."

세경은 눈살을 찌푸렸다. 그가 자신은 고아이니, 짐작하고 피하라는 듯 하는 말이 마음에 들지 않았다.

"연주회장 찾기 힘들면 이런 데도 좋겠어. 공기 좋고, 분위기 좋고. 바이엘 음악 취향이 어떤지 모르겠지만 말이야. 하는 짓은 좀 다크할 것 같긴 한데."

화제를 바꾸듯 해윤은 숨을 깊이 들이마시며 점점 더 깊이 어두워지는 '서울 숲'을 둘러보았다.

그의 말에 세경은 고개를 들어 주위를 둘러보았다. 지금은 어둡지만 조명을 받으면 초록빛이 살아날 것이다. 하늘색은 몰디브의 밤바다를 떠올리게 하는 색이 될 거고, 때때로 새의 지저귐도 들릴 것이다.

"정말 나쁘지 않네, 야외에서 하는 것도."

세경은 저도 모르게 중얼거렸다. 그러다 문득 생각이 난 말이 있었다.

"왜 아이 갖기 싫어요?"

"뭐?"

해윤은 급습당한 듯 당황했다.

"왠지 조금은 알 것도 같은데, 그건 기우 같아요."

"뭘 알 것 같은데?"

짜증스러운 듯, 그의 말투는 방금 전과 다르게 가시가 파바박 박혔다.

"걱정될 것도 같아요. 특히 당신 같은 사람은 자기 관리 하나는 끝내 줄 테니까. 하지만 반대로 다른 사람 생각은 잘 못하죠? 그건 그동안 겪은 걸로 충분히 느꼈지만."

"그래도 나름 노력한 부분도 있는데?"

여전히 불만스러운 목소리다.

"그래요. 내가 하고 싶은 말이 그거예요. 아닌 것 같으면서도 당신도 가지고 있는 다정함이 있을 거예요. 배려심도, 이해심도. 그러니까, 뭘 걱정하고 겁내는지 어렴풋이 감이 오지만, 막상 아이가 생기면 마음이 달라질 수 있을 거예요. 아이가 자라면 그 또래의 아이가 뭘 원하는지 누구보다 잘 알 수 있지 않겠어요? 당신은 다른 사람들보다 생각이 더 많았을 테니까."

세경은 그를 다정하게 바라보았다. 그녀의 말을 듣고 있던 해윤의 눈빛이 흔들렸다.

"당신도 비 무서워하는 나를 비 맞게 해줬잖아요. 나쁜 기억이 아니라, 좋았던 기억도 있었다는 걸 깨닫게 해줬잖아요. 남한테는 그렇게 척척박사처럼 말하는 사람이, 뭐가 두려운 거예요?"

해윤은 어둠 속에서 세경을 빤히 바라보았다. 그 표정이 화가 난 건지, 아무 감흥이 없는 건지, '얘, 뭐래는 거야?' 하고 있는 건지 모르겠다.

그때 약한 바람이 불었다. 세경과 해윤은 대화를 멈추고 바람이 불어오는 쪽으로 고개를 돌렸다. 세경은 고개를 돌리고 있는 그의 턱선을 물끄러미 보았다. 무척 날카롭다고 느꼈었는데 오늘은 왠지 허전해 보인다. 손을 뻗어 쓰다듬어주고 싶을 정도로.

자리에 앉아 있던 사람들이 부스럭거리며 하나둘 일어나기 시작했다. 그리고 듬성듬성 작은 불빛이 잔디밭에 깔리기 시작했다. 등 날리기가 시작되려는 모양이었다.

"성냥 없는데."

세경은 주머니를 부스럭거렸다.

"케이크 성냥 같은 걸 주데."

잠시 멍해 있던 해윤은 서둘러 주머니를 뒤적여 성냥을 꺼냈다. 그리고 그 성냥에 불을 붙여 세경에게 내밀었다. 그의 얼굴이 주황색으로 빛났다. 그의 얼굴이 소년 시절, 케이크를 앞에 놓고 부모님이 생기길 기도하던 어린 시절 그의 얼굴을 상상하게 만들었다.

해윤은 조심스럽게 세경의 등에 불을 붙여주었다. 그리고 자신의 등에 불을 붙였다. 그러다 둘의 시선이 마주쳤다. 해윤은 등불을 받는 세경의 얼굴을 빤히 바라보았다. 그의 눈빛이 평소보다 뜨겁게 느껴졌다. 아마도 등에 붙인 불 때문일 것이다. 해윤은 얼른 그녀에게서 시선을 거두었다.

"그러니까 이제 고아란 말 좀 안 하면 안 돼요?"

세경은 끊겼던 말을 이었다.

"알아요? 고아를 강조하는 거, 당신한테 안 어울려요. 당신이 말하고 싶은 고아는 외롭고, 부정적이고, 힘든 일뿐인 것 같은데, 실제로 당신이 고아라고 하는 말은 그렇게 부족하지 않아 보여요. 오히려, 고아라도 상관없다고 들린다구요. 그런데 정작 본인은 그렇지 않게 말하니까, 이해가 잘 안 돼요. 고아라는 말을 슬프게 하지 않았으면 좋겠어요. 난 그 고아가 좋아지려는 참이니까. 슬프게 생각해서, 불쌍해서, 측은해서 안아주고 싶은 건 아니니까……."

세경의 말에 해윤은 당황했다.

"뭐?"

순간 세경은 말을 잘못했다는 걸 깨달았다.

"아니, 그러니까 내 말은 인간적으로, 그러니까 맨투맨으로 그렇다는 거예요. 아, 이미 당신은 약혼녀도 있고 당신이 나한테 아무렇지 않다는 거 아니까…… 그냥. 그리고 안아주고 싶다는 게 이성적으로 뭐 어쩌자는 게 아니라……."

세경은 이리저리 시선을 흩뜨리며 주절댔다. 하려던 말이 이게 아닌데, 자기도 모르게 튀어나오고 말았다. 그는 뭐라고 말하려고 입을 달싹였다.

그 순간, 잠잠했던 바람이 두 사람의 머리칼을 흩날리며 흘러갔다. 그리고 이어 손에 들렸던 등이 하늘로 두둥실 떠올랐다. 빛나는 돌조각 같은 등들이 잔디밭 전체에서 일제히 하늘로 솟아올랐다.

"와~."

사람들의 탄성 소리가 여기저기서 마구 섞이며 등을 따라 올라갔다. 너무 아름다웠다. 아기별들이 하늘로 올라가는 광경 같았다. 세경은 팔을 쳐든 채 황홀한 눈으로 등을 바라보았다.

그때였다. 해윤이 그녀의 손목을 잡았다. 그리고 그대로 끌어당겼다. 그의 얼굴이 그녀의 콧등까지 다가왔다. 하늘로 올라가는 등들이 주변과 하늘을 온통 주황색으로 물들인 밤이었다.

"나도 어쩌자는 건 아니니까 오해하지 마."

"네?"

세경이 되묻는 순간, 해윤의 입술이 세경의 입술에 맞닿았다. 당황한 세경은 눈을 동그랗게 뜬 채 어쩔 줄을 몰랐다. 해윤은 그런 그녀를 더 깊이 당겨 안으며 그녀에게 깊은 입맞춤을 했다.

잠시 당황하던 세경은 스르르 눈을 감았다. 그리고 머리를 기울인 그의 목을 팔로 감쌌다. 뒤늦게 올라간 등들이 두 사람 주위를 뱅글뱅글 돌며 하늘로 두둥실 떠올랐다.

세경은 이불을 잡아당기며 침대에 누웠다.

—나도 어쩌자는 건 아니니까 오해하지 마.

미처 날아가지 못한 등처럼 그의 말이 머릿속에서 뱅글뱅글 돌며 떠돌아다녔다. 어지러웠다. 정신이 아득하고 혼미해질 정도다.

입술을 깨물던 세경은 손가락으로 그가 입 맞췄던 입술에 손을 대보았다. 미친듯이 두근거리는 심장의 고동 소리를 입술에서 느낄 수 있었다. 이런 기분, 그 사람도 그럴까? 그가 한 말이 너무 의미심장하게 들려 그는 그렇지 않을 것만 같았다. 그렇다면 정말 억울할 것 같은데.

하지만 등이 날아오르던 순간은 기억에서 떨쳐지지 않았다. 그 상황에서 그의 키스를 거절했다면 더 아쉬웠을 것이 분명했다.

오해하지 말라니. 어쩌자는 게 아니면!

호텔로 돌아오자마자 급히 옷을 벗고 찬물에 샤워를 하던 해윤은 샤워기에서 쏟아지는 물을 맞으며 주먹으로 벽을 후려쳤다.

아무것도 보장해줄 것이 없는데. 생애 처음으로 감정을 컨트롤하지 못했다. 대학 시절 숱한 여자들을 능수능란하게 상대했었는데, 이번엔 감정 조절에 서툴렀다. 참았어야 했는데. 왜 그랬을까. 천하의 조해윤이.

하늘로 올라가는 빛나는 등을 바라보던 그녀의 얼굴이 잊혀지지 않았다. 고아인 것이 그녀 앞에서 부족함 없도록 느끼게 만든 그녀의 말소리가 귀에서 떠나지 않았다. 말하는 그녀를 보며 해윤이 생각한 것은, 이런 여자를 왜 이제 만났을까, 하는 생각이었다. 대학교 때 만났다면 그렇게 방탕하게 보내지 않았을 것이고, 그 이전에 만났다면 마음에 철갑을 두른 듯 살지 않았을 텐데. 아이에 대한 자세도 마찬가지였을 것이다.

처음으로 인생을 후회하게 만들었다. 그녀를 만나면서 생애 처음 느끼게 되는 감정들, 하는 행동들이 많아졌다. 나열할 수 없도록.

가슴에 막혔던 한숨이 터져 나왔다.

다시 되돌릴 순 없을까? 시간을 되돌리는 건, 역시 어른이 된 자로서 갖는 너무 허황된 소원일까?

해윤은 고개를 쳐들고 세찬 물줄기에 얼굴을 디밀었다. 물줄기가 그의 입술을 심하게 두드렸다. 해윤은 푸들거리는 한숨을 쉬며 입술을 쓸어내렸다. 등에 썼던 자신의 소원을 더듬어보았다.

─답을 찾게 해주세요.

해윤은 팔을 뻗어 벽을 짚으며 깊은 한숨을 토해냈다. 답을 찾는 방법이 뭐가 있을까.

샤워를 마치고 나온 해윤은 뉴욕에 있는 로펌 동기 알렉스에게 전화를 걸었다.

"뭐야, 휴가 연장했다며? 언제 돌아올 건데? 결혼식은 어떻게 되는 거야? 여기서 하는 거지?"

해윤의 목소리를 듣자마자 알렉스는 속사포로 물어댔다.

"내 결혼식이 기대되는 거야, 내 만 달러가 기대되는 거야?"

해윤은 핏줄이 곤두서는 이마를 손가락으로 매만지며 퉁명스럽게 말했다.

"내가 부탁할 게 있는데."

"부탁? 뭔 부탁?"

알렉스는 궁금해하며 물었다.

일찍 회사에 출근한 세경은 '서울 숲'을 비롯한 대중교통이 원만한 공원을 검색했다. 그리고 공원 사용에 대해 문의하며 팔이 아프도록 전화를 해댔다. 그러던 중에 강후로부터 전화를 받았다.

"잠깐 차나 마실까 하고."

"안 돼. 그 여자 회사로 가서 무대 구상 PT 해야 돼. 미안."

세경은 그가 대꾸할 사이도 없이 전화를 끊었다. 그리고 곧장 무대 구상 포트폴리오 작업에 착수했다.

그리고 늦은 오후가 되어 포트폴리오를 들고 예린의 회사로 가기 위해 기획사를 나섰다. 그러다 문 앞까지 온 강후와 마주쳤다.

"웬일이야?"

세경이 깜짝 놀라 물었다.

"그 여자 회사 간다며. 혼자 보내는 거 좋지 않을 거 같아서."

강후는 염려스런 표정을 지었다.

"왜, 내 목숨이 위태로워 보여?"

세경은 빙긋 웃었다. 강후도 빙긋 웃으며 CD를 들어 보였다.

"오전에 녹음한 거야. 이번 패션쇼 겸 내 간이 연주회에서 연주할 피아노 곡. 내 이름만 알지 내 실력들은 모르잖아. 무대하고 어울리는지, 그 대단한 여자가 만든 옷과 어울리는지 물어봐야지."

"오~ 프로다운 모습."

세경은 감탄했다.

"어때, 이제 좀 내가 흥미롭나?"

강후는 브이 자로 만든 손을 턱에 대어 보이며 폼을 잡았다.

"됐어."

세경은 팔꿈치로 강후의 옆구리를 쿡 찌르며 엘리베이터 앞에 섰다.

"언제쯤이면 돼?"

그의 질문에 엘리베이터 버튼을 누르던 세경은 그를 돌아보았다.

"뭐가."

"우리…… 말이야."

강후의 눈빛이 진지해졌다. 아직도 포기를 안 한 건가?

"보채는 건 아니야. 내가 잘못한 놈인데. 단지, 네 마음이 움직일 가능성이 있는지 궁금해서……. 그냥 궁금해서 물어본 거야."

순간 해윤이 생각났다. 당황스런 사고를 만들고서 그는 연락도 없었다. 바빠서 생각할 겨를이 없었는데 지금 예린의 회사로 가게 되면 그를 만날 확률이 60% 이상이다.

"세경아."

강후는 깨우듯 세경을 불렀다. 그제야 세경의 멍했던 동공이 제 색을 찾으며 강후를 바라보았다. 그리고 미안했다. 그의 말을 들으면서 해윤을 떠올렸다. 이런 마음을 강후에게 말해야 좋을까? 그럼 단념할까? 사건만 만들었을 뿐, 상황이 달라질 건 없는데. 강후가 마음에 들어올 틈이 없는 것도 마찬가지고.

두 사람은 도착한 엘리베이터에 말없이 올라탔다.

"그 자식한테 마음 주지 마."

강후가 나지막이 말했다.

"어?"

속이 들킨 것 같아 세경의 얼굴은 순식간에 붉게 달아올랐다.

"넌 결국 그 두 사람 붙여주는 번개탄 역할밖에 못해."

"번개탄?"

세경은 뜨악했다. 하고 많은 비유 중에 번개탄이라니. 그리고 너무 적절하고 이해가 확 되는 비유라 당황했다.

번개탄 같은 존재라.

이렇게 자신에 대해 고민하고 있었나, 이 사람.

"내가 너 괴롭히는 거야?"

강후와 나란히 선 세경은 조심스럽게 물었다.

"어떻게 하나 재고 있는 거 아니야. 너 가지고 놀고 있는 거는 아니라구."

미안한 마음에 세경은 그와 눈을 마주치지 못했다.

"알아."

강후의 목소리가 가라앉았다.

"그래서 포기 못하겠는 거야."

강후는 슬픈 눈으로 세경을 향해 웃어 보였다. 미안했다. 그가 원하지 않는 방향으로 자신의 마음이 가고 있는 것 같아서.

출발하기 전에 PT를 하러 가겠다고 홍보팀장에게 전화했었다. 그랬더니 회의실에 사람들을 불러 모아놓았다. 각 부서의 임원들부터 예린까지. 해윤은 없었다.

세경은 안도의 한숨을 쉬었다.

"긴장되세요?"

세경의 숨소리에 옆에 있던 홍보팀장은 '경력이 얼만데?' 하는 눈빛으로 물었다.

"좀 그러네요."

세경은 그녀를 향해 가는 눈웃음을 지어 보였다. 맨 앞에 앉은 강후는 세경에게 주먹을 불끈 쥐어 보였다. 세경도 조심스럽게 주먹을 불끈 쥐어 보이며 웃었다. 그러다 그런 자신들을 흥미롭게 바라보는 예린과 눈이 마주쳤다. 세경은 헛기침을 하며 그녀의 시선을 외면했다.

스크린 조작을 마친 세경은 여유롭게 단상 앞으로 나갔다. 그런데 포트폴리오 자료를 스크린에 연결하는 순간, 해윤이 회의실로 들어왔다.

그를 본 세경은 숨이 멎는 것 같았다. 몸이 어제의 일을 기억하듯 급긴장되었다. 어제 일을 모른 척해야 하나, 그와 눈을 마주치면 마주 바라봐야 하나, 아무 판단도 내리지 못했는데.

순간 그와 예린 앞에 자신이 번개탄의 모습으로 서 있는 것만 같아 기분이 허접해졌다.

그런데 정작 그는 세경에게 눈길도 주지 않았다. 맨 뒤에 앉은 그는 피곤한 얼굴로 시무룩하게 시선을 회의실 탁자 모서리에 고정시키고 생각에 잠겨 있었다.

어제 그게 아메리카식이었나? 오해하지 말라고 했는데. 그럼 그냥 한 국식이라며 한 대 쳐줄 걸 그랬나.

그를 가늘게 흘긴 세경은 마음을 다지며 심호흡을 했다. 그리고 좌중에게 인사를 하고 말문을 열었다.

"이미 제 설명을 들으신 분들이 있겠지만, 좀 더 추가된 부분이 있어서 구체적인 자료를 만들어봤습니다. 이번 런칭 쇼의 제목은 '한여름 밤의 꿈'입니다. 화면은 무대장치에 대한 가상도구요. 이 무대가 설치될 곳은 바로 '서울 숲'입니다."

순간 책상 모서리에 시선을 처박고 있던 해윤의 눈빛이 멈칫했다. 세경은 그런 해윤을 시위하듯 노려보았다. 그리고 말을 이었다.

"시간은 늦지 않은 저녁으로 잡아봤습니다."

"저녁이요? 저녁에 '서울 숲'에서?"

사람들은 술렁거렸다. 해윤만 말없이 시선을 책상 모퉁이에 고정한 채 세경의 말에 집중하고 있었다. 신경 쓰이고 있는 게 분명했다.

예린은 팔짱을 끼며 세경의 말에 경청했다.

"무대만 엘레강스하게 만드는 게 아니라 객석까지 긴 흰 천을 걸친 꽃장식을 해서 결혼식 분위기를 만드는 거죠. 바로 야외 결혼식이요."

세경은 버튼을 눌러 다음 포트폴리오 화면을 보여주었다.

"야외 결혼식이랑 저녁에 해야 하는 거랑 무슨 연관이 있나요?"

예린이 차갑게 물었다.

"그 쇼가 끝남과 동시에 모델들이 등을 날릴 거예요. 등을 날리려면 저녁이 제격이죠."

순간 해윤의 눈빛이 흔들렸다. 세경은 그런 그의 미세한 움직임을 놓치지 않았다. 그런 세경의 모습에 강후는 몸을 돌려 세경의 눈빛이 멈추는 곳을 보고는 얼굴이 굳었다.

세경은 버튼을 눌러, 등 날리는 모습이 찍힌 자료 사진을 스크린에 띄웠다. 스크린을 바라보는 해윤은 인상을 썼다. 뭐야, 기분 나쁘다는 거야?

"이제 날씨가 여름으로 넘어가고 있어요. 런칭 쇼를 할 때쯤엔 바람이 상쾌한 초여름 날씨가 될 겁니다. 저희가 기획한 건 그냥 런칭 쇼가 아니라 피아노 연주회까지 겸한 더블 쇼 케이스인 셈이에요. '한여름 밤의 꿈'이라는 콘셉트로 피아노 연주도 듣고, 아름다운 패션쇼도 감상하고, 환상적인 등 날리기까지 선사한다면 손님들에게 더할 나위 없는 감동이 되지 않을까요?"

여기저기서 만족스런 박수가 나왔다. 반면 해윤은 한숨을 쉬고 있었다. 도대체 뭐가 불만인지 모르겠다, 저 사람. 매사가 불만이긴 한 사람이지만.

"비가 오면요?"

예린이 손을 들어 박수를 멈추며 물었다.

"초대장을 찍기 전부터 날씨 체크를 하겠지만, 갑작스런 변수도 생각해야겠죠. 그래서 실내 무대를 섭외할까 생각해봤는데, 콘셉트가 잘 살 것 같지 않았습니다. 그래서 생각을 했는데, 무대와 이어진 지붕을 만들면 어떨까 생각했습니다. 방수천으로요. 요즘은 방수천도 가지각색이니까 가능할 것 같습니다. 급하게 제작할 경우를 생각해 봤는데, 런칭 쇼는 초대된 분들이 참석하는 자리니까 크게 제작할 필요까지는 없겠더라구요. 날씨 예보를 감안해서 이틀이면 제작할 수 있겠습니다."

"아니면 커다란 비치파라솔을 대여해도 좋겠네요. 그런 건 여러 군데에서 대여가 가능할 테니까."

그때까지 인상을 쓰고 있던 해윤이 불쑥 말했다. 예린이 뜻밖이라는 듯 고개를 돌려 해윤을 바라보았다.

해윤은 여전히 세경 쪽은 쳐다보지도 않았다. 그리고 강후의 표정은 더 좋지 않아졌다.

"나쁘지 않네요. 비치파라솔이든 방수천 지붕이든, 그리고 그건 비 오는 걸 감안했을 때 얘기고."

예린은 만족스럽게 고개를 끄덕였다.

"이미 태풍이나 장마전선 예보가 기상청에 나 있을 겁니다. 그걸 토대로 런칭 쇼 날짜를 잡으면 오류는 적겠죠."

세경이 말을 보탰다.

"난 좋은데, 이의 있는 사람?"

예린이 고개를 살짝 뒤로 돌리며 물었다. 세경은 긴장하며 사람들을 둘러보았다. 모인 사람들은 긍정적인 표정으로 고개를 끄덕였다.

"그럼 이번 패션쇼에서 더블 쇼를 하실 피아니스트를 소개해 드리겠습니다. 지 대니얼 씨입니다."

세경은 강후를 향해 팔을 펼쳐 보였다.

자리에서 일어난 강후는 사람들을 향해 돌아서서 고개 숙여 인사했다. 그러면서 맨 뒤에 앉은 해윤을 노골적으로 노려보았다. 해윤은 또 무시하듯 그를 쳐다보지도 않았다. 일방적인 눈빛 공격인 셈이다.

"패션쇼에 쓸 연주곡을 가지고 오셨다니까 들어보시겠어요?"

강후의 심상찮은 얼굴빛에 당황한 세경은 서둘러 오디오를 찾았다. 그리고 세경이 오디오 플레이를 켜는 순간, 해윤은 조용히 자리에서 일어나 뒷문으로 사라졌다. 그러자 그런 모습을 지켜보던 강후도 그를 따라 나갔다. 연주할 피아니스트가 사라지자 사람들은 웅성거렸다.

"객관적인 의견 수렴을 원하나 봐요. 그러려면 자리에 없는 것도 나쁘지 않죠. 하하하."

세경은 서툴게 웃으며 오디오의 볼륨을 높였다.

해윤이 회의실을 나와 복도 모퉁이를 돌려는 순간······.

"잠깐만!"

해윤은 강후가 자신을 부르는 소리를 들었다. 회의실에서는 피아노 연주곡이 뭉툭하게 흘러나오고 있었다. 해윤은 귀찮다는 듯 몸을 돌렸다. 그리고 짜증스럽게 물었다.

"어쩌라고. 연주곡 듣고 가라고?"

"들어도 모를 테니까, 그건 됐고."

강후의 말에 해윤은 피식 웃었다.

"언제 돌아가는 거야?"

강후의 단도직입적인 물음에 해윤은 고개를 비스듬히 기울이며 그를 바라보았다.

"내가 어디 가야 돼?"

해윤은 주위를 둘러보곤 강후를 향해 어깨를 으쓱였다.

"안 돌아가?"

강후의 말투가 삐딱해졌다. 반면 해윤은 태연했다.

"그럴 예정인데?"

"그럼?"

"'그럼'이라니. 나더러 어쩌라는 거야."

해윤은 미간을 구겼다.

"세경이 시야에서 빠졌으면 좋겠어서."

강후는 해윤을 바라보는 눈에 힘을 주었다.

"그 여자가 보는 곳에서 사라져라……? 그 여자한테 내 쪽을 보지 말라고 하는 게 낫지 않아?"

"세경이한테 자신이 있는 거야, 아님 무시하는 거야?"

"질문 참 빙빙 돌려서 난해하게 하네. 그 여자 마음을 알고 싶은 거잖아. 그러면 나한테 이러지 말고 그 여자한테 가서 물어야지. 그게 더 확실하지 않겠어?"

"자신 있다는 거야?"

강후는 집요하게 물어댔다.

"그러는 너는 자신이 없는 게 확실하지? 그래서 나한테 이러는 거잖아?"

마음이 어디로 가는지 알면서도 어쩌지 못하는 자신이나, 그녀에게 마음을 주는데도 사로잡지 못하는 이 자식이나 똑같이 한심해 보였다.

"다른 여자와 결혼할 거라면, 확실히 선을 그어. 미련을 주지 말라고."

"부탁이야?"

"부탁하면, 그렇게 해줄 거야?"

무릎이라도 꿇겠다는 건가? 이 자식, 보면 볼수록 재미있는 놈이다.

"내가 선을 그어도 그 여자가 넘고 싶어 한다면?"

"뭐?"

그의 눈이 커졌다.

"또 나도 넘고 싶다면."

밤새 고민했던 말이다. 그래서 빈정대듯 말을 해도 가볍지 못했다.

"내가 보기에 당신은 돈 때문에라도 그렇게 못해."

얼쩡거리는 것 같으면서도 제대로 알고 있다.

"내가 너한테까지 한심하게 보였나 봐?"

"진심이 없는 사람이라고는 느껴져."

"그런 내가, 믿을 수 없게도 진심이라면?"

강후의 얼굴이 경직되었다가 이내 풀어졌다.

"그럼, 프러포즈를 하던가. 전에 했던 게임, 아직 결론 안 났잖아?"

강후는 '설마, 네가.' 하는 표정으로 해윤을 보았다.

"만약에 그 여자가 날 선택하면?"

식었던 경쟁의식이 되살아났다.

"내 프러포즈를 받고 안 받고를 떠나, 그 여자가 널 선택하지 않는다는 건 내가 누구랑 결혼하든, 결국 넌 그 여자 마음을 갖지 못한다는 거야. 그땐, 왜 여기 있냐고 물을 사람은 내가 될 거다. 알겠어?"

마주선 해윤과 강후는 눈빛으로 서로에게 크로스 카운터를 날렸다.

"좋아. 말 나온 김에 당장 해치우지. 세경이 시선이 네 뒤꽁무니 좇아다니는 거 더는 못 보겠으니까."

"그 말 자체가 내가 프러포즈에 성공한다는 말인 거 몰라?"

"닥치고 오늘 바로 해. 알겠어?"

강후는 히스테릭하게 소리쳤다.

"좋아."

해윤은 강하게 강후의 눈을 응시했다.

그 여자를 얻지 못한다 해도, 그 여자 옆에서 질척이는 이놈은 두 눈으로 봐줄 수가 없다. 그런데 말하는 이 녀석의 눈빛에 다른 생각이 있는 것만 같다. 그게 뭘까? 누군가와 심리 싸움을 하면서도 짐작할 수 있는 게 있었는데, 이 자식은 잘 모르겠다. 이 자식도 선수인가?

왜 그런 게임을 시작했을까. 성공해도 의미가 없는 게임을. 바이엘에게 지고 싶지 않다는 마음 하나가 앞뒤, 좌우를 보지 못하고 전력질주로 달렸다.

결과는 대참사다. 자신이야말로 성공해도 아무 쓸모가 없는 프러포즈인데.

회사 자신의 방으로 돌아온 해윤은 책상 앞에 앉아 서랍을 열었다. 그리고 검은 가죽으로 된 반지 상자를 꺼내 들었다.

얼마 전, 오 회장의 조언으로 예린에게 주기 위해 명품 주얼리 숍에서 구입한 것이다. 하지만 줄 기회가 없었다. 어쩌면 주고 싶지 않았는지도 모른다. 그녀를 생각하면서 산 것이 아니기 때문에 그녀를 보고도 생각나지 않았던 것 같다.

착잡한 해윤은 상자를 열어 반짝이는 돌이 박힌 반지를 꺼내 손가락 사이에 굴려보았다. 이걸 그 여자가 받을까? 차라리 받지 않았으면 좋겠다. 그러면 바이엘 자식에게는 지겠지만, 어제 일로 마음 무거울 필요가 없을 테니까 말이다.

오늘 본 세경은 어제 일을 신경 쓰는 기색이 역력했다. 그렇게 예민하게 티를 팍팍 내서 어디다 써먹을까.

차라리 잘됐다. 그녀가 이 반지를 거절하면 어제 일도 쿨하게 잊혀질 것이고, 그녀가 바이엘과 행복하건 말건 관심 밖이 될 것이다. 그리고 자신은 예린과 결혼해서 사랑은 없지만 돈의 결정체를 둘러싼, 의리 하나는 끝내주게 빛을 발하며 살 것이다.

그런데 만약 세경이 프러포즈를 받아들인다면……?

등에 썼던 소원이 이뤄지지 않을 겨우, 그건 나중에 생각해도 될 것이다. 그 여자를 열 받게 하는 방법을 101가지는 알고 있으니까.

해윤은 햇빛에 반지를 들어 보았다. 한세경. 반지 복은 확실히 터진 여자 같다.

제목 : **스윗 네스트 호텔 예식부입니다.**

From : 스윗 네스트 예식부 〈sweetwedding@swnesth.com〉

To : 한세경 고객님 〈ohmysekyoung@tm.com〉

where are you?

안녕하세요, 한세경 고객님.

고객님께서 저희가 보낸 메일을 받으시고도 저희 호텔을 이용하지 않으셔서 확인 차 다시 연락드립니다.

아실는지 모르겠지만 그런 혜택은 다년간, 그리고 고액의 이용 실적이 아니면 드릴 수 없는 혜택입니다. 물론 아실 거라고 생각합니다.

하지만 이런저런 사정으로 혹여 저희 호텔에 오시지 못할 것 같아 주저하시는 거라면 맹세컨대 저희 직원 중 어느 누구도 고객님의 얼굴을 기억하지 못합니다.

아, 원래 한 번 찾아주신 고객들은 꼭 기억하는 저희들이지만 고객님의 경우, 특별한 케이스이기 때문에 기억에서 지웠다고 봐야겠죠.

성함도 특이하지 않으시기 때문에 그때, 결혼식에서 시속 30km의 속도로 달려 나가신 분이라고 생각할 수 없을 겁니다.

그러니까 걱정 마시고 저희 호텔과 부수 객장을 이용 시 누리시는 혜택을 놓치지 않으시길 바랍니다.

이런 메일 또한 이례적인 경우입니다.

굳이 다시 강조하지 않아도 저희 호텔은 호황이니까요.

고객의 마음을 내 마음처럼, 고객을 내 가족처럼 여기는 저희들의 마음입니다.

고객님이야말로 자신의 인생에 가장 적극적이신 분이라고 생각합니다.

부럽습니다, 고객님.

14. 비련의 여왕

진짜 사소한 데 목숨 거는 호텔이다. 그러니까 얼굴을 기억한 다는 거야, 아니라는 거야? 생일 때 가볼까 했는데 이 정도면 십 년이 지 나도 다른 손님들한테 일화처럼 떠들 것만 같다. 그들이 남의 얘기로 떠드 는 그 얘기를 만약 당사자로 앉아 듣게 되면 어떨까. 그냥 웃을 수 있을까, 아님 '거짓말쟁이들!'이라고 소리치고 테이블을 엎어버리게 될까.

이 호텔은 영원히 못 가겠다.

세경은 한숨을 쉬며 메일을 닫고 기획서를 펼쳤다. 그러다 문자 알림 소리에 핸드폰을 열어보았다.

핸드폰에 찍힌 문자를 본 세경은 눈을 비벼댔다. 그리고 다시 쳐다보 았다. 그래도 변함없는 문자. 7시까지 기획사 근처에 있는 'S' 바로 오라 는 해윤의 문자였다. 어제 일에 대한 대담이라도 하자는 건가? 이 간결 하고 감상의 미가 전혀 없는 깔끔한 예비군 통지서 같은 문자는 뭔가. 일생에 한 번도 받아본 적 없는 예비군 통지서 같은.

문자의 의미를 알 수 없는 세경은 망설이다 시간만 흘려보냈다. 가슴 은 심하게 두근거렸고, 입술은 풀을 칠한 것처럼 바짝바짝 말랐다.

어느덧 시간은 6시 50분을 넘었다. 가까운 곳이었지만 선뜻 발걸음이 떨어지지 않았다. 그리고 7시가 가까웠을 때, 불현듯 바에서 인상 쓰며 기다리고 있을 그의 모습이 그려졌다.

결국 7시가 넘어서 그가 공시한 바에 들어섰다. 바 안에 들어서자마자 해윤의 버럭 하는 소리가 들렸다.

"왜 이렇게 늦어?"

세경은 화들짝 놀라 고개를 돌렸다. 해윤이 화난 표정으로 그녀를 바라보고 서 있었다.

"제가 좀……."

세경이 말문을 연 찰나, '디리링' 하는 기타 소리가 홀에 울려 퍼졌다. 그리고 홀의 음악이 멈추고, 해윤 뒤로 동남아 순회공연을 방금 마치고 온 듯한 4인조의 밴드가 화려한 꽃무늬가 프린트된 남방을 입고 악기들을 연주하며 나타났다.

실내 오디오 음악이 멈추고 밴드의 생음악이 들리자 어리둥절하던 사람들은 웅성거리다 홀에 우뚝 선 밴드와 해윤을 보고 무슨 이벤트인지 직감한 듯 조용해졌다. 그리고 밴드가 연주하는 음악에 박자를 맞추며 박수까지 쳤다.

"Love, love, love~. love, love~."

밴드의 코러스가 시작되었다. 세경은 '아~' 하고 손으로 입가에 두 손을 포갰다. 〈All you need is love〉다. 그에게 노래까지 말해주진 않았는데. 어쩜 이렇게 바라던 노래를 찾아 부를 수 있는 거지?

이미 감동의 바다에 풍덩 빠진 세경은 황홀해하다 해윤과 눈이 마주쳤다. 그런데 해윤의 표정은 왠지 그녀를 안쓰러워하는 표정이었다.

세경은 당황했다. 분위기와 그의 표정이 전혀 어울리지 않았다.

"There's nothing you can do that can't be done."

"와~."

노래를 시작한 해윤의 얼굴이 살짝 선홍색으로 바뀌었다.

"Nothing you can sing that can't be sung."

다소 겸연쩍어하던 해윤의 입꼬리가 살포시 올라갔다.

숨기고 있던 백만 불짜리 미소를 보이는 건지 헷갈리는 표정이었다.

"Nothing you can say but you can learn how to play the game."

해윤은 환호하는 사람들을 민망하게 휘둘러보며 노래를 이어갔다. 세경의 눈에 눈물이 차올랐다.

그녀가 바라던 프러포즈를 기억하고 있을 줄은 몰랐다. 어제 일로 일언반구 없어 속상하던 차였는데, 이런 깜짝 이벤트를 꾸미고 있었구나. 역시 서프라이즈는 속을 긁어놔야 효과가 좋지.

세경은 감격의 눈물을 떨구었다. 그러자 노래하던 해윤의 표정이 얼떨떨해졌다. 세경이 울자 당황한 것 같았다.

"Nothing you can do but you can learn how to be you in time. It's easy."

해윤은 세경의 젖은 눈을 걱정스럽게 마주 보며 노래를 불렀다. 세경은 감격한 눈으로 해윤에게서 시선을 떼지 못했다.

"All you need is love!"

순간 밴드는 물론 홀 안의 모든 사람들이 박수를 치며 함께 노래를 불렀다.

"All you need is love!"

사람들의 박수와 함성 같은 노래 장단에 울던 세경은 웃음을 터뜨렸다. 노래 부르는 해윤도 그녀를 보며 웃었다. 그러다 주위 사람들도 정답게 마주 보았다. 이 순간, 그들은 그런 해윤과 세경에게 힘을 주고 싶어 목청을 돋워주는 협력자들이었다.

"Love is all you need……."

노래가 끝나고 밴드 연주가 끝났다. 사람들은 숨을 죽였다. 다음으로 해윤이 뭘 할지 다들 기대하면서도 어느 정도 감 잡았다는, 그러니어서 하라는 부추김 같은 정적이었다.

해윤은 꽃다발을 꺼내 세경에게 내밀었다. 세경은 감격을 주체할 수 없는 얼굴로 꽃다발에 손을 뻗었다. 그때 해윤이 나지막이 말했다.

"받지 않아도 돼."

예린을 처음 만나던 날, 호텔에서 세지에게 드레스 벗지 말라던, 협박처럼 느껴졌던 그 목소리와 비슷했다.

손을 뻗던 세경은 멈칫했다. 그리고 해윤을 올려다보았다. 그의 눈빛이 슬펐다. 이게 뭐야. 프러포즈야, 이별식이야. 세경은 혼란스러웠다.

잠시 생각에 잠겼던 해윤은 주머니에서 반지 상자를 꺼내 세경 앞에 내밀고 뚜껑을 열었다.

"어머나."

여자들의 탄성이 들려왔다. 그때였다.

"어머나!"

갑자기 감격한 분위기를 찢는 예상치 못한 목소리가 들렸다. 세경과 해윤은 동시에 소리가 나는 문을 바라보았다. 예린이 휘둥그레진 눈으로 그들을 보고 있었다.

"이거 나 주는 거야?"

노래 부르는 상황을 보지 못한 그녀였다. 예린은 황홀한 표정으로 세경을 지나쳐 해윤 앞에 섰다.

해윤이 흔들리는 눈으로 세경과 예린을 번갈아보았다. 세경의 얼굴
은 창백하게 그대로 굳었다.

"나한테 직접 오라고 하면 될걸 뭐 하러 심부름까지 시켜. 나 이런
거 되게 좋아하는데."

예린은 즐거운 표정으로 해윤의 손에 들린 꽃다발을 받아들었다.

"심……부름?"

꽃다발을 강탈당한 해윤은 당황하며 되물었다.

"아무렴 어때. 이렇게 좋은데. 반지는? 이거야?"

예린은 신들린 듯 웃으며 해윤의 손에 들린 반지 상자를 빼앗듯 들었
다.

"네 거 아니야."

해윤은 예린의 손에 들린 반지를 다시 빼앗았다.

"뭐?"

일순간 예린은 배신감 어린 눈으로 해윤을 바라보았다. 세경도 그를 노
려보고 있었다. 처음의 그의 표정부터 이 상황이 이해가 되지 않았다.

해윤은 뭐라고 말도 하지 못하고 세경을 바라보고 있었다.

"끼워주려고? 뒤에 있는 사람들은 밴드? 어서 연주 안 하고 뭐 해요?"

예린은 지각한, 뻔뻔한 지휘자처럼 상황을 지휘했다. 이미 연주를 끝
마친 밴드는 어리둥절해했다.

"이 사람들은 지나가던 사람들이야. 신경 꺼."

해윤은 그들에게 향한 예린을 돌려세웠다.

"반지 줘!"

예린이 소리쳤다.

"네 거 아니라니까!"

해윤도 소리쳤다. 그러자 예린의 얼굴이 광폭해지더니 그대로 들고 있던 꽃다발로 해윤을 후려쳤다.

흡! 세경은 비명을 삼키며 입을 막았다.

"나가지. 여기 자리 없대."

차가워진 표정의 해윤은 그대로 예린을 밀고 바를 빠져나갔다. 세경은 그런 해윤을 바라보았지만 해윤은 그녀에게 눈길도 주지 않은 채 그대로 바를 나갔다.

어처구니없는 상황에, 남아 있던 밴드는 세경을 씁쓸하게 보며 어쩔 줄을 몰라 하다 그대로 흩어졌다.

세경 혼자 홀 가운데 덩그러니 남았다. 다 탄 쓸모없는 번개탄처럼. 사람들이 세경을 힐긋거리며 웅성거리기 시작했다.

세경은 입술을 깨물었다. 참을 수 없는 분노가 터지려고 하는 입을 힘주어 틀어막았다. 얼굴에 경련이 일었다. 날 상대로 예행연습이라도 한 거야? 어떻게 이럴 수가……. 세경은 터질 듯 충혈된 눈으로 바를 나왔다.

어제 일이 씁쓸하게 스쳐 갔다. 이럴 거였어. 이럴 거면서 뭘 그렇게 분위기를 잡았대?

침착하려 애쓰며 겨우 바를 나온 세경의 다리가 바의 문 앞에서 비로소 후들거렸다. 세경은 휘청하며 힘 빠진 무릎을 굽혔다. 그때 누군가 주저앉으려는 세경의 팔을 잡았다. 겨우 고개를 들어보니 강후였다.

"괜찮아?"

강후는 상심에 찬 얼굴로 세경의 얼굴을 살폈다.

"강후 씨……."

그의 이름이 신음처럼 흘러나왔다. 그리고 주체할 수 없는 뜨거운 눈물이 주루룩 흘렀다.

"울지 마."

강후는 그대로 세경을 끌어안았다. 세경은 강후의 품에 안긴 채 흐느껴 울었다. 오늘을 잊지 않을 생각이다. 두 남자에게 비련의 아픔을 겪는 건 너무한 인생 아닌가.

세경은 오늘, 비 오는 날보다 더한 프러포즈 공포증을 만났다.

바를 나온 예린은 그대로 숙소인 호텔로 향했다. 해윤은 말없이 그녀를 따랐다. 크리스틴이 운전하는 차에 오른 예린은 씩씩거리기만 할 뿐 아무 말도 하지 않았고, 해윤을 돌아보지도 않았다.

해윤도 그녀는 안중 밖이었다. 이대로 세경을 버리고 돌아온 자신을 도저히 용서할 수가 없었다. 그녀가 어떻게 됐는지 걱정되어 미칠 것 같았다.

호텔에 도착하자 예린은 그대로 그녀의 방으로 향했다. 해윤은 또 말없이 그녀를 따라 그녀의 방으로 들어갔다. 해윤이 방문을 닫자, 갑자기 예린은 메고 있던 가방을 벗어 후려치듯 소파에 내팽개쳤다.

"그 여자한테 줄 반지는 있고, 정작 결혼 날짜까지 잡은 나한테 줄 건 아무 것도 없었어? 마음이 없으면 그에 상응하는 뭔가라도 있어야지!"

예린은 호텔 창유리가 깨지도록 소리를 질렀다.

해윤은 무덤덤하게 주머니에 손을 꽂고 서서 그녀가 퍼붓는 소리를 그대로 뒤집어쓰고 있었다.

"어떻게 감히 내 앞에서 그런 모습을! 후환이 두렵지 않아? 어떻게 날 이렇게 만들어? 용서 안 해! 용서할 수 없어!"

자존심이 상할 대로 상한 예린은 펄펄 뛰었다.

"사람이 융통성이 그렇게 없어? 그 상황에서 내가 그렇게 나왔으면 적어도 그 반지, 나한테 끼워줄 수 있는 거 아니야? 꼭 그렇게 나한테 아니라고 말해야 속이 시원해?"

분기탱천한 눈으로 해윤을 노려보던 예린은 신경질적으로 해윤에게 다가가 바지에 넣고 있는 그의 손을 잡아뺐다. 해윤의 손에 아무것도 없자, 예린은 그의 주머니를 마구 뒤졌다. 반지 상자가 나왔다.

해윤은 그녀를 쏘아보았다. 예린은 그의 시선에는 아랑곳없이 반지 상자를 꼭 쥐고서 창가로 재빨리 걸어갔다.

"무슨 짓이야!"

해윤의 고함과 함께, 예린은 호텔의 창문을 열어젖혔다. 그리고 그대로 반지 상자를 온 힘을 다해 밖으로 던졌다. 반지가 포물선을 그리며 허공에 선을 긋다 가파른 숲 어딘가로 풀썩 떨어졌다.

해윤은 분노하다 못해 혐오스러움에 가득 찬 눈으로 그녀를 노려보았다. 예린은 의기양양하게 그의 시선에 맞대응했다.

"다시 사와. 그리고 결혼식 날 내 손에 끼워. 다른 여자에게 한눈판 거? 이번만 봐주겠어. 나도 과거가 아주 없지 않으니까. 그리고 내 과거에 고마워해. 내가 사랑을 믿었다면 이쯤에서 끝나지 않았을 테니까."

예린은 팔짱을 끼고 돌아섰다.

"내가 너한테 뭘 바쳐야 하는 건 아니잖아. 네 마음대로 부릴 순 있어도 마음까지 어쩔 수는 없는 거야, 주인님."

해윤이 착 가라진 목소리로 읊조렸다. 그러자 예린이 흠칫하며 그를 돌아보았다.

"마음까지? 지금 그걸 말이라고 해? 그 말투는 또 뭐고!"

"너만 끼어들지 않았으면 아무도 상처받지 않고 끝낼 수 있었어!"

해윤은 버럭 소리쳤다.

"너만 끼어들지 않았다면! 그 여자가 상처받지 않았을 거라구! 이번엔 네가 정말 잘못했어!"

"지금 날 탓하는 거야? 결혼할 남자가 다른 여자에게 반지를 주려고 했으면서?"

"주인 없는 반지였어, 저건!"

해윤은 창밖을 찌를 듯 가리켰다.

"그 여자가 상처받은 게 중요해? 그럼 나는?"

예린은 억울한 표정을 지었다.

"네가 손해 본 거 있어? 넌 내 마음 따윈, 원하지도 않았잖아?"

해윤의 반박에 예린은 아무 말도 하지 못했다.

"변한 건 없어. 적어도 너랑 나랑은. 그렇지 않아? 상처받은 건 그 여자고, 그건 우리랑 상관없게 됐고. 이제 가봐도 되겠지?"

해윤은 어이없어하는 예린에게 싸늘한 시선을 던져주고 방문을 열었다.

"나한테 심부름했다는 사람, 누군지 궁금하지 않아? 당신이 시킨 사람, 아닐 텐데."

누군지 알 것 같다. 오늘 프러포즈를 하라고 다그친 놈.

"알아서 뭐 하게? 그 자식 소원대로 됐을 텐데. 연주 실력만큼 생각도 짧은 자식."

해윤은 욕하듯 툭 내뱉고 그녀의 방을 나왔다. 그리고 그대로 자신의 방으로 향했다.

세경에게 이해를 구하거나 사과할 필요는 없을 것이다. 어떻게든 감정을 끝냈어야 하는데 최악의 레퍼토리로 끝냈을 뿐이다. 이제 나머지는 그 자식이 감당할 것이다. 제가 원한 대로.

다행히 시간은 흘렀다. 일의 진행상 더 이상 그의, 또 그녀의 회사에 갈 일이 없었다. 그들 가까이 가지 않으니 세상에 그런 존재들이 있었던가 하는 아득한 생각이 든다. 물론 100번 넘게, 그들은 없는 존재라고 되새기고, 또 되새긴 세뇌적인 생각이지만.

하지만 '서울 숲' 관리소에 사용을 문의하고 무대장치 때문에 그곳에 들를 때마다 한숨이 나오고, 일주일이 지난 풍등 축제가 어제 같다. 기획사 근처 'S' 바를 지날 때도 마찬가지고.

그에게서도 연락 한 번 오지 않았다. 사과를 바라는 게 아니다. 그 상황을 납득하게만 해주었으면 좋을 텐데, 그는 아무 말도 하지 않았다. 남자에게 어떤 상처를 받았는지 뻔히 알면서 그런 기억을 만들어줄 수가 있는지. 자신이 얼마나 비관하고 있을지 누구보다 잘 알면서 말이다. 그것도 풍등 축제가 있던 바로 다음 날.

치료제는 언제나 그렇듯 일뿐이었다.

세경은 바쁘게 하루하루를 보냈다. 강후의 첫 한국 연주회와 기대를 한 몸에 받고 있는 런칭 쇼 때문에 정신을 놓을 수 없을 정도로 바빴다. 그래야 했다. 그렇지 않으면 100번의 세뇌도 소용없어지는 울컥함 때문에 히스테릭해지고, 난폭해졌다. 그리고 끝내 서러운 눈물이 나고 만다. 나란 여자, 이런 식의 실연에 능숙해야 하는 여자인가.

오전 일을 마친 세경은 연습실에서 연습 중이던 강후를 끌어내 연주회 턱시도를 맞추러 갔다.

"얼굴 좋네?"

강후가 턱시도 입은 제 모습을 거울에 비춰보며 세경에게 말했다.

강후에게 바에서 있었던 일을 설명하지 못했다. 할 수가 없었다. 일단은 자존심이 상했고, 두 번째로는 그때의 상황을 어떻게 설명할 방법이 없었다. 강후도 꼬치꼬치 캐묻지 않았다. 그저 위로가 필요한 세경에게 끝없이 자상한 위로가 되어주었다.

"매일 어떤 정신 나간 자식이 집 앞에 사과를 놓고 가는 덕에."

세경은 팔에 걸린 다른 색의 턱시도를 들추며 말했다.

"그만두란 얘긴 아니지?"

강후는 거울에 비친 세경을 보며 피식 웃었다.

"아니, 좋아. 샐러드에 썰어넣기도 하고, 갈아먹기도 하고, 그냥 먹기도 하고. 아침에 사과 한 알이면 100년 장수한대. 날 앞으로 70년 넘게 더 볼 수 있단 얘기야."

"그대로만 늙었으면 좋겠다."

"주름 생기면 바로 무시하겠다는 투네?"

세경은 피식 웃었다.

"농담도 하고, 생기 있어 보여 좋네."

강후는 흐뭇한 눈으로 세경을 돌아보았다. 잠시 멈칫하던 세경은 다시 팔에 감긴 턱시도를 정돈했다.

"내 안 좋은 추억엔 왜 항상 당신이 있을까?"

세경은 농담처럼 말했다.

"미안해."

강후의 얼굴이 갑자기 푹 가라앉았다.

"뭐가. 보인 내가 한심한 거지. 그래도 혼자였으면 집까지 못 갔을 거야. 한강 다리로 직행했을지도 모른다구."

"한세경."

강후의 목소리가 무서워졌다.

"그런 말 하지 마. 그때마다 심장이 서늘해져."

강후는 많이 걱정스러운 모양이다. 바 앞에서 마주치던 그 순간에도 이미 모든 걸 다 안다는 그런 표정이었다.

세경은 그를 향해 싱긋 웃어 보였다.

"그랬을 뻔했단 얘기야. 당신이 있어서 다행이란 말을 하려던 거라구. 고마워."

세경은 손바닥으로 그의 등을 가볍게 토닥였다.

"고마울 건 아니야."

강후는 세경에게서 시선을 돌렸다.

"뭔지 모르지만 잊어. 네가 오래 마음 아파하면……."

"잊을 거야. 비 오는 날도 이겼으니까 그날도 분명히……."

떠들던 세경은 입을 닫아버렸다. 비 오늘 날을 이기게 해준 날엔 그가 있었다. 아, 잊어야 하는데. 나쁜 자식.

세경은 자신이 프러포즈라고 착각한 그날이, 해윤이 자신에게 확실하게 마음을 정리하게 해주려던 날이라는 걸 나중에 깨달았다. 그렇게 생각하니 프러포즈를 기대하며 감동의 늪에서 배영 세리머니를 했던 자신이 너무 한심했고, 그렇게까지 하면서 자신을 단념시키려 애쓴 해윤이 측은하기도 했다. 사랑이 없는 결혼일지라도 그들에게는 약속일 테니까. 그걸 어길 만큼 자신이 그렇게 매력적이지도, 그에게 중요한 존재도 아니란 사실을 깨달았다. 그 자리에서 한순간에. 그는 정말 소름 끼치도록 냉정한 두뇌의 소유자다.

휴…… 또 그 빌어먹을 자식 생각을 하고 말았다. 정말 머릿속의 지우개는 어디서 파는 거야? 공동 구매해야 하나?

세경은 우울해져 의상실을 나왔다.

"근데 왜 사과야? 관리하기 힘들잖아. 우유 같은 거면 배달시켜도 될 텐데."

세경이 심기일전하는 의미에서 강후에게 질문을 던졌다. 그러자 강후는 잠시 입술을 꾹 다물고 생각에 잠겼다가 말했다.

"이름이 예쁘잖아. 사, 과."

"사과가? 그런가? 난 자두가 더 예쁘던데. 자, 두."

세경은 사과와 자두를 번갈아 발음해보다 히죽 웃었다.

"그렇게 사주고 싶으면 그냥 한 봉지 사다 줘. 매일 두고 가기 귀찮지 않아?"

"아니, 전혀. 이기적일지 모르지만 그렇게 하는 게 내 마음이 조금 편해."

"이기적이라니. 매일 아침 기대되는데."

세경은 강후의 손을 쳐들고 감사의 마음을 담아 토닥토닥 두드렸다. 강후는 그런 세경을 보며 씁쓸한 미소를 지었다.

드디어 '한여름 밤의 꿈'으로 명명되어진 예린의 패션 브랜드 런칭 쇼와 강후의 연주회가 더블 쇼 케이스로 무대에 오르는 날이 되었다.

아침에 눈을 딱 떴을 때, 세경의 머릿속에는 '디데이'라는 단어만 떠올랐다. 여러 가지 의미가 있는 디데이였다. 더블 쇼 케이스와 해윤을 그 이후 처음 조우하는 날이었다.

세경은 일어나자마자 커튼을 젖혔다. 일기예보에는 나쁘지 않은 날씨였다. 그런데 창밖의 날씨는 우중충했다. 당장은 아니지만 비가 올 것만 같다.

세경은 바빠졌다. 혹시 몰라 주문해두었던 방수천과 비치파라솔 대여를 서둘러 픽스시켜 놓아야 했다.

출근 전, 강후의 집 문을 두드리고 간단하게 오늘 그가 준비해야 할 일을 브리핑해주었다.

"비가 올지 몰라서 일찍 나가봐야 해. 5시부터 리허설이니까 4시까지는 와줘."

세경은 긴장한 얼굴로 강후에게 말했다. 그러자 그녀의 말을 듣던 강후는 그녀의 손목을 부드럽게 모아 쥐었다.

"떨지 마. 다 잘될 거야."

믿어 의심치 않으니 두려워 말라는 강후의 눈빛이었다. 세경은 입술을 꾹 다물며 고개를 끄덕였다.

테이블 수에 맞춰 비치파라솔을 대여하고, 무대 뒤, 모델과 강후를 위해 대기실로 쓸 천막을 추가로 체크하고, 런웨이를 덮을 천막을 배송 요청하러 다니느라 세경은 정신없이 분주했다.

기획사에서 다른 동료들이 어시스트를 해줘 별 차질이 없는 한 오늘 런칭 쇼는 성공할 것 같았다.

"문제는 등이야. 이거 조립해, 말아? 이게 하이라이트인데 이거 못하면 서운할 것 같은데."

등 주문 관리를 맡아준 여진이 등 하나를 조립해 책상 위에 놓고서 창밖의 음울한 하늘을 보며 힘없이 말했다.

세경도 마찬가지 마음이었다. 결말은 흙빛 역사가 되었지만 어쨌거나 풍등 축제가 있던 그날은 잊을 수 없을 만큼 아름다웠다. 그 상황에 키스하지 못했으면 아쉬웠을 정도였으니까. 그래서 아이디어까지 만들어냈던 건데, 결국 하지 못한다면…….

세경은 조립된 등을 들어보았다.

"아! 비가 와서 못하게 될 것 같으면 테이블마다 이 등을 촛불 대신 놓자. 무대에도 가장자리에 고정시켜 놓으면 촛불을 붙여도 날아오르지 않을 거야. 분위기도 살 거고. 어때?"

세경이 눈을 반짝이며 여진을 내려다보았다.

"그래. 그러다 비가 개면 고정된 걸 들어서 날릴 수 있게 하는 거야!"

여진도 기가 막힌 생각이라는 듯 자리에서 일어나 세경의 손에 깍지를 끼며 콩콩 뛰었다.

해윤은 알렉스와의 전화를 끊고 창밖을 내다보았다. 비가 올 것 같은 하늘이다. 그 여자가 대실망을 하고 있겠군.

해윤은 런칭 쇼에 가기 위해 준비했던 슈트를 옷장에서 꺼냈다.

해윤이 옷을 갈아입고 있는데 예린이 찾아왔다. 그녀는 이미 런칭 쇼에 나갈 차비를 마친 듯 아주 블링블링이 미쳐 넘치는 옷을 입고 있었다. 디자이너이기에 망정이지 일반 임원이었다면 욕 한 바가지 격하게 먹을 차림이었다.

"결국 결혼식 하고 와서도 호텔 신세 지는 거야?"

아파트를 보러 다녀야 한다고 예린이 말했지만 해윤은 바쁘다는 핑계로 그녀와 거리를 두고 있었다. 생각보다 사랑 없는 결혼이 힘들 거란 생각이 점점 강하게 든다. 그리고 무엇보다 이 여자와 한국에서 살고 싶지 않았다.

"럭셔리한 삶이 이런 거 아닌가? 집 문제는 한국 로펌 문제에 대해 회장님과 상의를 해본 후에 다시 얘기해."

"왜?"

예린은 팔짱을 끼며 문기둥에 기댔다.

"난 뉴욕이 더 잘 맞는 느낌이야. 너도 그렇지 않아? 네가 디자인한 옷들 전부 뉴욕에 있을 때 디자인한 거잖아. 그리고 한국에서 더 진도 나간 것도 몇 없잖아."

"말의 요지가 뭐야? 내일 뉴욕에 가면 돌아오지 않을 거란 말이야?"

"회장님이랑 상의해보고 얘기해도 되지? 결국 회장님과 너, 둘 중 한 사람과는 의견이 맞아야 내 의견이 수렴되는 거잖아."

거지 같은 인생이란 생각이 든다.

"뜻밖이네. 한국에 오래 있고 싶어 할 줄 알았는데?"

"내가 왜?"

세경이란 여자와 같은 하늘에서 살고 싶을 거란 얘기를 하고 있는 건가?

"난 그렇게 질질 끄는 성격 아니야. 너도 그렇잖아."

해윤은 거울을 보고 넥타이를 매며 건조하게 말했다.

"어떤 면에서?"

그녀의 질문에 해윤은 몸을 돌려 그녀를 똑바로 바라보았다.

"그 자식, 그렇게 사랑한 거 맞아?"

"뭐?"

"가진 게 그림 실력이랑 물통밖에 없었다던 그 남자. 나랑 이혼하고 돌아가고 싶을 정도로 사랑했다면서 그 자식이 떠났다니까 금세 마음이 바뀌었잖아."

순간 그녀는 말없이 해윤을 바라보았다.

"누가, 그래? 마음이 바뀌었다고……."

건방지고, 당돌하고, 이기적이던 목소리가 변했다. 처음 듣는 심란한 목소리였다.

"내가 그 자식을 배신한 게 아니야. 그 자식이 날 배신한 거지. 배신한 자식, 기다리는 게 웃겼을 뿐이야. 마음이 바뀐 게 아니라, 사랑을 믿지 않게 된 것뿐이야. 그게, 같은 말이야?"

이번엔 해윤이 아무 말도 하지 못했다. 사랑했던 마음이 사랑하지 않게 된 것이 아니라, 사랑을 믿지 못하게 된 것이 같은 말일까? 문득 세경은 어떤 마음일지 궁금했다. 자신을 사랑했던 것일까? 그런데 이젠 사랑을 믿지 않게 된 것일까? 그녀가 자신을 사랑했던 것이라면, 자신을 사랑하게 되지 않은 것과, 사랑을 믿지 않게 된 것은 같은 말이 아닐 거란 생각이 들었다. 최소한 자신은 그랬다. 그녀를 사랑하지 않은 것이 아니라, 사랑할 수 없게 된 거니까. 그리고 사랑을 믿지 않는 마음은 여전하니까.

"그럼 그 자식이 돌아오면 확실히 알겠군."

해윤은 다시 거울을 돌아보고 넥타이를 당겼다.

"돌아와? 훗."

"왜?"

그녀의 실소에 해윤은 거울에 비친 그녀를 보았다.

"돌아오면 누가 받아줄까 봐? 한 번 떠났던 놈은 그대로 끝이야. 그게 사랑이란 바닥의 진리지."

달관한 목소리다.

"그래도 이제 혼자 꾸릴 회사도 있으니, 유산에 연연하지 않아도 되잖아."

"무슨 소리야?"

"회장님한테 세게 나가라고. 유산 주실 분이니 알아서 모시겠다는 듯이 행동하지 말고. 튕겨서 더 믿음직스러울 때도 있어."

해윤은 옷매무새를 확인하며 거울 속의 그녀에게 충고했다.

"하긴. 그동안 나, 허투루 놀면서 할아버지한테 본의 아니게 찍혔었는데 당신 덕에 사업도 생각하게 되었으니 제대로 해볼 마음은 있어. 할아버지한테 세게 나가는 것도 재밌겠다."

오 회장의 혈압을 올릴 생각을 하니 상상만으로도 즐거운지 예린은 빙긋 웃었다.

"기대해, 오늘 런칭 쇼. 밑에서 기다리고 있을게."

예린은 문기둥을 '탁' 치고는 그의 방에서 사라졌다.

넥타이를 당겼던 해윤의 팔이 툭 떨어졌다. 한 번 떠난 놈은 그대로 끝이다. 한 번 실망을 준 놈은 그대로 끝인 것이다. 그게 진리였다.

여자들이 다 이런 마음이라면 최소한 그 여자한테 강후는 기회가 없겠다. 그건 다행이군. 자신도 마찬가지겠지만.

준비를 마친 해윤은 지하 주차장으로 내려갔다.

"너무 일찍 가는 거 아니야?"

차 뒷자리에 올라타며 해윤은 미리 타고 있는 예린에게 퉁명스럽게 말했다. 운전자는 여전히 크리스틴이었다.

"리허설 때문에 미리 가야 돼. 디자이너로서 사장 흉내만 내는 건 질색이야."

"그럼 따로 갈걸 그랬어."

불편한 자리에 미리 가 있는 것도 우습다.

"왜? 누가 불편하게 만들어?"

그 '누가'가 누구인지 알고 있어 흥미진진하다는 얼굴이다.

"크리스틴이 운전하는 차 타는 게 불편해서 그래. 언제 기사 바꿀 거야?"

해윤의 말에 크리스틴이 룸미러로 해윤을 슬쩍 보았다.

"남자가 모는 차, 싫어."

예린은 서류를 훑어보며 대답했다.

"남녀차별이야, 그것도. 소송감이지."

"걱정 마. 크리스틴이 소송 걸 일은 없을 테니까."

예린의 말에 해윤은 크리스틴을 향해 말했다.

"필요하면 나한테 말해요. 난 언제나 크리스틴 편에 설 테니까."

그러자 크리스틴은 "땡큐." 하며 빙긋 웃었다. 예린과 결혼하면 크리스틴을 부추겨 소송이나 걸게 만들어야겠다. 그럼 무덤덤한 결혼 생활에서 잔재미는 되겠다. 예린이 발끈하면 더 좋고.

'서울 숲'에 도착하자 이미 강후가 연주 리허설을 하고 있었다. 여우 같은 놈.

해윤은 멀찌감치 서서 피아노 앞에 앉은 그를 게슴츠레한 눈으로 쏘아보았다. 세경은 보이지 않았다.

"무대가 꽤 괜찮네. 비가 올 것 같아 걱정했더니. 등도 예쁠 것 같고."

예린은 테이블들을 가로질러 무대로 다가가며 테이블 가운데 놓인 등을 쓰다듬었다.

아직 불이 붙어 있지 않은 등을 보니 해윤의 심장이 덜컹했다. 불이 켜진 등을 본다면 심한 멀미가 날 것 같다.

"어때?"

예린은 불편한 표정의 해윤을 돌아보았다.

"의외네. 없는 흠까지 잡을 줄 알았더니."

해윤은 쏘듯 말하며 무대에서 시선을 거두었다.

"나, 공과 사 분명한 여자야."

딱 사장이란 직함만큼의 교만함이 묻어나는 말투다.

"그나마 장점이 있어 다행이지."

해윤은 고개를 끄덕이며 콧방귀를 뀌었다.

"대기실에 갔다 올게."

해윤을 못마땅하게 보던 예린은 크리스틴과 모델 대기실로 사라졌다. 해윤은 그 자리에 오래 있고 싶지 않았다. 꼭 무방비 상태로 사격 연습장 한가운데로 걸어 들어온 기분이라 좋지 않아 주차장으로 몸을 돌렸다. 그때, 익숙한 목소리가 들려왔다.

"자, 피아니스트 연습이 끝났으니 총 리허설에 들어갑니다. 대기실의 모델 분들! 준비해주세요!"

에너지 넘치는 세경의 목소리가 휴대용 마이크 스피커를 뚫고 울려 퍼졌다.

해윤은 반사적으로 몸을 돌렸다. 헤드 마이크를 쓴 세경이 강후에게 다가가 무슨 말을 건네고 있었다. 그리고 객석을 향해 몸을 돌렸다. 그러다 해윤과 그녀의 눈이 마주쳤다.

제목 : **못 찾겠다고 하면 어쩔 거야.**

From : 알렉스 ⟨alexsaurs@robert&july.com⟩
To : 조해윤 ⟨winnerhy@robert&july.com⟩

당황스런 네 전화를 받고도 당황스럽지 않은 척했지만, 사장이 나한테 하는 얘기는 당장 너에게 달려가 한 대 치고 싶을 정도로 정말 당황스럽더라.

나더러 네 뒤치다꺼리하라고 사장한테 얘기했어?

해달라는 것도 아니고, 하라는 명령이었냐?

내가 어쩌다 이 로펌에서 네 직속 부하가 되었지?

이 사실을 우리 어머니가 아시면 넌 죽은 목숨이야.

옆에 있었다면 엄마 있다고 생색내는 거냐고 내 목을 조르려고 들었겠지. 넌 그런 녀석이니까.

이게 다 친구 잘못 둔 내 탓이고, 또 우리 로펌을 위해 희생하는 거라고 쳐두지.

하지만 네가 찾으라는 건 쉽지 않을 것 같다.

네 말은 미국 전역에서 'socks'라고 쓰인 양말을 찾아내라는 것과 똑같아. 알아?

그나마 다행인 건 그 양말 색이 희지 않다는 것뿐이지.

내가 할 수 있을 것 같아?

네가 아니라 나이기에 가능하다는, 입에 침 처바른 네놈의 감언이설에 한 번 속아주마.

대신 내가 한국에 가게 되면 노래 잘 부르고 성격 좋다는 아가씨 소개해준다는 약속 잊지나 마라.

무대에서 내려서려던 세경은 순간 급랭된 듯 굳었다. 해윤과 마주칠 거라 생각 안 한 건 아니지만, 뜻밖이었다.

순간 머리가 어지러워졌다. 그러다 그만 삐끗하며 앞으로 몸이 쏠렸다. 그때 강후가 그녀의 허리를 잡아당기며 안았다. 그러다 강후 역시 해윤과 눈이 마주쳤다. 해윤은 이마에 힘을 주고 자신들을 쳐다보고 있었다.

강후는 잠시 당황스러워했다. 그러다 세경을 걱정스럽게 보았다.

"괜찮아?"

"어, 고마워."

세경은 애써 태연한 척 웃으며 허리에서 강후의 팔을 풀었다. 그때 스태프가 달려와 말했다.

"음향에 좀 문제가 있어요. 리허설 좀 미뤄도 될까요?"

갑자기 심장이 조여오는 느낌이다.

"큰 문제는 아니겠지?"

세경은 심각하게 물었다.

"예. 배선 문제니까 금방 해결돼요."

"알았어. 10분이면 돼?"

"네."

정신을 차린 세경은 고개를 끄덕였다. 그리고 마이크를 켜고 말했다.

"10분 후에 리허설 들어갑니다. 스텐바이 해주세요!"

세경은 이렇게 말하며 상기된 얼굴에 부채질을 했다. 그러다 돌아보니 해윤은 보이지 않았다.

"이거 마셔."

강후가 세경에게 생수병을 내밀었다.

"고마워."

세경은 스피커에 걸터앉으며 받아든 생수의 마개를 비틀어 땄다. 그런데 손이 자꾸 미끄러지기만 하고 잘 따지지 않았다.

"이게 왜 이래."

세경은 손목에 힘을 주고 다시 생수 마개를 비틀었다.

"아, 진짜!"

세경은 짜증을 내며 힘이 들어갔던 손을 털었다.

"줘봐."

강후는 착 가라앉은 목소리로 세경의 손에서 생수병을 받았다. 그리고 반대 방향으로 비틀어 마개를 땄다.

"아…… 고마워."

세경은 자신의 행동에 어이없다는 듯 허탈한 표정을 지으며 생수병을 받아들었다.

"너한테 상처 준 사람 만날 때는 매번 이런 식이야?"

강후의 목소리에 불만이 가득했다. 약간의 자책감도 들어 있는 것 같다. 자신이 돌아왔을 때 그녀의 기분을 엿보는 것 같은 모양이다.

세경은 아무 말도 하지 못했다. 헤어졌던 강후를 호텔에서 다시 만났을 때는 그대로 내뺐었다. 그리고 이번엔 허둥대다 무대에서 엎어질 뻔했다. 그런데, 해윤에게 상처받은 걸 어떻게 알았지?

"어느 쪽이야?"

강후가 불쑥 물었다.

"뭐가?"

세경은 그의 질문을 금방 알아듣지 못하고 그를 올려다보았다.

"날 다시 봤을 때랑, 저 자식을 다시 봤을 때랑 어느 쪽이 더 반갑냐고. 아니, 어느 쪽이 더 기분 더러웠냐고 물어야 하나?"

강후의 얼굴은 어두웠다. 기분이 나쁜 것도 같았다.

"왜 그래, 대체."

세경은 지쳤다. 이 남자에게 더 이상 이런 식으로 질문받고 싶지 않았다.

"마음을 명확하게 했으면 좋겠어. 좀 더 확실하게 말해볼까? 저 자식 앞에서 흔들리는 모습 안 보고 싶다고."

"노력하고 있어."

세경은 답답한 얼굴로 머리를 쓸어넘겼다.

"내가 이렇게 옆에 있는데 금방 떨쳐지지가 않아? 그 자식은 너에게 망신만 줬어. 너에게, 어느 누구보다 아픈 상처를 줬다고!"

강후는 화를 폭발시켰다.

"프러포즈를 그딴 식으로 해치워버린 놈한테 무슨 미련이 남아서 이러는 거야? 네 쪽에서 과감하게 쳐낼 순 없어?"

순간 세경은 앉아 있던 스피커에서 내려섰다.

"어떻게 알았어?"

세경은 눈에 힘을 주고 그를 똑바로 쳐다보았다.

"아까부터, 아니 그전부터 당신은 다 알고 있는 것 같은 느낌이었는데. 그 사람이 나한테 프러포즈하려고 했었다는 걸, 어떻게 알았어? 난, 너무 망신스러워 당신한테 아무 말도 못했는데?"

"아……!"

순간 강후의 얼굴에 당혹스러움이 스쳤다.

"다 알고 있었어? 내가 당하는 걸 봤어? 내가…… 그렇게 무너질 거라는 걸 알았던 거야? 그래서…… 밖에서 기다리고 있었어?"

세경은 갑자기 치솟는 분노에 호흡이 불규칙해져 있었다.

그제야 그때의 이해가 안 되던 상황이 정리가 되었다. 갑자기 나타난 예린하며, 심부름 어쩌구 하는 그녀의 말에 당황하던 해윤까지.

"세, 세경아. 내 말을 들어봐. 사실은……."

강후는 다급하게 세경에게 다가섰다. 세경은 그런 그에게서 한 발짝 물러섰다.

"아무 말도 하지 마. 변명 같은 거, 듣고 싶지 않아. 사정이 어쨌든 달라질 건 없으니까."

"변명이 아니라……."

말을 하던 강후는 세경의 표정에 당황하고는 입을 다물었다. 그렇게 화내는 세경을, 헤어지던 빗속에서도, 다시 만났을 때도 본 적이 없었다.

"내가 바보긴 하지만 한 번 여자를 버린 남자는 다시 믿지 말아야 한다는 것쯤은 아니까. 그게 당신이든, 저 사람이든, 다를 게 없어. 아까 당신이 했던 질문에 이게 대답이 될까?"

세경은 굳은 얼굴로 침착하게 말했다. 사람이 진짜 화가 나면 이렇게 침착해지는구나. 세경 자신도 스스로에게 놀랐다.

"오늘 연주회 망치지 마. 당신 첫 쇼 케이스니까."

세경은 그에게서 몸을 돌려 모델 대기실로 저벅저벅 걸어갔다.

강후와는 최소한 친구가 될 줄 알았는데, 모든 게 틀어졌다. 그 이유가 그 사람 때문이라고 탓하지 않겠다. 지나간 일을 남 탓하는 것만큼 효율성 떨어지고 비극적인 일도 없으니까.

"목소리만 들리고 안 보여서 언제 보나 했어요. 오늘 진행엔 문제가 없겠죠?"

정신을 놓고 걷던 세경은 퍼뜩 놀라 고개를 들었다.

화려한 차림의 예린이 반짝이는 눈 화장을 하고 세경을 보고 있었다. 꽃다발로 해윤의 가슴을 후려치던 그녀의 모습은 보이지 않았다.

"아, 네."

그녀와 반대로 세경은 호흡이 불가능했다. 주위에 온통 적들뿐인 것 같다. 강후도 이젠 적 같고.

"실제로 보니, 기대 이상이에요. 등 날릴 때라도 비가 안 왔으면 좋겠는데."

"비가…… 와요?"

세경은 깜짝 놀랐다. 그러자 예린은 몰랐냐는 듯 대기실 밖을 가리켰다. 세경은 얼른 대기실의 천막을 들췄다. 보슬비가 조용하게 '서울 숲'을 적시고 있었다. 기다리지 않았던 비다.

"이렇게 좋을 줄 알았으면 우리 결혼식도 부탁할 걸 그랬어요. 내일 결혼식 때문에 출국하는데, 같이 갈래요? 호호. 물론 농담이에요."

그녀의 빈정 섞인 말에 세경은 그녀를 돌아보았다.

"결혼……하세요?"

"그럼요. 6월 24일에요. 원래 그러려고 했고, 프러포즈도 받았는데, 해야 하지 않겠어요?"

프러포즈. 그날, 그 길로 가서 이 여자 앞에서 무릎 꿇고 한 건 아니겠지. 설마.

세경은 날짜를 헤아려 보았다. 불과 5일밖에 남지 않았다.

"축하드려야겠네요."

세경은 그녀를 향해 있는 힘껏 웃는 낯을 했다. 이렇게 말하려고, 이렇게 웃으려고 집에서 수도 없이 연습했었다. 안 볼 수 없는 이 여자를 다시 만났을 때 초라하게 보이고 싶지 않았다. 너희들, 어떻게 살든 관심 밖이라고 표현해주고 싶었다.

"행복하세요. 회사 3층 로비에 있는 드레스, 떼어 가시겠네요. 그 드레스 때문에 신문에 날까요? 그럼 꼭 볼게요. 그렇게 보겠네요, 당신 결혼식."

"고마워요. 당신 덕분에 우리가 더 확실한 마음으로 결혼하게 된 셈이니까."

번개탄 잘 썼다는 감사의 표시 같다.

이 여자는 누군가와 싸워서 운 적이 없는 여자 같다. 자기 잘못으로 싸워도 남 잘못으로 만들 그런 여자다. 존경스럽다.

"오늘 런칭 쇼, 잘 부탁할게요. 결혼식 끝나고 돌아오면 그때 다시 만나요. 사적으론 당신 별로지만, 공적으론 계속 같이 일하고 싶은 실력이에요."

말을 마친 그녀는 세경에게 고개를 까딱이고 대기실을 나갔다.

공과 사를 구분할 줄 아는 여자. 그런 면에선 자신도 빠지지 않는다고 생각한다. 그러니, 그건 부러워하지 않겠다.

기다리지 않던 비. 기다리지 않던 상황. 기다리지 않았던 말……
모든 것이 혼란스러웠다. 자신도 모르는 사이에 주변의 모든 일들이 어떻게 흘러가고 있는지 알 수 없었다. 자신을 중심으로 일어나는 일이든 아니든, 자신만 모르고 다른 사람들은 다 알고 있는 것만 같았다. 모르는 사람만 바보가 되는.

리허설을 마치고 잠시 숨을 고르는 휴식 시간이 주어졌다.
세경은 사람들이 벅적거리지 않는 객석 끝으로 걸어가 파라솔 밖으로 손을 내밀었다. 파티장 건물 한쪽에서 비를 그으며 서서 빗속으로 손을 내밀던 해윤의 손이 떠올랐다. 비 맞는 걸 주저하지 않고, 세경을 빗속으로 잡아당기던, 강했던 그의 얼굴이 떠올랐다.
어쩌면 그가 하려던 프러포즈가 진심이었는지도 모른다. 누군가의 장난으로 그렇게 엉망진창이 되어 어쩔 수 없이 그렇게 끝난 건지도 모른다. 하지만 역시 달라질 것은 없다. 그가 선택한 건 그녀였으니까.
"이제 비쯤 아무렇지 않은가 보네?"
해윤의 목소리였다. 놀라 돌아보니, 저쪽 파라솔 끝에 그가 서 있었다. 한쪽 어깨가 파라솔 밖으로 튀어나가 비에 젖고 있었다. 언제부터 저렇게 서서 이쪽을 보고 있었던 걸까.
"옷 젖는 거 못 느껴요?"
세경은 별수 없이 대꾸하며 다시 비를 향해 고개를 돌렸다.
"대꾸도 하지 않을 줄 알았는데, 착한 거야, 생각이 없는 거야?"
또 빈정댄다. 지 잘못을 모르는 놈이다. 아니, 알아도 그냥 패스시킬 놈이지.

"아무려면 어때요. 내가 어떤 애든 상관없잖아요."

세경은 무대 쪽으로 몸을 돌렸다.

"나쁘진 않지?"

그가 물었다.

"뭐가요?"

세경은 무대를 향한 채 건조하게 되물었다.

"뭐든."

그의 추상적인 대꾸에 세경의 눈은 불투명해졌다. 그의 목소리를 오랜만에 들으니 눈물이 날 것 같다.

"생애 최악을 경험했는데 더 이상 나쁠 게 있겠어요? 나한테 울트라 초특급 백신을 놔줬잖아요. 항체가 무럭무럭 자라는 중이에요."

세경은 그제야 해윤을 돌아보았다. 그의 얼굴이 좀 수척한 것 같아 당황했다. 결혼식에 맞춰 일하려니 그렇겠지. 세경은 뻐근해지는 목으로 겨우 침을 삼켰다.

"딱 하나, 당신이 이렇게 끼어 있는 게 거슬리긴 해요. 당신과 연관된 일은 다 재수 없어지니까."

"대놓고 재수 없단 소리 듣는 거 처음이야. 신선해."

그의 빈정댐에 이골이 난다.

"아니라고 해도 결과들이 다 그랬잖아요. 부디 당신 결혼식은 재수 없지 않게 잘 끝마치길 바랄게요."

"알고…… 있어?"

몰랐기를 바랐을까? 바보처럼.

"내일 출국한다면서요? 돌아오지 말라는 말도, 다녀오면 보자는 말도, 결혼 축하한다는 말도, 내가 하는 말은 전부 당신에게 의미가 없을 테니 생략해도 되겠죠?"

세경은 그를 있는 힘껏 표독스럽게 바라보았다.

"네 말에 내가 좌지우지되는 건 아니니까. 뭐, 결혼식에 재수 있길 바라는 건 나쁘지 않지만."

해윤은 다시 비를 향해 시선을 돌리고는 피식 웃었다.

"결혼식에 대해 기대가 크신가 봐요. 왜 안 그렇겠어요."

그녀 역시 빈정거림이 끊이질 않으려고 한다. 지치는 것 같다. 이러고 있는 자신이 한심했다.

혹시 이 남자, 변명이란 걸 하고 싶은 마음이 있는 건 아닐까. 그래서 어깨가 젖는 것도 모른 채 있었던 건 아닐까.

"나한테, 할 말 없어요?"

망설이던 세경은 조금 전과는 다른 목소리로 그에게 물었다. 마지막 변론의 기회를 주는 거야. 일이 이상하게 꼬였다는 말이든, 의도하지 않았던 결과라는 말이든. 누구든 죄인 취급하기 전에 한 번의 기회는 주잖아.

세경은 해윤을 지그시 바라보았다. 그러자 세경을 물끄러미 보고 있던 그가 말했다.

"내가 말하면 믿긴 할 거고?"

그는 확신이 없어 보였다. 왜 안 그렇겠는가. 그와 있으면서 제대로 된 게 별로 없는 것처럼, 그도 자신을 볼 때 같은 생각을 했을 것이다.

"생각해보니 우리 사이엔, 말을 할 필요가 없겠어요. 전부 무의미할 테니까."

세경은 공허한 표정을 지으며 말했다.

"그래. 아무 말도 안 하는 게 나아. 네가 뭐라고 하든 난 내일 출국하니까."

속물 같은 놈. 돈이 그렇게 좋으니?

나한테 조금은 관심 있었잖아?

내가 너 싫어했으면 키스했을 때 가만히 뒀을 거 같아?

나한테 매달려서라도 최소한의 변명이라도 해야 하는 거 아니야?

차라리 놀리고 싶었다고 해!

온갖 비명 같은 말들이 그녀의 가슴에 묻혔다. 무슨 말을 들어도 뉴욕으로 가 예린과 결혼할 자식이다, 이 자식은. 그런 놈한테 뭐라고 말을 잇는 것 자체가 매달리는 것과 똑같다.

"너한테 난 엑스야. 그러니까 나 같은 놈 때문에 마음 아플 필요 없어."

위로라고 하는 말일까?

세경은 허탈했다. 그는 알까? 엑스는 보물을 가리키는 표시라는 걸. 이 상황에서도 그에게 미련이 남는 생각을 하게 되다니. 세경은 자존심이 상해 그에게서 몸을 돌렸다.

"어쨌든 잘 가세요. 그럼."

세경은 서둘러 발걸음을 옮겼다.

"결혼식에서 재수 있기를 기도해줘."

해윤은 돌아서 가는 세경에게 말했다. 재수 있기를? 흥, 엿이나 먹어!

강후의 연주에 사람들은 감동에 젖었다. 아름다운 선율, 아다지오로 흐르는 심장 떨리게 하는 피아노 소리. 그렇게 열정적으로 피아노 치는 것을 본 적이 없는 것 같다. 건반 하나하나 두드릴 때마다 심혈을 기울였고, 그를 둘러싼 우아한 모델의 모습에 무대는 한 폭의 그림 같았다.

우아하게 런웨이를 걷던 모델들이 피아노 주위에 모두 정렬하고 피아노 연주가 끝났을 때 사람들은 우레와 같은 박수를 쳤다. 그 박수 속에서 한참 동안 피아노 건반을 주시하고 있던 그는 천천히 자리에서 일어나 객석을 향해 인사했다.

그의 얼굴에 땀이 흥건했다. 눈가에서 반짝인 게 무엇이지 모르겠다. 땀인지, 눈물인지. 벅차는 감동 같기도 하고, 깊은 침울함에서 애써 짓는 미소 같기도 하고……. 그의 표정이 상당히 복잡했다.

좌중을 둘러보던 강후는 뒤에 서서 지켜보고 있던 세경과 눈이 마주치자 그녀를 한참 바라보았다. 꾹 다물었던 입술이 '쏘리.'라고 말하는 듯했다.

세경은 아무 말도 할 수 없었다. 이제야 그가 아침마다 보낸 사과의 의미를 알겠다. 이름이 예뻤다는 사과. 그의 마음을 조금은 이해할 것도 같다.

다행히 비는 멈추었다. 산뜻한 바람까지 불었다. 스태프들은 황급히 파라솔을 걷었다. 그리고 일일이 등을 나눠주고 불을 붙여주었다. 모델들은 런웨이 가장자리에 고정되었던 등을, 미리 받은 지시에 따라 고정 장치를 빼고 손에 들었다.

"자, 'Romantic Street' 런칭의 성공을 바라며, 등을 가볍게 날려주세요!"

사회자의 외침과 함께 모델들이 지붕 밖으로 등을 날렸다. 그러자 객석에 있던 사람들도 나눠 받은 등을 하늘 높이 띄웠다.

등이 모두 하늘 위로 띄워지자 헤드 마이크를 쓴 채 스태프들 사이를 누비던 세경은 잠시 발걸음을 멈추고 하늘을 올려다보았다. 풍등 축제만큼이나 아름다운 하늘이었다. 저도 모르게 눈동자가 뜨거워졌다. 그리고 그 뜨거운 것이 눈 가장자리를 타고 귀밑으로 흘렀다.

사람들의 감탄사와 박수 소리, 잘 끝났다는 안도감과 해냈다는 성취감, 그리고 이전의 모든 힘들었던 여정과 일들이 등을 따라 하늘로 산화되는 기분이 들어 주체할 수 없이 눈물이 났다.

이십 대의 이별은 이걸로 안녕이길. 더 이상 추한 경험은 하지 말길. 세경은 두 손을 얌전히 모으고 마음으로 기도했다.

예린이 잘 안다는 클럽에서 성공적인 런칭 쇼를 축하하는 회식자리가 만들어졌다. 가고 싶지 않았지만, 함께 일한 기획사 스태프들을 위해서 안 갈 수도 없는 자리였다.

고객들로부터 런칭 쇼에 대한 감동과 축하, 칭찬을 담뿍 들은 후라 완전 흥분한 예린은 어쩔 줄을 모르며 연신 소리 내어 웃었다. 그런 그녀를 아무렇지 않게 보고 싶었지만 자랑하듯 해윤을 데리고 다니는 그녀를 아무렇지 않게 볼 자신이 없었다. 우연히 시선을 옮기다 해윤과 시선이라도 마주칠까 봐 무서워서 감히 그녀의 아우라가 솟구치는 곳은 고개도 돌리지 못했다.

차라리 신이 나게 마시고 취하면 좋을 텐데 술이 맛있지도 않았다. 신이 난 건 세경을 뺀 나머지 모두였다.

"기대 이하일까 봐 걱정했는데 비가 와서 더 좋았다는 말까지 들으니까 한 팀장님을 대단하게 안 볼 수가 없네요."

이미 반쯤 알코올이 차오른 홍보팀장은 세경의 잔에 술을 부어주며 세경의 공로를 치하해주었다.

"팀장님이 고생하셨죠. 제가 패션쇼는 처음이라 팀장님이 신경 쓰실

일이 많았을 거예요. 감사해요."

세경은 그녀가 내민 잔에 술을 채워주었다. 그때, 저만치에 앉아 있던 해윤이 자리를 떨치고 일어나는 모습이 얼핏 보였다. 그는 그대로 자리를 나가 다시는 돌아오지 않았다. 제 약혼녀가 술을 마시는데 그냥 사라져? 저 정도로 정이 없는 인간이었던가? 뭐, 상관할 바는 아니지만.

세경은 애써 고개를 흔들었다. 더 이상 그를 신경 쓰고 싶지 않았다.

"너무 기분이 좋아서 이대로 끝낼 수 없겠는데. 우리 2차 가요!"

예린은 제대로 발동 걸린 듯 크게 소리쳤다.

이럴 때 보통 사장은 1차에서 끝내고 카드 넘겨주고 사라져주는 게 예의 아닌가? 뉴요커들은 그런 걸 예의라고 생각하지 않나? 하긴, 아직은 소수 정예로 모인 규모이니 저러는 것도 한순간이다 싶다. 또 어린 사장이 더 신 나서 나대는 것도 볼 만은 하다.

해윤이 없어도 그녀는 아무렇지 않은 모양이다. 세경과 같이 없어진 것이 아니어서 그런가. 그래서 더욱 빠지고 싶은 이 자리에서 세경은 빠져나가지 못했다.

자리를 옮긴 노래방에서 예린은 뉴욕에서 온 지 얼마 안 됐다는 걸 믿을 수 없을 만큼 유창하게 한국 가요를 불러댔다.

"난 너를 믿었던 만큼, 난 내 친구도 믿었기에……."

예린의 정신이 지금 우주 대폭발을 하고 있다는 걸 알겠다.

"내가 한국 문물에 무척 심취해 있었어. 팝송도 나쁘진 않은데 한국 노래가 더 끌리더라구."

한국 문물? 구석기인이 신석기인에게 빗살무늬 토기를 선물로 받은 것 같은 뉘앙스다.

랩 실력도 뛰어났다. 알코올의 힘으로 이미 꼬인 혀가 한몫하는 것도 같다. 해윤도 저렇게 노는 걸까? 설마, 아니겠지. 갑자기 해윤까지 다르게 보이려고 한다.

시간이 지나자 체력이 고갈된 사람들이 하나둘씩 사라지거나 자리에 엎어져 기절하듯 잠들기 시작했다.

노래 부르는 사람들이 현저하게 줄어들었고, 나중에는 끝까지 마이크를 놓지 않던 예린까지 바람을 쐬겠다고 자리를 비웠다.

그녀가 사라진 방은 말 그대로 초토화였다. 무한정으로 표시된 노래방 기계만 소리 없이 화려한 그림들을 띄워댔다.

그냥 갈까 하며 돌아보니 저쪽에 기획사 남자 스태프 하나가 실신한 듯 잠들어 있었다. 저걸 거둬가, 말아. 차도 가지고 온 것 같은데.

기획사 식구만 아니라면 그냥 두고 가겠구만. 세경은 어쩔 수 없이 대리기사를 부르고서 노래방에 앉아 하릴 없이 노래책을 뒤적였다. 그러다 우연히 눈에 들어온 제목이 있었다. 〈All you need is love〉. 참 비극적인 노래가 아닐 수 없다.

망설이던 세경은 무의식적으로 번호를 눌렀다. 곧 반주가 나왔고 가사가 시작되었다. 첫 멜로디에 세경은 얼른 끄려 했다. 그러나 코러스가 나오자 세경은 멈칫했다.

영원히 이 노래를 원수처럼 들으며 살래?

한 번 진하게 불러주고 잊자. 그것도 이 노래 공포증을 예방하는 방법이다.

멋쩍어 돌아보니 자고 있는 사람들은 제대로 숙면 중이었다. 세경은 두리번거리다 마이크를 찾아 들고 '음, 음.' 하며 목을 가다듬었다.

"There's nothing you⋯⋯."

무신경하게 노래를 부르려 했지만 단어들이 하나씩 지워질 때마다 이 노래를 부르던 해윤의 표정, 해윤의 목소리, 해윤의 눈빛이 생각이 났다. 그때만큼은 감동의 도가니 그 자체였었는데.

"참…… 좋은 사람이라고 생각했어."

잔잔한 템포가 흐르는 가운데 세경은 저도 모르게 마이크에 대고 중얼거렸다.

"어쩌면 난 이제 이 노래는 죽을 때까지 못 들을지 몰라. 이 노래를 들을 때마다 당신을 떠올리게 될 테니까. 내가 당신을 떠올릴 때, 당신은 뭘 하고 있을까? 어쩌면 당신도 이 노래를 들을 때마다 날 떠올릴까? 아니면…… 그 여자한테 이 노래를 부르게 하고, 아니면 불러주고 내가 아닌 그녀를 떠올릴까……? 아무렇지 않게 이 노래를 즐거운 추억으로 바꾸고 있을까? 그럴까……? 그럼 나는 어떤 기분이 들까? 당신을 금방…… 잊을 수 있을까?"

감정의 홍수에서 헤엄을 치며 세경은 넋두리처럼 주절주절 떠들고 말았다.

이 노래가 이제 심장에 무리를 주는 음악이 될 거란 무서움.

또 감동을 주었던 그가 다른 여자와 결혼을 할 거란 아쉬움.

갑자기 이 노래를 들을 때처럼 눈물이 세경의 뺨을 타고 흘러내렸다.

당황한 세경은 누가 볼까 무서워 얼른 노래를 껐다. 그리고 성질에 그만, 노래책으로 자고 있는 기획사 남자 스태프의 머리를 갈겼다.

"일어나! 가게."

서둘러 뺨을 훔쳐 닦은 세경은 혼비백산해 겨우 정신을 차린 스태프의 팔을 잡아당겨 일으켜 세우고 노래방을 나섰다.

크리스틴은 다급히 노래방으로 해윤을 불렀다. 세경과 더 마주치고 싶지 않아 호텔로 돌아와 있었는데 급박하게 호출을 받았다.

가보니 노래방이 아니라 여관처럼 예린의 회사 직원들이 뻗어 있었다.

"회사 직원들 챙겨야 해서요. 아가씨 좀 부탁드려요."

그녀는 소파에 기대 자고 있는 예린을 걱정스럽게 보며 말했다. 세경의 기획사 사람들은 아무도 보이지 않았다. 그녀도.

"같이 마시고 이쪽 사람들만 뻗은 거 굴욕 아니야?"

해윤은 툴툴거리며 예린을 일으켜 세웠다. 그리고 자꾸 고꾸라지는 그녀를 겨우 안고 방을 나왔다.

"잠시만요."

가게를 나서려는데 주인 여자가 해윤을 불러 세웠다. 술 마시고 기절한 여자 데리고 나가는 것도 벅찬데 불러 세우기까지 하니 해윤은 짜증이 절로 나왔다.

"계산이 안 됐나요?"

해윤은 겨우 한쪽 팔로 예린을 안고서 안주머니 지갑에 손을 뻗었다.

"아니요. 이거 부탁하셔서요."

사장은 CD 하나를 내밀었다.

"녹음 부탁하셨거든요."

가끔 하는 짓이 세지의 진짜 자매는 이 여자 같다는 생각이 든다. 이 여자도 음반 취입이 꿈이었나. 요즘에 누가 이런 실황 사운드를 녹음한다고.

해윤은 됐다고 하려다 혹시 예린이 술 깬 후 감상하려고 찾을지 몰라 그대로 받아들었다. 지가 얼마나 생쇼를 했는지 알면 다시 이딴 부탁은 안 하겠지.

"감사합니다. 수고하세요."

해윤은 주인 여자에게 애써 웃어 보이곤 CD를 주머니에 넣고 가게를 나왔다.

예린을 호텔 침대에 아무렇게나 던져놓은 해윤은 한순간 한숨이 나왔다. 세경은 멀쩡히 갔는지 걱정이 되었다. 그리고 순간, 약혼녀를 아무렇게나 던져놓고 다른 여자를 생각하는 자신이 한심했다.

요리 여행을 하는지 쩝쩝거리며 꿈속을 헤매는 예린을 물끄러미 바라보던 해윤은 그녀를 바르게 뉘어주고 신발도 조심스럽게 벗겨주었다. 그리고 곱게 이불을 덮어주었다.

결혼식 날, 재수가 있을지 없을지 모르지만 어쨌든 이 여자는 자신의 신부였다. 한 여자를 마음에 둔 남자로서 다른 여자라고 해서 아무렇게나 대하는 건 여자에게 잘못하는 것 같았다.

세경의 회사에 갔을 때 느낀 거지만 생각보다 더 일을 잘하는 것 같아 다행이라고 생각했다. 최소한 그 일이 그녀를 주저앉게 두진 않을 테니 말이다.

그녀를 더 볼 수 있을까, 없을까. 그건 하느님 말고는 아무도 모를 일이다.

우연, 그것은 익명이길 바라는 하느님의 의지라고 했는데. 그녀를 만나고 겪었던 모든 일들이 우연일지 아닐지, 아니면 그야말로 운명일지, 지금으로선 아무것도 가늠되지 않았다. 그게 해윤의 마음을 무겁게 했다.

내일의 비행이 또 두려워지기 시작했다. 그 이후의 일들도.

숙취가 덜 풀린 예린과 비행기에 대한 긴장감으로 피곤에 절은 해윤은 아침 일찍 비행기에 올랐다.

VIP석에 자리를 잡고 앉자 갑자기 예린이 CD 플레이어에 CD를 넣었다. 어제 노래방에서 받은 CD였다.

"자기가 부른 노래가 그렇게 궁금해?"

해윤은 이미 사색이 된 얼굴로 타이레놀을 두 알 챙겨먹고 애써 책을 펼치다 예린을 돌아보고 혀를 찼다.

"한국에서 꼭 해보고 싶었던 거야. 객관적으로 내 노래 실력을 평가해볼 절호의 찬스지."

예린은 기대에 찬 얼굴로 플레이 버튼을 눌렀다.

"당신도 들어볼래?"

예린이 한쪽 귀에 꽂혀 있던 이어폰을 빼서 해윤에게 내밀었다. 해윤은 눈살을 찌푸리며 손을 내저었다.

"그냥 네가 노래 잘 부른다는 환상에서 살고 싶어. 환상 깨는 거 질색이야."

순간 이 여자의 이름을 팝페라 가수의 이름과 혼동하여 세경과 오해의 요단강을 건너던 때가 생각났다. 그렇게 황당하고 웃긴 일도 있었다, 그 여자와. 어떤 면에선 예린보다 세경과 더 진한 추억이 많다고 해도 과언이 아니겠다.

"그래, 그럼."

예린은 어깨를 으쓱하며 이어폰을 다시 귀에 꽂았다. 곧 비행기의 이륙을 준비하는 진동이 느껴졌다. 해윤은 긴장하며 책에 집중했다.

곧 비행기가 이륙했다. 이때가 제일 기분이 더럽다. 참을 수 있다고 생각했지만 여전히 호흡을 곤란하게 만드는 비행기의 진동에 해윤은 이리저리 자세를 바꾸며 창밖을 힐끔거렸다. 어서 초록색 땅이 보이길 바라며.

"푸하하하!"

예린이 갑자기 박장대소를 했다. 순간 VIP석에 있던 탑승객들이 기겁을 하며 몸을 곧추세우고 예린을 돌아보았다. 이런 상황이 정말 싫다.

"이 타이밍에서 웨이브 췄어! 박수가 끝내줬었는데!"

이어폰을 끼었다는, 그리고 비행기에 타고 있다는 두 가지 사실을 망각한 예린은 CD 플레이어를 손가락으로 가리키며 큰 소리로 증언했다.

건너편에 앉았던 크리스틴이 턱을 괴는 척하며 얼굴을 가리는 게 목격되었다. 서로의 고충을 이해할 수 있는 눈물의 순간이다.

"조금만 조용히 해주시겠습니까?"

스튜어디스가 다가와 예린에게 조용히 말했다.

"아, 미안해요."

그제야 상황 파악이 된 예린은 "웁스." 하고 빙긋 웃었다. 해윤은 고개를 절레절레 흔들며 좌석에 비스듬히 앉았다.

이번 여행은 최악이다. 다시는 비행기를 타고 싶지 않았는데, 지난 번 거대한 남자보다 더한 데미지를 주는 여자와 나란히 앉아 가다니.

해윤은 급히 스튜어디스를 불렀다.

"버번 부탁해요."

그의 말에 스튜어디스는 미소 지으며 고개를 끄덕였다.

"아, 저두요."

예린이 한쪽 이어폰을 빼며 스튜어디스에게 말했다. 그렇게 마시고도 아직도 먹힌다는 사실 자체가 대단하다.

"해장은 술이지."

예린은 그것이 진리라는 듯이 말했다. 아침에 먹었던 호텔 조식 뷔페를 돌던 표정이 별로 좋지 않더니 해장거리가 필요했던 모양이다.

해윤은 스튜어디스가 가져다준 버번을 조금씩 마셨다. 반면 예린은 주스 마시듯 후루룩 단숨에 들이켰다.

10분쯤 지났을까. 해윤은 술로도 가다듬어지지 않은 가시 돋친 신경을 주체하지 못하며 자세를 바꾸다 잠든 예린을 발견했다. 그렇게 마셨는데 눈뜨고 있는 게 신기하다 했다. 그녀의 귀에 꽂은 이어폰에서는 음악 소리가 약하게 흘러나오고 있었다.

해윤은 한숨을 쉬며 그녀의 귀에서 이어폰을 뺐다. 그리고 정지 버튼을 누르려는 찰나, 이어폰에서 흘러나오는 익숙한 소리에 멈칫했다.

해윤은 이어폰을 조심스럽게 귀에 대보았다. 익숙한 반주. 〈All you need is love〉였다. 저주의 노래. 심장이 급격히 팽창하고 목구멍이 꽈악 조여들었다.

해윤은 잠시 굳은 듯 이어폰을 귀에 대고 있었다. 익숙한 코러스가 흘렀다. 더 이상 들을 기분이 아니었다.

해윤은 정지 버튼으로 손가락을 뻗었다. 그때 여자의 목소리가 들렸다. 세경? 해윤의 눈이 커졌다. 당황한 해윤은 서둘러 이어폰을 두 귀에 꽂았다.

몇 마디를 부르는 목소리가 분명 그녀였다. 대단한 강심장이다. 그 꼴을 당하고 이 노래를 불러? 그녀에게 준 충격이 생각보다 작은 모양이라고 생각하던 순간, 흐르는 반주에 깔리는 그녀의 중얼거림이 들렸다.

"참…… 좋은 사람이라고 생각했어."

그녀의 말이 떨어지는 순간, 해윤의 손끝이 떨리기 시작했다. 그리고 그녀의 말이 이어지면서 그의 손이, 팔이, 어깨가 미세하게 떨리기 시작했다.

해윤은 급충혈되기 시작한 눈으로 입술을 깨물었다. 그러다 그대로 천천히 몸을 의자에 뉘었다. 그녀의 목소리가 끝났다. 해윤은 CD 플레이어를 당겨 구간 반복을 눌렀다. 그렇게 비행기를 타고 가는 동안 구간 반복을 누르고 또 눌렀다. 몸 밖으로 튀어나올 것 같던 신경이 누그러지는 느낌이다.

"녹음 잘했네."

해윤은 이렇게 중얼거리며 피식 웃었다.

하루 종일 시계를 자꾸만 힐끔거리게 된다. 그가 뉴욕을 떠날 시간은 모른다. 차라리 시간을 확실히 알았으면 시계를 좀 덜 보게 되었을까. 그보다 왜 자꾸 시계에 신경이 쓰이는 건지 알 수가 없다. 강후가 떠난다던 때도 이렇게 출발 시간도 모른 채 시계추에 목을 매고 있지는 않았는데.

성숙해진 만큼 미련도 늘어난 것일까. 그 원인을 강후에게 떠밀어도 될까. 남자에게 한 번 버림받았던 여자는 남자 복이 없어서 그렇다는.

세경은 핸드폰을 들여다보았다. 강후에게 변명을 들어볼 걸 그랬나? 어찌 되었던 거냐고 물어볼까? 이런 지리멸렬한 생각을 하다 세경은 한숨을 쉬었다. 모든 건 끝났는데. 해윤에게 관심이 있었던 건 어쩌면 정말 '한여름 밤의 꿈' 같은 거였을 거란 생각이 든다.

시간이 지나면 지날수록 기억력이 둔감해지는 것은 신의 축복이다. 반대로, 잊고 싶은 기억일수록 더듬고 되새기는 것은 인간의 아메바적인 습성이다.

그날 하루일 거라고 생각했다. 시계를 시도 때도 없이 보는 것은. 그리고 그날 하루뿐이었다. 시계를 틈틈이 힐끔거리고 보는 것은. 대신 그 다음 날부터 달력을 보기 시작했다. 결혼식 하기 사흘 전이겠구나. 결혼식 하기 이틀 전이구나……. 한세경, 진짜 맛이 갔구나.

"미운 나이가 스물여덟이라더라. 이십 대 후반 딱 중간에 걸린 나이지. 스물일곱보단 늙었고, 스물아홉보다 어린. 이십 대 중반이라기엔 너무 먹었고, 이십 대 후반이라기엔 억울한. 그래서 사춘기 비슷한 소고집이 된대. 지 인생이 제일 고단하고, 정점인 줄 아는."

여진이 스케줄 표를 뒤적이다 말했다.

"나만 그런 거 아니었어?"

세경은 착잡한, 미소 띤 얼굴로 물었다.

"지가 종족 중에 제일 특별한 줄 알지만, 다 거기서 거긴 거야. 특별히 고민할 것도 없고, 특별히 집착할 필요도 없어. 흘러가게 두면 그렇게 흘러가고, 잊혀지고, 새 환경에 적응하고, 또 흘러가고……."

여진은 달관자처럼 말했다.

"무슨 일 있어?"

세경은 그녀를 의미심장하게 돌아보았다. 그러자 여진은 연필의 뾰족한 부분을 치켜들고서 인상을 구겼다.

"헤어졌어. 나쁜 자식. 아직 결혼할 준비가 안 됐다나? 번민이 많대. 나보다 많아? 제2의 질풍노도의 시기라나? 누가 결혼하자고 했어? 혼자 고민하고 지랄이야."

여진은 눈을 희번덕거리며 투덜거렸다.

"그 남자가 스물여덟이었구나?"

"머리에 피도 안 마른 어린놈인 거지. 그러면서 어른 흉내는 엄청 내. 잔소리가 어찌나 시끄러운지. 끝내길 잘했지."

여진은 몸서리를 치고는 다시 스케줄 표를 뒤적거렸다.

스물여덟 살.

자신도 그렇고 강후도 그렇다. 그도 어린 나이라 그랬을까.

강후는 세경을 찾아와 말했다.

"네 사랑을 방해한다고 생각하지 않았어. 그 자식이 네 판단을 흐리게 하는 존재라고 생각했어."

학교 선생님이나 부모님이 한눈파는 제자나 자식에게 할 법한 말이었다.

그의 고해성사 같은 말을 들으며 세경은 실소가 나왔다. 그도 부모 같은 눈으로 자신을 보았던 걸까, 아니면 질투심에 그렇게 말한 것일까.

"사과는 그만 보내. 당신이 그렇게 한 거라고 생각 안 하니까 더 이상 사과할 필요 없어. 우리는 그렇게 흘러갈 운명이었던 거야."

"내가 잘못한 거야?"

강후는 걱정과 미안함이 뒤범벅이 된 한숨을 내쉬었다. 그가 잘못한 건 없다. 해윤이 정말 자신을 사랑했다면 그렇게 버리고 가듯 하지 않았을 것이다.

세경은 그를 향해 고개를 가로저어 보였다. 그리고 그가 내민 손을 잡지 않고 돌아섰다. 그것으로 모든 것이 결론 났다. 그들은 공연 기획자와 연주자, 그 이상도, 이하도 될 수 없었다.

아침부터 정신이 없었다. 강후의 연주회가 호응이 좋아 여기저기서 객원으로 초대하기도 하고 연주회를 해달라는 청원도 들어오기 시작했다. 족쇄 같았던 세경의 공연장 섭외 불가도 어쩔 수 없이 풀렸다.

시간은 그런 것이다. 용서가 되진 않아도 잊혀질 수 있는 것이다.

"이참에 바짝 홍보해보자고. 방송에도 꾸준히 나갈 수 있게. 알았지?"

말만 하면 다 되나? 사장은 예린의 패션 브랜드 런칭 쇼의 성공에 감명을 받았다. 패션쇼는 힘들 거라고 생각했는데 별거 아니라고 생각했나 보다. 게다가 차별화된 기획으로 경쟁력이 생겼다고 뿌듯해했다. 그러면서 세경에게 패션 쪽 일을 전담시키겠다고 말했다. 아주 큰 혜택인 양.

"당분간은 지 대니얼 공연 일정으로 바빠요. 저한테 수행비서로 충성하라고 하셨잖아요?"

사장에게 삐기는 것도 오랜만이다.

"내가 그렇게 말했어? 그러지는 않았던 거 같은데. 대니얼은 호주 음반 기획사랑 어떻게 된 거야? 매니저 보내줘야 하는 거 아니야? 전화해봐야겠네. 스피킹이 내가 좀 되니 전화해볼게."

사장은 꽤 큰일을 떠맡은 듯 거드름을 피우며 사장실로 달려갔다.

스피킹 어쩌구 하는 말을 듣는 순간 불현듯 오늘 달력을 보지 않았다는 걸 깨달았다. 세경은 반사적으로 달력을 돌아보았다.

오늘이다. 그의 결혼식. 드디어 달력 보는 것에서 해방이구나. 가슴 한구석이 서늘해졌다. 몸 어딘가에 겨우 달려 있던 나달나달했던 혹 같은 근육 덩어리가 순간 툭 떨어져 나간 기분이다.

세경은 더듬더듬 왼쪽 가슴 아래께를 손으로 더듬어보았다. 구멍이

뚫린 듯 휑하고 손바닥까지 서늘하다. 마음은 어디 있을까 했는데 왼쪽 가슴 아래가 마음의 자리였나 보다.

껍데기는 그대로지만 뭔가 쑥 빠져나간 느낌이 강력하다. 이제 몸이 가벼워졌으니 새롭게 날 수 있을 것이다. 분명히.

"언니, 어디 아퍼? 밥은 먹고 다니는 거야? 얼굴이 왜 그래? 꼭 시체 같아."

가뿐하게 퇴근을 하고 집에 가니 세지가 이런 말로 세경을 반겼다.

"반어법이야, 그거?"

뭐가 이상한가? 자신은 아무렇지 않은데 말이다.

"목소리는 왜 그래? 하루 종일 말도 안 했어? 목소리에서 매캐한 연기가 나는 것 같아. 병원 좀 가봐라."

"왜? 난 아무렇지 않은데?"

세경은 손바닥으로 얼굴을 더듬고 "아, 아." 하고 목소리도 가다듬었다.

"아무렇지 않다고? 눈은 토끼 눈에, 피부는 황태 같고, 목소리는 천식 걸린 할아버지 같아. 언니 맞긴 하지?"

세지는 손가락으로 세경의 뺨을 집고 늘어뜨렸다.

"죽을래?"

세경은 세지를 가늘게 흘겼다.

"피부 늘어지는 것 봐. 한여름 뙤약볕의 엿가락 같아."

"이걸 그냥."

세경은 들고 있던 가방으로 세지의 등을 퍽 쳤다.

"근데 변호사 아저씨는 왜 요즘 안 보여?"

세지가 주방으로 가며 불쑥 물었다. 순간 세경은 얼음이 되었다.

"그 아저씨, 싸움 되게 잘하더라. 봤어? 난 봤어. 그 아저씨가 나 깡패 들한테서 구해줬잖아."

세지는 냉장고에서 양상추 통을 꺼내 들며 주절거렸다.

"그, 그런 일이 있었어?"

세경은 더듬더듬 물었다. 힘없어서 맞아준 건 줄 아냐던 그의 고함 소리가 들리는 것 같았다.

"주위에 변호사 한 명 있는 거 되게 좋은 것 같아. 그렇게 팼는데도 하나도 안 겁나더라. 변호사니까 알아서 다 해결해줄 거 아니야. 안 그래? 언니, 이참에 그 아저씨랑 잘해보는 건 어때? 아, 그 표독스런 여자가 지키고 있는 건가?"

세지는 양상추를 그릇에 퍼담다 아쉬운 표정으로 세경을 돌아보았다.

"내 스타일은 어쩌구."

세경은 힘없이 대꾸하며 욕실로 몸을 돌렸다. 스물네 살의 한세지. 스물넷도 한창 미운 나이가 틀림없다. 오늘 겨우 그를 어제보다 덜 생각했다고 다행스러워했는데 다시 강하게 생각나게 만들었다.

세경은 세수를 마친 얼굴을 거울에 비춰보았다. 얼굴 거죽에 힘이 없어 보이긴 하다. 하지만 잠을 자면 달라질 것이다. 희망찰 것이고, 달력 따위 보지 않을 새날이 시작될 것이다.

아침에 눈을 떴다. 몸이 침대에 녹아든 것처럼 떨어지지 않는다. 몸살인가? 세경은 화석이 된 것 같은 척추를 겨우 떼며 침대에서 일어났다.

세지가 식탁에 싱싱한 야채샐러드를 만들어놓고 나갔다. 그런데 입맛이 없다.

분명 새날이 시작될 거라는 기대가 충만했는데 새로 시작한 오늘은 어제보다 더 거지 같다. 상실감이 배가되기 시작한 것 같다. 망할. 괜찮아질 줄 알았더니, 이젠 달력 보는 것 대신 상실감을 포인트로 쌓으며 살아가게 된 것인가?

너무 미련하잖아. 너무 집착적이야. 더 나아지지 못하고 자꾸 너만 후져지는 이유는 뭐니? 너는 인류가 아니었니? 소보다도 아둔한 년.

스스로에게 욕이 나오지 않을 수 없었다. 결국 입맛까지 잃고 빈속으로 아파트를 나서다 강후와 마주쳤다.

"얼굴이 왜 그래? 어디 아퍼?"

이런 질문, 진짜 싫다. 내가 어때서? 세경은 인상을 썼다.

"몸살일 뿐이야. 약 먹으면 나아."

"병원 갈래?"

강후는 걱정스럽게 물었다.

"응. 혼자 갈래."

세경은 그가 할 말에 미리 대답하고 아파트를 나섰다.

병원에서 '신경쇠약'이란 받아들이기 어려운 병명을 진단받고 회사에 출근했다.

"신경쇠약? 한 팀장, 그렇게 예민한 여자였어? 그 정도 놀았으면 스트레스쯤 받아도 되는 체력 아니었나?"

사장님이 친히 세경의 책상에 왕림하여 세경의 병명에 대한 소감을 늘어놓고 갔다. 월급 주시는 분이라 참는다.

여진도 만만찮게 당황스러워했다. 자신부터 그런데 누군들 당황스럽지 않을까.

"어떻게 하면 그런 병명 얻어? 나도 좀 해보자. 믿을 수 없어."

"그렇지?"

어제 세지와의 대화 이후로 기진맥진이다. 그가 깡패를 패는 장면을 보지 못한 게 어쩐지 보지 못한 드라마처럼 아쉽고, 아프다는 말을 듣게 만드는 그 자식이 원망스럽다. 해윤에게 복합적인 감정이 일기 시작했다. 한국엔 있지도 않은 싸가지 없는 자식에게 말이다.

"그래. 피부가 좀 맛이 간 것 같고, 뇌가 급노화된 것처럼 보이긴 하는데 신경쇠약은 아니야."

여진은 세경의 얼굴을 꼼꼼히 살폈다.

"그럼 뭘까?"

세경은 눈동자만 겨우 움직여 그녀를 돌아보았다.

"갱, 년, 기?"

이걸 지금 죽일까, 나중에 죽일까.

"내가 팔 들 기운이 없는 걸 감사해하면서 오늘 하루를 살아. 내일 두고 보자."

세경은 그녀를 싸늘하게 흘기고 책상에 고개를 박았다. 그러다 달력이 시야에 들어왔다. 결혼식이 지난 지 하루가 된 날이다. 젠장.

세경은 팔에 이마를 대고 엎드리며 달력을 엎었다. 대책이 필요하다. 앞으로 이렇게 살 순 없다.

"세경 씨, 오늘 무슨 회사 창단식 기획회의 있다고 하지 않았어? 빨리 빨리 움직여야지."

사장이 파티션에 가려 보이지도 않는 세경을 향해 소리쳤다.

"그럭저럭 일할 줄 알았더니 한 방 제대로 터뜨렸나 봐. 사장한테 이쁨 받는 게 부러워."

여진이 세경에게 속삭였다. 그래? 그럼 시선 한 몸에 받게 한번 두드

려 패줄까? 가뜩이나 지금 파이트(fight) 경험치가 줄고 있어서 충전이
필요한데.

"지금 갑니다."

여진을 사납게 흘긴 세경은 준비해놓았던 파일들과 포트폴리오를 한
아름 안고 힘겹게 자리에서 일어나 사무실을 나섰다.

문을 열려고 했는데 안고 있는 파일들 때문에 문 손잡이가 잘 돌려지
지 않았다.

"이제 아주 가지가지 하네."

세경은 툴툴거리며 엉거주춤 허벅지에 파일을 얹고 문 손잡이를 돌
렸다. 그때 밖에서 문을 비트는 기척이 느껴졌다. 곧 문이 열렸다.

"아, 감사합니다."

세경은 꾸벅 인사하며 문을 밀었다.

"헥헥."

거친 호흡 소리가 들렸다. 세경은 고개를 들었다. 헉!

세경은 고개를 든 그대로 굳어버렸다. 손에 들렸던 파일들이 주르륵
바닥에 흘러내렸다.

"양배추 같은 여자야. 어디 가?"

해윤이 땀을 뻘뻘 흘리며 물었다.

"여, 여긴 어떻……. 아니, 왜……."

뭐라고 물어야 할지 알 수 없었다. 세경은 버벅거리며 황망하게 그를
바라보았다. 얼굴이 무척 초췌해 보였다. 죽었다 살아나 제 힘으로 관
뚜껑을 열고 나온 사람처럼.

"너도 비행기 탔어? 얼굴이 왜 그 모양이야?"

해윤은 거친 숨을 가누며 또 물었다. 그제야 세경은 그의 옷차림이 눈

에 들어왔다. 가슴에 하얀 장미를 꽂은 그는 턱시도 차림이었다. 세경의 시선에 그는 그제야 자신의 가슴에 장미꽃이 꽂혔다는 사실을 안 듯, 씁쓸한 입맛을 다시며 장미꽃을 빼 세경의 손에 탁 쥐어 주었다.

"어떻게……."

뭐라고 물어야 했으나 너무 당황스러워 말을 잇지 못했다.

"다시는 비행기 안 타려고 했는데. 물론 다시 뉴욕에 가서 마음먹은 게 아니라, 한국에 왔을 때 마음먹은 거였거든?"

해윤은 겨우 가쁜 숨을 누그러뜨리며 말했다.

"그런데……."

세경의 눈동자가 심하게 흔들렸다. 정녕 앞에서 떠들고 있는 그가 진짜 그가 맞는지 그의 정강이를 걷어차 보고 싶다.

"그런데, 가야 했어. 그래야 너를 가질 수 있었으니까."

해윤은 계속 황당해하고 있는 세경의 눈을 빤히 들여다보며 말했다. 그의 귓가에 땀방울이 주룩 흘렀다.

"지금 무슨……."

그렇게 버리고 간 사람이 이게 무슨 말이야? 세경은 꿈인가 싶어 눈을 깜빡였다. 꿈이어도 이렇게 얼토당토않을 수는 없는 거다. 이게 꿈이라면 이 사람이 그렇게 입에 달고 다니던 소송을 걸고 싶은 심정이다. 꿈 소송은 누구에게 걸지?

세경이 눈을 꿈뻑이며 이런 생각을 하는 사이, 숨을 고른 해윤은 뒤로 손을 까딱였다. 그러자 막 잠에서 깬 것 같은, 'S' 바에서 보았던 꽃무늬 남방을 입은 4인조 밴드가 그를 중심으로 늘어섰다.

황급하게 입은 듯이 그들의 꽃무늬 남방은 구겨져 있고, 단추가 잘못 꿰어져 있기도 했고, 단추를 다 잠그지 못한 사람도 있었다.

"기억 지우개야."

그가 나지막이 말했다. 그리고는 그들에게 턱짓을 했다. 그러자 기타를 들고 있던 남자가 빙긋 웃으며 손가락으로 기타 줄을 튕겼다.

"디리링~."

기타가 전주를 시작하는 순간 세경의 눈에서 눈물이 왈칵 쏟아졌다. 또 무슨 짓을 하는 거냐고 걷어치우라고 소리쳐도 모자랄 판인데, 믿을 수 없는 상황 앞에서 세경은 아무 말도 못하고 두 손을 입에 포갰다.

"Love, love, love~. love, love~."

저번과 똑같이 밴드의 코러스가 시작되었다. 순간 기획사 안에 있던 직원들이 소리를 듣고 하나둘 세경 뒤로 모여들기 시작했다.

해윤은 그런 사람들의 시선에 아랑곳하지 않고 오로지 세경만 바라보며 노래를 부르기 시작했다.

"……There's nothing you can do that can't be done."

"와~."

세경 곁에 몰려든 사람들은 웅성거림도 없이 어느새 손가락으로 '딱, 딱' 소리를 내기도 하고 박수를 치기 시작했다. 이벤트에 관한 순발력 하나는 끝내주는 기획사 식구들이다.

저번과는 다른 그의 표정. 피곤함이 역력한 그의 얼굴이 웃음으로 빛나고 있었다.

"Nothing you can sing that can't be sung……."

그의 노래를 듣는 세경의 얼굴은 금세 눈물이 범벅이 되었다. 기억 지우개. 이게 무슨 뜻일까.

"Nothing you can say but you can learn how to play the game."

해윤은 젖어든 세경의 눈을 미안해 어쩌지 못하는 표정으로 바라보며 노래를 불렀다.

"Nothing you can do but you can learn how to be you in time. It's easy. All you need is love!"

해윤이 후렴구를 부르기 시작하자 세경 뒤에 있던 직원들도 함께 힘차게 부르기 시작했다. 사람들이 노래를 따라 부르게 만드는 후렴구인 모양이다.

"All you need is love!"

직원들의 박수와 함성 같은 노래 장단에, 울던 세경은 입을 막고 웃음을 터뜨렸다. 그러자 미안함에 눈썹이 축 처져 있던 해윤도 그제야 눈썹을 산처럼 봉긋 올리며 웃었다.

"Love is all you need……."

노래의 마지막 구절, 갑자기 그는 한쪽 무릎을 꿇었다.

"어머, 어떻게 해."

여진의 목소리가 분명했다. 세경은 숨이 멎었다. 28년 동안 쉽게 쉬던 숨을 어떻게 쉬는 건지 까먹고 말았다. 이 상태로는 반지보다 인공호흡이 더 급박하다.

세경 앞에 무릎을 꿇은 해윤은 주머니에서 반지를 꺼냈다. 케이스도 없이, 그의 손바닥에는 병아리가 알 속에 있는 금속 장식이 달린 알루미늄 반지가 놓여 있었다.

"급하게 오느라고 요 앞에 문방구에서 샀어."

해윤은 멋쩍어했다. 그 모습이 너무 귀엽다.

"변명을 하자면, 결혼식장에서 뛰쳐나와 바로 택시를 잡아타고 JFK 공항으로 가자고 외쳤어. 그리고 16시간 동안 죽음의 비행을 하고 와서 다시 택시를 타고 달려왔어. 이 사람들 깨우는 시간이 좀 걸렸어. 짜증이 났는데 이렇게 와줬으니까 그건 패스하고."

해윤의 설명에 밴드 4인조는 자기들도 엄청 피곤했다는 손짓을 하며 배시시 웃었다.

"반지까지 고를 시간이 부족했어. 널 놓칠까 봐 그 걱정만 하고 달렸거든. 또 이 시간에 문을 연 숍도 없고. 이해해줄래? 이거 받아만 주면 당장 제일 커다란 숍으로 널 데려갈게."

해윤은 세경을 간절하게 올려다보았다. 세경은 뻐근해지는 가슴을 겨우 진정시키며 입술을 깨물었다.

"결혼식 마치고 와서 이러는 거면 당장 내 포트폴리오 파일에 맞아 죽을 수 있어요."

세경은 울먹였다. 해윤은 고개를 가로저었다.

"내가 너에게 오는 길이, 그 여자 결혼식을 통해서 오는 방법뿐이었어. 물론 난 지금 싱글이야. 결백해."

해윤은 선서하듯 손을 번쩍 들어 보였다.

"손가락에 반지가 없네. 저 남자 말, 진짜야."

이건 사장의 목소리다. 그에 상응하듯 해윤은 손바닥을 앞뒤로 뒤집어 보였다.

"다시 돌아갈 거예요? 뉴욕으로?"

세경은 의심하듯 물었다. 그러자 이번에도 그는 고개를 가로저었다.

"이젠 죽어도 비행기 안 탈 거야. 신혼여행도 내륙에서 끝내줘. 이건 부탁이야."

부탁이란 걸 하던 사람이던가? 비행기를 타고 가기 전과, 타고 온 후가 너무 다르다. 앞으로 마음에 안 드는 짓을 하면 비행기를 태우면 되려나? 그런데, 뭐라구? 신혼여행?

세경의 눈에서 눈물이 왈칵 솟구쳤다.

"나더러 양배추라고 하지 않았어요? 토끼 모이처럼 만만하게 보고 있다는 거 아니에요?"

괜히 더 퉁퉁거려졌다.

"그럼 스테이크 같은 여자가 돼. 내가 도와줄게."

뭘 어떻게 도와주겠다는 건지 모르지만 그가 히죽 웃었다. 그런 그의 얼굴에선 여전히 땀이 흐르고 있었다.

"병아리가 귀엽네요."

세경은 해윤이 내민 반지를 만지작거렸다.

"이 반지의 프러포즈 문구는 이거야. 내 아를 낳아도~!"

"풉!"

간지럽도록 심장이 두근거려 그만 웃음이 터졌다. 순간 밴드는 기타를 마구 갈겨댔다. 빨리 결정하라는 재촉의 비명이었다.

해윤의 얼굴은 잔뜩 긴장하고 있었다.

아이…… 신혼여행…….

비행기를 타고 오는 동안 무슨 생각을 하면서 온 걸까, 이 음흉한 남자.

"뭐 해? 저 남자 옷이 얼마짜린 줄 알아? 무릎 해지겠어."

또 다른 직원의 목소리가 들렸다.

망설이던 세경은 만지작거리던 반지를 손가락에 끼웠다. 그러자 밴드는 시끄럽게 악기를 튕겨댔다. 그리고 해윤은 그제야 안심한다는 표정으로 무릎을 펴고 일어섰다.

"네가 나한테 그랬지? 우리 사이엔, 전부 무의미하니까 말을 할 필요가 없겠다고. 맞아, 우리 사이엔 말이 필요 없어."

이렇게 말한 해윤은 세경의 허리를 당겨 안으며 그녀에게 입을 맞추었다.

"어머! 한세경, 미쳤어! 회사 앞에서!"

기함하는 여진의 목소리가 귓가에 울렸다. 그리고 웃고, 놀리는 직원들의 목소리가 어지럽게 들려왔다. 키스의 절정을 부추기는 밴드의 연주에 머리가 멍했다. 해윤은 세경에게 키스를 퍼부으며, 야유하고 소리지르는 직원들 앞에 열린 문을 밀어 닫고, 밴드들에게 그만 가라는 손짓을 했다.

키득거리며 멀어지는 밴드 4인조의 발소리가 멀어졌다. 그리고 다시 문이 열리고 직원들이 여전히 킥킥거리는 소리가 들렸다. 해윤은 팔을 뻗어 열린 문을 다시 밀어 닫으며 세경을 내려다보았다.

"달려오는 내내 생각했어. 답은 너라고. 질문이 뭐였을까?"

해윤이 세경의 귀에 속삭였다.

세경은 눈물만 자꾸 나와 아무 말도 하지 못했다. 질문을 알 것도 같은데, 그럼 이 행복이 달아날까 두려워 더 아무 말도 못했다. 그리고 그냥 있는 힘껏 그를 끌어안았다.

해윤은 비행기를 탄 후유증으로 정신을 차리지 못했다. 크립토나이트를 어깨에 메고 지구 한 바퀴를 전력 비행한 슈퍼맨 같았다.

턱시도를 벗은 해윤은 와이셔츠 단추를 풀고 세경의 집 소파에 길게 누웠다.

"그 여자 전 남자친구를 찾느라고 애먹었어. 결혼식 전에 찾았으면 더 좋았겠지만, 알렉스란 로펌 동기 자식이 좀 굼떠서. 한국서 동업하기로 했는데 걱정이야. 아무튼 알렉스가 결혼식에 그 여자 전 남자친구를 데려왔어. 다행히 식장으로 입장하기 전에. 예린이한테 그 남자를 데려가 손을 쥐여 줬지."

해윤의 목소리는 피곤함에 파묻혔다.

"모두가 보는 앞에서 그렇게 배턴(baton)을 넘기게 되니 회장님도 별 말을 못하더라구."

"그래서요?"

세경은 그의 가슴에 턱을 괴고 그의 얼굴을 빤히 바라보았다.

"그 여자가, 내가 고생해서 찾은 남자 뺨을 갈겼어."

해윤은 눈을 반쯤 감은 상태로 중얼거렸다.

"헉!"

"그 남자가 오해해서 미안하다고 하니까 눈물을 주룩 흘리더라…….
성질나서 우는 거 말고, 그 여자 그렇게 흐느끼면서 우는 거 처음 봤어. 우니까 좀 여자 같더라."

"두 사람, 결혼식 했어요?"

세경은 그의 얼굴에 바짝 턱을 당겼다.

"내가 어떻게 알아. 그래도 이제 제 힘으로 그 남자 물감 사줄 능력이 되니까 오 회장한테 저자세는 안 되겠지……."

"그랬으면 좋겠네요."

"그래……. 잘 살라고 하고 오 회장에게 인사하고 나왔어……. 그동안 후원해줘서 고맙다고……. 한국에 진출하면…… 목숨 걸고 사업에 도움이 되겠다는 뻥을 조금 치고 나왔지……. 하암……. 그리고 그다음부터는 계속 달렸어……. 아까…… 그건 말했지……? 네가 바이엘 손을 잡고 어디로 튈까 봐 겁먹고 있었거든. 런칭 쇼 하기 전부터 겁먹고 있었는데, 티 났나 몰라……."

해윤은 연신 하품을 했다. 세경은 그런 그의 입술에 입을 맞추었다. 그러자 해윤은 빙긋 웃었다.

"전에 나한테 삼겹살 사준다고 하지 않았어? 이따 먹으러 갈까?"

눈을 감은 채 잠을 이기려 애쓰며 그가 물었다.

"그래요. 내가 살게요."

세경은 피식 웃었다.

"나한테 꿈이 뭐냐고 수도 없이 물었지? 네가 꿈이야. 33년 만에 발견한 꿈……."

이렇게 말한 해윤은 그녀를 당겨 꼬옥 끌어안았다.

"나한테서 도망가면 안 된다."

잠의 문턱에 다다른 해윤은 수갑을 채우듯 세경의 손에 깍지를 꼈다.

"절대 그런 일 없어요. 절대."

세경은 그가 깍지 낀 손을 감싸 쥐었다. 그리고 그의 목에 얼굴을 묻고 그를 깊이 끌어안았다. 그의 목 언저리에서 땀 냄새가 났다. 자신에게 달려오느라 흘린 땀 냄새.

세경은 그의 땀 냄새를 감미롭게 깊이 들이마셨다. 그리고 스르르 눈을 감았다. 영원히 깨지 않을, 같이 꾸는 꿈을 기대하면서.

끝났다고? 아니, 넌 이제 시작이야.

이제 끝났다!

뱃속 저 밑바닥에서부터 함성이 밀려나옵니다.

완결하기까지 수많은 변신과 탈피, 고민이 있었습니다. 좀 더 독창적이어야 하고, 좀 더 개성이 넘쳐야 한다는 강박이 생길 정도로 생각을 많이 하게 한 작품입니다.

덕분에 더 열심히 제 자신을 캐릭터들에게 동기화할 수 있었습니다. 인물들에게 좀 더 집중하고 싶었는데, 잘되었는지 모르겠습니다.

그래서 인물들 하나하나, 사랑하게 되었습니다. 또 그들을 사랑스럽게 쓰고 싶었습니다. 체질적으로 '로맨스'가 잘 안 맞는 저지만, 그렇다고 사랑스럽고 싶지 않은 건 아니니까요.

평가는 독자들의 몫이지만 수많은 원고들을 넘고 넘어 두 번째 작품을 출간하게 된 제겐 정말 뜻 깊은 순간입니다.

《그래서 나는 안티 팬과 결혼했다》 이후로 뭘 써야 할까, 고민을 많이 했습니다.

제가 가진 능력은 미미한데, 가진 것에 비해 크게 봐주신 분들, 또 믿어주신 분들을 정말 실망시키고 싶지 않았거든요. 저 자신도요.

'넌 결국 그런 애야.'가 아니라 '너 정말 기대 이상이구나.'라는 말을 들을 수 있도록 앞으로 더 열심히 할 생각입니다.

몸의 나이는 이미 성장을 마쳤지만, 글을 쓰는 사람으로서는 아직도 성장기라고 생각합니다.

성장기에 느낄 모든 질풍노도와 환희, 수많은 시련과 질곡, 고통을 앞으로 잘 감당해나갈 수 있도록 많은 응원 부탁드리겠습니다.

바람에 배가 항해를 멈추지 않듯, 저에게 좋은 바람이 되어 주십시오.

글을 쓴다고 깝죽대며 먹는 것도 귀찮고 먹이는 것도 힘들다고 투덜댈 때마다 각종 반찬과 먹을거리를 해서 싸 보내주신 엄마에게 무한한 감사와 사랑을 전합니다.

그리고 그런 잔심부름에, 조카들에 대한 애정에, 누나의 작품이랍시고 열성 응원을 해주는 동생 성관이에게도 이제야 고맙다는 말을 하네요. 또, 앞으로도 잘 부탁해~!

또한, 마음의 응원을 보내주신 식구들과 친구들, 그리고 테라스북과 (주)가딘미디어 식구들에게 언제나 감사하고 있습니다.

이번 작품도 다행스럽게 해피엔딩입니다.

제 인생과 더불어 여러분의 인생이 함께 해피엔딩이 되길 기원합니다.

감사합니다.

2011년 7월 생일날에

김은정

내 남자친구의
웨딩
드레스

초판 1쇄 인쇄 2011년 10월 25일
초판 1쇄 발행 2011년 10월 28일

지은이 김은정 ㅣ 펴낸이 강성욱 ㅣ 책임 기획 전주예 ㅣ 카피라이터 김근배
일러스트 최수정 ㅣ 로고 김미현 ㅣ 교정 임성희, 류주영 ㅣ 디자인 이선영
펴낸곳 테라스북 ㅣ 등록 제381-2003-000040호
주소 (463-741) 경기도 성남시 분당구 구미동 시그마2 D동 503호
전화 031-718-5826 ㅣ 팩스 0505-911-5826
블로그 http://terracebook.blog.me ㅣ 전자우편 terracebook@naver.com
ISBN 978-89-94300-08-5 (03810)

테라스북은 오름미디어의 임프린트 브랜드입니다.

이 도서의 국립중앙도서관 출판시도서목록(CIP)은 e-CIP 홈페이지(http://www.nl.go.kr/ecip)에서
이용하실 수 있습니다. (CIP제어번호: CIP2011004117)